この物語が、あなたにとっての 一番星になりますように。

이 이야기가 당신에게 가장 빛나는 별이 되기를 바랍니다.

凪良ゆう
Yu nagira

그대, 별처럼

汝、星のごとく

NANJI, HOSHI NO GOTOKU
ⓒ Yuu Nagira 2022
All rights reserved.
Original Japanese edition published by KODANSHA LTD.
Korean translation rights arranged with KODANSHA LTD.
through EntersKorea Co., Ltd.

이 책의 한국어판 저작권은 ㈜엔터스코리아를 통해 저작권자와 독점 계약한
도서출판 재인에 있습니다.
저작권법에 의해 한국 내에서 보호를 받는 저작물이므로 무단 전재와 무단 복제를 금합니다.

그대, 별처럼

초판 1쇄 펴낸 날 2025년 11월 1일

지은이 나기라 유 **옮긴이** 김난주 **펴낸이** 박설림 **펴낸곳** 도서출판 재인 **디자인** 오필민디자인
등록 2003. 7. 2. 제300-2003-119 **주소** 서울시 강남구 언주로 30길 13 대림아크로텔 1812호
전화 02-571-6858 **팩스** 02-571-6857

ISBN 979-11-92483-36-8 03830   Copyright ⓒ 재인, 2025 Printed in Korea.

책값은 뒤표지에 표시되어 있습니다. 잘못된 책은 바꿔 드립니다.

그대, 별처럼

나기라 유 장편소설

김난주 옮김

재인

차례

프롤로그 7

1장 파도 소리 13

2장 파식波蝕 125

3장 해연海淵 241

4장 저녁뜸 397

에필로그 433

프롤로그

남편은 한 달에 한 번 애인을 만나러 간다.
차에 오르기 전 우편함을 들여다보더니, "뭐가 왔는데." 하며 우편물을 건네준다.
여름날의 해 질 녘, 마당에 물을 뿌리다 말고 받아 들었다. 청구서와 광고 우편에 섞여 책 크기의 두툼한 봉투가 있다. 도쿄에서 온 것이다. 보낸 사람이 누구인지는 잘 모르겠다.
"뭐 사 올 거 있어요?"
남편이 물어, 나는 "별로." 하고 대답한다.
남편은 고개를 끄덕인 다음 내일 돌아오겠다고 하고서 차에 올랐다.
다녀오라고 말하고 나는 다시 물을 뿌리기 시작했다. 호스 끝을 손가락으로 눌러 물이 분수처럼 나오게 한다. 며칠 전에 분사기가 고장 났다. 아, 그러네. 호스 분사기를 사 오라고 할 걸. 전화를 걸까 하다가 말았다.
'내일까지 그 사람은 내 남편이 아니다.'
호스의 각도를 조절해 물줄기를 뿜어 올렸다.
물방울이 반짝이며 후덥지근한 오렌지색 공기 속으로 흩어진다. 아름다운 그 광경을 바라보면서 나는 잠시 후면 서쪽 하늘에 뜰 어둠별을 기다린다.

― 어둠별이네.

눈을 감고, 고막에 남아 있는 목소리에 귀를 기울인다.
"좀체 시원해지지를 않네."
돌아보니 사쿠마 아주머니가 서 있다. 밀짚모자에 장화. 밭일을 하고 돌아오는 길인지 채소가 실린 외발 손수레를 밀고 있다. 오이, 가지, 호박, 토마토.
"마음껏 집어. 그것하고, 이건 오다가 얻은 거지만."
랩으로 깔끔하게 싼 파운드케이크를 건네준다.
"우리 집에다 두면 할배가 자꾸 먹어 대서 말이야. 혈당치가 높아서 안 된다고 하는데도 말을 들어야지. 아키미 씨네는 다들 젊어서 걱정 없겠네."
얘기하고 있는데 유의 연두색 경차가 들어왔다.
"안녕하세요, 아주머니."

인사한 다음 유가 나를 마주 보았다.

"조금 전에 아빠 차랑 스쳐 지났는데."

"오늘 밤은 이마바리래."

"그렇구나. 그럼 저녁 엄마랑 내 것만 차리면 되겠네. 아, 아주머니, 이거 챙길게요."

사쿠마 아주머니에게 꾸벅 인사하고, 유는 채소 바구니를 손에 들고 집으로 들어갔다.

"괜찮아?"

밀짚모자 챙 아래에서, 사쿠마 씨의 눈이 걱정스러운 듯 눈치를 살핀다.

"그럼요. 저는 괜찮아요."

"······하긴, 아키미 씨는 그럴 수도 있겠네."

사쿠마 아주머니는 사뭇 시큰둥하게 대답하더니 다시 외발 손수레를 밀면서 돌아갔다.

나는 물을 마저 뿌리고 남편에게 받은 우편물을 들고 작업실로 돌아갔다. 오늘 저녁은 유가 당번이라 작업을 조금 더 할 수 있다.

창가 의자에 앉아 수틀에 놓아둔 크로셰를 집어 든다. 크로셰는 일반적인 자수바늘과 다른 오트 쿠튀르 전용 자수바늘이다. 미리 스와로브스키 비즈를 꿰어 놓은 실로 깜깜한 밤하늘 같은 천에 수를 놓아 반짝이는 무늬를 만들어 간다. 섬세하고 빠르게, 정확하게 바늘을 움직이는 사이에 자신이라는 존재가 점점 엷어져 간다. 조금씩 모습을 드러내는 아름다운 무늬와 하나 되는 감각으로 몰두하다 보면 몇 시간이 그냥 흐른다.

그런데 오늘은 좀처럼 집중이 되지 않아 테이블에 놓아둔 우편물을 들고 작업실에서 나왔다.

현관으로 향하는데, 부엌에서 유의 목소리가 들렸다.

"오늘은 아빠가 없어서. 응, 이마바리 쪽."

"너희 집, 진짜 대단하다. 아내의 묵인하에 외도라니, 정상이 아니지."

스피커폰으로 얘기하는지 유의 친구 목소리도 들린다. 타닥타닥, 부엌칼로 무언가를 리드미컬하게 자르는 소리가 섞인다. 마늘의 알싸한 향.

"나는 익숙한데."

"그러니까 이상하다는 거지."

둘의 대화를 등지고, 샌들을 신고 집을 나섰다.

해가 천천히 기우는 8월의 저녁나절, 공기를 뒤흔드는 매미 울음소리의 세례를 받으면서 걸어간다. 조금 걸어가면 조그만 잡화점이 있다. 휴게용 벤치에서 부인네들이 담소하고 있다. 그 앞을 가벼운 인사만 나누고 생태계가 다른 물고기처럼 스쳐 지나간다.

"기타하라 선생도 바람을 피운다네."
"그러기 전에 아키미 씨가 요란하게 피웠잖아."
"기타하라 선생, 용케도 용서했지."
"용서한 게 아니지. 그러니 밖에다 여자를 만든 거 아니겠어."
　섬 여기저기에서 수군덕거리는 소문. 우리 가정이 엉망이 된 사정은 오락거리가 많지 않은 이 섬사람들 전체가 공유하는 현재 진행형 리얼 엔터테인먼트다.
　시야 끝에 저녁 햇살을 반사하는 은색 바다가 보인다. 이 시간에는 바다가 잔잔해서 파도 소리가 거의 들리지 않는다. 너울너울 파도치는 해안을 따라 걸어가는데, 저 앞에서 이인용 자전거가 달려왔다. 내가 다녔던 고등학교 교복 차림이다. 남학생은 보조 발판을 딛고 서서 페달을 밟고 있는 여학생 어깨를 잡고 있다. 바닷바람에 머리칼과 웃음소리를 휘날리며 내 옆을 지나간다.
　멀어지는 등판을 보고 있자니 한낮의 빛이 비치는 고등학교의 복도가 떠올랐다. 흰 셔츠의 무리 속에서 불현듯 코끝을 스친 술 냄새까지.

1장

파도 소리

• 아오노 카이, 17세, 봄

"마신 거야?"
 시선을 들었다가 바닥에 떨어뜨린 프린트를 줍고 있는 여자아이와 눈이 마주쳤다. 같은 학년의 이노우에 아키미다. 이 섬의 고등학교에는 한 학년에 서른 명밖에 없기 때문에 이름도 성도 다 안다. 작년까지 다녔던 교토의 고등학교와는 전혀 다른 세계다. 나는 못 들은 척하고는 바로 그 자리를 떴다.
 교실로 돌아가면서 착실해 보이는데 술 냄새를 어떻게 아는지 의외라고 생각했다. 어깨까지 내려오는 검은 머리, 볕에 탄 피부, 립밤도 바르지 않아 볼품없이 메마른 입술. 그 여자아이가 특별히 촌스러운 것은 아니다. 이 섬의 학생 모두가 그런 식이다. 호박처럼 생긴 헬멧을 쓰고 통학하는 하급생을 봤을 때는 그 순박함에 감탄했을 정도다.
 집에 갈 준비를 하고 있는데, 주머니 속에서 휴대 전화가 진동했다.
 '학교 끝나면 알려 줘.'

엄마가 보낸 문자였다.

'끝났는데, 왜.'

'생선이 싸서. 어항으로 와.'

귀찮아서 싫다고 문자를 보냈는데, 읽었다는 표시가 뜨지 않아 혀를 찼다. 오늘은 오전 수업밖에 없는 날이라 태양이 지글지글 내리쬐는 해안선을 터벅터벅 걸어간다.

"카이, 여기! 카이, 카이."

배에서 어획한 생선 박스를 내리는 아저씨들과, 생선을 사러 나온 섬 아줌마들에 섞여, 연한 분홍색 하늘하늘한 원피스를 입은 여자가 손을 흔들고 있다.

"얼마나 기다렸게. 선크림도 안 가져왔는데."

"갑자기 불러낸 건 그쪽이지 않나."

이 섬으로 이사 온 지 1년이 지났지만, 엄마와 나는 교토 억양에서 벗어나지 못하고 있다. 나는 친하게 지내며 얘기하는 친구가 없는 탓이지만, 엄마는 단순히 남자들 관심을 노려서 그런 듯하다.

"둘이 사는데 얼마나 샀기에."

건네준 비닐 주머니 속에는 얼음과 생선이 넘치도록 꽉꽉 담겨 있었다.

"회 떠서 오늘 메뉴로 쓰려고."

"섬 아저씨들인데, 회를 지겨워서 먹겠나."

"그런가. 나는 엄청 좋아하는데."

자기가 좋아하는 것은 남도 좋아한다고 생각한다. 좋게 말하면 순진하고 나쁘게 말하면 자기중심적이다. 남자들이 처음에는 귀엽다 해도 끝에 가서는 귀찮아하는 여자의 전형이다.

"안녕하세요. 오늘 날씨 좋네요."

엄마는 지나치는 섬사람들에게 인사한다. 아저씨들은 헤벌쭉 입이 벌어지고, 아줌마들은 의례적인 웃음으로 받아넘긴다. 엄마는 이 섬에 딱 하나 있는 술집을 하고 있다.

우리는 모자 가정으로 아빠는 내가 태어나자마자 위암으로 돌아가셨다고 한다. 엄마는 한시도 남자 없이는 살 수 없는 여자라서, 내가 철이 좀 들 무렵부터 늘 집에 남자들의 출입이 잦았다. 이번에도 교토에서 알게 된 남자를 쫓아서 세토내해의 작은 섬까지 온 것이다. 결혼 약속을 했다는데, 글쎄. 이 사람은 가정을 맡길 만한 타입이 아니라고 아들인 나는 단언할 수 있다.

섬에 선술집은 있지만 대놓고 색을 파는 가게는 달리 없다. 볕에 그은 건강한 섬 여자들에 비하면, 하얗고 야들야들하고 사근사근한 교토 억양으로 말하는 엄마는 이질적이다. 그런 여자의 아들인 나도 이질적이다. 나는 하루빨리 이 섬에서 벗어나고 싶다.

집에 돌아오니 주문해 놓은 술이 배달되어 있었다. 가게 앞에 놓인 종이 상자를 안으로 옮기고, 전표와 대조하면서 선반에 정리한다. 늘 주문하는 위스키, 맥주, 소주.

술과 안주의 재고 관리 및 발주는 내가 중학생 때부터 하고 있다. 그 당시 엄마가 '이번에야말로 마지막 사랑'을 하느라 가게를 방치하고 있어, 어쩔 수 없이 일을 돕다 보니 그렇게 된 것이다. 결국 남자에게 버림받고 '마지막 사랑'은 어이없이 끝났지만, 내가 가게를 돕는 일은 당연하다는 듯 계속되고 있다.

"카이, 생선 비늘 좀 벗겨."

"엄마가 해. 회 엄청 좋아하잖아."

"회야 좋아하지. 비늘은 징그러워."

할 수 없이 주방으로 들어갔다. 엄마를 밀쳐내고, 꼬리에서 머리로 거슬러 식칼을 움직인다. 연회색 비늘이 스테인리스 싱크대 여기저기로 튄다.

"고마워, 우리 아들. 뭐라고 투덜거리면서도 해 준다니까. 얼마나 착하게."

다 손질하고 나자, 엄마가 뒤에서 껴안았다. 네네, 하면서 엄마 팔을 풀고 다시 재고 관리를 시작했다. 남자 대하듯 아들을 대하지 않았으면 좋겠다.

"아아, 친구가 있으면 얼마나 좋아."

뜬금없이 중얼거리는 소리에 돌아보았다.

엄마는 바로 옆에서 들여다보듯 하면서 도미를 잘게 저미고 있다. 사각 트레이에 너덜너덜 꼴이 못생긴 회가 죽 놓여 있다. 엄마는 이상한 자세로 얘기를 계속한다.

"어항에 나온 사람에게 말을 걸었는데, 날씨 얘기밖에 안 하더라."

그야 그렇겠지. 신원이 확실한 이주민이라면 몰라도 이 낯선 곳까지 남자를 쫓아온 술집 여자에게 섬 여자들이 그리 쉽게 마음을 열 리가 있나. 게다가 사람과 사람 사이의 거리감에도 엄마는 문제가 있다. 첫 대면에 다자고짜 애인 자랑을 늘어놓아 상대를 어이없게 한다.

"엄마는, 옛날부터 여자 친구가 안 생겨. 왜 그럴까."

"아무 생각 없이 사니까 그런 거 아니겠어."

"너무하네. 얼마나 생각을 많이 하게."

삼십 대도 이제 중반인데 혀 짧은 소리로 말한다. 그런 부분도 같은 여자를 짜증 나게 할 것이다. 적당히 상대해 주고 있는데 가게 문이 열렸다.

"어머, 자기."

엄마의 의식이 순식간에 애인에게로 옮겨 갔다. 이런 부분도 그렇다니까, 하고 나는 생각한다. 언제나 남자를 우선하느라 여자 친구와의 약속을 휴지 조각으로 만들어 우정을 깎아 먹는다.

"웬일이야, 이렇게 빨리."

"호노카가 보고 싶어서 왔지."

엄마의 애인은 이웃 섬의 조선소에서 일한다. 고향은 도호쿠이고, 도호쿠 지진 이후에 외지로 돈벌이를 하러 나갔다가 교토에서 일할 때 엄마와 알게 되었다고 한다.

"감성돔이 있었어. 회를 떴는데 먹을래?"

"당연히 먹지. 호노카가 만든 건 뭐든 맛있으니까."

"아이, 좋아라."

이럴 때, 자식은 눈감고 귀 막고 입 닫고 모르는 척하는 수밖에 없다. 나는 전기밥통에서 밥을 퍼 공기에 담고 그 위에 너덜너덜한 회를 대충 얹고 간장을 뿌린 다음 튜브 와사비를 쭉 짰다. 된장국도 떠서 시시덕거리는 두 사람을 힐금 보고는 카운터 앞에 앉아 밥을 먹고 얼른 위로 올라갔다.

우리 집은 1층이 가게이고 2층이 생활공간이다. 얼마 지나자 아래층에서 노래방 기계 전주 소리가 들려왔다. 엄마의 애인은 늘 사인조 밴드 미스터 칠드런의 노래를 부른다. 엄마는 보나마나 카운터에 턱을 괸 채 황홀한 표정으로 애인을 보고 있을 것이다.

'이번에는 제발 좀 오래가라.'

마음속으로 그렇게 바란다. 남자에게 버림받을 때마다 훌쩍훌쩍 울면서 매달리는 엄마를 달래는 것도 이제 지쳤다. 머리에 헤드폰을 낀다. 초짜의 엉터리 노랫소리를 차단하고 노트북을 켠다. 나오토가 보낸 메일의 첨부 파일을 열었다.

"와, 어마어마한데."

한순간에 세계가 전환되었다. 내 머릿속에만 있던 이야기가 칸칸이 배치된 만화가 되어 약동하고 있다. 처음 볼 때는 그 박력과 감동에 늘 흥분하고 만다. 흥분한 채 획획 건너뛰듯 읽은 다음 두 번째는 원작자의 눈으로 찬찬히 페이지를 넘긴다.

구즈미 나오토는 2년 전, 만화와 소설을 투고하는 사이트를 통해 알게 되었다. 나는 소설을 올리고 나오토는 일러스트를 올렸다. 처음에는 서로의 작품에 좋다는 말을 할 뿐이었는데, 어느 날 나오토가 내 소설을 만화로 만들고 싶다며 연락했다. 원래 좋아하는 스타일의 그림이었는데, 올라온 만화는 짐작했던 것보다 멋졌다. 무엇보다 나오토가 원작을 존중해 준 점에 호감이 갔다.

원작과 작화로 짝을 이뤄 봐야 싸우고 헤어지는 경우가 많다. 이야기의 핵은 원작자에게 있고, 만화의 핵은 작화를 한 사람에게 있기 때문이다. 양쪽이 균등한 힘으로 잡아당겨 줄이 팽팽한 상태가 이상적이지만, 어느 한쪽이 힘이 빠져 균형이 무너지면 작품 자체가 붕괴된다. 나오토는 사소한 부분 하나하나 내게 확인을 받았다. 그래서 나도 나오토에게 이야기를 맡길 마음이 생겼다. 나와 나오토의 작품은 사이트에서 좋은 평가를 받았고, 그에 고무된 우리는 대형 출판사의 소년지에 투고했다. 결과는 낙선. 노력상에도 들지 못해 풀이 죽어 있을 때, 같은 출판사의 청년지 편집자로부터 연락이 왔다.

"너희들 만화는 청년지에 더 맞는다고 생각하는데."

우에키라는 편집자는 그렇게 말했다. 우리가 투고한 소년지 편집자가, 좋은 신인인데, 이쪽보다 그쪽에 더 맞겠다고 하면서 원고를 보내 주었다고 한다. 내용이 좋더라도 독자층에 따라 꽂히지 않을 수도 있다고 말해, 그 관점은 없었다는 걸 깨달았다.

그때부터 우에키 씨가 나와 나오토의 작품을 봐 주게 되었다. 그리고 작년에 우에키 씨의 조언을 반영해 완성한 작품을 청년지에 투고, 드디어 우수상을 받았다. 그 일을 계기로 정식 담당 편집자가 된 우에키 씨와 함께 지금은 셋이 연재를 목표로 하고 있다.

"이러다 장차 진짜 만화가가 되는 거야?"

"꿈이 있어서 좋겠다."

당시에 다녔던 교토의 고등학교에서 한동안 화제가 되었지만, 나 자신은 꿈 따위는 꿔 본 적이 없다. 남자에게 정신이 팔릴 때마다 아들의 존재를 잊어버리는 엄마. 엄마는 남자를 만나기 위해 초등학생이었던 나를 집에 혼자 내버려 두는 일도 다반사였다.

 엄마가 오래전부터 술집에서 일했기 때문에 혼자 집을 지키는 것에는 익숙해졌는데, 외로움에는 도무지 익숙해지지 않는다. 혼자 지내는 밤, 나는 만화의 세계로 도피했다. 친구에게 빌려 읽고, 동네 헌책방에서 선 채로 읽고. 아무리 읽어도 끝이 없는 가상 세계가 나를 위로해 주고 현실에서 벗어나게 해 주었다. 내게 이야기는 꿈이 아니라 나를 현실에서 꺼내 주는 없어서는 안 될 수단이었다.

 그러다 나 스스로도 노트에 만화 비슷한 것을 끄적거리기 시작했다. 그러나 내게는 회화적 감각은 없는 것 같았다. 머릿속에서 넘쳐나는 세계를 빨리 형태로 만들고 싶은 나머지 대사만 써 나가다 보니, 점차 그쪽이 더 많아진 것이다.

 나오토는 그 반대라고 했다. 오로지 마음에 드는 장면을 그리고 싶을 뿐, 이야기로 구성하지는 못한다는 것이다. 이야기 밖에 쓰지 못하는 나와 그림밖에 그리지 못하는 나오토. 불완전하기 때문에 오히려 서로에게 없는 것을 보완할 수 있다, 너희들은 1+1 이상이 될 수 있다고 우에키 씨는 말한다.

 나는 잘 모르겠다. 뭔가가 부족하다는 것은 내게 고통이며 외로움일 뿐이다. 뒤틀린 것에, 그 나름의 가치를 부여하는 것은 언제나 타인이다.

 한 곡이 끝나고 다음 곡으로 넘어가는 사이, 엄마의 애인이

미스터 칠드런을 노래하는 소리가 희미하게 들린다. 헤드폰을 꽉 끼어 소리를 차단한 다음, 공간 박스에 둔 위스키를 꺼내 머그컵에 따랐다. 병에 하얀 마커로 쓴 가즈 씨라는 글자가 군데군데 지워져 있다. 이제 오지 않는 손님의 위스키다. 그냥 스트레이트로 마셨다. 술을 중학생 때부터 마시고 있다.

"그 사람이랑 똑같이 마시네."

아빠도 위스키 스트레이트를 좋아했다고 한다. 엄마는 몸에 안 좋다고 입으로만 잔소리를 하지, 그다음은 보이지 않는 척한다. 자신이 늘 멋대로 구는 탓에 나에 대해서도 뭐라 하지 않는 것이다. 편하다는 마음 한편으로 부모의 애정이란 과연 무엇인지 생각하게 된다.

한 모금, 두 모금, 술이 지나가는 길을 따라 열이 나고, 온몸이 무거워지고, 반대로 의식은 부유한다. 술도 만화도 자신을 '여기가 아닌 세계'로 날려 보내기 위한 도구이다.

양손으로 헤드폰을 꽉 누른다. 청각을 음악으로 채우고 사고를 이야기의 세계로 꽉 채운다. 취기가 돌면서 의식이 나의 윤곽에서 빠져나가 멀리멀리 퍼져 나간다.

이때만 나는 자유로워질 수 있다. 엄마를 돌보는 것도, 술의 재고량도, 다음 달 지불 건도 다 떨쳐 버리고, 어디에도 없는 이야기의 세계에서 내 마음껏 놀 수 있다.

'마신 거야?'

불쑥 이노우에 아키미의 얼굴이 스쳤다.

●
이노우에 아키미, 17세, 봄

오늘 밤도 아빠는 집에 들어오지 않는다. 아빠에게 애인이 있다는 건 엄마도 알고 나도 안다. 엄마와 나는 물론 온 섬사람들이 다 알고 있다.
"도쿄에서 온 재봉 선생이라네."
"내버려 둬. 도시 사람이 섬에서 오래 살기는 힘들지."
"남자의 외도는 감기 같은 거니까."
아주머니들의 그런 격려에 엄마는 너그럽게 웃었다.
"어째 통 모르겠군. 부인보다 나이가 많다던데."
"얼핏 봤는데 별 매력 없던데."
"가끔은 색다른 것도 먹고 싶기 마련이지."
아저씨들은 볕에 그은 얼굴을 붉히며 낄낄거렸다.
2년 전 일이다. 여자는 이내 섬을 떠날 것이고, 남자는 곧 질릴 것이다. 다들 그렇게 생각했지만, 3년째가 되는 올봄에 아빠가 집을 나갔다. 엄마는 이제 웃지 않는다. 늘 짜증을 내고 사소한 일 하나에도 화를 낸다.
내가 남편을 가장 잘 이해한다, 남편은 어차피 돌아올 것이다, 그러니 남편을 자유롭게 풀어 줄 수 있는 것이라는 아내의 여유. 사실 처음부터 그런 여유는 없었을 텐데, 엄마가 그렇게 위장하며 가까스로 자신을 유지하고 있었다는 걸 최근에 알았다.

얼마 전부터 아빠가 일주일에 절반밖에 집에 들어오지 않았다. 지금은 한 번도 들어오지 않는다. 엄마는 분노와 우울증으로 기운을 잃었고, 한 달에 두 번 다리 건너 이마바리의 멘탈 클리닉에 안정제를 받으러 간다. 섬에도 병원이 있지만 소문이 날 테니 가기 싫다고 한다. 그 심정은 알지만, 소문은 이미 다 나 있다. 이 섬에서는 아주 사소한 일조차 비밀로 할 수 없다.

그런데도 식탁에는 아침이 차려져 있고, 학교에서 돌아와 보면 빨래도 청소도 저녁 준비도 변함없이 다 되어 있다. 힘들 때는 쉬라고 말하는데도 엄마는 듣지 않는다.

"아빠가 언제 돌아올지 모르잖아, 아빠는 너저분한 것을 싫어하는데."

그렇게 말하고는 집안일을 완벽하게 해 놓고서 힘이 다했다는 듯 식탁 의자에 앉아 축 늘어진다. 그리고 예전에는 마시지 않던 술을 마신다.

한밤중에 목이 말라 눈을 떴다. 1층으로 내려가니 엄마가 현관 입구에 앉아 있어 깜짝 놀랐다. 낡은 미닫이 유리문 너머에서 비치는 현관의 불빛 속 엄마 모습은 마치 유령 같다. 엄마를 에워싼 공기 전체에 알싸한 술 냄새가 자욱하다.

"거기서 뭐 하는 거야?"

조심조심 말을 걸었다. 엄마가 천천히 돌아보았다. 한밤인데 반듯하게 옷을 입고 화장까지 하고 있다. 왜 그러고 있느냐고 묻기도 겁난다.

"있지, 아키미."

"응?"

"아빠 어떻게 지내는지 보고 와."

헉, 숨을 삼켰다.

"……지금?"

"내일이라도 괜찮아. 면담 있어서 학교 빨리 끝나지?"

내가 뭐라고 대답하기 전에 엄마가 말을 주르륵 늘어놓았다.

"그 여자, 이마바리에서 자수 교실 한대. 대단하지. 그래도 여자 혼자 먹고살려면 힘드니까 성격은 까칠할지도 몰라. 아빠는 섬사람이라 여자한테 꽉 쥐여사는 거 잠자코 견딜 리 없으니까, 이제 돌아오고 싶어 하지 않을까 모르겠네."

"엄마."

"남자는 체면이 있으니까, 이쪽에서 굽히고 데리러 가야지. 짜증 나지만 체면을 세워 주지 않으면 돌아오고 싶어도 돌아

1장 파도 소리 27

올 수 없잖아."
"엄마."
"아빠는 그래 봬도 로맨티시스트야. 드러내지 않지만, 사실은 연애 영화 같은 것도 좋아하고. 그래서 그런 기분을 느끼고 싶었던 거겠지. 귀엽잖아."
나는 어두컴컴한 현관에 우두커니 서서 엄마가 주절거리는 소리를 가만히 듣고 있다. 부모라는 존재에 대한 절대적인 신뢰감. 안도감. 그런 것이 모래사장에 쓴 글자처럼 파도에 씻겨 덧없이 사라진다. 어찌할 도리가 없는 나는 두려움에 떨었다.

오늘 아침에는 불안과 함께 눈을 떴다. 살금살금 부엌을 들여다보니, 엄마가 잘 잤니? 하며 돌아보았다.
"달걀구이랑 달걀말이, 어느 쪽이 좋아?"
평소 아침과 다름없다.
'어젯밤 일은 꿈이었구나.'
그렇게 생각하고 흘려버리기로 했다. 꿈이 아니라는 건 알지만, 어젯밤 기억을 아침과 함께 억지로 꿀꺽 삼켰다.
"다녀올게."
현관을 나서려는데, 엄마가 잠깐, 하며 메모지를 건넸다. 이웃 섬의 버스 노선도와 내리는 정거장, 간단한 지도가 그려져 있다.

"밥 지어 놓고 기다린다고, 아빠에게 전해 줘."

그날 수업은 듣는 둥 마는 둥 했다. 수업이 끝난 후에는 도서실로 피신했다. 입시용 참고서를 펼쳤지만, 눈으로만 볼 뿐 머리에는 들어오지 않는다.

고등학교를 졸업하면 섬을 떠나서 마쓰야마나 오카야마에 있는 대학에 진학할 생각이었다. 다른 아이들도 멀고 가깝고의 차이는 있지만, 대개 섬을 떠나려 한다. 섬에는 일거리가 없다. 앞날을 같이하고 싶은 상대도 없다. 전교생이 고작 90명 정도인 고등학교에서 연애가 성립한다는 건 기적이다. 물론 그 가운데에는 사귀는 아이들도 있다. 그리하여 무사히 결혼까지 가면 다행이고 평화롭지만, 도중에 헤어지면 골치 아파진다. 몇 년이 지나도, 다른 누군가와 결혼을 해도, 무슨 일이 있을 때마다 끊임없이 '그 아이들, 옛날에 사귀었잖아.' 하는 소리를 들어야 하니, 상상만 해도 끔찍하다.

새끼손가락을 들어 올리며 '저 아이, 누구누구의 옛날 이거.' 하는 눈빛으로 보는 것은 더더욱 싫다. 그 대상이 여자라는 것도 이해가 가지 않는다. 남자는 훈장처럼 여기면서 말이다. 그런 사고방식이 시대착오적이라는 걸 노인네들도 잘 안다. 그러나 바깥세상과 섬은 달걀의 반투명한 막처럼 얇은 막으로 나뉘어 있고, 섬에는 섬 나름의 법도가 있다.

'나는 좀 더 넓은 세상을 보고 싶은데.'
 천창을 올려다보자 눈부신 빛이 비쳐 눈이 찡그러진다. 아빠가 영영 돌아오지 않아 부모가 이혼하게 되면 전업 주부인 엄마와 나의 생활은 어떻게 될까. 대학 진학 운운할 상황이 아닐 것이다. 그 정도는 안다. 그렇다면 어떻게 해야 하나.
 장학금을 받으려 해도 내 성적은 그렇게 우수하지 않고, 학자금 대출은 변제하기가 힘들다고 한다. 이혼해도 아빠는 딸의 학비를 대 줄 것인가. 기껏 1년 앞의 미래조차 보이지 않아 참고서를 덮어 버렸다. 공부해 봐야 소용없을지도 모른다.
 이런저런 생각을 하고 있는데 휴대 전화가 진동했다. 친척 아주머니로부터 문자가 들어와 있다. 오늘 풍어이니 어항에 와서 생선을 받아 가라는 내용이다. 평소 같으면 귀찮았을 텐데, 오늘은 아빠를 만나러 가지 못할 이유가 생겨서 반가웠다.
 자전거를 타고 해안선을 따라 달려간다. 광활한 바다를 질러 섬에 도달한 바닷바람에 머리칼이 날려 이마와 볼에 살짝살짝 스친다. 1년 내내 잔잔하고 밝은 에메랄드 빛 바다. 따스한 햇살과 아직은 조금 쌀쌀한 바닷바람. 이대로 한없이 달리고 싶다.
 섬을 싫어하는 건 아니다. 여행을 가서 다른 바다를 보아도, 역시 이 섬의 바다가 최고라고 느낀다. 자신이 태어나고 자란 섬을 사랑하는 마음과 섬을 떠나고 싶은 마음. 내 안에서 정반대 두 마음이 소용돌이치고 있다.

어항에는 벌써 냄비와 바구니를 든 사람들이 줄 서 있고, 어부 아저씨들이 그 안에 생선을 툭툭 담아 주고 있다. 은빛 까나리가 봄의 햇살에 반짝거린다. 비닐 주머니를 얻으려고 아는 사람을 찾는데, 낯선 여자가 시야에 들어왔다.

볕에 그을지 않은 하얀 피부와 웨이브 진 밝은 색 머리칼. 민트색 긴 원피스가 잘 어울린다. 조선소 공원을 쫓아 아들과 함께 교토에서 왔다는 소문을 들었다. 사근사근하게 주위 사람들에게 말을 걸지만, 히죽거리는 남자들과 대조적으로 여자들은 피하는 눈치다. 참 딱하다고 생각하면서 바라보고 있는데, 누군가가 옆으로 다가왔다.

같은 학년의 아오노 카이였다. 학교 가방이 아닌 검은 가방을 들고 있어 도시 남학생이란 인상을 풍기고, 우리와 똑같은 교복을 입었는데 왠지 세련되게 보인다. 카이는 자기 엄마를 마치 남 보듯 바라본다. 섬 아이들은 보통 눈이 큰데, 카이의 눈은 옆으로 가늘게 흐른다. 그런데도 매섭게 보이지 않는 것은 눈꼬리가 처져서일까. 다감한 건지 신경질적인 건지 모르게 생겼다.

"아!"

바람이 불면서 코끝에 스친 술 냄새에 나도 모르게 소리가 흘러나왔다. 카이가 이쪽을 돌아본다. 왜? 하는 표정. 아차,

하면서도 어쩔 수 없이 입을 열었다.

"또 마셨어?"

예전에 학교 복도에서 물었을 때는 무시당했다.

카이는 대답을 할까 말까 망설이는 듯 고개를 갸우뚱했다.

"어떻게 알았냐?"

무시하지 않았다. 그것만 해도 안심이 되었다.

"이 섬 남자들은 자주 마시니까."

"그래?"

한 달에 두 번 집회소에서 모임이 있다. 중학생이 되기 전에는 종종 놀러 갔다. 섬에서 일어나는 이런저런 일에 대해 얘기한다는 명분으로 모이지만, 끝에는 술판이 벌어지는 일이 잦았다.

어렸을 때부터 술 냄새에 익숙하다. 하지만 그런 술과는 다른 술이 있다는 것을, 나는 최근에 알았다. 혼자 마시는 술은 여럿이 떠들면서 마시는 술보다 냄새가 독하다. 엄마의 주량은 나날이 늘고, 부엌 싱크대 밑에도 소주병이 나날이 늘어가고 있다.

"카이."

생선이 든 냄비를 들고 카이의 엄마가 뛰어온다.

"이것 좀 봐. 오늘은 까나리. 반짝거리지. 뭐 해서 먹을거나."

"뭐든 상관없어. 아니, 이 정도는 혼자 들 수 있잖아."

냄비를 받아 들려던 카이의 손에서 휙 몸을 돌리더니 여자가 나를 보았다.

"여자 친구? 귀엽다."

놀라서 얼른 고개를 저었다.

"아이, 괜찮아. 방해해서 미안하네. 이건 됐으니까 데이트해."

"그냥 같은 학년이야."

"쑥스러워하기는."

여자는 혼자 종알거리고는 콧노래를 부르면서 돌아갔다. 얄팍한 샌들을 신어 그런지 걸음걸이가 위태로운 데다 민트색 원피스 자락이 바람에 날려서 몸까지 날아가 버릴 것 같다. 묘하게 불안정한 분위기. 어항 아저씨들이 힐금힐금 쳐다본다. 남자는 저런 분위기의 여자를 좋아하는 것이리라. 그 기분 안다. 아빠도 그랬다면 좋은데. 저런 여자라면, 아빠가 집으로 돌아왔을 듯한 느낌이.

"그렇게 노려볼 거 없잖아."

아, 하면서 옆을 보았다.

"뭐, 여자가 좋아할 스타일은 아니지만."

"노려본 거 아니야. 엄마가 예뻐서 본 것뿐이라고. 섬에는 없는 스타일이잖아. 동네 아주머니들, 자기 남편이 저런 사람과 바람피울까 봐 걱정이 이만저만 아니야."

서둘러 변명하자, 카이는 입가를 비틀며 웃었다.

"걱정할 거 없다 그래."
"뭐?"
"어차피 바람이나 피우는 여자, 그 정도 여자라는 거잖아."
 무슨 말인지 금방은 의미를 몰랐다. 머릿속으로 카이의 말을 곱씹어 보고는, 자신이 얼토당토않은 실수를 했다는 걸 알았다. 카이는 화를 내지는 않았지만, 나를 보는 눈은 차갑다.
"저, 나, 그런 뜻으로 말한 거 아니야."
 자신의 실수에 귓불까지 화끈거린다.
"알아. 신경 쓸 거 없어. 그럼."
 카이가 몸을 돌렸다. 나는 순간적으로 카이의 셔츠를 잡았다. 카이가 움찔 놀라면서 돌아본다.
"뭐야?"
 나는 물고기처럼 입을 뻐끔거린다. 카이의 엄마는 남자를 쫓아 섬에 왔다. 그런 유의 여자라고 깔봤다고 생각하지 않았을까. 그러지 않았다. 아니, 그랬는지도 모른다. 내 마음속 어딘가에서 카이의 엄마를 경멸했는지도 모른다. 그래서 무의식적으로 그런 말이 나왔는지도. 하지만 그게 다는 아니고, 나는, 나는…….
 당황스러워하는 카이의 셔츠를 잡아당기면서 어항 앞에 있는 버스 정거장으로 성큼성큼 걸어간다. 나는 뭘 하려는 걸까. 머릿속이 뒤죽박죽이다. 카이는 더없이 짜증 난다는 표정을 짓고 있지만, 그래도 내가 이끄는 대로 따라오고 있다. 한 시간에 한 번 다니는 버스가 다행인지 불행인지 바로 왔다.
"어디 가는 건데?"
평일 낮, 텅 빈 버스의 맨 뒷자리에 앉아 카이가 물었다.
"진짜 데이트하는 건가?"
고개를 가로젓는다. 설명하기 어렵지만, 그래도 뭐라고 말을 해야 한다.
"······아빠 데리러 가는 거야."
카이가 왜 나까지, 하는 표정을 지었다.
"우리 아빠 지금, 좋아하는 사람 집에 있어."
잠시 후, 카이가 알 것 같다는 듯이 고개를 약간 숙이고 뒷덜미를 긁적거렸다.
"아, 씨, 귀찮게."
나는 어깨를 바짝 움츠렸다.
"미안해. 다음 정거장에서 내려."
"그런 뜻이 아니라, 어른들은 정말 제멋대로다 그 말이야."
어, 하며 옆을 돌아보았다.
"애인 집에 혼자 쳐들어가겠다고? 강단 있네."
후, 숨을 내쉬며 카이는 등받이에 몸을 기댔다. 위로의 말은 없고, 같이 가 주겠다는 분위기만 전해진다. 친근하게 얘기한 적도 없는 남학생과 단둘이. 그런데 울고 싶을 정도로 안도했다. 우리는 계속 덜커덩거리며 시마나미 해안 도로를 달리는 버스 제일 끝자리에 나란히 앉은 채 각자 다른 방향을 바라보았다.

섬과 섬을 잇는 다리를 건너 이웃 섬에 들어서서, 메모에 쓰인 버스 정거장에서 내렸다. 과수 재배가 주된 산업이라 한가로운 우리 섬에 비해 조선소가 있는 이쪽 섬은 활기가 있다.

"아, 편의점."

지도를 보면서 걸어가다가 로손을 발견했다.

"뭐 살 거야?"

"아니, 우리 섬에는 없어서 그만."

"아, 그렇지. 이사 와서 편의점이 없다는 걸 알고 얼마나 절망했던지."

여기까지 왔는데 들렀다 가자며 카이가 로손으로 들어간다. 뭘 살 기분이 아닌 나는 가게 안에서 서성거릴 뿐인데, 카이는 샌드위치와 빠삐코를 샀다. 편의점에서 나오자 카이는 바로 샌드위치의 포장을 벗기고 걸으면서 먹기 시작했다.

"먹을래?"

카이가 에그 샌드위치를 내밀었지만, 나는 고개를 저었다. 해안을 따라 걸어가자, 이 섬에서 가장 큰 동네가 보였다. 큰길을 걸어 산 쪽으로 올라갔다. 하야시 도우코 씨의 집은 그 길 끄트머리, 산자락 가까이에 있었다. 오래된 단층집이고, 대문에서 현관까지 가는 길에 노란 목향장미가 피어 있다.

"안 가?"

"좀 살펴보고 싶어."

우리는 뒤쪽으로 돌아갔다. 너른 마당에 나무와 꽃이 빽빽하게 자라 있다. 어수선해서 손질을 안 한 인상인데, 왠지 오히려 세련되게 보인다. 엄마도 가드닝을 좋아하지만 느낌이 다르다. 멍하니 바라보고 있는데, 옆에서 불쑥 빠삐코가 튀어나왔다.

"응?"

"빠삐코는 나눠 먹는 거잖아."

아하, 하고는 순순히 받아 들었다. 새하얀 꽃이 흐드러지게 핀 가는잎조팝나무 그늘에 둘이 앉아 쭙쭙 긴장감 없는 소리를 내고 있으려니, 툇마루에서 여자가 내려왔다.

"애인?"

카이가 작은 소리로 물어서, 고개를 끄덕였다. 엄마보다 나이가 많으니까 사십 대 중반일 텐데, 무척 젊어 보인다. 남자처럼 목덜미가 보이는 짧은 머리에 베이지색 원피스, 엷게 화장한 얼굴에 꼿꼿한 등. 식물에 물을 주는 모습이 카이의 엄마처럼 알기 쉽게 여성스러운 게 아니라, 건강하고 젊은 나무 같다.

"이미지가 다른데."

카이가 그렇게 중얼거렸을 때, 머리 위에서 쏴 물이 쏟아졌다. 놀라서 벌떡 일어났는데, 아차 할 새도 없이 도우코 씨와 눈이 마주쳤다.

"아, 저, 죄송합니다. 저는."

도우코 씨는 당황한 기색 하나 없이, 내게 방긋 웃어 보였다.

"그 사람 딸이지. 오랜만이네."

"네?"

"작년에 이마바리의 교실에 왔었잖아."

나는 눈을 번쩍 떴다. 엄마가 부탁한 것도 아닌데, 나는 작년에 도우코 씨가 진행하는 자수 교실의 초보자 코스에 다녔다.

"저를, 알고 있었어요?"

"그 사람에게 이름을 들었고, 주소도 같아서. 말을 걸어오면 인사하려고 했어. 내 쪽에서 나서서 납니다, 할 수는 없으니까."

"……죄송합니다."

"들어와. 차라도 같이 마시게."

툇마루에서 기다리라고 하면서 도우코 씨는 안으로 들어갔다.

"왜 사과를 하는 거야."

카이는 어처구니없다는 표정이다.

"무슨 일이든 처음이 중요하다고. 되돌리기 어려워."

"돌아가고 싶어."

"뭐? 그냥 돌아간다고?"

어쩔까 생각하고 있는데, 안쪽에서 소리가 들렸다.

"아키미, 중국차 마실 줄 알아?"

"네, 마셔요."

나도 모르게 대답하고는, 앗 하며 입을 막았지만 이미 늦었다. 카이는 바보 아니야 하는 눈빛으로 나를 보더니, 낮은 울타리를 넘어 마당으로 들어갔다. 툇마루에서 긴장한 채 기다리려니, 도우코 씨가 쟁반을 들고 돌아왔다. 세 사람의 차와 과자가 툇마루에 놓인다.

"……아, 예쁘다."

저절로 말이 나왔다. 유리 찻주전자 안에 흰색과 주홍색 꽃이 피어 있다.

"공예차야. 꽃이 찻잎에 말려 있어. 따끈한 물을 부으면 천천히 풀리면서 안에 있는 꽃이 벌어지는 거야. 이건 릴리랑 말리화 보이차."

"말리화?"

"재스민을 말하는 거야."

차 속에 핀 꽃들에 넋을 잃고 있는 내 옆에서 도우코 씨는 금색 조그만 나이프로 파운드케이크를 자른다. 아이싱이 또르르 떨어질 듯 녹진하고 하얘서 마치 동화에 나오는 과자 같다. 작은 접시에 옮겨 담을 때, 상큼한 냄새가 코를 간질였다.
"음, 좋은 냄새."
"너희 섬에서 수확한 레몬이야."
아빠가 가져온 것일까.
"아직 레몬 철이 아닌데."
"말린 거야. 오래 보관할 수 있으니까."
"집에서 그렇게 만들 수 있어요?"
"간단해. 오븐에 넣어서 저온으로 말리면 끝."
우리 집에서도 엄마가 레몬으로 잼이나 술이나 시럽을 자주 만들지만, 말린다는 얘기는 처음 듣는다. 유리 주전자에 새하얗고 작은 접시, 금색 나이프와 포크.
'이런 걸 어디에서 팔지.'
살색에 가까운 매니큐어를 바른 손톱. 새삼스럽게 손이 참 예쁘다는 것을 알았다. 매끈하고 촉촉하고 긴 손가락. 얼핏 봐서는 남자아이 같은데, 세세한 부분이 완벽하다. 잘 드러나지 않는 그런 부분이 왠지 비밀스러워 보인다.
'엄마 손톱이랑 전혀 다르네.'
숨이 갑갑해서 실내로 시선을 돌렸다. 집의 평범한 외관과 달리 거실은 시원스럽고 넓다. 원래 있던 방의 벽을 철거하고 확장한 듯하다. 마룻바닥과 새하얀 회벽. 푹신해 보이는 소파에 남자용 줄무늬 셔츠가 놓여 있다. 아빠 것일까.

"너에게는 미안하다고 생각해."

도우코 씨가 불쑥 말했다. 갑작스러워 당황했다. 뭐라고 대답을 해야 한다. 아무리 생각해도 불륜은 나쁜 짓인데, 나를 보는 도우코 씨 눈은 너무도 올곧다.

'너에게는, 미안하다고, 생각해.'

에게는, 이라는 말로, 내게는 미안하지만 엄마에게는 그렇지 않다는 암시를 하고 있다. 도우코 씨는 단 한마디로 우리 가정의 어두운 미래를 예시했다. 이 사람은 아빠를 돌려보내지 않을 것이다. 나는 화를 내야 한다. 상식에도 도리에도 맞지 않는다. 최소한 머리 숙여 사과해야 하지 않나. 그러나 사죄한다고 해서 변하는 것은 없다. 나는 아직 남자를 사귄 적이 없지만, '연애'가 그런 것이 아니라는 것쯤은 안다.

도우코 씨는 특별히 미인도 아니다. 얼굴만 보면 엄마 쪽이 애교도 있고 더 귀여울지 모른다. 게다가 도우코 씨는 엄마보다 나이가 많다. 그런데도 당당하고 기품 있다. 얼굴이 예쁘다거나 섹시하다거나 젊다는 것보다 훨씬 고급스럽고 오래가는 물건 같다.

울음이 터질 것 같아 입술을 깨물었더니 도우코 씨 표정이 흔들렸다. 그때 알았다. 도우코 씨도 지금 마음이 평온하지는 않다는 것을. 피차 터지기 일보 직전에 짝, 손뼉을 치는 소리가 울렸다. 도우코 씨와 나는 동시에 어깨를 피끗 움직이고는 소리가 난 쪽을 보았다.

"잘 먹겠습니다."

카이가 두 손을 모으고 머리를 숙인 다음, 파운드케이크를 손으로 집었다. 우걱우걱 씹고 잔에 따라 놓은 꽃차를 꿀꺽 마신다. 카이는 맛있다는 말 한마디 없이 남은 파운드케이크를 꽃차와 함께 싹 해치우고는 또 짝, 하고 손뼉을 쳤다.

"잘 먹었습니다."

손을 모으고 머리를 숙인다. 연기 같은 동작에 도우코 씨가 웃었고, 넘쳐흐르려던 나의 눈물도 쏙 들어갔다. 마음을 가라앉히고 먹어 본 파운드케이크는 맛있었다. 듬뿍 들어간 버터 맛, 상큼한 레몬의 풍미. 꽃차는 지금까지 마셔 본 적 없는 향과 맛이었다.

"실례가 많았어요. 차와 케이크, 맛있었어요."

왔을 때처럼 우리는 마당의 나무 울타리를 넘어 나갔다.

"저녁도 먹고 가지 않을래?"

"아니요. 그냥 갈게요."

"그 사람, 곧 들어올 텐데."

"우리 집에서도 엄마가 저녁을 짓고 있어요."

"그렇구나, 그래."

도우코 씨가 고개를 끄덕이고는 또 언제든 놀러 오라고 말했다.

잠시 생각한 후에 고개를 가로저었다. 도우코 씨는 마지막까지 아빠를 '그 사람'이라고 불렀다. 내게 맞춰 '아빠'라고 부르지 않았다.

언덕길을 내려가 저녁 햇살이 눈부신 해안선을 따라 버스 정거장으로 걸어간다. 파도가 칠 때마다 파도 머리가 폭력적으로 반짝거려 눈이 아프다. 고개 숙인 내 발에서 그림자가 길게 뻗어 있다.

"그 여자, 힘들겠는걸. 상대하기에 너무 세."

카이가 혼자 중얼거리듯 툭 말을 뱉었다. 동감이다. 어쩌면 좋을지 모르는 채 걸어가는 내 옆으로 버스가 지나갔다. 버스 정거장은 바로 코앞이다. 뛰면 탈 수 있는데, 몸에 힘이 들어가지 않는다.

"힘들어?"

카이가 내 얼굴을 들여다보기에, 괜찮다고 대답했다.

"다음 버스는 언제야?"

"한 시간쯤 지나서."

카이가 얼굴을 찡그렸다.

"할 수 없지. 그럼 좀 쉴 만한 곳. 맥도…… 없지, 참."

카이가 어깨를 축 늘어뜨리고는 바다로 시선을 돌렸다.

"일단 좀 앉자."

카이가 가드레일을 넘어 비탈진 옹벽을 성큼성큼 걸어 내려갔다.

아무도 없는 바닷가에 귤 하나가 파도에 밀려 올라와 있다. 조금 전에 내려온 옹벽에 기대어 모래사장으로 발을 쭉 뻗었다. 약간 거리를 두고 카이도 앉았다. 카이가 휴대 전화를 만지작거리는 덕분에, 나는 안심하고 아무 말 않고 있을 수 있었다.

앞으로 어떻게 하면 좋을까.

집에 돌아가고 싶지 않다. 엄마에게 아빠는 돌아오지 않을 거라고 말할 수는 없다. 하얀 스니커즈 앞코를 메트로놈처럼 좌우로 흔들어 본다. 규칙적인 움직임에 몰두해, 어지러운 마음을 정돈하고 싶다. 자신을 작은 기계라고 생각하면 이 답답함이 좀 덜어지지 않을까.

"이렇게 고요한 바다도 있다는 거, 이 섬에 와서 처음 알았어."

문득 카이가 말했다.

"세토 내해는 평온해."

"파도 소리도 없고."

"저녁때는 특히 바람이 없으니까."

내가 작은 기계가 되어 있는 동안, 태양은 이미 수평선 가까이까지 떨어졌다. 바다가 잔잔하게 모습을 바꿔 간다. 맹렬하게 반짝거리던 수면이 어둡게 가라앉고, 파도가 너울너울

느릿한 움직임을 보이기 시작하면서 그 아래 어마어마한 깊이가 있다는 것을 깨닫게 한다.

"끌려 들어갈 것 같아."

"무섭지."

"너는 익숙하잖아."

"늘 봐도 익숙해지지 않네. 바다는 그 속을 알 수 없다고, 할아버지가 늘 말씀하셨어. 잘 안다고 방심하면 데려간대. 작년에 저 섬에서 관광객이 빠져 죽었어."

"그렇구나."

"세토 내해는 잔잔한 바다지만, 장소에 따라서 소용돌이치는 곳도 있거든. 다가가면 휘말려 들어가기 때문에 섬사람들은 더더욱 가까이 가지 않아."

이 섬에서 태어나고 자랐기에 바다가 무섭다는 것을 잘 안다. 날에 따라, 계절에 따라 날뛰기도 한다. 세상은 평온하지 않다고, 인생에서 폭풍우는 피할 수 없는 것이라고 가르치듯이.

"우리 엄마였으면 좋았을걸."

"뭐?"

"우리 엄마, 한번 반했다 하면 상대가 전부거든. 집안일이고 뭐고 다 팽개치고. 남자 입장에서는 그런 여자, 처음에는 사랑스러워도 점점 버거워지잖아. 결국은 버림받고 말지."

뭐라 대답을 못하고 있는데, 카이가 다시 말을 이었다.

"우리 엄마라면, 기다리면 아저씨가 돌아올 거라고 말하겠지만."

아, 그렇다. 카이가 나를 위로하려 하는 말이다.

"고마워."

"그런 말 듣기는 좀 민망하네."

그 말도 옳아서 나는 웃었다. 겨우 웃을 수 있게 되었다.

카이는 한 손으로 뒤쪽 모래를 짚은 채 해 질 녘의 바다를 보고 있다. 나는 카이가 전학 왔을 때 기억을 떠올렸다. 온 학교, 아니 온 섬이 시끌시끌했다.

"아빠는 없고, 엄마가 술집을 한대."

"엄마가 술에 취해서 기모토 아저씨 품에 안겼다던데."

"우리 할아버지가, 아오노 카이랑은 말도 하지 말라고 하더라."

교내에서 보는 카이는 언제나 혼자였지만, 그래도 불쌍해 보이지는 않았다. 카이에게는 혼자가 아주 잘 어울렸기 때문이다. 아이러니컬하게도 그런 분위기가 우리를 주눅 들게 했다. 싫든 좋든 우리와는 다른 이질적인 존재. 하지만 지금 옆에 있는 남자아이는 그냥 평범한, 아니 평범한 걸 넘어서 꽤나 친절한 아이로 보인다.

"오늘은 고마웠어. 정말 가기 싫었는데 같이 가 줘서."

다시 한 번 고맙다고 말했다.

"아니야. 나도 마음이 좀 편해졌어."
"마음이 편해졌다고?"
"이 섬에는 정상적인 가족만 있는 줄 알았거든."
"그게 무슨 말이야?"
"아빠, 엄마, 아이, 할머니, 할아버지, 여러 친척."
"다 그렇지는 않아. 유타네는 이혼해서 엄마가 섬을 떠났고, 마에네 아빠는 5년 전쯤에 마에다 선배 엄마하고 수상한 사이였고."
"이렇게 조그만 섬에서 잘도 그런 일이 생기네."
"그러게. 섬 안에서는 비밀이 없는데 말이지. 게다가 몇 년이 지나도 잊어 주지를 않고. 무슨 일이 생길 때마다, 옛날에 그런 짓을 했던 사람이라고 수군덕거릴 정도니까."
"우리 집 사정도 다들 알고 있더라. 소문을 얼마나 좋아하는 건지."
"오락거리가 없으니까."
이 섬에는 편의점도 맥도널드도 노래방도 없다. 그래서 수다가 중요한 오락이다. 무슨 일이 생기면 득달같이 모여서 이러쿵저러쿵 얘기를 나눈다.
"역시 인간은 커뮤니케이션을 해야 하는 족속인가 봐."
"좋게 말하면 그렇지."
우리 아빠가 바람을 피워 아내와 자식을 방치한 일은 몇 년이 지나도 이 섬사람들 기억에서 지워지지 않을 것이다. 앞으로도 동정의 눈길 속에서 살아야 할 것을 생각하면 우울하다.
"타인에게 웃음을 주기 위해 소비되기는 싫은데."
고개를 끄덕이며 이런 얘기를 할 수 있는 상대가 있어 다행이라고 생각했다.
"늘 술을 마시니?"
완전히 경계를 풀고 물어보았다.
"그렇지, 뭐."
"엄마가 뭐라고 안 해?"
"남자 말고는 별 상관을 안 하는 사람이니까."
"아들도?"
"아들도."
"너는 화 안 나?"
"안 나."
"어떻게?"
"화내 봐야 소용없으니까."
카이가 일어나 파도가 밀려오는 쪽으로 걸어간다.
"어른이라고 해서 그렇게 대단한 거 아니야."
교복 주머니에 손을 쑤셔 넣은 채, 카이는 발치로 밀려온 귤을 내려다보았다.
어른도 제멋대로 군다. 이기적으로 행동한다. 과자 가게 앞에서 이거 사 달라 저거 사 달라 떼를 부리는 아이처럼. 나는 열일곱 살이 되어서야 그런 사실을 알고 혼란스러워하고 있는데, 카이의 목소리와 태도는 잔잔한 바다처럼 평온해서 이 아이는 훨씬 전부터 그런 걸 알았는지도 모르겠다는 생각이 들었다.

바닷바람에 셔츠가 약간 부풀어 오른 등을 보고 있으려니, 둥그런 해안선 저쪽에서 버스가 다가오고 있었다. 좀 더 얘기를 나누고 싶다고 생각했을 때였다.

"다음에 또 얘기하자."

카이가 그렇게 말하며 돌아보는 바람에 나는 뜸 들일 새도 없이 응, 하고 대답했다.

돌아가는 버스 안에서도 맨 뒤에 앉았다. 올 때와는 달리 내내 얘기를 하다 보니 벌써 우리 섬에 와 있었다. 도중에 버스가 기타하라 화학 선생의 자전거를 앞질렀다. 기타하라 선생의 자전거 앞 바구니에는 식료품점의 비닐봉지가 실려 있다. 하얀 옷자락이 바람에 날린다.

"얼마나 서둘렀기에 옷도 안 갈아입은 거야. 부인이 악처인가."

딱하다는 말투에 웃음이 나왔다.

"기타하라 선생님은 이 섬에서 유일한 싱글 대디야. 유라는 어린 딸이 있고, 이 섬에 오기 전에는 간토 지방의 어느 고등학교에서 가르쳤대. 동사무소 아저씨가 그러더라."

"공공 기관에서 일하는 사람이 개인 정보를 떠벌려도 되는 건가 모르겠군."

"그런 곳이야."

"하루빨리 탈옥하고 싶다."

"졸업하면 섬을 떠날 거니?"

"나야 엄마 때문에 온 거니까. 너는?"

"생각 중이야."

어제까지만 해도, 당연히 섬을 떠나 진학할 거라고 대답했겠지만.

얘기하는 중에 어항 앞 버스 정거장에 도착했다. 카이의 집은 여기서 걸어서 20분 정도 거리. 우리 집은 산을 하나 넘어야 하지만, 자전거를 정거장에 두었기 때문에 같이 내렸다.

"산 넘어가는 거야?"

카이가 얼굴을 찌푸렸다.

"어둡고 위험한데, 데려다줄게."

"괜찮아. 늘 타고 다니는데, 뭐."

나는 자전거를 타고 나서 자, 하면서 턱을 치켜올렸다.

"어쩌라고?"

"뒤에 타. 가는 길이니까 태워다 줄게."

"반대 아니냐? 네가 뒤에 타야지."
"됐어. 어렸을 때부터 타고 다녀서 단련된 몸이라고."
빨리, 하고 재촉하자 카이가 후륜 보조 발판에 발을 올렸다.
"힘들면 말해. 무리하지 말고."
남자아이가 그렇게 배려해 주기는 처음이었다. 섬의 남자아이들도 친절하지만 조금 다르다. 자신이 여자라고 의식하게 되는 느낌.
카이가 내 어깨에 손을 올려놓는다. 얇은 교복 셔츠를 지나 체온이 전해져 왼팔이 간질간질해진다. 힘껏 페달을 밟자 뒤에서 으어억, 하는 소리가 들린다.
"너무 밟는 거 아니냐."
"보통이야."
오가는 차도 신호등도 없다. 섬 아이들은 속도를 줄이지 않는다.
"너의 보통과 나의 보통은 다르다고."
귓가를 스치는 바람 소리에 지지 않으려고 서로 소리를 지른다.
"도시는 그렇게 밝니?"
"밝지. 하지만 교토는 도시가 아니야."
"여기에 비하면 도시잖아."
"비교하는 것 자체가 잘못이지."

입을 크게 벌리고 웃었다. 바람이 정면에서 불어와 휘날리는 머리칼이 이마와 볼에 부딪친다. 이렇게 즐겁기는 오랜만이다. 순식간에 카이네 집에 도착했다. 카이네 집은 가게가 모여 있는 섬의 중심에 있다. 예전에는 식당이었는데, 지금은 '스낵바 호노카'라는 간판이 걸려 있다.
"고맙다. 멀리 돌아가게 생겼네."
"나도 오늘 같이 있어 줘서 고마웠어."
마지막 인사를 나누고 나자 어색한 틈이 생겼다.
"그럼, 갈게."
얼른 페달을 밟았다. 조심하라는 말소리가 들렸지만, 왠지 부끄러워 돌아볼 수 없었다.

집의 현관 앞에 서는 순간, 밝은 기분이 갑자기 사그라졌다. 부엌의 작은 창문으로 풍기는 음식 냄새와 함께 현타가 밀려온다. 오늘 일을 엄마에게 뭐라고 말하나. 뭐라고도 말할 수 없다. 말하고 싶지 않다. 하지만 내가 돌아갈 곳은 집밖에 없다.
현관문을 열고 다녀왔다고 평소와 다르지 않게 말했다. 안쪽에서 달려 나오는 발소리가 들린다.
"어서 와요. 늦었네."
나 혼자라는 걸 알자, 웃음 지었던 엄마 얼굴이 싸하게 흐려진다.

"아빠는?"

등이 써늘해진다.

"일하러 나가고 없었어."

"기다리면 되잖아."

짧은 침묵이 떨어진다. 엄마에게 나는 별 도움이 안 되는 딸이다.

"밥 다 됐어."

엄마가 겨우 미소를 띠고는 부엌으로 돌아간다. 나는 손을 씻으러 세면실로 갔다. 배가 고팠지만, 엄마와 단둘이 먹을 생각을 하니 마음이 무겁다.

유난히 반찬이 많았다. 까나리 조림, 죽순과 머위 조림, 닭고기와 산나물 튀김. 모두 아빠가 좋아하는 반찬이다. 어떤 심정으로 만들었을지 생각하자, 도우코 씨 집에서 파운드케이크를 먹은 것에 죄책감이 느껴졌다. 릴리와 재스민이 하늘거리던 꽃차도. 모두 죄다.

"어떤 사람이던?"

밥솥에서 밥을 뜨면서 엄마가 묻는다.

"보통."

"어떻게 보통인데?"

"보통이니까 보통이라는 거지."

"예쁘게 생겼던?"

얼버무릴 수가 없어 나는 머릿속에서 오늘의 기억을 쓸어냈다.

"수수했어. 음, 별 매력이 없다고 할까."

의식해서 일부러 거칠게 말했다.

"엄마가 그나마 예뻐."

"그나마가 무슨 뜻이니?"

눈살을 찌푸리지만 목소리는 사뭇 좋아하는 투다. 그래, 이런 식으로, 힘내자.

"굳이 신경 쓰지 않아도, 아빠 곧 돌아오지 않을까."

편하게, 편하게. 엄마가 심각하게 느끼지 않도록. 거기에만 정신을 집중한다. 엄마가 식탁 의자에 앉았다. 콩밥을 슬며시 입에 넣고, 닭튀김도 욱여넣는다.

"잘 씹어서 먹어야지."

햄스터처럼 입에 음식을 잔뜩 넣고, 맛있다는 뜻을 전하려 엄지손가락을 치켜든다. 엄마는 어이없다는 표정을 짓고는, 눈을 내리깔았다.

"아빠가 밥이나 제대로 얻어먹고 있나 모르겠네. 일하는 사람이니까 집안일은 뒷전일 거 아냐. 아빠는 입맛이 꽤 까다로운데."

얻어먹는다. 그런 표현은 싫다. 어른이니 알아서 챙겨 먹으면 된다. 그런 반발심과는 달리, 아빠 밥걱정은 할 필요 없다고 생각한다. 도우코 씨의 부엌에는 사용하기 편하도록 조리 도구가 잘 갖춰져 있었다. 무엇보다 과일도 제 손으로 말리는 사람이다.

"이거, 내일 아빠에게 좀 갖다줘."

엄마가 식탁을 둘러보아, 나는 움찔한다.

"싫어. 귀찮아."

"이거 다 아빠가 좋아하는 반찬이잖아."

"안 남아. 나 오늘 진짜 배고프단 말이야."

나는 둔감한 척하면서 접시에 담긴 반찬을 차례로 입에 욱여넣는다. 그리고 엄마를 안심시키려고 도우코 씨 험담을 잔뜩 늘어놓았다. 마음에도 없는 말을 뱉을 때마다 혀의 감각이 사라지는 듯하더니, 끝에는 맛도 알 수 없었다.

"오늘따라 잘도 먹네."

접시를 거의 다 비웠을 때, 엄마의 얼굴이 환해졌다.

"엄마가 해 준 밥, 맛있으니까."

그렇게 마무리를 하고 기분 좋게 내 방으로 돌아갔다. 손을 뒤로 돌려 문을 닫은 순간, 웃는 얼굴의 가면이 갈가리 찢겨 떨어진다. 옷을 갈아입을 기력도 없어서 교복 차림으로 침대에 퍽 엎어졌다. 위가 터질 듯 부풀어 토할 것 같다.

'아, 힘들다.'

불필요한 것을 욱여넣어 필요한 것이 밀려 나간다. 누운 채로 무거운 팔을 늘어뜨려 매트리스 밑에 숨겨 놓은 동그란 나무 자수틀을 꺼냈다.

'작년에 이마바리의 교실에 왔었잖아.'

그런 데는 가지 말 걸 그랬다. 남의 남편에게 손을 댄 나쁜 사람인데, 강단에 선 도우코 씨는 등을 꼿꼿하게 펴고, 제일 끝줄에 있는 내게까지 잘 들리는 밝은 목소리로 말했다.

"오트 쿠튀르 자수라 하면 아주 굉장한 자수일 듯한 느낌이 들죠. 선택받은 특별한 사람을 위한 것, 평범한 생활에는 필요 없을 듯한."

그렇게 생각한다. 바느질은 단추를 달고 치맛단이나 바짓단을 올릴 수 있으면 충분하다고. 한동안 수예에 빠졌던 엄마 때문에 온 집 안이 팬시한 수제 소품으로 가득했을 당시에는 마음까지 어수선했다.

"네, 필요 없는 것은 맞아요. 하지만 필요 없는 것의 아름다움을 향유하는 것이야말로 문화입니다. 오트 쿠튀르 자수는 파리를 대표하는 가문에서 사랑받아 온 예술이에요."

입이 쩍 벌어졌다. 문화, 더 나아가서 예술. 우리 생활 속에는 전혀 없는 언어의 나열.

"오트 쿠튀르 자수의 대표적인 기법에 뤼네빌 자수가 있는데요. 이 기법을 배우면 이런 것을 만들 수 있어요."

도우코 씨가 화르르 펼쳐서 보여 준 것에 잔물결 같은 탄식이 흘러나왔다. 순백의 웨딩베일에 동백 헤드드레스. 창문으로 비치는 햇살을 반사하며 무언가가 반짝반짝 빛난다. 동백꽃을 만들 때 진주색 스팽글로 꽃잎을 장식했다고 한다. 처음 보는 섬세한 아름다움에 나는 순간적으로 마음을 빼앗기고 말았다.

한 달에 네 번인 초보자 코스. 그 이상은 자수 교실에 다니지 못했지만, 내 손으로 그렇게 예쁜 것을 꼭 만들고 싶어서, 뤼네빌 자수바늘과 도안, 실, 천, 스팽글과 비즈를 사러 이마바리까지 다녀왔다.

원래 손재주가 없는 데다 혼자 힘으로 하려니 좀처럼 숙달되지 않는다. 기본인 체인 스티치도 제대로 하지 못해 나비 날개가 비틀렸다. 스팽글로 가리면 좀 나아질 것이다. 완성되면 키홀더로 만들어 가방에 달고 싶다. 하지만 엄마 눈에 띄면 곤란하다. 자수를 놓고 있다는 걸 들키면, 한바탕 소동이 벌어질 것이다.

침대에 엎어진 채 비틀린 날개를 쳐다보았다.

어렸을 때, 장난을 치면 어른에게 혼이 났다. 그런 짓 하면 못써요. 그런데 명색이 어른이 되어 가지고 해서는 안 되는 짓을 하고 있다. 아빠도, 엄마도, 도우코 씨도.

어른이 될수록 세계가 혼돈으로 가득해진다는 건 안다. 너무 겁이 나서, 이런 심정을 누군가에게 털어놓고 싶다. 그러나 그러려면 용기가 필요하다. 소문의 주인공은 언제나 고독하다.

'다음에 또 얘기하자.'

해 질 녘의 아스라한 공기 속에서, 나를 돌아보던 카이를 떠올렸다.

●

아오노 카이, 17세, 여름

저녁때부터 창작 파트너인 나오토, 담당 편집자 우에키 씨와 셋이 온라인 미팅을 가졌다. 내용은 월간 〈영 러시〉의 연재물을 따내기 위해서 편집 회의에 제출할 원고였다.

"반드시 따낼 수 있을 거야. 이 원고로 못 따면 그게 더 이상하지."

우에키 씨는 약간 흥분했고, 나와 나오토는 만면에 미소를 띠었다.

우에키 씨는, 예전에 투고했던 소년지 같으면 너무 진지해서 빼 버렸을 일화를 과감하게 집어넣어 오히려 개성이 명확해졌다고 말했다.

"데뷔작부터 안전하게 가면 재미없잖아. 승부를 걸어 보자고."

우에키 씨는 편집자 경력 3년, 아직 담당한 작품에서 히트작이 나온 적 없다. 적극적으로 열의를 보이는 우에키 씨에 힘입어, 평소에는 걱정이 많은 나오토까지 눈을 반짝거리며 앞으로의 일을 얘기했다.

"잡지에 연재하다니, 마치 꿈만 같네."
아키미의 눈이 휘둥그레졌다. 모래사장을 뒤로 짚고, 교칙을 준수한 긴 박스치마 아래로 세련미라고는 하나 없는 하얀 양말을 신은 두 다리가 드러나 있다.
"뭐, 그냥 기다릴 뿐, 큰 기대는 하지 않아."
"전문 편집자가 될 거라고 하는데도?"
"우에키 씨도 경력이 겨우 3년이라, 우리랑 비슷한 신인인데, 뭐."
"그래도 카이 너보다는 잘 알겠지."
"그야 그렇지. 그렇다고 전면적으로 믿을 수는 없지."
"카이는 있지."
아키미가 이쪽으로 얼굴을 돌렸다.
"꿈이 있는 사람치고는 되게 냉정해."
"어렸을 때부터 본의 아니게 현실을 보면서 커서 그런가."
"너의 지난 얘기는 너무 가혹해."
"사느냐 죽느냐의 서바이벌 게임을 했지."

농담으로 말했는데, 아키미는 웃을 일이 아니라며 얼굴을 찡그린다. 그렇지, 웃을 일이 아니지. 하지만 나는 웃을 일로 만들기로 했다. 슬픈 이야기를 슬픈 채로 끝내면, 예전의 내가 그 이야기 속에 영원히 갇힌다는 뜻이다. 나는 그 슬픈 이야기에서 벗어나, 같은 재료로 전혀 다른 이야기를 구성하고 싶다. 그래야 나 스스로를 구원할 수 있다.

그날 후로, 우리는 자주 만나 얘기를 나누게 되었다. 처음에 이노우에 아키미 가정의 진흙탕 같은 내부 사정을 들어서 그런지, 나도 거리낌 없이 내 얘기를 할 수 있었다. 자기 속을 털어놓고 비밀을 공유하는 최단 경로를 통해 우리는 '같은 족속인 동지'를 찾아낸 것이다.

학교에서는 별로 말하지 않는다. 학교가 끝나면 일부러 학교에서 멀리 떨어져 있고 사람이 거의 없는 해변에서 만난다. 이 섬에서는 남녀 고등학생이 친하게 지내면 바로 사귄다고 여겨진다.

"연재, 따내면 좋겠다."

"응, 이번에 안 돼도 우리 세 사람이 뭉치면 언젠가는 되지 않을까 싶어. 나와 나오토와 우에키 씨, 성격이 서로 다른데 균형감은 좋거든."

"나오토랑 우에키 씨는 어떤 사람이야?"

"우에키 씨는 평범한 어른인데, 흥분하면 열혈 맨이야. 고등학생 때 야구부였다는 말을 들으니까 납득이 가더라. 나오토는 섬세하다고 해야 하나, 자잘한 일에 매달리는 타입."

"카이보다 나이가 많다고 했나?"

"응, 두 살 위. 도쿄에서 혼자 살아."

"너도 내년이면 도쿄에서 살 거잖아."

아키미가 오렌지색 하늘을 올려다보았다. 너는 어떻게 할 거냐고 묻지 않았다. 부모의 이혼은 자식의 인생과 직결된다. 이혼하더라도 아키미 아빠가 학비를 대 주면 좋을 텐데.

"너랑 있으면 참 편해. 시시콜콜 얘기하지 않아도 알아주니까."

그러더니 아키미는 손을 뒤로 해 모래를 짚은 채 고개 숙인 나와 똑같은 포즈로 입을 다물었다.

"배고프다."

무거운 분위기를 떨쳐 내려는 듯 아키미는 책가방에서 자가리코를 꺼냈다. 좌르륵 종이 뚜껑을 뜯어내고 컵을 우리 사이의 모래에 쿡 박는다.

"네 가방에는 늘 과자가 들어 있더라."

"편의점 없으니까, 자급자족."

"그러다 너 살찐다. 안 그래도 장딴지가 튼실한데."

한 개를 집어 햇볕에 그은 아키미의 볼을 콕콕 찔렀다. 시끄럽다며 아키미가 입을 비죽 내민다. 아키미는 딱히 예쁘게 생기지는 않았다. 하지만 의지가 강해 보이는 짙은 눈썹과 커다란 눈이 좋다.

"대학 진학, 그래도 일단은 엄마랑 의논해 봐."

"말 못 해. 요즘 들어 주량이 더 늘었어."

"진로 희망 조사는 다음 주까지잖아."

"너는 좋겠다. 나도 도쿄에 가고 싶네."

모래를 한 줌 쥐고, 사락사락 떨어뜨리면서 아키미가 한숨을 쉰다.

"도쿄에 가서, 뭘 하고 싶은데?"

"어, 글쎄, 딱히."

"너는 공부가 하고 싶은 거냐, 아니면 그냥 섬을 떠나고 싶은 거냐?"

"갑자기 무슨 말이야?"

아키미는 눈만 깜박거린다. 나는 말을 할까 말까 망설였다.

"시간도 없는데, 이제 현실을 직시해야지. 부모가 뒷받침을 잘해 주는 아이들보다 우리는 불리하잖아. 손에 쥔 카드 중에서 절대 양보할 수 없는 걸 선택할 수밖에 없다고."

아키미의 미간에 주름이 잡힌다. 나를 살짝 노려보고는, 포기한 듯 고개를 숙였다.

"……지금은, 섬을 떠나고 싶은 마음이 우선일지도 모르겠어. 이 이상 소문의 표적이 되고 싶지 않아."

아키미의 아빠는 쌍방의 친척들이 설득해 집으로 돌아오기는 했지만, 그래도 일주일의 절반은 도우코 씨 집에서 지내고 있다. 온 섬에 가정의 속사정이 까발려진 데다 딱하게 바라보는 눈길 속에서 지내려니 괴로울 것이다. 늘 누가 축축한 손으로 만지는 듯한 불쾌감은 내가 먼저 경험했다.

"하지만 고졸 학력으로는 일을 선택할 수 없다는 것도 싫어."

"하고 싶은 일이 있는 거야?"

"아직 모르겠어. 그래서 선택할 수 있는 자유를 잃고 싶지 않은 거야."

"대학은 나중에도 갈 수 있으니까, 자격증을 따는 게 좋지 않을까."

"말은 쉽지."

아키미는 모래사장에 뻗고 있던 다리를 오므려 무릎을 껴안고 몸을 웅크렸다.

"……자수를 하고 싶어."

"자수?"

"도우코 씨가 하는 오트 쿠튀르 자수. 크로셰 바늘에 비즈나 스팽글을 꿰어서 천에 수를 놓는 거야. 파리 컬렉션에서도 사용되고, 정말 꿈처럼 아름다워. 그런 세계도 있다는 게 놀라웠어. 자수를 놓을 때는 그쪽으로 갈 수 있다는 기분이 들어."

'그쪽'이라는 말이 가슴에 와닿았다. 잠시나마 현실에서 벗어날 수 있다. 여기가 아닌 어딘가로 가기 위한 수단. 내게는 그게 이야기인데, 아키미에게는 자수인지도 모르겠다.
"프로가 되고 싶은 거니?"
아키미가 깜짝 놀라서 나를 보았다.
"설마. 그냥 좋아할 뿐이야. 내가 어떻게 프로가 되겠어."
"좋아하면 열심히 하면 되잖아."
"안 돼. 죽는 한이 있어도 엄마에게 말 못 해. 지금도 몰래 몰래 하고 있다고."
남편을 빼앗겼는데 딸까지? 그렇게 되면 정말 견디기 힘들 것이다.
"우리 집에서 할래?"
"뭘?"
"자수 말이야. 귀찮기는 하겠지만, 엄마한테 들키는 것보다 낫잖아."
"카이네 집에서? 그래도 괜찮아?"
"나도 만화 때문에 할 일이 있으니까 신경은 못 써 주겠지만."
자기 입으로 말해 놓고도 신기한 기분이었다. 글을 쓰고 있을 때 사람의 기척은 방해만 될 뿐이다. 하지만 아키미라면 괜찮을 것 같다. 그 이유를 생각하기는 쑥스럽다.
"고마워. 장소 빌려주는 값으로 과자 가져갈게."

"또 과자야."

"필요 없어?"

"아니야. 도우코 씨 집에서 먹었던 레몬 케이크 같은 거 먹고 싶다."

"단걸 좋아했던가?"

"이 섬에 온 뒤로 가끔, 무지무지하게 먹고 싶어져."

"섬에 케이크 가게가 있어야 말이지. 이마바리에 가면 있지만. 다음에 갈래?"

"그럼 미스터 도넛에 가자. 그리고 맛있는 라면도 먹고 싶다."

"그럼 히로시마로 가야 하나. 오노미치 라면이 유명한데. 귤이 든 모찌도 있고."

"모찌는 딸기가 든 게 최고지."

앞날 얘기를 하고 있었을 텐데, 언제부터인지 먹는 얘기로 흥이 올랐다.

아키미와 있으면 신기할 정도로 얘기가 끝없이 이어진다. 부모 얘기, 미래 얘기, 자기 얘기. 대화가 종횡무진 확장되다 보니, 모든 얘기가 어중간하게 끝나고 만다. 도둑이 들어 서랍을 모두 열어 놓은 방 같은 관계다. 그게 또 기분이 좋은데, 아무리 오래 끌어도 얘기는 미진함을 남기고 끝난다.

"이제 그만 갈까?"

아키미가 일어났다. 사실은 좀 더 얘기하고 싶지만, 아키미 엄마가 까다롭게 구니 어쩔 수 없다. 아키미 엄마는 돌아오지 않는 남편 몫까지 딸에게 기대려 한다.

장마가 끝나 이제 곧 본격적인 여름이 시작된다. 아키미의 자전거를 같이 타고 초여름의 저녁 어스름을 헤치면서 돌아간다. 나는 당연히 뒤에 탄다. 수평선 너머로 오렌지색 태양이 떨어지는 바닷가를 따라 달리다 왼쪽으로 돌아 조그만 식품점과 잡화점이 줄지어 있는 상점가를 지나면 우리 집이다. 그런데 어째 평소와 좀 다르다. 간판에 불이 켜져 있을 시간인데 어둡다.

"데이트라도 하러 나갔나. 진짜 남자가 전부인 세계에서 살고 있으니."

자전거에서 내렸을 때, 가게 유리창이 느닷없이 와장창 깨졌다. 꺅, 하고 아키미가 소리를 지른다. 아스팔트로 노래방용 마이크가 굴러간다. 가게 안에서 던진 듯하다. 대체 무슨 일인가 싶어 들여다보니, 간접 조명만 켜진 어슴푸레한 바닥에 엄마가 웅크리고 있었다. 컥컥거리는 숨소리로 울고 있다는 것을 알았다.

"아, 또 시작이군."

홀쩍, 홀쩍, 젖은 <u>흐느낌이 모공으로</u> 배어들어 몸이 눅눅하게 무거워진다. 천천히 다가가 말을 걸었다.

"엄마, 괜찮아?"

"……카이."

엄마가 얼굴을 든다. 아이라이너와 마스카라가 눈물로 범벅이 되어 몰골이 엉망이다. 바닥에서 올려다보는 부모, 이 구도에는 영원히 익숙해지지 않을 듯하다.

"또 왜 그러는 거야?"

묻고 싶지 않다. 그러나 물어봐 주어야 한다. 쪼그리고 앉아 눈높이를 맞추자, 엄마가 기듯이 다가와 내 몸에 매달렸다. 아아, 무겁다.

"그 사람, 부인도 있고 아이도 있었어."

코를 훌쩍거리면서 엄마가 말한다.

"배가 완성되고 계약 기간도 끝나서, 미야기에 있는 가족에게 돌아간대."

한숨이 나오려는데, 참았다. 그 남자의 키홀더에는 손으로 직접 만든 듯한 마스코트가 매달려 있었고, 그것은 손때로 꼬질꼬질하고 보풀까지 너덜너덜하게 일어 있었다. 꽤나 청결한 인상인데, 그 부분만 위화감이 느껴졌더랬다.

"역시 가족이 있었구나."

사랑에 빠지면 남자가 전부인 엄마 눈에는 보이지 않았던 것이다. 연애가 최고조일 때는 아들인 나조차 엄마의 시야 밖으로 밀려난다. 새삼스럽지 않아 화도 나지 않는다. 깊이 생각지 않으면 된다. 원해 봐야 주어지지 않는 것은 처음부터 없었던 것이라고 포기하면 된다. 기대하지 않으면 그만이다.

"왜, 왜. 다 버리고 따라왔는데. 왜 나만 맨날 이 꼴이냐고."

"전부 버리니까 그렇지."

나는 도저히 메울 수 없는 텅 빈 장소를 가공의 이야기로 채워 왔다. 외로움을 쌓아 올려 세운 성도 성이다. 절대 타인에게 넘길 수 없는 나만의 영지이며, 나만의 생명줄이다. 그 성이 있으니 혼자라도 버틸 수 있다.

그런 말을 해 봐야 엄마는 이해하지 못한다. 내 말은 그녀 귀에 가닿지 않는다. 엄마는 갈데없이 어리석은 여자, 그래도 내게는 단 하나뿐인 부모다. 그런 부모를 바보로 만들어 버린 남자를 한 대 갈기고 싶다. 매달릴 힘도 다했는지 엄마 몸이 주르륵 무너져 내린다.

"부인이 다 뭐야, 죽어 버리라고 그래. 내가 이렇게 다 해서 바치고 있는데, 그 사람만 일하게 하고 집에서 편히 사는 여자가 뭐가 좋다고. 나를 훨씬 더 좋아하는데."

이렇게 당하고도 남자가 아니라 아내를 탓한다. 당신을 속인 사람은 아내가 아니라, 당신이 좋아한 그 남자라고 쏘아붙이고 싶다. 그런 엄마에게 연민을 느끼고, 부모를 안쓰럽게 여기는 자신이 혐오스러워진다. 그러니까 생각하지 말라고, 생각하면 괴로울 뿐이라고 속으로 말한다.

"맞아. 엄마는 아무 잘못 없어."

가냘픈 등을 톡톡 치면서 달랜다. 아, 진짜 싫다. 지겹다.

"눕혀 드리자."

아키미도 옆에 쪼그려 앉는다. 눈높이가 같아져, 나는 그거 하나로도 아키미를 절대적으로 신뢰하고 만다. 그래, 하며 웃었지만 제대로 웃었는지는 자신이 없다.

"엄마, 2층 갈까."

아키미와 둘이 좌우에서 엄마를 부축하면서 일어섰다. 계단으로 가는 도중에 발이 찍 미끄러졌다. 아키미까지 휘청해서 순간적으로 바닥을 짚은 손까지 미끄러져 벌러덩 자빠지고 말았다. 천장이 보인다. 엄마가 토한 오물에 발이 미끄러졌다는 걸 아는 데 몇 초 걸렸다. 최악이다. 정말 이럴 수는 없다. 뒷머리와 등이 축축하게 젖어 가는 감각이 불쾌해서 움직일 수 없다.

"아키미, 미안하다."

"일단은, 즐거운 생각을 하자."

우리는 완전히 탈진하고 말았다.

"무슨 생각을 하면 좋을지."

"음, 예쁜 것. 진주색 비즈, 무지갯빛 스팽글, 나비의 빛나는 날개."

아키미가 눈을 감고 중얼거린다. 자신만의 아름다운 것을 떠올리면서 잠시 마음을 쉬게 한다. 나는 눈을 감으면 깊은 어둠이 펼쳐질 것 같아 고집스럽게 눈을 계속 뜨고 있다.

"······술."

엄마가 꿈틀거리며 일어난다. 스툴 다리에 뱀처럼 휘감겨 카운터 위로 손을 뻗는다. 그 손끝에 '아 군'이라고 적힌 소주병이 있다.

순간, 머리로 피가 솟구쳤다. 질척거리는 오물을 딛고 일어나 엄마의 손이 닿기 직전에 병을 낚아채, 아까 엄마가 깬 창문으로 병을 내던졌다. 요란한 소리가 울린다.

"무슨 짓이야!"

자지러지는 소리를 지르고, 다리가 꼬이는데도 엄마는 밖으로 뛰쳐나간다.

아키미가 몸을 일으키고, 열려 있는 문과 나를 번갈아 본다. 움직이지 않는 나를 보고서 엄마를 쫓아 나가는 아키미의 뒷모습을 절망적인 기분으로 바라보았다. 나는 쫓아가고 싶지 않다. 하지만 아키미에게 그냥 맡길 수는 없다. 저 사람은 나의 엄마다. 힘이 다 빠진 다리를 끌면서 밖으로 나갔다.

"아 군, 아 군, 아 군!"

낮의 열기를 머금어 아직도 뜨끈뜨끈한 아스팔트에 깨진 유리 조각이 흩어져 있다. 번져 나가는 술. 엄마는 훌쩍거리면서 자기를 속인 데다 버리기까지한 남자의 조각을 주워 모으고 있다. 그 비참한 모습을 보지 않으려 외면하면서 엄마 손을 잡았다.

"그만해. 손 다친다고!"

엄마가 내 손을 떨쳐 버렸다. 다시 잡는다, 또 떨친다. 그런 헛수고를 계속하고 있는데, 길 저쪽에서 단골손님이 다가왔다.

"호노카 씨!"

반갑게 손을 흔들다가 상황이 이상하다는 것을 알고는 걸음을 멈췄다.

깨진 병, 훌쩍거리는 엄마, 머리와 교복이 오물로 더러워진 나와 아키미를 보고 눈살을 찌푸린다. 이질적인 것을 보는 눈. 정체 모를 것을 배제하는 분위기.

아, 어쩌지. 나는 원래 이색분자니까 상관없다. 그러나 아키미는 다르다. 여기 있어서는 안 된다. 생각은 그런데 발이 움직이지 않는다. 바보같이 꼼짝 못 하고 있는데, 자전거가 지나갔다. 화학을 가르치는 기타하라 선생이다. 순간적으로 눈이 마주치고, 삐익 하는 브레이크 소리와 함께 자전거가 섰다.

"무슨 일 있었나요?"

아직도 하얀 가운을 입은 모습, 자전거 앞 바구니에는 파가 쑥 튀어나온 식료품점 비닐 주머니가 담겨 있다. 기타하라 선생은 우리와 손님, 울고 있는 엄마를 번갈아 쳐다보았다.

"오늘은 쉬는 날입니다. 여러분, 돌아가세요."

단골손님들에게 머리 숙여 말하고는 대답도 듣지 않고 우리를 돌아보았다.

"너희는 안으로 들어가요."

그렇게 말하고 기타하라 선생은 주저앉아 울고 있는 엄마를 들쳐 업었다. 하얀 가운에 오물이 묻었는데도, 맹해 보이는 옆얼굴에서는 아무런 동요를 느낄 수 없다. 나와 아키미는 성큼성큼 안으로 들어가는 기타하라 선생을 따라가는 꼴로 가게 안으로 들어갔다. 단골손님들의 목소리가 등에 꽂힌다.

"저애, 이노우에 씨네 딸내미 아냐."

"왜 같이 있는 거야."

같은 섬사람에 대한 걱정과 호기심. 내일이면 벌써 온 섬에 퍼질 것이다.

암담한 기분으로 가게 문을 닫았다. 아저씨들은 쫓아 버렸지만, 이제 선생은 취조와 고민 상담을 시작할 것이다. 그러나 상담을 백번 해 봐야 현실은 1밀리미터도 움직이지 않는다. 그 결과, 이쪽의 마음고생만 늘어날 뿐이니 가만히 내버려 두었으면 한다.

"내가 할 수 있는 일이 있나요?"

기타하라 선생이 박스 자리에 엄마를 눕히고 말한다. 지쳤다. 아무것도 묻지 말고 돌아가 주었으면 좋겠다. 잠자코 있자, 기타하라 선생이 가운 주머니에서 메모장과 볼펜을 꺼냈다.

"무슨 일 생기면, 여기로 연락해 주세요."

전화번호를 적은 메모지를 뜯어내 테이블에 놓는다.

"밤이어도 괜찮습니다. 얘기만 하고 싶을 때라도 괜찮아요."

그럼, 하고 기타하라 선생은 아까처럼 다시 성큼성큼 걸어 가게에서 나갔다.

탁, 문이 닫히고, 스산한 공기와 함께 남겨졌다. 일단 스툴에 앉으려고 하다가 자신의 꼴이 떠올랐다. 아키미도 엉망진창이다.

"아키미, 우선 좀 씻어. 그런 꼴로 집에 갈 수는 없잖아."

욕실로 안내하고, 목욕 수건과 내 티셔츠를 같이 건넸다.

"……카이, 어디 있니!"

엄마 목소리가 들려온다. 천천히 씻고 나오라고 말하며 가게로 돌아갔다. 엄마는 박스 자리에 누운 채 내 이름을 불러대고 있었다. 다가가자, 팔을 덥석 잡는다. 기어 들어가는 목소리와는 달리 움찔할 만큼 강한 힘이었다.

"너는, 내 옆에 있어 줄 거지?"

쓸데없는 소리 하지 말라고 소리치면서 이 손을 뿌리칠 수 있다면 얼마나 속이 후련할까.

"내 옆에 꼭 있어야 돼. 카이마저 없으면 엄마는, 외톨이야."

"금방 또 남자 만들 거잖아."

"이제 남자 필요 없어. 아들만 있으면 돼."

"그 아들을 보름이나 집에 방치한 사람이 누구더라."

초등학교 4학년 때, 엄마가 남자 집에 가서 돌아오지 않은 적이 있었다. 이삼 일 집을 비우는 일은 자주 있어서 익숙했지만, 보름이나 되고 보니 위태로웠다. 쌀도 없고, 냉장고에 있는 것이라고는 기껏 조미료 정도. 급식으로 끼니를 때웠는데, 급식이 없는 주말에는 죽는 줄 알았다.

"……옛날 일이잖아. 이제 그만 잊어버려."

엄마가 손을 잡아당겨 할 수 없이 자리에 앉았다. 곤드레가 되어 널브러진 엄마에게 다가앉으면서 어제의 미팅을 떠올렸다. 반드시 연재를 따낼 거라며 흥분했던 우에키 씨. 기쁜 표정이었던 나오토. 내년에 나는 도쿄로 올라간다. 만화가가 된다. 이런 생활과 연을 끊는다. 오직 그런 꿈만 그리면서 처벅처벅 가라앉아 버릴 듯한 마음을 겨우겨우 버텨 왔다.

한참 지나 아키미가 돌아왔다. 헐렁한 티셔츠에 교복 치마. 더러워진 셔츠를 빨아 손에 들고 있다. 젖은 머리칼에서 샴푸 냄새가 난다.

"카이도 샤워하고 와."

그러고 싶지만, 엄마가 내 손을 잡은 채 잠이 들었다.

"내가 옆에 있을게."

아키미가 엄마 손을 내 손에서 조심조심 풀어냈다. 가늘고 얇은데 납처럼 무거운 손이 사라지자 단숨에 가벼워진 내게 아키미가 미소 지었다.

"갔다 와."

"……응."

어린애처럼 대답한 것이 부끄러워서 후다닥 욕실로 도망갔다. 엄마가 또 무슨 짓을 할지 몰라 재빨리 샤워를 하고 돌아와 보니, 엄마는 코까지 골면서 자고 있었다. 아키미는 더러운 바닥을 닦고 있다. 얼른 대신하려고 하는데, 아키미가 이제 다 됐다고 한다.

세면실에서 더러워진 걸레를 빠는 아키미의 익숙한 손놀림이 안쓰러웠다. 타인이 토한 오물을 익숙하게 처리하는 열일곱 살은 행복하지 않다. 아키미의 엄마도 주량이 날로 늘어가는 듯하다.

"……카이, 엄마 옆에 와."

엄마가 잠꼬대를 한다. 자기 생각밖에 안 하는 사람이 무슨 일이 생겼다 하면 자식에게 부담을 준다. 딱 끊어 버리면 편해질 테지만, 또 끊어 버리고 나면 죄책감이 생길 것이다. 우리가 할 수 있는 것은 결국 어느 쪽 짐을 질 것인가, 그 선택 정도다.

"아키미, 오늘, 정말 미안하다."

"괜찮아. 그보다 나도 술을 조금 마셔 보고 싶네."

아키미가 스툴에 앉았다.

"넘쳐나는 게 술이지."

농담조로 말하고 나는 카운터 안으로 들어갔다.
"위스키, 소주, 와인, 정종. 사워랑 하이볼도 만들 수 있어."
"카이가 늘 마시는 게 좋겠어."
"그럼 위스키인데. 병을 맡겨 놓고 안 오는 손님 거 슬쩍슬쩍 마시거든."
얘기하면서 선반에서 적당히 한 병을 꺼냈다. 값은 싼데 대중적이고 마시기 쉬운 위스키다.
"물을 섞을까? 아니면 얼음, 스트레이트. 뭐가 좋아?"
"카이는 어떻게 마시는데?"
"나는 귀찮아서 그냥 스트레이트로 찔끔찔끔."
"그럼 나도 그렇게."
괜찮을까 했는데, 의외로 술술 넘겼다.
"맛있네. 기분 좋게 몸이 무거워져."
얘기하면서 두 잔째도 리드미컬하게 다 마시고 말았다. 막 감은 머리. 손질하지 않은 눈썹, 그리고 입술. 착실하게 생겼는데, 이 녀석 술이 꽤 센지도 모르겠다.
"카이는 술을 좋아해?"
"맛있다고 느낀 적은 한 번도 없어."
"그럼, 왜 마시는데?"
"글쎄, 왜 마실까."
처음 마셨던 중학생 때부터 술은 손쉽게 현실에서 벗어나는 수단에 불과했다. 평소에는 취기와 함께 의식이 나라는 틀에서 빠져나간다. 그러나 오늘 밤은 그러기 어렵다. 시야 한 끝에는 박스 자리에서 자고 있는 엄마 모습. 잠이 깨면 또 훌쩍거리며 매달릴 것이다. 내일부터 한동안 울적한 나날이 계속된다.

"너, 집에 연락 안 해도 돼? 엄마가 걱정할 텐데."

"조금 전에 문자 보냈어. 카이네 있다고."

"그런 말 해도 되는 거야?"

아키미는 언제나 여자 친구들과 공부하고 있다고 거짓말을 하곤 했다.

"이제 솔직해지려고. 어차피 내일이면 누구에게든 듣게 될 텐데, 뭐."

하긴 그렇다. 호기심을 숨기지 못하는 단골손님들의 얼굴이 떠오른다.

"그런 가게 아들하고, 하면서 엄청 야단맞겠지."

웃어넘기려고 했는데, 아키미가 갑자기 정색했다.

"왜 우리가 야단을 맞는데?"

뭐라 대답하지 못했다.

"우리가, 무슨 나쁜 짓 했어?"

하지 않았다. 그러나 대놓고 반발하면 결국 상처만 받을 뿐이니까 적당히 비켜 가는 게 편하다. 나와 눈을 마주한 채 아키미가 입술을 깨문다. 제발 울지 마. 나는 여자의 눈물에는 진짜 약하다.

"……카이, 이리 와."

엄마가 또 잠꼬대를 한다. 나는 귀를 막고 싶은 충동과 싸운다.

'옆에 있어도 남자만 생기면 또 어딘가로 갈 거잖아.'

그 불합리함을 견디고 있는데, 아키미가 내 손을 꽉 잡았다. 입술을 꼭 깨문 채 그저 내 손을 잡고 있다. 엄마의 얇고 차가운 손과는 다른, 체온과 뼈가 느껴지는 단단한 손이 나를 잡는다. 저 먼 바다에서 감정의 파도가 천천히 밀려온다. 카운터 너머로 몸을 내밀고, 우리는 첫 키스를 했다. 이런 밤에, 혼자가 아닌 것에 감사했다.

●
이노우에 아키미, 17세, 여름

우리가 사귄다는 소문은 이내 온 섬에 퍼졌다.

카이가 여자아이들에게 은근히 인기가 있었기 때문에 나는 학교에서도 갖가지 짜증 나는 소문에 시달렸다.

"할 수 없지, 뭐."

카이는 그렇게 한마디로 정리했고, 그러다 여름 방학이 되어 나도 마음이 편해졌다.

엄마는 아니나 다를까 물장사하는 집 아이라며 화를 냈지만, '남의 집 남자에게 손대는 여자'라는 개인적인 감정이 마음속에 깔려 있는 듯 보였다. 엄마만 그런 게 아니라 섬 여자들 대부분이 그랬다.

"미안하지만 난 섬 아저씨들이 이제 손님으로밖에 안 보여. 그 사람도 떠나갔고, 카이만 졸업하면 미련 없이 교토로 돌아갈 거야."

가게 문을 열기 전. 카이 엄마는 카운터 앞에서 주절거리며 안줏거리의 밑손질을 하고 있다. 나는 잠자코 들으면서 풋콩 깍지를 줄기에서 따 내는 작업을 돕고 있다. 여름 방학이 시작되고서, 나는 엄마가 가지 말라고 하는데도 거의 매일 카이네 집에 와 있다.

"아키미도 마음고생이 많겠네. 아빠를 아주 빼앗기게 생겼잖아."

"그러네요. 아빠가 집에 온 날은 꼭 말다툼이 벌어져요."

"아, 그건 엄마가 잘못이지. 안 그래도 마음이 불륜 상대에게 가 있는데, 어쩌다 집에 왔더니 마누라가 화를 내 봐. 더 싫어지지."

"그래도 바람피우는 남편을 어떻게 반갑게 맞겠어요. 분하잖아요."

"그냥 귀엽게 봐 주는 거지. 나는 언제나 당신을 기다리고 있다는 듯이 굴면서, 불륜 상대와 완전히 관계를 정리하게 한 다음에 단단히 혼을 내 주면 된다고."
그런 방법도 있겠다고 생각하면서 듣고 있는데,
"엄마가 불륜 상대면서, 무슨 소리를 하는 거야."
하면서 카이가 안에서 나왔다.
"아키미에게 쓸데없는 소리 하지 마."
"실전에서 도움 되는 얘기잖아."
"실전에서 계속 지기만 하는 여자가 그런 말 해 봐야, 신빙성이 없지."
"부인이 있을 때나 내가 졌지, 다른 남자에게는 압승이었어. 아, 카이, 엄마 이마바리에 장 보러 좀 다녀올게. 해 지면 간판 불만 켜 줘. 그리고 지난달 치……."
"매출 집계하고 술 주문하면 되는 거잖아."
"응응, 부탁할게."
카이의 엄마가 머리를 꾸벅 숙인다. 누가 주인인지 모르겠다. 허둥지둥 엄마가 나가자, 카이와 나는 2층으로 올라갔다.
"그거 뭐야?"
이제 완전히 익숙해진 카이의 방 침대에 앉자, 카이가 물었다. 아키미가 들고 올라온 분홍색 병을 보고 있다. 풋콩 깍지를 깔 때 카이 엄마가 준 것이다.

"아키미, 우리 친구 같은 고부가 되자. 약속이다."

어린아이들처럼 새끼손가락을 건 후에 'Miss Dior'라 쓰인 병을 받았다. 꽤 비싸 보이는데 괜찮겠냐고 묻자, 카이가 불길하다며 얼굴을 찡그렸다.

"그거, 그 아저씨 선물이었어."

"그럼…… 뭐, 불길하기는 하네."

나는 웃으면서 연분홍색 병뚜껑을 열었다. 손을 살랑살랑 흔들며 향을 맡아 본다. 흐드러지게 핀 봄꽃 같은 달콤하고 화사한 향기에 황홀해졌다.

"흠, 향이 좋네. 이렇게 여성스러운 향, 내게는 어울리지 않을 텐데."

그렇게 말하자 카이가 내 손에서 병을 빼앗아 갔다. 자기 손목에 칙, 뿌리고 그 팔을 내 목에 감는다. 귀 뒤에서 목덜미로 내려가며 향을 묻힌다.

"네가 훨씬 잘 어울려."

목덜미에 얼굴을 묻는다. 킁킁 코를 벌름거릴 때마다 숨이 닿아, 체온이 천천히 올라간다. 근육이 불거진 카이의 커다란 손이 티셔츠 안으로 들어온다.

처음 키스를 한 다음, 섹스를 하기까지 오래 걸리지 않았다. 나는 처음이고, 의외로 카이도 처음이었다. 도시 아이들은 좀 더 빠를 줄 알았는데, 교토는 도시가 아니고, 어디서 살든 사람은 크게 다르지 않다고 말했다.

그렇게 되는 순간까지도, 남자아이 앞에서, 그것도 좋아하는 남자아이 앞에서는 절대 옷을 벗을 수 없다고 생각하고 있었다. 그런데 그때, 이 방 이 침대에서, 나는 전혀 망설이지 않았다. 여름이라 무덥고, 에어컨이 없어서 끝난 후에는 땀범벅이었는데도 떨어지기 쉽지 않아 계속 껴안고 있었다. 축축한 피부가 밀착되어 조금이라도 움직이면 희미한 저항감이 생겨났다.

창가에서는 풍경이 맑은 소리를 내며 흔들리고, 처음 느끼는 행복감에 젖어 있으면서도 자신의 손이 닿지 않는 장소에 평생 지워지지 않을 흔적이 남은 듯한 불안감도 느꼈다.

눈을 뜨자, 시야 속에서 풍경이 흔들리고 있었다. 한여름의 늦은 오후. 공기에 나른함이 섞여 있고, 아직 완전히 잠이 깨지는 않았다. 행위가 끝나면 나는 카이를 내버려 둔 채 잠깐 잠이 들고 만다. 1, 2분 정도 되는 짧은 잠이라 처음에는 잘 몰랐다.

눈을 끔벅거리면서 몸을 뒤척이고 천천히 시선을 책상으로 돌리자, 거기에 낯익은 등이 있었다. 내가 잠든 사이, 카이는 언제나 노트북을 켜 놓고 이야기를 쓴다. 교과서 한 권 나와 있지 않은 책상은 만화와 출력한 원고가 점령하고 있다.

'지금 카이 안에 나는 없겠지.'

타닥타닥, 때로는 토독토독 하는 소리, 카이가 키보드를 치는 소리가 빗방울 소리처럼 변화한다. 그 소리를 들으면서 꾸벅꾸벅 졸거나 수놓는 것을 좋아한다.

나는 침대 옆에 놓인 자수 세트로 손을 뻗었다. 침대의 헤드보드에 기대어 배와 무릎 사이에 수틀을 끼고 고정한다. 전용 받침대가 갖고 싶지만 용돈이 모자란다. 아르바이트라도 할까 생각하면서 체인 스티치로 눈의 결정을 수놓는다. 깔끔한 육각형으로 만들고 싶은데 예각이 잘 나오지 않는다. 얼마나 실을 잡아당기고 늘어뜨려야 예쁘게 모양이 잡힐까. 원하는 대로 다룰 수 없는 실에 자신의 미래가 겹친다. 고등학교 3학년의 여름 방학인데, 아직 진로가 정해지지 않았다. 아빠와 엄마가 앞으로 어떻게 될지도 모른다.

'너는 공부가 하고 싶은 거냐, 아니면 그냥 섬을 떠나고 싶은 거냐?'

'손에 쥔 카드 중에서 절대 양보할 수 없는 걸 선택할 수밖에 없다고.'

언젠가 카이는 냉혹하게 말했지만, 내가 직면한 것은 현실이다. 자칫하면 새어 나올 듯한 한숨을 가는 바늘에 꿰어 수놓는다. 눈의 결정이니까 은색 비즈를 사용할까. 투명함이 섞이면 예쁠지도 모른다. 완성된 작품을 상상할 때만 나는 현실에서 벗어날 수 있다.

'내게는 자수인 것이 카이에게는 만화일까.'

불현듯 키보드 소리가 나지 않는다는 것을 알았다. 고개를 들자, 이쪽을 보고 있는 카이와 눈이 마주쳤다. 언제부터 보고 있었을까. 카이가 이쪽으로 다가온다.

"끝났으면 말을 해 주지."

"표정이 재미있어서. 이렇게도 하고, 이렇게도."

카이가 눈썹을 찡그렸다가 입술을 비죽 내민다. 그리고 내게서 수틀을 빼앗아 침대 옆에 놓더니 시트를 훌쩍 걷어 내고 옆으로 파고들었다.

"피곤하다. 아이디어가 안 떠올라."

목덜미에 얼굴을 묻고 코를 비벼 댄다. 나는 카이의 야윈 어깨로 손을 내민다. 섹스를 하고, 얘기를 나누고, 잠을 자고. 고등학생 시절의 마지막 여름 방학을 풍성하게 지내고 있다.

계속 같이 있고 싶은데, 5시가 넘으면 엄마의 문자가 시끄럽다. 뭐 하고 있는 거야, 빨리 들어와. 몇 번이나, 몇 번이나. 카이와 섹스를 한 다음 껴안은 채 그만 잠이 들어 6시가 넘었을 때는 서른 개 이상이나 문자가 와 있어서 겁이 났다.

"네 엄마, 좀 위험한 거 아니냐."

카이도 걱정해서 그때 이후로는 시간을 철저하게 지키기로 했다.

오늘도 급하게 옷을 입고 5시 직전에야 겨우 집에 도착했다. 다녀왔어, 하며 뛰어 들어갔는데, 엄마는 없고 부엌 식탁에 저녁만 차려져 있었다. 파프리카와 레몬이 들어가 색감이 화사한 샐러드, 노릇하게 구워진 그라탱. 일본식을 잘하는 엄마가 웬일로. 마당에서 물소리가 난다. 나는 툇마루를 내다보고는, 몸이 굳었다.

"왔니, 아키미."

사내아이처럼 짧은 머리에 베이지색 면 원피스를 입은 뒷모습은 영락없이 도우코 씨인데, 돌아본 얼굴은 엄마였다.

"머리, 잘랐어? 왜 그런 원피스 입었어?"

엄마는 콧노래를 흥얼거리면서 호스로 물을 뿌리고 있다.

나는 소리를 지르고 싶은데, 겨우겨우 억눌렀다.

"엄마."

부르는 목소리가 떨려 나왔다.

"왜에?"

느릿하게 묻는 말투도 엄마 같지 않다. 무섭다. 너무 무섭다.

"나, 도쿄에 있는 대학에 가고 싶어."

끝내 말하고 말았다. 나는 여기 있고 싶지 않다. 지금, 똑똑히 알았다.

"마쓰야마나 오카야마에 있는 대학에 가고 싶다고 하지 않았니?"

"생각이 바뀌었어. 도쿄가 좋아."

엄마는 웃는 얼굴로 입을 다물었다. 심장 박동이 빨라진다.

"그럼 아빠랑 의논해 볼 테니까, 돌아오라고 전화해."

"왜, 내가 해. 엄마가 해."

말이 끝나자마자 엄마의 표정이 확 바뀌었다. 손에서 호스가 떨어지고, 위로 치솟은 물이 엄마의 원피스 자락을 적시며 검게 물들여 간다.

"갑자기 도쿄에 가고 싶다니, 어차피 그 술집 아들이 가기 때문이잖아. 공부할 생각도 없으면서 멍청하게 남자나 쫓아다니고. 아빠랑 너 때문에 엄마가 얼마나 창피한지 알기나 해? 다들 멋대로 굴기나 하고."

'다들이 누구야? 아빠랑 나 말이야?'

'바람피우느라 가정을 돌보지 않는 남편과 딸의 앞날을 왜 같이 엮는 거야.'

안에서 분노가 부글부글 끓어오른다. 그런데 출구가 막혀 숨이 막힐 것처럼 괴롭다. 나는 입술을 꾹 닫고 몸을 돌렸다. 참아. 엄마도 괴롭잖아.

"아키미, 어디 가는 거야?"

"산책."

"저녁때라고. 아빠나 너나 왜 그렇게들 멋대로니."

돌아보지 않고 집을 나섰다. 이 이상 같이 있으면 엄마에게 상처를 주게 된다.

근처의 해변을 따라 사박사박 큰 걸음으로 걸어간다. 한없이 이어지는 저물녘의 바다와 하늘을 눈으로만 바라보면서, 아무리 걸어도 어디에도 도달하지 못하는 것에 절망하고 만다.

'부모가 뒷받침을 잘해 주는 아이들보다 우리는 불리하잖아.'

왜 하필 우리만, 하는 억울한 마음에 눈물이 쏟아진다. 하지만 울어 봤자 아무 소용 없다. 생각해. 생각하라고. 앞만 노려보며 걸어가는데 휴대 전화가 울렸다.

― 엄마, 화내지 않던? 무슨 일 있으면 바로 연락해.

메시지를 읽는 순간, 손가락이 멋대로 카이의 전화번호를 불러냈다. 카이는 바로 전화를 받았다. 훌쩍거리는 소리에 놀라, 어디 있어, 지금 바로 갈게, 하는 말을 반복했다.

카이가 달려왔을 때, 여름빛은 완전히 사라지고 없었다. 거의 어둠으로 가라앉은 군청색 속에서 자전거가 멈추는 날카로운 소리가 울린다.

"아키미."

위로 든 시선 끝에, 땀에 젖은 카이가 있었다. 도시 아이인 카이가 산길을 넘으려니 힘겨웠을 것이다. 그런 만큼 마음의

둑이 터져 또 눈물이 넘쳐흘렀다. 자초지종을 전해 들은 카이는 잠시 생각에 잠겼다가 말했다.
"가자."
"어딜?"
"아빠한테. 가서, 도쿄에 있는 대학에 보내 달라고 부탁하자."
놀라서 반사적으로 고개를 저었다.
"엄마가 말이 안 통하면, 아빠밖에 없잖아."
"아빠에게 부탁하고 싶지 않아."
지금 같은 최악의 상황을 초래한 사람이 아빠다.
"부탁하지 않아도 돼. 활용하자고."
의미를 몰라서 나는 눈만 깜박거렸다.
"좋고 싫고의 문제가 아니잖아. 하고 싶다, 하고 싶지 않다의 문제도 아니고. 안 그래도 우리는 쓸 수 있는 카드가 별로 없는데. 있는 건 전부, 하나도 버리지 말고 활용해야지."
얘기하면서 카이는 버스 정거장으로 향했고, 마침 달려온 순환 버스에 나를 억지로 밀어 올렸다. 예전처럼 제일 끝줄에 나란히 앉는다.
"이야기를 쓰다 보면 싫은 장면이 꼭 생겨. 얼마나 쓰기가 괴로운지 배가 아플 때도 있는데, 그 장면을 쓰지 않으면 앞으로 나아가지 못해. 그래서 반드시 재미있어질 거라고 믿고 써, 나는."

카이는 버스 창 너머로 캄캄한 바다를 바라보고 있다.

"힘내서 버텨, 아키미."

마주 잡은 손에 힘을 꾹 준다.

고등학교를 졸업하면 카이는 도쿄로 간다. 도쿄에는 파트너 나오토가 있고, 카이를 돌봐 줄 편집자가 있다. 그 두 사람은 카이가 혼자 힘으로 얻어 낸 것이다. 부모 손을 빌리지 않고 자기 힘으로 만들어 낸 사람이고 장소다. 그러기까지 카이는 얼마나 많은 '싫은 장면'을 헤쳐 왔을까.

"……응, 힘낼게."

아키미도 카이와 마주 잡은 손에 힘을 꼭 주었다.

7시 넘어 도우코 씨 집에 도착했다. 현관에 나온 도우코 씨는 나의 절박한 표정을 보고는, 아무것도 묻지 않고 어서 오라며 안으로 들여 주었다. 아빠 못지않은 원흉인데, 어깨에 놓인 손의 따스함에 안도했다.

불시에 들이닥친 나를 보고서 아빠는 여지없이 동요한 모습이었다. 뭐라고 말을 하려고 입을 벌렸다가 옆에 있는 카이를 보고는 불쾌하다는 듯이 눈살을 찌푸렸다.

"진학하고 싶으면 해라. 학비는 대 주마."

얘기를 마치자, 단도직입적으로 말했다. 부탁하고 싶지 않다고 생각했는데, 안도감에 긴 한숨이 흘러나왔다.

"그런데 말이다."

아빠가 맥주를 직접 따르며 다시 말했다.

"도쿄에 가면, 그 사람도 힘들 텐데, 섬에서 다니면 안 되겠냐."

애매한 말투였지만, 엄마를 걱정한다는 것은 전해졌다. 그러니 집에서 다닐 수 있는 대학이 어떻겠느냐고 권하고 있는 것이다.

'왜 엄마 뒷바라지를 나한테 떠넘기는 거야.'

불합리하다는 생각이 부글부글 끓어오른다. 거의 망가진 '가족'이라는 틀을 간신히 유지하기 위한 일부분으로 내가 존재한다. 무릎 꿇은 자세에서 치마에 주름이 잡히도록 허벅지를 힘주어 잡았다. 침묵이 점점 무거워졌다.

"내가 지원해 줄게."

도우코 씨가 입을 열었다. 아빠가 움찔한다.

"이렇게 된 건 우리 책임이고, 당신이 도쿄로 가는 걸 반대해서 돈을 대 줄 수 없다고 하면, 내가 지원하는 수밖에 없잖아."

"대 주지 않는다는 말은 하지 않았어. 다시 한 번 생각해 보라는 거지."

"지금? 생각할 시간 여유가 없잖아."

도우코 씨가 나를 마주 보았다.

"도쿄에 가고 싶으면 가. 학비와 생활비, 내가 책임지고 보내

줄게."

"도우코 씨에게 받을 수는 없어요."

"어째서?"

"엄마가 용납하지 않을 거예요."

"엄마는 관계없어. 지금은 아키미의 인생 얘기를 하고 있는 거야."

"……하지만."

"아키미는 자기 인생을 원하는 대로 살아도 괜찮아."

"그건 이기적인 거죠. 용납되지 않아요."

"누가 용납하지 않는데?"

대뜸 묻는 바람에 대답이 막혔다.

"자기 인생을 사는데, 누군가의 허락을 받아야 해?"

섬사람들 모두. 세상의 이목. 하지만 그 사람들이 용납한다 쳐도, 나는 과연…….

"누군가를 생각해서 중요한 걸 포기하면 나중에 후회할 수도 있어. 그리고 그때, 그 누군가를 원망할 수도 있고. 하지만 내 경험에 비추어, 누구를 원망해 봐야 상황이 납득되는 것도 아니고 뭐가 해결되는 것도 아니야. 누구도 너의 인생을 책임져 주지 않아."

도우코 씨의 말은 똑바로 내 가슴을 관통했다.

"나는 일을 하고 있고, 나름 모아 놓은 돈도 있어. 물론 돈으로 살 수 없는 것도 있지. 하지만 돈이 있어서 자유로운 경우도 있는 거야. 타인에게 의존하지 않아도 되고, 누군가를 억지로 따르지 않아도 되고. 그건 아주 중요한 일이야."

뼈가 시릴 정도로 잘 안다. 그야말로 지금, 돈이 나의 앞날을 좌우하려 하고 있다. 엄마가 아빠에게 집착하는 이유에 경제적인 문제도 있을 것이다.

"아키미의 학비와 생활비는 우리가 지원한다. 그럼 됐죠?"

도우코 씨가 아빠에게 묻는다.

"알았어. 알았다고. 내가 잘못했어."

놀라웠다. 아빠가 사과를 했다. 집에서는 자기 손이 닿는 곳에 있는 것도 엄마를 시켜 가져오게 했다. 어느 집 아빠나 모두 그런 식이라 그게 보통인 줄 알았다. 그런데 지금 아빠는 조금 민망한 표정이다. 나는 지금까지와는 전혀 다른 아빠의 모습을 처음 보았다.

아빠를 탈바꿈하게 만든 도우코 씨가 알미운 한편 부러웠다. 도우코 씨는 자립적이고, 남자에게 기대지 않고 자신이 원하는 바를 관철했다. 나쁘게 말하면 이기적이고, 엄마와 나의 가정을 엉망진창으로 만들었다. 그런데 나는 그 이기심의 도움을 받고, 그 강함에 동경심마저 품고 있다. 이 모순을 지금의 나는 도저히 해소할 수 없을 것 같다.

마지막 버스가 떠나 버려서, 맥주를 마신 아빠 대신 도우코 씨가 차를 몰고 집까지 데려다주었다. 카이는 자전거를 세워 둔 버스 정거장에서 먼저 내렸다.

"감사합니다."

머리 숙인 카이에게 도우코 씨는 웃는 얼굴로 또 보자고 하며 손을 흔드는데, 조수석에 앉은 아빠는 쳐다보지도 않았다. 뒷자리에 앉은 내게는 '나중에'라는 손짓을 했다. 그 순간, 나는 문을 열고 차에서 내렸다.

"아키미, 벌써 밤이다."

아빠가 강한 어조로 말한다. 하지만 듣지 않았다.

"도우코 씨, 데려다줘서 고마워요."

"천만에. 또 언제든 놀러 와."

"아키미, 이런 밤에 남자와 단둘이서……."

말이 끝나기 전에 도우코 씨가 액셀을 밟았다.

"도코 쨩, 안 돼. 돌아가."

아빠의 목소리를 뒤로하고 도우코 씨가 운전하는 차는 밤의 해안선을 달려간다. 점점 작아지는 미등을 바라보면서 카이와 나는 동시에 웃음을 터뜨렸다.

"도코 쨩이래."

눈을 마주하고 웃었다, 고 생각한다. 버스 정거장의 불이 꺼져 있어 사방이 어둠에 갇혀 있었다. 보이지 않아 안심하고, 나는 웃는 얼굴을 비틀며 고개를 숙였다. 아빠는 내 아빠지만, 이제 진짜 '아빠'가 아니라는 것을 실감했다.

"나, 도쿄에 갈래."

밤 속으로 희미하게 떠오른 카이의 하얀 스니커즈 앞코를 향해 중얼거렸다.

"도쿄에 있는 대학에 가서, 졸업하면 하고 싶은 일을 할래."

무슨 일을 하고 싶은지는 아직 모른다. 하지만 하고 싶은 일이 뭔지 알게 되었을 때, 그 일을 향해 발을 내디딜 수 있는 위치에 있고 싶다. 물론 엄마만 남기고 떠나는 것은 걱정이다. 하지만 엄마처럼 나약한 입장이고 싶지 않다. 돈이 있으면 타인에게 의존하지 않아도 된다. 누군가를 억지로 따르지 않아도 된다. 도우코 씨가 한 말이 가슴이 꽂혀 있다. 이 섬에서 사는 한, 그 가시는 빠지지 않는다.

"그게 다야?"

카이가 묻는다. 올려다본 밤이 너무 깊어서 카이의 표정은 보이지 않는다.

"카이랑 같이 있고 싶어."

말이 채 끝나기 전에 카이가 꼭 끌어안았다.

카이의 어깨 너머, 짙은 남색 밤하늘과 그보다 어두운 칠흑 같은 바다가 펼쳐져 있다. 오늘 밤도 바다는 잔잔해서 파도 소리조차 들리지 않는다. 눈을 뜨고 있어도 감고 있어도, 귀를 기울이고 있어도 막고 있어도, 아무것도 보이지 않고 들리지 않는다. 예전에는 당연하게 여겼던 섬의 밤이 왠지 무섭다.

나는, 앞으로, 어떻게 살게 될까.

●

아오노 카이, 17세, 여름

여름 방학이 끝나 가는 8월 어느 날, 아키미와 둘이 학교에 불려 갔다.

"그래서 싫다고 했는데."

아키미는 아까부터 계속 기분이 안 좋다.

"카이는 남자니까 상관없겠지만, 나는 부끄럽다고."

"남자고 여자고가 무슨 상관이야. 나도 부끄럽기는 마찬가지야."

"카이가 나빴어. 나는 불꽃놀이 기대하고 있었는데."

동아리 활동 때문에 학교에 나온 학생들이 화학실 앞에서 티격태격하는 우리 옆을 지나가며 의미심장한 눈길로 흘깃거린다. 우리는 찡그린 얼굴을 마주 보고는 들어가자, 하고 각오를 다졌다.

"실례합니다."

화학실 문을 열자, "이쪽입니다." 하는 목소리가 들렸다. 준비실을 들여다보니, 기타하라 선생이 창가에 놓인 의자에 앉아 쿠키를 우물거리고 있었다. 한가로운 광경이다.

"먹을래요?"

기타하라 선생이 권했지만, 모양도 이상하고 색깔도 허여 멀겋다.

"딸이 구워 준 겁니다."

"아, 그럼, 먹을게요."

"속까지 잘 구워지지 않았어요. 덜 익은 밀가루 때문에 배탈이 날 가능성이 있습니다."

내밀었던 손을 거둬들였다. 그런 걸 먹으라고 했느냐는 표정이 얼굴에 드러났는지,

"아직 다섯 살입니다. 유라고 하죠."

기타하라 선생의 입가가 살짝 올라갔다. 언제나 담담하게 구는 사람인 만큼 딸에 대한 애정이 진하게 전해진다. 기타하라 선생은 덜 익은 쿠키를 입안에 넣고 나서 말을 꺼냈다.

"지난번 일 말인데요."

아키미와 나는 자세를 바로 했다. 우리 집은 몰라도 아키미네 집에는 말하지 말아 달라고 청하려던 참에,

"피임은 하고 있나요?"

뜻밖의 질문에 어리둥절했다. 피임은 하고 있나요? 하고 다시 한 번 묻는다.

"아, 그냥 밖에다……."

우물쭈물하는 나를 보고서 기타하라 선생은 하얀 가운 주머니에 손을 넣었다.
"알겠습니다. 이걸 사용하세요."
그리고 내민 것은 콘돔 팩. 이번에는 놀라서 할 말을 잃었다.

지난 주말, 아키미와 나는 불꽃놀이를 보러 이마바리에 갔다. 행사 장소는 바다를 낀 섬의 모래사장이었다. 북적거리는 인파는 좋아하지 않는 터라 오히려 그 편이 좋았다. 불꽃놀이를 구경하는 고등학생다운 데이트도 처음이라 나름 기대를 하고 있었다. 그런데 유카타 차림을 한 아키미를 보고는 불끈 끓어올라, 방파제 블록 뒤로 끌고 들어갔다.

요즘 내가 이상하다. 지금까지 만화 이상으로 나를 현실에서 벗어나게 하는 것은 없었다. 반대로 아키미는 나의 현실에 침투한 첫 여자다. 서로를 안고 있을 때 아키미와 나의 애정의 저울은 불안정하게 흔들리지 않고 딱 멈춰 있다. 그때 내 안의 텅 빈 부분이 메워진다. 안으로나 밖으로나 충족되는 감각을 처음 알았다.

사정을 한 후, 온몸의 힘이란 힘은 모두 빠져나가 탈진해 버렸다. 마침 아무도 없는 밤의 해변, 아키미의 유카타를 모래 위에 깔고 죽기 일보 직전의 동물처럼 축 늘어져 있었다. 도중에 불꽃놀이가 시작되었다. 마침내 정신을 차렸을 때는 불꽃놀이가 이미 끝나 있었다.

"우리, 뭐 하러 왔더라."

"미안. 내년에 도쿄에서 구경하자."

별빛 아래 떠오른 아키미의 턱과 어깨의 그림자. 묶고 있던 머리칼마저 풀어져, 안쓰러우면서도 귀엽다. 머리칼을 쓰다듬고 있는데, 잠든 숨소리가 들려왔다. 아키미는 끝나면 바로 잠이 든다. 좋아하는 여자가 품 안에서 잠들어 있다. 고작 그런 것으로 이렇게나 행복한 기분일 수 있다는 게 우스꽝스럽기까지 하다. 아키미의 숨소리를 들으면서 나도 눈을 감았을 때였다.

갑자기 어둠을 헤집는 불빛에 벌떡 일어났다. 꺄아꺄아 자지러지는 비명을 지르며 뛰어다니는 작은 그림자와 그 움직임을 따라 휘휘 돌아가는 빛. 손전등을 가진 아이다. 저쪽에서 모래를 차는 소리가 달려온다. 불꽃놀이를 구경하고 돌아가는 가족일 것이다.

"아키미, 일어나. 큰일 났어."

어깨를 흔드는데도 귀찮다는 듯이 몸만 뒤척인다. 이런 바보. 아무튼 바지를 입고 셔츠로 아키미의 몸을 덮는 찰나, 흔들리던 불빛이 정확하게 우리에게 고정되었다.

"아오노 군?"

귀에 익은 목소리였다. 눈이 부셔 찡그리자, 불빛이 옆으로 비켜났다. 기타하라 선생이 서 있었다. 조그만 여자아이가 겁에 질린 것처럼 선생의 허리춤에 매달려 있다.

"너희들, 이런 곳에서 뭘…… 물어볼 것도 없겠군요."

그래서는 안 되는 우리 모습에 기타하라 선생은 고개를 끄덕이고는 딸일 여자아이에게 말했다.

"우리 저쪽으로 가자."

그냥 넘어가 주나 했는데,

"다음 주 월요일 오후 1시에 같이 화학실로 오세요."

하는 말을 남기고 사라졌다.

설교의 폭풍이 몰아칠 것이라고 각오했는데,

"그리고 이건, 화학 준비실 열쇠입니다. 사용하고 싶을 때는 사전에 보고하세요. 모래사장만큼의 낭만은 없지만, 적어도 지난번 같은 문제는 막을 수 있겠죠."

콘돔과 함께 열쇠를 건네주는데, 뭐라고 대답하면 좋을지 모르겠다.

"뭐, 불편한 거 있습니까?"

없다. 없다는 게 이상하다. 아키미도 곤혹스러워하고 있다.

"왜 혼내지 않으세요?"

"내게 혼나 봐야, 너희들은 하지 않고는 못 배기겠죠."

너무 직설적이라, 또 할 말을 잃었다.

"해서는 안 되는 일이라는 걸 알아도, 그렇게 하고 싶으면 하면 됩니다. 아니, 할 수밖에 없다고 생각해요. 그게 정말 자신이 하고 싶은 일이라면 말이죠."

옆에서 아키미가 고개를 숙였다. 검은 머리칼 사이로 보이는 귀가 빨갛게 물들어 있다. 그럴 만큼 섹스가 하고 싶은 걸 테니, 하고 원숭이 취급을 당한 것이나 다름없으니 그 기분 이해한다.

"이상입니다. 돌아가도 좋아요."

기타하라 선생은 또 덜 익은 쿠키를 우물거리면서 책상에 놓인 프린트로 손을 뻗었고, 우리는 묵례를 하고 화학 준비실에서 나왔다. 가방에는 콘돔과 열쇠가 들어 있다.

"소탈하고 존재감이 없는 선생이라는 인상이었는데."

"별나긴 해. 그래도 좋은 사람이잖아."

"희한하네. 카이가 선생을 칭찬하다니."

"뭐, 선생을 싫어하는 건 아니야."

보통 선생들은 책임감 하나로 감당할 수 없는 일에 참견하려 들어 성가실 뿐인데, 기타하라 선생은 그렇지 않았다. 그날 밤에 받은 전화번호는 저장해 두었지만 전화를 건 적은 한 번도 없고, 그쪽에서도 딱히 관여하지 않았다. 온건하게 무마하는 대처가 나로서는 가장 고마웠다.

게다가 우리는 어차피 참을성 없는 열일곱 살이다. 그렇다면 피임구와 은신처의 열쇠는 최선의 대책이다. 선생으로서는 과연 어떨까 싶다. 그러나 좋은 선생이 곧 좋은 어른은 아니다. 좋은 어른이 곧 올바른 어른도 아니다.

"그보다 나는 앞일이 걱정이다."

"담당자한테서 연락 오지?"

"늦어도 저녁때는 결정되는 것 같아."

자전거 거치대에서 각자 자전거를 꺼냈다. 평소 같으면 아키미가 집까지 데려다주고 둘이 뒹굴며 시간을 보내겠지만, 오늘은 편집부에서 새로운 연재를 결정하는 회의가 열린다. 편집자들 각자가 이거다 싶은 작품을 놓고 품평을 하는데, 나와 나오토의 만화도 후보작의 하나로 올라 있다.

"연재, 되면 좋겠다."

"되든 안 되든, 연락이 올 거야."

아키미가 고개를 끄덕이고 자전거에 올라탔다.

"아, 열쇠, 선생님에게 돌려줘."

"그냥 갖고 있지, 뭐."

"절대 사용할 일 없어."

아키미는 그렇게 단언하고 엄청난 속도로 사라져 갔다. 하긴 그렇지, 하며 웃었다. 사전에 신고를 하라는데, 누가 그런 낯 뜨거운 신고를 할 수 있겠는가.

집에 돌아와 나오토와 온라인을 연결한 뒤 우에키 씨의 연락을 기다렸다. 나오토는 나보다 나이는 많지만 섬세하고 소심한 성격이라서 5시가 조금 지나면서부터 비관적인 말을 쏟아 냈다.

"역시 안 됐나 보다. 그러니까 연락을 못하는 거지."

"불길한 소리 하지 마. 말이 씨가 된다고 하잖아."

"그러지 않으면 답답해서 못 견디겠는걸, 뭐."

"좀 남자답게 굴어."

"작가가 성 차별을 하면 안 되지. 그런 게 작품에도 드러난다고."

"네, 네. 죄송합니다, 나오토 누나."

"지금 그 말은 게이 차별이야."

"아, 진짜, 말이 많네. 나한테 분풀이하지 말라고."

나오토는 남자를 좋아하는 남자다. 처음 온라인으로 얼굴을 봤을 때부터 그렇지 않을까 하고 느꼈는데, 최근에 커밍아웃했다. 단정하게 생겼는데, 퍼플 그레이로 물들인 앞머리로 눈을 가리고 있는 이유는 사람과 눈을 마주치기가 무섭기 때문이라고 했다. 겁이 많고, 쉽게 상처 입고, 미의식은 대단하고, 자잘한 일에 신경을 많이 쓴다. 그런 나오토가 그리는 그림은 자신과 똑같아서, 원고 구석구석까지 세심함이 돋보인다.

"나도 너처럼 대충 살고 싶다."

그런 말을 듣는 나도 실은 위스키로 긴장을 다스리고 있다. 배포가 작은 인간인 것이다. 솔직하게 내보이지 못할 뿐이라고 자기 확인을 하고 있는데 우에키 씨가 수락을 요청했다. 바로 허락했다.

"오래 기다리게 해서 미안합니다. 근자에 이런 일이 없었을 만큼 혼전이었어."

나와 나오토는 화면을 향해 침착하게 머리를 숙였다. 벌써 7시가 넘었다.

"우선 결과를 전할게."

긴장감이 단번에 고조된다. 심장이 쿵쿵 뛰어 그 언저리가 흔들리는 느낌이다.

"축하한다. 내년 4월부터 연재 시작이야."

몇 초간 공백이 있고, 세 칸으로 나뉜 화면 속에서 각자 환호를 질렀다. 나오토는 눈물을 글썽이고, 나는 웃음이 끊이지 않고, 우에키 씨는 득의양양한 표정이다.

연재가 내년 4월부터 시작된다면 늦은 감이 있지만, 내가 아직 고등학생 신분이라는 것을 고려한 듯하다. 아직 손볼 곳이 많다, 지금부터 천천히 손질해 나가자, 스톡 원고도 만들어 놓아야 한다, 내년 4월은 금방이다, 하고 우에키 씨는 말한다.

"오늘 밤은 그냥 기뻐하자."

우에키 씨가 화면 밖으로 손을 내밀었다가 짠! 하면서 캔 맥주를 화면에 들이댔다.

"카이 군도 나오토 군도 여기 오기까지 진짜 열심히 했어. 축하한다."

성격에 맞지 않게 가슴이 뜨거워져, 머그컵에 위스키를 콸콸 따랐다. 나오토는 스파클링 와인을 준비해 놓고 있었다. 비관적인 말을 그렇게나 했으면서 축배를 들 준비를 했다는 게 우스웠다. 우에키 씨가 화면 속에서 얼굴을 찡그리고 있다.

"축하하는 밤이니까 너그럽게 봐주지만, 술 마신다는 거 SNS에서는 절대 말하면 안 돼. 지금은 무슨 일이든 바로 화제가 되는 세상이라 자칫하면 연재 날아갈 수도 있다고."

제발 부탁이다, 하면서도 우에키 씨는 필요치 않은 말인데도 작은 소리로 "……건배!" 하고는 캔을 땄다. 그때부터 처음 얼굴을 보았을 때 얘기며, 나오토가 작화에 너무 집착해서 마감을 맞추지 못해 나와 다퉜던 얘기, 우에키 씨의 수정안에 납득이 가지 않아 격론을 벌였던 일 등의 추억담으로 분위기가 무르익었다. 그래도 역시 연재 얘기로 마무리를 했다.

"우에키 씨, 의외로 술이 세네요."

"편집자가 작가와 술 마시고 취할 수는 없잖아."

과연 프로라고 감탄했는데,

"뭐, 가끔은 취하기도 하지만."

"어느 쪽이라는 겁니까."

깔끔하게 마무리가 되고 온라인 미팅은 끝났다. 시계를 보니 10시가 넘었다. 당황해서 얼른 아키미에게 메시지를 보냈다. 틀림없이 안절부절못하고 있을 텐데. 그런데 5분을 기다려도 답이 없다. 소변을 보러 1층으로 내려갔다. 손님은 없고 엄마가 통화를 하고 있었다. 코맹맹이 소리로 얘기하는 걸로 보아 영업은 아닌 듯하다. 그새 또 새 남자가 생겼는지도 모른다.
"그럼 금요일에 봐요. 기대하고 있을게."
전화를 끊은 엄마가 콧노래를 부르면서 새 병을 꺼냈다. 네임 태그에 매직으로 '닷짱'이라고 적고 있다. 새 남자의 이름을 알았다.
"아까 왜 그렇게 소리를 질렀어?"
"아아, 연재하게 돼서."
엄마는 어리둥절해하더니 에에, 하고 머리에서 울려 나오는 듯한 목소리를 냈다.
"연재라면, 잡지에 매달 카이의 만화가 실리는 거잖아. 이제 유명인이네. 작가 선생님이네."
"그렇게 간단히 되나."
인터넷 전성시대에 종이 잡지의 연재물을 따내기는 쉽지 않은 일이다. 일단 따고 나면 그다음에는 프로든 신인이든 똑같은 비교 대상이 된다. 인기가 없으면 연재는 끊기고, 그 빈자리는 바로 메워진다. 신인은 넘쳐난다.

"만화가는 돈 엄청 번다던데. 애니메이션도 유행하고 있고. 카이, 그럼 아주 큰 집 지어 줘. 이렇게까지 키워 줬으니까."

"아, 네네. 돈 벌면 그러죠."

얼른 소변을 보고 2층으로 올라갔다. 언제나 남자를 우선하고 자식은 내팽개쳤던 주제에 키워 줬다니, 웃기고 있다. 그 행복하고 마음 편하고 이기적인 유전자를 나도 물려받고 싶었다. 해를 가한 쪽은 잊어도 당한 쪽은 평생 잊지 못한다. 그러나 그 혐오스러운 경험과 기억이, 아, 아니다, 그 기억으로부터의 도피가 나를 쓰게 한다. 어렸을 때부터 한순간도 마음 편할 새 없이 살아왔다. 나는 일상생활을 반 친구 어느 누구와도 공유할 수 없었다.

곰팡이 핀 쌀과 빵, 썩고 색이 누레진 채소. 그런 것들의 맛 따위는 알고 싶지 않았다. 하지만 그런 것들밖에 없어서 먹다 보니 내성이 생겼는지 웬만해서는 배탈도 나지 않았다. 그런 경험은 그냥 쓰레기니까, 쓰레기로 넘쳐나는 일상을 보고 싶지 않아서 이야기로 도망쳤다.

그런데 어느 때, 문득 깨달았다.

다른 아이들이 모르는 것을 나는 알고 있다는 것을.

그것이 보물이든 오물이든, 글을 쓰는 데는 똑같은 보물섬이 될 수 있다는 것을.

버리고 싶은데 버릴 수 없는 쓰레기 같은 경험을 이야기로 살려 내고, 나오토를 만나 만화라는 형태로 만들었다. 그리고 도쿄에 있는 대형 출판사의 학력 좋은 편집자가 '재능'과 '섬세한 감성'이라는 말로 칭찬해 주었다. 기쁜 한편 딱딱한 의자에 앉아 있는 듯한 위화감을 떨칠 수 없다. 이건 대체 어떤 연금술일까. 그렇다고 엄마에게 고맙다는 말은 하지 않는다. 그건 그것이고, 이건 이것이다. 썩은 음식의 맛 따위는 모르는 편이 행복하다고 나는 단언할 수 있다.

'들뜰 거 없어.'

흥분된 감정을 진정시키려 속으로 그렇게 말해 본다. 내게 세상은 믿을 수 없는 것이다. 믿으면 호된 꼴만 당한다. 해이해지지 말라. 쉽게 보지 말라. 겨우 출발점에 섰을 뿐이다. 내게 운이 없다는 걸 나는 알고 있다. 옛날부터 어쩌다 좋은 일이 있으면 그다음 나쁜 일이 두 번 생겼다. 상황이 좋을 때일수록 자학하며 방어벽을 단단히 친다. 그런 비굴한 버릇이 붙었다.

나오토에게 이러쿵저러쿵할 수 없겠다고 생각하고 있는데, 휴대 전화가 울렸다. 화면에 아키미 이름이 떠서, 재빨리 통화를 눌렀다. 오늘 밤의 보고를 하기도 전에,

"어떡해!"

비명 같은 목소리에 귀가 찢어지는 줄 알았다.

"무슨 일인데 그래?"

"엄마가 없어졌어. 목욕하고 나왔더니, 없어."
"잠깐 나갔나 보지."
"모르겠어. 차가 없어. 주차장에서 석유 냄새가 나고."
"석유?"
"집 뒤에 놓아둔 플라스틱 통이 없어. 지난 3월에 간자키 씨네서 산 거. 이제 그렇게 쓸 일 없다고 했는데도, 엄마가 추운 거 싫다고. 해마다 남는데."

그런 얘기는 아무래도 상관없는데. 그 정도로 동요한 것이다.
아키미의 엄마가 어딘가로 갔다. 왜 석유통을 가져갔나. 생각하기도 싫지만, 불을 피울 것이다. 뭔가를 태우려는 것이다. 혼자 죽을 생각이라면 근처에 있는 바닷가로 가면 된다. 차로 갔다면 근처가 아니다. 머릿속에서 칸칸이 나뉜 메모가 날뛴다. 그것들을 순서대로 나열하면 최악의 이야기가 완성된다. 귓가에서 훌쩍거리는 소리가 울린다.

"아키미, 진정해. 금방 갈게. 내가 갈 때까지 꼭 집에 있어. 절대 어디 가지 마."

만에 하나라도 아키미가 사건에 연루되지 않도록.

"카이, 전화 끊지 마, 무서워."
"응, 응. 하지만 일단 끊어. 엄마가 전화를 걸지도 모르잖아?"

아키미는 딸꾹질을 하면서 응…… 하고 말했다.

"금방 갈게, 알았지? 기다려."

전화를 끊은 다음 잠시 망설이다가 기타하라 선생에게 전화를 걸었다. 의지할 수 있는 어른이라는 조건으로 떠오르는 사람은 기타하라 선생밖에 없었다. 전화를 받자마자, 무슨 일이죠? 하고 물었다. 한 번도 전화를 건 적이 없었으니 무슨 일이 생긴 거라고 간파한 것이다. 맹한 사람치고는 눈치가 빠르다. 이 사람에게 전화 걸기를 잘했다고 생각하면서 상황을 설명했다.

"알겠습니다. 너를 픽업해서 같이 아키미 집에 가도록 하죠."

"감사합니다. 부탁할게요."

굴러떨어질 듯 계단을 뛰어 내려갔다. 한산한 가게 안에서 엄마 혼자 노래를 즐기고 있었다. 4인조 록밴드 스피츠의 〈체리〉다. 새로 생긴 남자의 취향일 것이다.

"잠깐 나갔다 올게."

조심하라는 말이 마이크를 통해 울려 나왔다.

기타하라 선생은 바로 와 주었다. 조수석에 올라타려다 뒷자리에 잠든 어린 여자아이가 있다는 것을 알았다. 담요에 싸여 새근새근 자고 있다. 저번에 해변에서 비명을 질렀던 아이다. 깨지 않게 조심조심 차에 올랐다.

"죄송합니다. 아이가 있는데, 이렇게 늦은 밤에 불러내서."

"괜찮아요. 유는 한번 잠들면 업어 가도 모르는 아이입니다."

기타하라 선생이 백미러를 통해 힐금 유의 모습을 확인했다. 선생은 어린 딸을 집에 방치하지는 않는다. 그 점 하나로도 선생이 좋은 부모라고 생각된다.

10분도 채 가지 않아 아키미의 집이 보였다. 아키미가 돌담으로 둘러싸인 넓은 마당 앞에서 오락가락하다가, 차를 보자 울상을 하고 달려왔다.

"혹시 엄마한테서 연락 왔어?"

"아니. 친척 집에도 물어봤는데, 안 왔대."

"알았어. 차에 타. 길 안내하고."

"어디 가게?"

"도우코 씨 집."

뒷자리에 타라고, 아무 대꾸가 없는 아키미의 등을 떠밀었다. 나란히 앉고 싶지만, 잠든 유가 있어서 나는 조수석에 탔다. 기타하라 선생이 액셀을 밟는다. 섬과 섬 사이를 잇는 긴 다리를 건널 때, 창밖이 온통 새카만 어둠이라는 것을 알았다. 밤바다가 하늘보다 까매서 세계를 집어삼키려는 블랙홀 같다. 아키미는 고개 숙인 채 가슴 앞에 팔짱을 끼고 있다. 아무쪼록 늦지 않았기를. 아무쪼록 아무 일 없기를 기도하는 수밖에 없다.

"다음 신호에서 도세요."

이웃 섬에 들어서자 아키미가 처음 입을 열었다. 산 쪽을 향해 동네 길을 달리다 보니, 헤드라이트 불빛 저 멀리에 아키미네 차가 보였다. 딱히 이상한 점은 없어 보인다. 바로 앞에서 차를 세우고 살금살금 집으로 다가간다. 현관으로 이어지는 긴 돌길 끝에서 조그만 오렌지색이 하늘거렸다. 불이다.

"……엄마."

맥없이 중얼거리는 아키미의 시선 끝에 사람의 모습이 있다. 어두워서 얼굴은 보이지 않는다. 그러나 휜 등과 그 윤곽이 발산하는 불행의 입자가 아키미 엄마라는 것을 명확하게 증명하고 있다. 어디에도 출구가 없어, 그저 밤의 깊은 어둠 속에 갇혀 있는 모습.

아키미가 다가가려고 했다. 순간적으로 막아섰다. 아키미 엄마의 발치에서 둘둘 만 신문지가 타오르고 있었다. 바로 옆에는 플라스틱 통이 나동그라져 있다. 쏟아진 석유가 돌길 옆의 풀들을 적시고 있다. 불길과의 거리가 너무 짧다.

"비켜. 엄마가."

가까이 가게 해서는 안 된다. 아키미 엄마도 불길에서 떼어놓아야 한다. 불을 꺼야 한다. 기타하라 선생이 패닉에 빠져 굳어 버린 우리 옆을 성큼성큼 지나, 불붙은 신문지를 휙 걷어챘다. 흘러나온 석유와 어느 정도 거리가 생겼다. 선생이 다가가 구둣발로 몇 번이나 짓밟아 불을 껐다.

"카이, 양동이든 호스든 좋으니까 물을 가져와요. 아키미는 엄마 모시고 차에 가 있고. 유가 깨나면, 아빠 금방 돌아온다고 전해요."

"물이 어디에 있을지."

"벨을 눌러 이 집 사람에게 물어보세요."

그랬다가는 아키미 엄마가 한 짓이 들통나고 만다.

"어차피 숨길 수 없습니다. 그보다 불을 끄는 게 우선이죠. 불길이 번지면 큰일입니다."

내 생각을 실시간으로 읽는 듯한 지시에 등을 떠밀리자, 나는 그제야 겨우 움직일 수 있었다.

벨을 눌렀다. 현관으로 나온 아키미 아빠와 도우코 씨에게 물이 어디 있는지 물었다. 뒷마당에서 호스를 끌어 와 꼼꼼히 물을 뿌렸다. 도중에 아키미 엄마가 차에서 뛰쳐나와 남편을 걷어차고, 도우코 씨의 짧은 머리채를 움켜쥐고 땅으로 넘어뜨렸다.

뭐라고 소리를 지르는데, 잘 들리지 않는다. 도우코 씨 몸에 올라타 그녀를 때린다. 여자 같지 않은 힘이다. 아키미의 아빠와 기타하라 선생 둘이서 겨우 아키미 엄마를 떼어 냈다. 아키미의 아빠가 도우코 씨를 자기 몸 뒤로 숨긴다. 그 모습을 본 아키미 엄마가 바락바락 소리를 지르며 운다. 머리가 헝클어져 엉망이다. 남녀 관계의 막장극에 익숙한 나도 보기 힘든 광경을, 아키미는 몸을 부들부들 떨면서 보고 있었다.

기타하라 선생이 아키미 엄마를 부축해서 일으켜 가까스

로 차에 밀어 넣기는 했는데, 그다음에 또 한바탕 소동이 있었다. 이렇게까지 마음이 망가진 아내 앞에서도 아키미 아빠는 도우코 씨 집에 있겠다고 한 것이다.

"아빠, 부탁이야. 같이 가자."

딸이 애원하는데도 고개를 숙인 채 대답이 없다. 이래서는 아무 진전이 없다.

"도우코 씨, 오늘 밤만이라도 좋으니까 아저씨를 돌려보내 주세요."

조금 떨어진 곳에서 얻어맞아 찢긴 입술을 닦고 있는 도우코 씨에게 부탁했다.

"같은 여자로서, 아주머니 심정 이해하시잖아요. 아주머니가 하려던 일은 용서받을 수 없겠지만, 그 정도로 절박했다는 거잖아요."

당신 탓이라고 은근히 힐난했다.

"그러네. 사랑하는 남자가 매일 밤 다른 여자 옆에서 자고 있으니. 그래서 마음을 앓지 않을 여자는 없지."

"그렇게 생각한다면……."

"그러니까, 자칫했으면 내가 아키미네 집에 불을 질렀을 수도 있지."

그렇게 말하고 도우코 씨는 몸을 절반쯤 휙 돌려 나와 마주했다. 똑바로 올려다보는 눈에 본의 아니게 압도되고 말았다.

"카이 군, 목을 쳐 주는 사람이 뭔지 알아?"
"예? 아, 할복?"
도우코 씨가 고개를 끄덕였다.
"배만 갈라서는 죽기 어려워. 그래서 고통을 오래 끌지 않도록 목을 치지. 무사의 의리. 나도 아키미 엄마도 이미 배는 갈랐어. 남은 일은 남자가 마무리하는 것뿐. 그런데 남자가 겁에 질려 도망치면, 죽지 못한 여자는 고통에 몸부림치게 되겠지."
표현의 참혹함에 소름이 좍 끼쳤다. 한편, 번번이 남자가 어중간하게 목을 치는 바람에 목숨이 끊어지지 않아 몸부림치는 엄마의 모습이 떠올랐다. 그런 엄마에게 휘둘렸던 자신의 어린 시절도. 그런 처절함을 아키미가 경험하도록 할 수는 없다.
"그건 도우코 씨가 선택받은 쪽이라서 할 수 있는 말 아닌가요?"
나의 비난까지 도우코 씨는 정면으로 받아들였다.
"나도 죽지 못해 몸부림친 적이 있어. 제발 부탁이니까 죽여 달라고 할 정도로 고통스러웠는데, 카이 군 같으면 어떻게 하고 싶을 거 같아?"
"나 같으면⋯⋯."
"나중에 더 고통스러워질 텐데, 한때만이라도 친절하게 대해 주면 좋겠어?"

되받을 말이 없다. 그러나 납득은 가지 않는다.

"도우코 씨 말이 옳기는 해요. 하지만 언제나 정당하고 강한 사람은 없다고요. 안 된다는 걸 알면서도 그쪽으로 가는 사람도 있어요. 인간은 그렇게 단순하지 않잖아요."

"너의 그 생각은 친절함이 아니야. 나약함이지."

단칼에 잘려 나갔다.

"정말 안 되겠다 싶을 때는 누가 욕을 하든 어쩌든 버리는 거야. 또한 누가 원망을 하든 말든 취할 때는 취하는 거고. 그런 각오가 없으면 인생이 점점 복잡해져."

현관의 아련한 불빛 아래서 도우코 씨와 마주 쳐다보았다. 나는 그렇게 강하지 않다. 그래서 강하게 살려고 한다. 그 태도는 강한 것인가 약한 것인가. 나를 똑바로 쳐다보는 도우코 씨의 눈길은 강하고, 맑고, 그 탓에 오히려 슬퍼 보인다.

"미안해."

도우코 씨가 돌연 눈을 내리깔았다.

"지금 한 말, 잊어버려. 내가 한 말 따위는 별것 아니니까."

당황한 내 머리에 살며시 손을 댄다.

"너는 정말 좋은 아이야. 오늘 밤은, 고마웠어."

손바닥으로 내 머리를 한 번 쓰다듬고는 아키미 아빠에게 먼저 들어가겠다고 하고서 도우코 씨는 집으로 들어갔다. 아키미 아빠도 그녀의 뒤를 따랐다. 나와 아키미는 진이 다 빠진 채 차로 돌아갔다.

"좁아서 미안하군. 너희들은 어머니와 뒷자리에 앉아요."

아키미 엄마는 넋이 빠진 사람처럼 뒷자리에 축 늘어져 있지만, 언제 또 흥분할지 알 수 없으니 우리가 옆에서 지켜봐야 할 필요가 있다. 유를 조수석으로 옮긴다. 여전히 새근새근 자고 있다. 부럽기도 하고, 기분이 복잡해진다. 유처럼 보호받는 아이와 우리처럼 보호받지 못하는 아이. 그 차이는 단순히 운이다.

엄마의 어깨를 끌어안고, 아키미는 눈을 꼭 감고 있다.

먼저 아키미 집으로 향했다. 기타하라 선생과 둘이 아키미 엄마를 부축해 집 안으로 들어갔다. 이렇게 당당히 집에 들어가기는 처음이다. 실내는 어수선하고 생기가 없다.

"선생님, 정말 고맙습니다."

차에 오른 기타하라 선생을 배웅했다. 나는 남는다. 오늘 같은 밤에 아키미를 혼자 둘 수는 없다.

"너희들도 피곤하겠군. 최대한 쉬고, 무슨 일 있으면 전화로 연락해요."

기타하라 선생은 여느 때와 똑같이 필요한 말만 남기고 돌아갔다. 멀어져 가는 차를 바라보면서, 참 침착한 사람이라고 새삼스레 생각했다. 그에 비하면 좁아서 아무 도움도 되지 못한 자신은 한심하기 짝이 없다고 생각하고 있는데, 아키미가 어깨에 얼굴을 기댔다.

"카이, 여러 가지로 고마웠어."

"나는 아무것도 안 했는데, 뭐. 기타하라 선생이 같이 가 줘서 다행이었어."

"아니, 난 카이가 와 줘서 기뻤어."

거의 탈진한 목소리였다. 위로하듯 등을 어루만지고 있는데 집 안에서 낮은 신음 소리가 들려왔다. 아키미가 움찔 몸을 떤다. 안으로 들어가 보니, 볼록하게 솟은 이불 안에서 웅얼거리는 소리가 흘러나왔다.

"······엄마."

아키미가 이불에 살며시 손을 갖다 댄다. 알전구의 희미한 불빛만 가득한 다다미방에서, 아키미 엄마의 손이 슬며시 이불 밖으로 나와 아키미의 손을 찾아 꼭 잡는다.

나는 벽에 기대어, 언젠가 본 적이 있는 그 광경을 보고 있었다. 예전에도 이런 일이 있었지만, 그때는 나의 엄마였다. 밤 속에서 아키미가 고개를 푹 숙이고 있다. 무력한 그 모습을 보니 마치 또 다른 나를 보고 있는 듯했다. 우리는 부모에게 잡힌 손을 놓지 못한다. 떨쳐 버리면 편할 텐데, 그렇다는 걸 아는데도 우리는 어쩔 수 없이 사랑을 원한다.

새벽녘이 되어서야 아키미가 겨우 잠들었다. 나는 해안선을 따라 터벅터벅 걸어서 돌아갔다. 아침노을에 물든 바다는 파도가 칠 때마다 부정형으로 일그러지면서 왠지 불안을 부추긴다. 집에 도착하자마자 침대에 쓰러져 곤히 자고, 오후 늦게 겨우 일어나 화장실에 가려고 1층으로 내려갔다.
"어머, 집에 있었니?"
엄마가 놀라서 물었다.
"그래, 새벽에 왔어."
내가 어디를 가든, 늦게 들어오든 엄마는 전혀 걱정하지 않는다. 옛날부터 그렇다.
"아키미네 갔었잖아."
"어디 갔든 무슨 상관이야."
"좋겠다, 청춘이네. 나도 고등학교 시절로 돌아가고 싶네."
돌아갈 수 있으면 돌아가시지. 그래서 조금이라도 괜찮은 부모가 되어 인생을 다시 살아 보라고 생각하면서 밥을 덜었다. 달걀을 깨서 얹고 간장을 뿌리는 참에 아키미한테서 메시지가 왔다.
보고 싶지 않다. 아침부터 계속 불길한 예감이 들었고, 나의 예감은 잘 맞아떨어진다. 조금이라도 충격을 덜고 싶어서 달걀밥을 먹으면서 메시지를 열었다.

― 미안해. 도쿄에 갈 수 없어.

몇 초 동안의 공백이 있고, 파도가 밀려가듯 기력이 쑥 빠져나갔다. 괜찮다. 익숙하다. 좋은 일이 있은 후에는 반드시 나쁜 일이 있다. 옛날부터 그랬다. 알고 있었잖아.

― 엄마를 혼자 놔둘 수 없어.

이어서 메시지가 들어온다. 아, 그렇겠지. 알아. 역시 그렇지. 뱃속에서 끓어오르는 무력감을 달걀밥과 함께 꿀꺽 삼킨다.
갑자기 약품 냄새가 코를 찔렀다. 엄마가 박스 자리에 다리를 올려놓고 페디큐어를 바르고 있다. 아직 밥이 남아 있는 사발을 손에 든 채, 나는 한숨을 쉬었다.
"밥 먹을 때 바르면 어떡해."
"미안. 지금 그만할 수 없으니까 참아."
반성의 기색은 조금도 없다. 엄마는 콧노래를 흥얼거리면서 페디큐어 병을 카랑카랑 흔든다.
"있지, 엄마."
나는 스툴을 휙 돌려 엄마와 마주했다.
"나랑 같이 도쿄에 갈래?"
말한 순간, 후회했다. 내가 무슨 말을 한 건지 모르겠다. 엄마는 내가 고등학교를 졸업하면 교토로 돌아갈 예정이다. 남자가 떠난 섬에 눌러 살 이유는 없고, 교토에는 단골손님이 있다.

"무슨 소리니, 갑자기. 아키미랑 같이 살 거잖아."

"몰라."

"싸웠어?"

"아니."

"어차피 남자 잘못이야. 당장 사과해."

엄마는 발톱에 집중하느라 얼굴도 들지 않는다.

"엄마도, 얼마 전부터 말하려고 했는데."

"뭘?"

"나, 교토에 안 가려고."

그 한마디로 감이 잡혔다.

"최근에 사이가 좀 좋아진 사람이 있는데. 다쓰야 씨라고, 이마바리 사람이야. 아들이 도쿄에 갈 거라고 했더니, 그럼 같이 살자고 하네."

신이 나서 술병에 남자 이름을 쓰던 엄마를 떠올렸다.

"잘됐네."

아무 감정 없이 그렇게 말하자, 엄마가 얼굴을 번쩍 들었다.

"그렇지. 정말 좋은 사람이야. 다음에 소개해 줄게."

"손님이야?"

"이 섬에 혼자 사는 좋은 남자가 남아 있을 리 없잖아. 다들 부인이 있지."

"그럼 어디서 알았는데?"

"데이팅 앱."

바보 아냐, 하고 핀잔을 줄 기력도 없다. 그러나 나도 바보다. 마음이 약해져 엄마에게 어리광을 피우다니. 애당초 받아 준 적이 없는데.

"이번에는 행복해질 수 있을 것 같아?"

그렇게 묻자, 엄마는 꿈꾸는 듯한 표정으로 담뱃진에 누렇게 찌든 천장을 올려다보았다.

"다스야 씨, 행복하게 해 주려나."

이번에도 무리일 듯하다. 나는 행복해질 수 있을 것 같냐고 물었다. 행복하게 해 줄 것 같냐고 묻지 않았다. 누군가가 행복하게 해 주길 바라기 때문에 행복해지지 않는 것이다. 스스로 알아서 행복해지라고. 자신은 스스로를 배신하지 않는다. 엄마를 통해서, 나는 나 자신에게 그렇게 말했다.

한편 아키미도 이렇게 바보라면 좋을 텐데, 하고 생각했다.

아키미는 나 하나만을 위해 모든 것을 버리지 못한다. 그 사실이 나를 더없이 아프게 한다. 남자 때문에 모든 것을 버린 엄마를 바보라고 생각하면서, 나는 아키미에게 엄마와 똑같은 바보가 되기를 원하고 있다. 나 역시 엄마나 아키미를 괴롭히는 이기적인 남자의 전형이었다.

— 만날까?

아키미에게 메시지를 보냈다.

— 해변에서 기다릴게.

3초 만에 대답이 돌아왔다.
 우리는 이제 틀렸는지도 모른다. 비관이 아니라 현실 얘기다. 지금은 열일곱 살, 앞으로 좀 더 넓은 세상에 살게 되고, 환경도 사고도 점차 변하게 될 것이다. 그 과정에서 늘 뭔가를 꿰맞추면서 애정을 유지한다. 멀리 떨어져 지내면서 어느 정도까지 그럴 수 있을까.
 그러나 어젯밤의 고개 숙인 그녀 모습을 떠올리면, 나는 아키미의 모든 것을 무조건 받아들이고 싶어진다. 그녀는 나를 선택하지 않았지만, 나를 무시한 것은 절대 아니다. 어떻게도 할 수 없는 일이 있다는 것을, 어렸을 때부터 나 자신이 잘 알고 있다.
 지금 만나기로 한 해변에서, 우리는 수많은 약속을 했다.
 메일과 메시지로 언제든 연락할 수 있다. 목소리가 듣고 싶으면 전화를 걸면 된다. 상황이 좋아지면 바로 도쿄에 와도 된다. 휴가가 길 때는 같이 지내자.

좋아한다, 언제든 생각하고 있다, 바람은 피우지 않는다. 그렇게 말하면 말할수록 불안감만 커지는 것을 느끼면서, 그래도 말하지 않을 수 없는 모순에 지쳐 갈 즈음, "어이!" 하는 소리가 들렸다. 옹벽 위를 올려다보니, 해안선에 경트럭이 서 있었다. 운전석 창문에서 엄마 가게의 단골손님이 몸을 내밀고 있다.

"너희들, 그런 데서 하지 마라!"

큰 소리로 놀리는 통에, 순간적으로 피가 솟구쳤다.

"시끄러워. 꺼져!"

고함을 지르자, 아저씨는 웃으면서 차를 몰아 사라졌다. 옆을 보니, 아키미가 고개를 숙인 채 눈가를 닦고 있었다. 좋아하는 여자 하나 지켜 주지 못한다. 나도 울고 싶다는 말은 할 수 없어, 자포자기한 심정으로 아키미의 셔츠 등짝을 잡아당기면서, 모래사장에 나란히 벌렁 누워 버렸다.

서로 아무 말도 하지 않는다. 오로지 파도 소리만 들으면서 해 저무는 하늘을 본다.

"……어둠별이네."

서쪽 하늘 낮은 위치에서 반짝거리는 별 하나를 발견했다.

"어둠별?"

"제일 먼저 뜨는 별. 저녁때 보이는 금성."
"어둠별이라고 하는 줄은 몰랐어."
"새벽에도 떠. 새벽에 보이는 금성은 샛별."
"그런 이름도 있구나."
"같은 별인데, 재미있지."

별거 없는 대화에 안심했다. 거창한 말을 사용할수록 관계를 깎아 먹는다.

"도쿄에서도 보이려나."
"그야 보이겠지. 그래도 섬에서 보는 편이 예쁠 거야."
"달무리가 살짝 낀 것도 정취가 있고."

뭐라는 거야, 하면서 웃고 동시에 손을 내밀었다. 마주 잡은 손에서 열기가 전해진다. 어디까지 이어질지는 알 수 없다. 하지만 이어질 때까지는 같이 걷고 싶다.

서로의 눈에 같은 별이 반짝이는 동안은.

2장

파식 波蝕

• 이노우에 아키미, 19세, 여름

처음에는 정신없고 신기하기만 하더니, 몇 번을 오가는 사이에 익숙해졌다. 물론 하네다 공항에서 카이가 사는 고엔지까지나 별문제 없이 이동할 수 있지, 신주쿠는 여전히 겁이 난다.

카이가 도쿄로 올라온 지 1년 남짓, 두 번째 맞는 오봉(일본의 대표적인 명절로, 조상의 혼을 맞이하고 기리는 기간 - 옮긴이) 연휴를 나는 카이의 아파트에서 지내고 있다. 역에서 15분 거리에 있고 월세 7만 엔에 방 하나짜리 낡은 아파트.

"점심 어떻게 할래?"

철제 싱글 사이즈 침대에서 카이의 팔다리를 휘감으며 물었다. 레트로 감성의 부연 유리창 너머에서는 매미가 시끄러울 정도로 울어 대고 있다. 나는 왜 그랬는지, 도쿄에는 매미가 없을 거라고 생각했다. 아무런 근거 없이. 지금은 매미도 나비도 잠자리도 있다는 걸 안다.

"밖에 나갈까. 뭐 먹고 싶어?"

"유기농 채소로 만든 비건 메뉴."

에에 하며 카이가 엄살을 부려, 나는 웃었다. 처음에는 도쿄답게 세련된 가게를 찾아다니는 게 즐거웠지만, 겉보기만 휘황한 가게는 금방 싫증이 났다. 지금은 카이가 데려가 주는 싸고 맛있는 가게를 나도 좋아하게 되었다.

"농담이야. 튀김덮밥 먹자. 배고프다."

으, 하면서 팔을 뻗는 카이의 벗은 가슴에 행복한 기분으로 코끝을 비볐다.

어제 일이 끝난 후, 미리 준비해 놓은 슈트케이스를 들고 도쿄로 날아왔다. 정시에 퇴근해서 바로 공항으로 가도 밤 11시가 되어서야 카이의 아파트에 도착한다. 피곤했지만 고엔지 역 개찰구 밖에 서 있는 카이의 모습을 보자 가슴이 두근거렸다. 5월 연휴 때 보고 지금이니까 거의 석 달 만이다. 아파트로 들어서자마자 침대로 직행해서 지금까지 침대 위다.

샤워를 하고 근처에 있는 덮밥 가게로 갔다. 반숙 달걀튀김을 밥에 얹은 덮밥으로 유명한 가게다. 카운터에 앉은 손님들 대부분이 그 메뉴를 주문한다.

"얼마 전에 카이 엄마한테 다녀왔어. 잘 지내니까 걱정 말라고 하시더라."

카이가 얼굴을 찡그렸다.

"걱정을 왜 해. 애인이랑 잘 지내고 있을 텐데."

"그런 것 같아. 어찌나 남자 얘기를 하시던지."

카이의 엄마는 이마바리에서 애인과 함께 생활하고 있다. 애인인 다쓰야 씨는 음식점에서 일하기 때문에, 내가 찾아가는 시간에는 늘 집에 없어 만난 적은 없다.

"잘 지내고 있으면 됐어."

카이는 턱을 괴고 주방을 쳐다보았다. 안도감에 서운함이 섞인 듯 보이는 것은 그냥 내 느낌만은 아닐 것이다. 나는 넌지시 화제를 돌렸다.

"만화, 이번에 3권이 나오는 거지? 대단하다."

"대단할 거 없어. 연재를 하고 있고, 원고가 쌓이면 책이 나오는 거니까."

"책이 나온다는 거, 나한테는 대단한 일이야."

"인기가 없는걸. 이러다가 연재가 중단될 수도 있어."

놀랐다. 카이의 만화에 대해서는 호의적인 감상밖에 보지 못했다. 그러나 좋은 평가만 있다는 것은 독자가 적고 편중되어 있다는 뜻이고, 히트작에 혹평이 많은 것은 그만큼 많은 사람들이 읽기 때문이며, 나아가 팬이 많기 때문에 히트작이 될 수 있는 것이라고 카이는 말한다.

"중단되면 어떻게 되는 거야?"

물어볼 것도 없다. 무직이다. 인기가 생명인 장사는 히트를 치면 어마어마한 돈이 들어오지만, 그 반면 아무런 보장이 없는 가혹한 세계라는 걸 알게 되었다.

"우에키 씨가 그러는데, 내가 만드는 이야기는 너무 꼬여 있대."

언제 어디서 누가 만들었는지도 모르고 이름도 없는 토우가 영겁의 시간을 유랑하는 스토리. 고대 이집트, 중세 유럽, 현대 일본, 각 시대에 만난 사람들을 통해, 생명이란 무엇인지를 줄곧 묻는다. 나는 재미있지만 한편으로는 난해하다고도 생각한다.

"대사를 줄이라고 하는데, 그러면 제대로 전달되지 않을 것 같고."

카운터에 턱을 괴고 얼굴을 찡그린다. 어떻게 하면 좋을지 나도 생각하는 참에, 카운터 위에 따끈따끈한 덮밥과 된장국이 놓였다.

"일단 먹자."

손바닥을 마주하고, 잘 먹겠습니다, 하고는 한동안 말없이 덮밥을 먹었다. 줄 서 기다리는 사람이 있어서, 다 먹으면 바로 자리에서 일어선다. 도쿄에서 밥을 먹을 때는 항상 카이가 돈을 낸다. 하지만 오늘은 나도 지갑을 꺼냈다. 괜찮아, 하면서 카이가 3천 엔을 카운터에 꺼내 놓았다.

"그렇게 금방 무직 신세가 되지는 않아. 괜한 신경 쓰지 마."

재빨리 가게를 나선다. 이런 점, 카이는 보수적이라고 생각한다.

"아직 많이 쌓여 있어, 앞으로 전개될 이야기. 어중간하게 여기서 중단되면 안 되지."

카이가 걱정하지 말라며 웃는다. 정말 괜찮을까. 의논 상대가 되어 주고 싶은데, 만화에 대해서는 아는 게 없다. 게다가 카이는 불만을 터뜨리는 성격이 아니다.

"오랜만에 만났잖아. 그런 표정 짓지 마."

걸음걸이를 약간 늦추고, 카이가 내 손을 잡는다.

"오늘 저녁은 집에서 만들어 줘."

"뭐 먹고 싶은 거 있어?"

"보통 밥. 밥하고 된장국이나 생선."

"도쿄 생선은 맛없어."

"섬이랑 비교하면 안 되지."

둘이 손을 잡고 오후의 고엔지 거리를 걸어간다. 이렇게 둘이 있으면 섬에 남기로 결정했을 때의 비장했던 결의가 거짓말 같다. 우리는 순조롭게 만남을 계속해 가고 있다.

카이가 무척 바빠서도 그렇다. 만화계에 적응이 덜 된 신인에게 연재는 부담이 크다고 한다. 게다가 나오토 씨는 그리는 속도가 느려서 원작을 담당하는 카이도 간단한 배경 처리를 돕고 있다고 한다. 카이의 하루하루는 온통 만화, 만화, 한눈팔 걱정이 없다는 것도 마음 편하다.

신선한 전갱이가 싸서, 저녁때 나오토 씨도 불렀다. 나오토 씨는 걸어서 5분 거리에 살고 있다. 전갱이 막회, 돼지 간과 부추 볶음, 양파와 토마토 샐러드, 된장국. 그냥 평범한 저녁인데, 둘은 정말 신이 나서 밥을 두 공기나 먹었다.

마감 중일 때, 카이는 컵라면이나 편의점 도시락으로 끼니를 때우곤 한다. 내게도 연락이 끊기는 일이 있는가 하면, 연락이 되더라도 '배고프다', '피곤하다', '졸리다'는 세 가지 말밖에 없다. 그렇게 몰입해서 열심히 하고 있는데도 언제 중단될지 알 수 없다.

걱정하는 한편, 내가 없는 도쿄에서 카이가 그렇게 즐겁게 지내지는 않는다는 사실에 안도하는 나도 있다. 좋아하는 사람의 성공을 바라지만, 순수하지는 않은 것이다. 나는 '좋은 그녀'가 아니라 실은 아주 자기중심적인 인간이라는 걸 자각하게 된다.

"아키미는 좋겠네. 남친이 만화가라니, 얼마나 대단해."
"카이 씨랑 결혼해서 도쿄에서 살 거지?"

결혼식에 꼭 불러 달라며 부러워한다. 작은 섬에서는 프로 만화가가 스타급이라, 만화가의 그녀인 나도 선망의 대상이 된다. 하지만 그 '대단한 아오노 카이와 사귀고 있다'는 것만이 지금 내가 자랑할 수 있는 모든 것이다.

'내가, 언제부터 그렇게 된 걸까.'

고등학교를 졸업하고 나는 이마바리에 있는 인테리어 자재를 취급하는 회사에 취직했다.

"미래를 위해서 대학은 가는 편이 좋다고 생각합니다."

진로 상담을 할 때 기타하라 선생은 그렇게 말했다. 엄마의 방화 소동 이후, 나는 수시로 화학 준비실을 드나들게 되었다. 더없이 부끄러운 꼴을 보인 사람이어서, 담임보다 솔직하게 뭐든 의논할 수 있었다. 기타하라 선생 앞에서는 뭘 숨기거나 허세를 부리지 않아도 된다.

아빠가 학비는 대 주겠다고 했지만, 엄마 아빠의 이혼이 거의 결정되면서 엄마의 몸 상태가 몹시 안 좋아졌다. 학비와 별도로 위자료가 3백만 엔 정도 되는 듯했다. 경제적으로 쪼들리게 될 앞날이 뻔히 보였다. 그래서 나는 진학을 포기하고 취직하기로 결정했다.

"아키미 스스로 결정한 일이라면, 그게 가장 좋겠죠."

그렇게 말한 다음, 하지만, 하고 기타하라 선생이 다시 말을 이었다.

"조금은 주위에 기대도 좋을 것 같은데."

"기댈 수 있으면 저도 기대고 싶어요."

곧바로 반발하자 침묵이 떨어졌다.

"미안합니다. 내가 배려가 부족했군요."

기타하라 선생이 사과하고는, 필요하면 찾아오라고, 의논 상대가 되어 주겠노라고 했다.

화학 준비실에서 나와, 너무 부끄러워 주저앉고 싶은 심정이었다. 나를 걱정해 주는 사람의 말조차 순순히 받아들이지 못할 정도로 여유가 없다는 것을 깨달은 것이다.

그리고 그 여유 없음은 회사원 2년 차인 지금도 계속되고 있다.

아침 6시 반에 일어나 아침과 엄마의 점심을 준비하고, 내 도시락을 싸고, 빨래와 청소 등 집안일을 한다. 8시 조금 넘어서 출근, 9시부터 오후 5시까지 일한다. 신규 고객을 확보하기 위한 외부 영업, 견적서 작성에 자재 발주, 섭외, 배송, 기존 고객을 위한 신 자재 제안서 작성. 일이 별 재미가 없다고 해서 불만이 있는 것은 아니지만, 앞으로도 계속 이 일을 해야 한다고 생각하면 지겨워진다. 처음에는 그렇지 않았다.

"아키미 씨, 잠깐 나 좀 봐."

입사한 지 얼마 안 되었을 때, 여사원의 보스 격인 사사키 씨가 불렀다. 무슨 실수라도 했나 싶어 긴장했는데, 사소한 일이었다.

"차 마실 때 말인데, 혼자 마시지 말고 같이 마시면 좋잖아. 그러니까 같이 마시자고 해 줬으면 좋겠어."

꾸짖는 게 아니라 부탁하는 투여서, 미처 몰랐다고 사과하고는 별거 아닌 일이라 안심했다. 그런데 며칠 지나 위화감을 느꼈다.

"차 끓이는데, 드실 분 있으세요?"

여사원만 그렇게 묻는다는 것을 알았다. 남자 사원은 자신이 마실 차만 끓인다. 납득하기 어려웠지만 사소한 일을 불만 삼는 것도 좀 그렇다 싶어서 잠자코 지냈다. 그게 더 큰 문제의 일부분이라는 것을 모르는 채.

입사해서 반년이 지나자 외부 영업에 동행하게 되었고, 내 힘으로 신규 계약을 따 냈을 때는 기뻤다. 그런데 회식 때 취한 동기 남자 사원이 무심코 흘린 말을 듣고는 경악했다. 그 동기는 영업 실적에 따라 월급이 오르는데, 내 월급은 제자리였다. 명함의 직함도 달랐다. 남자는 '영업 사원', 여자는 '영업 조수'.

"영업이 쉬운 일이 아니잖아. 여자에게는 가혹하니까."

주임은 위로하는 건지 깔보는 건지 모를 말로 대답했다. 사사키 씨에게 남자 사원과 똑같이 일하는데 이상하지 않느냐고 묻자,

"옛날부터 그랬어."

하는 한마디로 끝이었다. 그런 게 당연하다고는 생각지 않는다. 그러나 말해 봐야 소용없다는 분위기가 전해져, 그 이상 아무 말도 하지 못했다. 섬사람들의 모임이 떠올랐다. 음식을 만들고 술을 나르는 일은 여자들 몫, 남자들은 앉아서 먹고

마시기만 했다.

이미 익숙한 일이지만, 사회에 나와서도 이래야 하나 하고 낙담했다. 도시에는 이런 일이 없지 않을까 하고 생각할 때마다, 꿈이 된 카이와의 도쿄 생활을 염원하게 되었다.

나는 매일 차를 마시고 싶을 때면 사무실 사람 모두에게 말을 건다. 차, 커피, 각자의 취향에 맞춰 크림과 설탕을 넣는다. 하다못해 사무실용 자동 머신이라도 설치해 주면 좋겠다고 생각하면서.

"그 정도는 해 줄 수 있잖아. 월급에 그런 일까지 포함돼 있다고 생각하면."

저녁을 먹으면서 엄마는 별일 아니라는 듯이 말했다.

"어차피 카이랑 결혼하면 그만둘 거잖아. 그냥 적당히 해. 그보다 화장 좀 제대로 하고 다녀. 도쿄 여자에게 빼앗길라."

엄마는 예전과 달리 카이와의 관계에 적극적이다. 물장사 하는 여자의 아들에서 만화가로 신분이 달라졌기 때문일까. 대부분의 섬사람과 마찬가지로 만화가는 돈을 많이 버는 화려한 직업이라고 인식하고 있다.

인기로 먹고 사는 직종은 그리 녹록지 않다. 어떻게든 떨려 나지 않으려고 애쓰는 카이를 옆에서 서포트하고 싶다. 그런데 엄마가 걱정돼서 섬에 남아 있는 거라고. 내 화장 걱정 말고 빨리 기운이나 차려. 그런 말이 목구멍까지 올라온다.

잔소리는 많아도 명랑했던 엄마는 이제 없다. 한 달에 두 번 항우울제를 받으러 이마바리의 병원에 오가는 일 외에는 거의 집에 틀어박혀 지낸다. 불평불만이 많고 늘 언짢아한다. 격려하고 위로해서도 안 되고 혼을 내서도 안 되니, 나는 그저 엄마가 하는 말을 맞장구를 치며 듣는 수밖에 없다.

"결혼하려면 차도 잘 끓일 줄 알아야지. 음식도 그렇고."

엄마가 생선조림을 한 입 먹고는, 간이 잘 배지 않았다며 한숨을 쉬었다. 헤집어 놓기만 할 뿐 먹지는 않아 생선 꼴이 엉망이다.

이혼에 응하기는 했지만, 엄마는 아직도 서류에 도장을 찍지 않았다. 아빠는 위자료를 당겨 지불하듯 매달 얼마간의 돈을 계좌로 넣어 준다. 두 가정의 재정을 도맡을 수 있을 만큼 아빠 월급이 많지는 않다. 하지만 그쪽은 도우코 씨도 수입이 있다. 남자에게 의지하지 않을 수 있는 경제력이 엄마를 더 비참하게 만들고 있다. 우리 섬에서 도우코 씨는 '파렴치한'으로 통하고, 엄마와 나는 '불쌍한' 동정의 대상이다. 하지만 속사정을 잘 아는 척하며 불쌍히 여기는 것보다 '파렴치한'이라 불러 주는 편이 차라리 낫다고 생각한다.

'물론 돈으로 살 수 없는 것도 있지. 하지만 돈이 있어서 자유로운 경우도 있는 거야. 타인에게 의존하지 않아도 되고, 누군가를 억지로 따르지 않아도 되고.'

그 말이 사회인이 된 지금 더 절실하게 와닿는다. 돈은 중요하다. 돈을 벌기 위한 일도 중요하다. 그런 생각으로 열심히 일했던 회사원 1년 차. 그 1년이 지나자 현실을 알게 되었다. 동기 남자 사원은 월급이 오르는데 나는 제자리걸음인 채 커피 심부름을 하고 있다.

며칠 전, 사사키 씨에 대한 옛 일화를 전해 들었다. 사사키 씨는 젊었을 당시, 동기인 지금 과장보다 영업 실적이 좋았다고 한다. 그런데 승진은커녕 명함에 찍혀 있는 직함은 여전히 '영업 조수'이다. 사사키 씨는 오늘도 묵묵히 과장의 차를 끓인다.

그때부터 나는 일을 슬렁슬렁 하게 되었다. 게으름은 피우지 않지만 딱히 열심히 하는 것도 아니다. 대신 예전보다 훨씬 자수에 몰두하게 되었다. 휑하게 빈 부분을 빛나는 비즈와 스팽글로 메워 나간다.

또 일이 끝나면 엄마에게는 야근한다고 거짓말하고 도우코 씨를 수시로 찾게 되었다. 처음에는 자수 교실에 다니려고 했는데, 도우코 씨가 수업료를 받지 않겠다고 했다. '받을 수 없다'가 아니라 '받지 않겠다'는 단언이 도우코 씨다웠다. 어떤 경우에도 도우코 씨의 중심은 도우코 씨 자신.

"정말 성격이 다 드러난다니까, 자수는."

도우코 씨가 막 완성한 브로치를 빤히 쳐다보고 있다. 맨드

라미꽃의 윤곽은 체인 스티치로 수놓고, 꽃술은 금색과 검붉은색 아주 작은 비즈로 메웠다. 좀 더 부드럽게 물결처럼 만들고 싶었는데 솜씨가 아직 미치지 못한다. 곳곳에 틈이 있어 부끄럽다.

"아키미답네. 더 간단히 할 수도 있는데, 모르는 부분도 적당히 넘기지 않고 꼼꼼히 하려고 하잖아. 그런 성실함, 프로가 될 수 있는 미덕이야."

"그냥 좋아할 뿐이에요."

"좋아하지 않고 어떻게 잘할 수 있겠어. 카이 군도 그렇게 프로가 되었잖아."

그런 생각은 전혀 못했다. 그렇구나. 누구나 처음에는 좋아서 시작하는구나. 그렇게 해서 카이는 만화가, 도우코 씨는 자수 작가가 되었다. 그런데 나는.

"그렇게 열심히 할 시간은 없어요. 일도 있고."

"일은 요즘 어때?"

"뭐, 그런대로."

"하나도 재미가 없는 모양이네."

도우코 씨에게는 뭘 숨길 수 없다.

"있지, 아키미, 중요한 선택을 할 때는 누가 뭐라고 하든 아키미가 좋은 쪽을 선택해. 겁이 나기도 하겠지만, 에잇 하고 건너뛰는 그 순간뿐이야. 건너뛰고 나면 그다음은 자유."

도우코 씨의 말투는 가볍고 조금도 억지스럽지 않다.
"그렇죠. 그렇겠죠. 알아요. 하지만."
자조적으로 웃고는, '하지만'의 뒷말을 잇지 못한다. 하고 싶은 말은 언제나 가슴속에서 소용돌이친다. 하지만 말해 버리고 나면. 고개 숙인 내 머리를 도우코 씨가 살며시 쓰다듬었다.
"너희들은 참 착한 아이들이야."
"……들, 요?"
"전에 카이에게도 비슷한 말을 했거든."
어린아이에게 그러듯, 천천히 머리를 쓰다듬는다.
머리를 쓰다듬는 도우코 씨의 손목에서 아스라한 향이 풍긴다. 출근하기 전에 내가 대충 개는 빨래와는 전혀 다른 향. 나는 늘 시간에 쫓기고 있다.
엄마는 회복의 기미를 보이지 않고, 뭘 어떻게 해도 고맙다는 말 한마디 하지 않는다. 일을 열심히 해도, 앞날에 아무것도 없다. 이 생활이 언제까지 계속될지 모르는 채, 내 열여덟 살 이후의 시간이 모래시계의 모래처럼 흘러 떨어진다.
"미안해. 난 너에게만은 사과하고 싶어."
늘 경쾌한 도우코 씨 목소리가 지금은 아주 얇은 유리처럼 울린다. 나를 걱정해 주는 도우코 씨 마음이 전해진다. 미안해한다는 것도.

나는 고개를 가로저었다. 계기는 분명히 도우코 씨였다. 그러나 몇 가지 선택지 중에서 나 스스로 '지금'을 선택했다. 그 선택이 잘못이었다면, 잘못한 것은 나다. 누구 탓도 할 수 없다. 하지만 한 가지, 알고 싶은 것이 있다.
'나는 언제까지 이렇게 살아야 하나.'

명절 휴가가 순식간에 끝났다. 마지막 날, 카이가 늘 하던 대로 고엔지역까지 바래다주었다. 처음에는 하네다 공항까지 바래다주었지만, 아무래도 공항이라 그런지 잠시나마 헤어져 지내야 하는 아쉬움이 유난히 부각되어, 고엔지역까지만 와도 된다고 내가 말했었다.
"역시 하네다까지 같이 갈게."
"아니야, 여기서 헤어져."
"짐이 많은데."
양손에 모두에게 줄 선물을 가득 들고 있다. 늘 그랬음에도, 오늘 유독 카이가 신경을 쓰는 것은 어젯밤 조금 다퉜기 때문일 것이다.
어제, 카이의 만화 모임에 따라갔다. 멤버 중에 예전부터 이름을 몇 번 들은 적 있는 사토루 씨가 있었다. 놀랍게도 사토루 씨는 여자였다. 청년 잡지에 만화를 싣는 여자 만화가는 중성적인 필명을 흔히 사용하는 듯하다.

"전에 사토루 씨네 집에서 잤다고 하지 않았어?"
"마감 바로 직전에. 위태위태하다고 좀 도와달라고 해서."
"여자 집인데? 보통 자고 그래?"
카이가 미간을 찡그렸다. 사토루는 여자가 아니라 동료라고 한다. 이성적으로는 이해한다. 그러나 감정적으로는 납득이 가지 않는다. 카이는 한숨을 크게 내쉬었다.
"여기는 도쿄야. 같이 걸어만 가도 이상한 눈으로 보는 섬이랑 다르다고."
약간 충격을 받았다. 섬 특유의 고리타분한 색안경, 회사에서 당연하다는 듯 벌어지는 남녀 차별. 그런 것들을 지겹다 여겼던 나 자신, 섬사람 사고가 몸에 배어 있다는 것을 알았다. 귀가 화끈 달아오른 내가 욕실로 피해 버렸고, 얘기는 거기서 끝났다.
"어제는 미안했다. 네 기분을 생각하지 못했어."
플랫폼에서 전철을 기다릴 때, 카이가 말했다.
"네가 싫다고 하면, 사토루 씨 집에 안 갈게."
"아니야."
나도 모르게 목소리가 커졌다.
"아니야. 미안해, 어제는 내가 잘못했어."
카이가 무슨 말을 하려는데, 나는 양손을 앞으로 쭉 내밀어 말을 막았다.

"동료는 소중하지. 나는 카이의 일을 방해하고 싶지 않아. 응원하고 싶어. 카이가 소중히 여기는 사람이라면 나도 소중히 여기고 싶어. 이건 나의 진심이야. 의심하지 마. 부탁할게."

정말 미안하다고 거듭 말하자, 카이도 미안하다고 했다. 전철이 오기까지의 짧은 시간, 우리는 내내 손을 잡고 있었다. 플랫폼으로 들어온 전철에 나 혼자 올라타고, 문이 닫히고, 전철이 덜컹 몸을 흔든다. 창 너머로 손을 흔들고, 카이가 멀어져 간다. 완전히 보이지 않자, 나는 그제야 웃음을 거뒀다.

'제대로 했나 모르겠네.'

헤어진 아쉬움을 느끼기에 앞서, 흐르는 경치에 물었다. 카이에게 부담이 된 건 아닐까. 나는 카이가 마음 편히 대할 수 있는 존재인가. 돌아가는 길에는 언제나 스스로를 채점한다. 언제부터 내가 이렇게 되었을까. 카이는 아마 알아채지 못했을 것이다.

섬에 남겠다고 결정했을 때, 카이는 한마디도 불평하지 않았다. 모든 상황을 받아들이고, 갖가지 약속으로 나를 안심시켜 주었다. 그래도 장거리 연애는 어렵다. 아주 사소한 계기만으로도 마음이 멀어진다. 그래서 있는 힘을 다해 애쓰고 있다. 다달이 받는 월급 13만 엔에서 8만 엔은 집에 들이고, 나머지로 친구를 만나고 도쿄에 오가고 옷과 화장품을 산다. 평소 입는 옷은 싸구려지만, 도쿄에 갈 때 입으려고 2만 엔이나 하는 원피스도 사고 속옷도 샀다. 도쿄 여자에 비해 촌스럽다고 여겨질까 봐서다. 그러나 그렇게 생각하는 것 자체가 이미 촌스럽다.

돈은 중요하다. 일도 중요하고 카이도 중요하다.

그런데 그 모두가 멀기만 하다.

도쿄에서 꿈을 이뤄 가고 있는 카이에게 내가 내세울 수 있는 것은 아무것도 없다.

그래서 애써 이해심 많은 여자인 척하고 있다. 나의 불안은 내 사정이니 내가 어떻게든 해결해야 한다. 도쿄에서 분발하고 있는 카이가 짊어져야 할 일이 아니다. 어떻게 해야 하나. 카이와는 무관하다. 내가 할 수 있는 무언가를 찾아야 한다.

가방에서 잡지를 꺼냈다. 카이가 자료를 찾으러 가는 길에 따라나섰다가 헌책방에서 발견한 파리의 메종 작품집. 검은 오건디에 담수 진주, 메탈 비즈, 핑크 비즈, 스와로브스키 크리스텔과 블랙 다이아몬드, 3천 개의 비즈가 수놓인 'CIEL DE NUIT'란 제목의 블랙 드레스. 세상에 이렇게 아름다운 드레스가 있다니. 이렇게 꿈같은 세계도 있다니.

'그런 성실함, 프로가 될 수 있는 미덕이야.'

'좋아하지 않고 어떻게 잘할 수 있겠어.'

순간적으로 마음이 날아오르려다, 이내 날개가 접힌다. 창작의 가혹함은 카이를 통해 잘 알고 있다. 많은 시간을 쏟아

부어야 하고, 그러고도 결과가 어떨지는 알 수 없다. 그런 꿈을 꿀 수 있는 상황이 아니다. 지금 내가 보는 것은 꿈이 아니다. 현실이다. 잡지를 집어넣고 휴대 전화를 꺼내 이직 사이트를 열었다. 한 건씩 조건을 살핀다. 최소한 조금이라도 일하는 보람을 느낄 수 있는 회사로 이직하고 싶다. 가능하면 한 걸음이라도 이 상황에서 벗어나기 위해서.

●
아오노 카이, 22세, 여름

눈을 떴는데, 옆에 모르는 여자가 자고 있었다.
속눈썹이 길고 살결이 하얀 얼굴을 쳐다보고 있으려니, 긴박감이 슬금슬금 밀려왔다.
멍한 머리로 어젯밤 일을 차례차례 떠올려 본다.
어제는 나와 나오토와 우에키 씨, 그리고 편집장까지 합세해 난생 처음 스타 등급 프렌치 레스토랑에서 저녁을 먹었다. 지난달에 출간된 신간이 잘 팔려 거듭 중쇄가 이어지고 있다. 그걸 축하하는 자리였다. 한때 연재 중단을 걱정했다는 게 거짓말인 것처럼 호조다.
식사 후에는 클럽에 갔다. 사토루에게 친구의 이벤트가 있는데 잠시 얼굴이라도 내밀어 달라는 부탁이 있었기 때문이다. 나는 인기 만화가로 소개되었다. 여자들이 몰려들어 투 샷을 찍자고 아우성이었다. 취해서 돌아오는 길, 집의 방향이 같다는 여자와 택시를 같이 탔다는 것까지는 기억한다.

"안녕."

여자가 눈을 떴다. 어쩔 수 없어서 나도 "안녕."이라고 답했다. 이제 어떻게 해야 하나 생각하고 있는데, 그쪽에서 키스를 했다. 다리를 휘감고, 노골적으로 그런 분위기를 풍긴다. 나는 취기도 가신 데다 몹시 당황했다. 뇌리에 아키미가 어른거린다. 슬며시 몸을 일으키고 침대에서 빠져나왔다. 일단 여자를 돌려보내야 한다.

"배고프겠네. 뭐 만들어 줄까?"

"냉장고 텅 비었어."

"모퉁이 돌면 편의점 있던데. 달걀이랑 빵 사 올게."

처음 온 사람이 어떻게 편의점 위치까지 정확히 파악하고 있는지. 여자는 그렇게 취하지 않았었다는 것을 알자, 위기감이 점점 고조된다. 시계를 보니 벌써 점심때가 지났다. 미팅이 있다고 거짓말을 했다.

"또 만날 수 있을까?"

여자가 침대에 누운 채 묻는다.

"글쎄, 두고 봐서."

애매하게 대답하고는 얼른 옷을 입고 휴대 전화와 지갑만

들고 현관으로 향했다.

"시간 없어서 먼저 나가니까, 열쇠는 우편함에 부탁할게."

도망치듯이, 아니 이건 그냥 도망이다. 마지막에 힐긋 본 여자가 불만스러워하는 표정이라, 자신의 경솔함을 자각하게 된다. 소고기덮밥 집에서 죄책감에 싸여 점심을 먹고 있는데, 아키미에게 메시지가 왔다. 조심조심 열어 본다.

― 오늘도 덥네. 이번 명절 휴가 때는 어떻게 할 거야?

안심했다. 괜찮다. 먼 거리에 있으니 들킬 리 없다. 어제는 너무 마셨다. 술을 좀 줄여야겠다고 자숙하면서도, 그런 문제가 아니라는 걸 알고 있었다.

도쿄로 올라온 지 4년이 지났다. 나는 순조롭게 도쿄에 젖어들었다. 막기는 어렵다.

예전에는 그렇지 않았다. 좀처럼 판매 부수의 숫자가 오르지 않았고, 연재 중단에 처할 위기도 있었고, 조금이라도 원고의 질을 높이기 위해 밤을 새웠다. 피곤에 절어서 마감을 하고 나면 아키미를 만나고 싶었고, 누구라도 좋으니 옆에 있었으면 했지만 그래도 어떻게든 견뎌 냈다.

그런데 만화가 팔리기 시작하면서 돈이 들어오고 주변에서 떠받들기 시작한 순간, 거기에 휩쓸리고 말았다. 처음 사탕을 먹어 본 아이처럼 흥분해서 떠들어 대고, 그 단맛에 포로가 되고 말았다. 충족된 여유로움에 그만 한눈을 팔게 된다.

― 올해는 내가 내려갈게.

아키미의 메시지에 그렇게 답했다. 너무 바쁘니까 사실은 와 주면 좋은데, 바람을 피웠다는 죄책감에 다감하게 답한 것이다. 어째 이중으로 견디기 어렵다.

소고기덮밥 집에서 나왔는데, 혹시나 여자가 아직 집에 있으면 난감하니 신주쿠에 있는 서점으로 향했다. 자료로 사용할 만한 책을 몇 권 계산대로 가져가자 1만 엔이 훌쩍 넘어, 가격을 확인하지 않았다는 것을 알았다. 예전 같으면 상상도 못할 일이다. 일상의 사소한 부분에서도 자신의 해이함이 느껴진다.

사 들고 나온 책을 카페에서 읽고 있는데 엄마에게서 문자가 왔다.

― 잘 있니? 가끔은 전화도 하고 그래라.

뭐라고 답하기 전에 두 번째 문자가 들어왔다.

─ 냉장고가 고장 났는데, 어쩌지.

또 이런 소리다. 남자와의 생활이 순조로워 아들은 뒷전이던 주제에, 만화가 팔리기 시작하자 연락이 늘었다. 지금은 웬만한 금액을 다달이 보내고 있는데도 모자란다고 투정을 부린다.

"앞으로 직접 자산 관리를 하기가 힘들어질 거야."

며칠 전 우에키 씨가 그렇게 말하면서 세무사를 소개해 주었다. 나와 나오토의 만화가 궤도에 올라 편집부에서도 힘을 쏟고 있기 때문에 다음 권의 초판 발매 부수가 상향 조정될 것이라고 했다. 더불어 기간도 증쇄에 들어간다. 인세가 엄청날 테니 절세를 위해서는 전문가를 고용하라는 조언을 들었다.

최근에 나와 나오토 주변에 사람이 늘었다. 안면이 있을 뿐인데 유난히 친구라고 강조하는 사람들. 식사를 같이하면 밥값을 이쪽이 내는 게 당연하다는 표정이다. 밥값 정도는 괜찮다. 우리도 돈이 없을 때는 선배와 동료들에게 신세를 졌다. 이제 우리가 갚을 차례일 뿐이다.

그런 가운데 아키미만은 여전하다. 많지 않은 월급에서 절반 이상을 집에 들이고, 나머지로 요리조리 절약하면서 생활하고 긴 휴가 때는 나를 만나러 온다. 밥값은 주로 내가 내지만, 가끔은 자기가 내겠다며 지갑을 꺼낸다. 그런 아키미를 인간으로서 신뢰하고 있다.

— 냉장고, 새로 사. 값은 지불해 놓을게.

그렇게 회신을 보내자 몇 초 만에 '고마워'와 키스를 날리는 이모티콘이 들어왔다.

— 며칠 전에 아키미가 왔어.

— 정말 착실한 아이야.

— 너, 무슨 일이 있어도 아키미는 소중하게 아껴.

줄줄이 문자가 들어왔다. 엄마는 아키미에 관해서만은 유일하게 바른 소리를 한다.
저녁때가 되어 집에 들어갔다. 여자가 없어 안도했다. 침대에 퍽 쓰러지자 달콤한 냄새가 났다. 그러나 어젯밤 그 여자가 아니라 아키미가 떠오른다. 눈을 감자 이내 잠이 쏟아졌고, 눈을 뜨니 밤이었다.

고엔지역 앞의 늘 가는 선술집에 나오토와 우에키 씨는 벌써 와 있었다.

"이 부분, 아무래도 좀 성급하게 가는 것 같은데. 일화를 한두 개 더 넣는 게 좋겠어."

태블릿을 손에 들고 우에키 씨가 생각에 잠긴다.

"일화를 더 넣으면 늘어지지 않을까요. 리듬감 있게 가고 싶은데."

"신인 같은 소리 하면 안 되지. 일화를 추가하는 것과 리듬감이 나빠지는 건 다른 얘기잖아. 꼼꼼하면서도 속도감 있게."

"말하기는 쉽지만."

"카이, 그냥 이 장면을 쓰고 싶지 않은 거잖아?"

대답할 말이 궁했다. 등장인물이 불행했던 유소년기를 돌아보는 장면을 추가하는 편이 뒤에 전개될 내용과 설득력 있고 자연스럽게 이어진다. 알고 있다. 하지만 쓰고 싶지 않다. 데뷔 전부터 함께했던 편집자라 과연 날카롭다.

"몇 번을 말하지만, 인격 형성에는 단계가 있어. 그건 산 사람이나 만화 캐릭터나 마찬가지야. 한 단계라도 건너뛰면 얄팍해져. 힘들어도 피해 가지 마."

"알아요."

"그럼, 모레까지 고쳐 봐. 그리고, 나오토 말인데."

빠듯한 마감 날짜에 토를 달 새도 없이 우에키 씨는 어제 막 완성한 스톡 원고의 데이터를 띄웠다. 적확한 지적에 이번에는 나오토의 표정에 초조함이 번진다.

"칸을 너무 잘게 나눴어. 섬세함은 나오토의 장점이지만, 그 점을 충분히 부각하기 위해서는 대담함도 있어야지. 이번 화의 주요 장면은 여기잖아. 두 페이지로 쫙 펼쳐 보여 줘도 좋을 정도야."

"그렇게 하면 다른 부분이 좁아지는데."

"그건 카이의 일이지. 대사를 좀 줄이도록 해."

"하! 아까는 일화를 늘리라고 하더니."

"이 부분은 깎아 낼 수 있지 않을까."

손가락으로 가리킨 곳은 안 그래도 매끄럽지 않아 신경이 쓰였던 장면이다.

우에키 씨는 히트의 조짐이 보이기 시작했을 때부터 엄격해졌다. 체크를 너무 심하게 해서 지겨워질 무렵, 이 작품은 더 재미있어질 수 있다느니, 편집자 인생을 걸고 이 작품의 히트를 노린다느니, 이제 시작인데 해이해지지 말라느니 하며 화를 냈다.

솔직히 나도 화가 났다. 그러나 우에키 씨가 우리만큼이나 우리 만화를 사랑하고 이해해 준다는 믿음이 있는 데다, 고치고 손볼 때마다 좋아지니 결국은 반박할 말이 없어진다. 사람으로서도 작가로서도 신뢰하고 있다.

그래도 "이 장면을 쓰고 싶지 않은 거잖아?" 하는 지적에는 등골이 서늘해졌다. 내게 이야기는 현실에서 도피하기 위한 수단이었는데, 더는 그럴 수 없게 되었다. 내가 보고 싶지 않은 것도 똑바로 직시하고, 독자가 이해하기 쉽도록 재구성해서 이야기에 녹여 내야 한다. 그것은 도피와는 반대로 나와 마주하는 행위다. 안에서 들끓는 것을 해체하고 재구축해 가면서 원치 않아도 나라는 인간을 이해하게 된다. 교활하고 나약하고, 그리고 비굴한 인간. 그런 부정적인 요소들이 어떤 경위를 통해 형성되었는지도.

"알겠습니다. 처음부터 칸을 다시 짜죠."

옆에서 나오토가 고개를 크게 끄덕거리고 있다. 지적을 당하면 예전에는 풀이 폭 죽더니, 요즘 나오토는 아주 긍정적이다. 이유는 단순하다. 첫 애인이 생긴 것이다.

상대가 고등학생이라는 말을 들었을 때는 놀랐다. 아직 미성년자라고 놀리자, 소중하게 아끼고 싶은 사람이라 고등학교를 졸업할 때까지는 손대지 않을 것이라고 대답했다. 데이트를 할 때도 친구 사이로 보이게 세심하게 주의하고 있단다. 다양성을 외치는 현대 사회에서도 게이의 연애는 쉽지 않다.

훗날 둘이서 외국에 나가고 싶다고 한다. 좋지 않은가. 만화는 어디서든 그릴 수 있고, 좋아하는 사람과의 당당한 결합을 허락하지 않는 나라는 떠나도 상관없다. 국민을 위해 나라가 있는 것이지, 나라를 위해 국민이 있는 것이 아니다.

"아, 그리고. 말한다는 걸 잊었는데, 기간 전권이 증쇄에 들어갔어."

미팅이 일단락되자 이제야 생각났다는 듯이 우에키 씨가 말했다.

"우에키 씨, 그런 말은 맨 먼저 했어야죠."

"미안. 나도 몇 쇄까지 전달했는지 이제 잘 모르겠어. 입소문도 많이 타고 있어서 우리 잡지 간판 작품이 될지도 모르겠다고 편집장이 기대하고 있던데."

"진짜요?"

"지금 간판이 슬슬 연재를 끝내고 싶은 모양이더라고."

우에키 씨가 목소리를 죽였다. 만화 잡지에는 간판 작품이 필요하다. 차기작은 최대한 신선미가 넘치는 신인의 작품이 좋다. 이 작품이다 싶으면 출판사는 광고비를 들여 대대적으로 광고하고 판매한다.

"글쎄, 돈 들여 가며 억지로 파는 건 좀."

올곧고 이상주의자인 나오토가 얼굴을 찌푸렸다.

"오해하지 마. 재능과 실력이 없으면 꿈도 꿀 수 없으니까. 잡지가 팔리지 않는 요즘 시대에, 독자들은 간판 작품의 최신편을 읽기 위해 잡지를 산다고. 산 김에 다른 만화도 읽어 주고. 간판 작가는 다른 작가까지 짊어지고 있어. 그럴 만한 힘이 없는 작품에 출판사가 돈을 쓰겠냐고."

"그래도 실력 이상의 마법이 작용하는 셈이잖아요. 그 부분이 천박하다는 거죠."

"아니지, 나오토와 카이의 만화는 그 중압감을 이겨 낼 수 있다, 그만한 가치가 있어서 기대를 모으고 있다, 그렇게 받아들였으면 좋겠군. 돈 얘기를 꺼낸 나도 잘못이지만."

우에키 씨는 오해를 풀려고 애쓰는데, 나오토는 여전히 시큰둥한 표정이다.

"카이는 어떻게 생각하지?"

우에키 씨가 화살을 돌려, 나는 "그렇죠, 뭐." 하고는 조끼를 들어 맥주를 들이켰다.

돈 얘기를 하는 것은 천박하다, 사회의 저변을 모르기 때문에 그렇게 생각할 수 있는 것이다. 나는 돈의 고마움을 꼬맹이 시절부터 알았다. 아키미가 경제적인 문제로 진학을 포기하는 것도 봤다. 돈은 인생을 좌우한다. 그렇게 중요한 것을 쏟아붓는다고 하면 이쪽은 온 힘을 다해 답하는 길밖에 없을 것이다. 한편 돈에 좌우되어 땅바닥을 기듯이 살았던 과거를 생각하면, 돈 따위에 기대지 않고도 기어오를 수 있다고 말하고 싶다. 아니, 그렇게 믿고 싶을 뿐일지도 모른다. 나오토보다 내가 더 이상주의인 것일까. 돈 얘기는 어렵다.

"될 대로 되겠지."

"진지하게 생각하라고."

나오토가 노려보았지만, 나는 모르는 척 술을 다시 주문했다.
짧은 말로는 전달할 수 없어 적당히 흘려버리고는 오해를 받는다. 나는 그렇게 쌓인 울분을 전부 이야기에 쏟아 낸다. SNS에 자기 기분을 주절주절 늘어놓는 같은 업계 사람들을 보면, 그렇게 무의미한 행위로 해소할 수 있으니 좋겠다 싶어 부러워진다. 나는 아까워서 한 가지도 그냥은 쏟아 내고 싶지 않다.

취해서 집으로 가는 길에, 아키미의 메시지가 와 있다는 것을 알았다.

— 섬에서 만나는 거, 오랜만이네. 일은 괜찮아?

괜찮아, 가끔은 나도 내려가고 싶고. 그렇게 회신을 보내려고 했는데 손가락이 말을 안 듣는다. 12시가 가까운 시간인데, 전화를 걸자 아키미가 바로 받았다. 목소리를 듣는 순간, 취기가 한층 깊어졌다.
"이런 시간에 웬일이야? 무슨 일 있어?"
아무 일도 없다. 그냥 좋아하는 여자의 목소리를 듣고 싶었을 뿐이다.
"아키미."

우리 결혼할까. 말이 나올 뻔했는데, 직전에 브레이크를 밟았다.

 오늘 밤 나는 조금 흥분 상태다. 차기 간판 작품이 될 수도 있다는 말을 들어서일까. 멍청하게. 이마에 손을 대고 의식적으로 머리를 식혔다. 좋은 일이 한 가지 있은 후에는 나쁜 일이 두 가지 생긴다. 잘 돌아갈 때일수록 정신을 바짝 차려야 한다. 인생은 그렇게 녹록지 않다.

 "카이?"
 "아니, 요즘 어떻게 지내?"
 "그냥 그렇지, 뭐. 매일 회사 가고 집안일 하고."
 아키미가 밋밋하게 말한다. 예전에는 좀 더 보람 있는 일을 하고 싶다면서 이직 사이트를 열심히 검색하더니, 요즘은 그런 말조차 꺼내지 않는다. 지금 직장에서 보람을 찾은 것일까.
 "가끔은 친구랑 나가서 술도 마시고 그래."
 "응. 하지만 밤에 나가면 엄마가 걱정해서."
 "요즘은 어떠셔?"
 "여전하지, 뭐. 아, 며칠 전에 유에게 자수 가르쳐 줬어."
 아키미의 목소리 톤이 밝아진다. 엄마 얘기는 별로 하고 싶어 하지 않는다.
 "기타하라 선생님 생일이 다가오거든. 손수건에 수를 놓아서 선물하고 싶대."

"남자 손수건에 자수는 필요 없잖아."
"유의 마음이지, 뭐. 기타하라 선생님, 좋아하실 거야."
"하긴, 덜 익은 쿠키도 먹을 정도니까."
고등학교 시절 기억에 둘이 웃었다.
"기타하라 선생님, 자주 만나?"
"아니, 그냥 가끔. 진로 때문에 신세를 지기도 했고. 요즘은 유를 더 자주 만나는 것 같아."
"아키미를 잘 따르나 보군."
"카이 얘기도 해. 만화 읽고 있다고. 아!"
"왜 그래?"
"바늘을 잘못 찔렀어."
다급한 말투에 순간적으로 놀랐다. 통화하면서 수를 놓고 있었던 것 같다.
술로 띵한 머리에 고등학교 시절의 아키미가 떠오른다. 내가 원작을 쓰고 있을 때면 아키미는 창가 침대에 앉아 수를 놓았다. 아키미가 손가락을 움직일 때마다 빨강과 파랑, 알록달록한 비즈가 빛을 뿌렸다. 작은 마법을 부리는 것만 같아 몰래 넋을 잃곤 했다.
"아키미는 참, 여전하다."
늦은 밤에도 밝고 북적거리는 도쿄. 이 도시에 조금씩 길들어 가면서도 한편으로 다른 세계를 느낀다. 가로등 하나 없어

해가 저물면 오싹하리만큼 깜깜해지는 바다에 둘러싸인 그 섬. 그런 곳에 아키미가 있고, 지금 나와 얘기하면서 수를 놓고 있다. 그 상상이 내 안에서 뒤엉킨 무언가를 풀어 간다. 아키미 앞에서 나는 분투하지 않아도 된다.

"아, 슬슬 잠이 온다."

"무리하는 거 아니야? 잘 자고 있어?"

"무리야 하고 있지. 지금 무리하지 않으면 언제 하겠어."

"그럼 잠이라도 잘 자고 밥도 잘 먹어."

"알았어. 그럼 또 얘기하자."

사랑받아 충족된, 오만한 아이처럼 전화를 끊었다. 아파트까지 가는 짧은 거리를 기분 좋게 걷고 있는데 휴대 전화가 진동했다. 마호라는 이름이 떠 있다. 누구지.

'오늘 허둥대서 여유가 없었네. 시간 날 때 또 놀자.'

침대에 누워 있던 여자가 떠오른다. 피부가 하얗고 속눈썹이 긴 얼굴. 가녀린 어깨에 늘어진 얼룩얼룩하고 구불구불한 회색 머리칼. 아키미와는 정반대 스타일이다.

'지금 뭐 해?'

'그냥 있는데.'

무시해야 하는데, 손가락이 멋대로 글자를 입력한다.

'우리 집에 올래?'

'갈까.'

내가 무슨 짓을 하고 있는 걸까.

내게는 나를 기다리는 아키미가 있는데.

한편으로, 뭐 어떠랴 하고도 생각한다. 그 고요한 섬은 내가 돌아갈 장소이고, 이 여자는 환영. 환영은 몇 번을 안든 환영일 뿐이다.

약속했던 대로 오봉에 섬으로 돌아갔다.

내 고향도 아닌데 '돌아간다'라는 표현이 자연스럽다.

숙소는 이마바리에 있는 호텔을 잡았다. 섬에도 민박이 있지만, 섬사람 대부분이 얼굴을 아는데, 호기심 가득한 시선을 받으며 연인과 지내고 싶지 않다. 아키미 엄마가 자기네 집에 묵어도 된다고 했다는데, 그 집도 이래저래 불편하다.

아키미가 차를 가지고 마쓰야마 공항으로 나와 주었다. 호텔에 짐을 두고 먼저 엄마 집으로 향했다. 이마바리역에서 가까운 아파트에서 착실하게 살고 있다. 내가 도쿄로 올라간 후에 합쳤으니 벌써 4년이나 계속되고 있는 셈이다. 금방 헤어질 줄 알았는데 의외였다.

"다쓰야 씨가 정말 사람이 좋아. 지금 가게에서도 주임이고."

엄마가 옆으로 시선을 돌리자 다쓰야 씨가 쑥스러워한다. 손가락으로 꼽을 정도밖에 만나지 않았지만, 아닌 게 아니라 지금까지 만난 남자들보다는 성실해 보인다. 멀쩡한 어른이

4년이나 같이 살면서 혼인 신고를 하지 않는 점은 마음에 걸리지만, 남녀 사이의 일은 타인이 뭐라고 해 봐야 소용없다. 아무튼 하루라도 오래 유지되기를 바랄 뿐이다. 나는 엄마의 징징 우는 모습에는 넌더리가 난다.

"카이 군의 만화, 우리 가게에서 아르바이트하는 아이들도 읽고 있더군. 나도 물론 사고 있지."

다쓰야 씨가 최신간을 내보인다.

"그런데 카이, 이거 언제 드라마나 애니메이션으로 나오는 거야?"

"글쎄, 그렇게 되면 좋겠지만."

"인기 많잖아?"

"그렇게 만만한 세계가 아니라고."

영화화에 대해서는 몇 군데에서 의사 타진이 들어왔다. 그러나 결정될 때까지는 함부로 말하지 않는 편이 좋다. 특히 흥분을 잘하는 엄마에게는.

"아들이 만화가라고 하면, 다들 대단하다면서 얼마나 칭찬하는데. 애니메이션이나 드라마로 만들어지면 돈도 어마어마하게 들어올 거나. 카이, 그렇게 되면 엄마, 큰 집 지어 줘."

엄마는 테이블에 놓인 나의 만화를 쓱 훑어보고는 바로 탁 덮는다. 놀다 지친 아이 같은 몸짓. 그리고 선물로 사 온 쇼핑백으로 손으로 내밀었다.

"엄마가 부탁한 거 사 왔구나!"

반색하며 화장품을 꺼낸다. 아이섀도, 립스틱, 마스카라. 나는 뭐가 뭔지 잘 몰라서 마호에게 쇼핑하러 같이 가자고 했다. 마호와는 그 후로도 몇 번 만났다.

"역시 보비의 섀도는 발색이 좋네."

아이섀도 팔레트를 열고는 바로 발라 본다. 반짝이는 가루가 만화 표지에 떨어졌다. 엄마는 나의 성공을 바라지만, 내 만화가 실린 잡지를 사지 않을뿐더러 지금까지도 스토리를 전혀 모른다.

"글자가 너무 많아서, 잘 모르겠더라."

전에는 그런 말까지 했다.

"매번 저런 사람을 상대하게 해서 정말 미안해."

엄마 집에서 나와 차에 오른 다음 아키미에게 사과했다.

"그렇게 생각 안 해. 우리 부모도 여러 가지로 복잡한데, 뭐."

아키미는 그렇게 말하고 액셀을 밟았다.

"이런저런 사정이 많은 부모라도 카이가 용납하면 그걸로 됐잖아. 한심한 부모라느니 불쌍한 자식이라느니, 타인이 단정할 권리는 없어."

아키미의 목소리에 약간 짜증이 섞여 있다. 이 작은 섬에는 사생활이 없다. 인간관계가 농밀해서 무슨 일이 생기면 누군가가 달려온다. 아주 자연스럽게 서로를 돕는 생활이 익숙해지면 편하기도 하겠지만.

"날씨가 맑아져서 다행이야. 태풍이 온다고 해서 걱정했는데, 비껴갔네."

아키미가 화제를 바꿨다. 이마바리에서 구루시마 해협 대교를 건너 섬으로 향한다. 거대한 다리의 양쪽은 푸르른 바다가, 시야의 앞쪽은 파란 하늘이 점령하고 있다. 세토 내해는 내가 아는 어느 바다보다 밝다. 평온하고 눈이 부셔, 잠이 솔솔 온다. 아키미가 깨웠을 때는 벌써 집에 도착해 있었다.

"미안. 잠이 들었었나 봐."

"피곤한 거지. 어제 늦게 잤어?"

"미팅 때문에."

거짓말을 했다. 어제는 마호와 함께 엄마에게 선물할 화장품을 사고, 그 후에는 마호가 옷을 구경하고 싶다고 해서 같이 다니다가 몇 벌 사 주었다. 밤에는 일본에 처음 개장했다는 화제의 가게에서 식사를 하고, 그길로 내 아파트로 와서 오늘 아침까지 함께 지냈다.

내게 연인이 있다는 사실은 마호에게 미리 알렸고, 마호는 상관없다고 했다. 미안한 기분에 뭘 사 달라고 조르면 최대한 사 준다. 나오토는 물주로 여기는 거 아니냐며 어이없어하지만, 그래서 오히려 나는 마음 편하다.

"카이 군, 오랜만이네. 먼 곳까지 오느라고 피곤하지?"

나를 맞아 준 아키미 엄마에게 "오랜만에 뵙습니다." 하며 머리를 숙였다. 서둘러 안내한 거실 테이블에는 접시가 그득하게 놓여 있다.

"죄송합니다. 이렇게 신경 쓰실 거 없는데."

"예의 차리기는. 어차피 사위가 될 텐데."

엄마, 하고 아키미가 작은 소리로 나무랐지만, "그럴 마음으로 사귀고 있는 거 아니야?"라고 되물어 네, 하고 고개를 끄덕였다. 예전에는 남자라면 사족을 못 쓰는 여자의 아들이라고 그렇게 싫어하더니, 변해도 한참 변했다. 아키미 엄마는 말도 많이 하고, 웃고, 술까지 마셨다. 부자연스러울 만큼 말이 많으니, 이후에는 또 우울해질 것이다. 동료 가운데 몇 명이 우울증을 앓고 있어 잘 안다. 아키미는 엄마 상태를 걱정스럽게 살피고, 내게는 미안하다는 표정을 지어 보였다.

식사를 한 다음 자리를 피하듯 산책하러 나갔다. 매앰매앰 맥없이 우는 매미 소리를 들으면서 고등학교 시절 아키미와 자주 만났던 해변으로 걸어간다. 수면에 서쪽으로 기우는 햇살이 은색으로 빛나고 있다.

"하나도 안 변했네."

눈을 찡그리고 천천히 시선을 돌린다. 멀리 부옇게 떠 있는 작은 섬, 완만하게 휜 해안선 저쪽에서 달려오는 버스, 뒤에는 무성하게 우거진 산의 녹음. 밀려오는 파도 소리가 자장가처럼 들리고, 마치 시간이 멈춘 듯하다.

"고등학교 때, 매일 여기서 만났지."

해변으로 내려가, 옹벽의 경사에 기대어 앉았다.

"과자도 음료수도 다 싸 들고."

"편의점, 생겼나?"

"아니, 아직."

아키미가 웃으면서 가방에서 자가리코를 꺼냈다. 옛날 생각이 나서 가져왔다며 뚜껑을 뜯어내고 컵을 내민다. 한 개를 집었다.

"옛날에는 들키지 않으려고 따로 왔는데."

"그랬지."

"불꽃놀이 때 알몸으로 자다가 들켜서 엄청 당황했잖아."

"그래."

"기타하라 선생님께 들키는 통에, 불려 가서 된통 혼날 줄 알았고."

즐겁게 얘기하는 아키미의 말에 맞장구를 치면서도 나는 살살 졸음이 왔다. 아키미는 섬에서 지냈던 옛 시절 얘기를 좋아한다. 나도 그 시절이 그립다. 그래도 닳아 빠질 정도로 들은 레코드의 지직거리는 소리까지 좋아하기에는 우리가 너무 젊다고 생각한다.

"모처럼 불꽃놀이를 구경하러 갔는데 구경도 못 하고, 결국 그 후로는 한 번도…….”

"일은?"

뭐, 하며 아키미가 이쪽을 돌아본다.

"일, 지금은 어때?"

"그냥 그래. 얘기해 봐야 별로 재미없어."

옛날 얘기보다는 재미있다. 그렇게 말할 수는 없었다.

"그래도 얘기해 봐. 아키미가 어떤 일을 하는지 궁금해."

"영업 보조야. 거래처를 돌면서, 주문을 받으면 견적서를 작성하고, 자재 발주도 하고."

"그 얘기는 전에도 들었는데."

"하는 일이 바뀌지 않으니 그렇지, 뭐. 나는 영업 조수이고."

"언제 승진하는데?"

"승진?"

"영업 조수라면 언젠가는 영업 사원이 될 거 아냐."

아키미는 뭐라고 말을 하려다가 시선을 획 바다로 돌렸다.

"영업 사원은 다 남자야."

"왜?"

"도쿄랑은 다르니까."

포기한 말투였다.

"도쿄라고 뭐가 다르겠어. 힘든 일도 많아."

"전에 도쿄와 섬은 다르다고, 카이가 말했잖아."

목소리에 희미하게 분노가 담겨 있다.

"아니, 언제?"

"사토루 씨에 대해 얘기할 때. 같이 걷기만 해도 이상한 눈으로 보는 섬이랑 도쿄는 다르다고."

그 말을 듣고서야 기억이 어렴풋이 떠올랐다. 만화가 동료인 사토루가 여자라는 걸 안 아키미와 티격태격한 적이 있다. 나는 사토루를 여자로 보지 않았고, 당시 나보다 잘 팔리는 사토루의 재능에 질투마저 느꼈을 정도였다. 사토루는 지금도 같은 잡지에 만화를 싣는 동료라, 그렇게 사소한 말다툼은 까맣게 잊어버렸다. 그런데 그런 일까지 일일이 기억하는 데다가 지금 이 상황에서 그 말을 꺼내는 아키미의 태도에 당황했다.

'지금 얘기하고 관계없는 일이잖아.'

그렇게 말하면 또 티격태격할 것 같다. 모처럼의 휴가에 싸우는 건 질색이다.

"그랬나. 미안, 내가 여기 사정을 잘 몰라서."

아키미는 퍼뜩 정신을 차린 듯 시선을 돌렸다.

"아니야, 내가 미안하지. 괜히 옛날 얘기를 꺼내서. 음, 일은…… 직종이야 어떻게 할 수 없지만, 대우는 좀 개선되면 좋을 것 같아서 애쓰고 있어. 여사원 중 보스 격이었던 사람이 올해 그만뒀어. 그리고 차는 남자 사원도 제 손으로 끓여 마시도록 부탁하고 있고. 생리 휴가도, 매달 생리 기간을 사전에 신고하고, 휴가 신청한 날짜가 신고한 날짜와 맞지 않으면 유급 휴가를 쓸 수 없다는 황당한 규칙이 있는데, 그러면 생리 불순인 여자는……."

시간이 20년쯤 과거로 돌아갔나 싶었다. 옛날 얘기보다는 재미있을 거라고 생각했는데, 아키미의 직장 얘기는 뭐 하나 납득이 가지 않는다. 차, 생리 기간 신고, 모두 절실한 문제지만 너무도 시대착오적이어서 나오려는 하품을 간신히 참고 있다.

'아키미가 이런 여자였나.'

얘기를 해도 해도 끝나지 않아 방과 후에 또 만나서 얘기하고, 그래도 모자랐던 고등학교 시절이 아득하게 느껴진다. 이 주변 바다 특유의 한가로운 파도 소리도, 숨이 갑갑할 만큼의 바다 냄새도, 밤의 어둠의 깊이도, 그런 풍경 속에서 어루만져졌던 아키미의 살결도, 목덜미의 내음도 모두 선명하게 기억에 새겨져 있는데, 지금 옆에 있는 아키미만 그 시절과 겹쳐지지 않는다.

"회사 일과는 별개로 자수는 계속하고 있어. 얼마 전에 도우코 씨가 일감을 소개해 줄까 하더라고. 내 수준이면 일을 해도 괜찮을 거라고 하면서."

자수 얘기도 별다르지 않다. 도쿄에서는 피곤할 때 빛나는 비즈와 스팽글을 그림으로 엮어 내는 아키미 모습을 상상하면 위로가 되는데, 이렇게 가까운 거리에서는 어째서인지 졸리기만 하다. 결혼을 한다면 상대는 아키미밖에 없다고 생각한다. 하지만 이렇게 가까운 거리가 일상적으로 연속되는 게 결혼이라면, 지금의 이 지루함도 어떤 의미에서는 정상적이라고 할 수 있을까.

주머니 속에서 휴대 전화가 진동했다. 나오토가 메시지를 보냈다. 대사가 그림에 잘 얹히지 않는데 조정해 줄 수 있겠느냐고 한다. 우에키 씨에게서도 몇 통 메시지가 들어와 있다. 호텔에 돌아가서 확인하자. 노트북을 가져오길 잘했다.

"듣고 있어?"

정신을 차렸다. 대화가 완전히 끊긴 상태였다.

"미안해. 좀 멍하고 있었어."

"나랑 있으면 지루해?"

바로 대답하지 못했다. 아키미는 화가 나지 않았다. 다만 나를 온화하게 보고 있다. 폭풍이 몰아치기 직전의 고요함 같은, 뭔가의 때를 놓칠 듯한 기미를 느꼈다.

"결혼……할까?"

아키미가 눈을 번쩍 떴다. 내가 무슨 말을 한 것인가. 하지만 그렇게 말하지 않으면 안 될 것 같았다. 이 섬에는 여자 혼자서도 살아갈 수 있을 만큼의 일거리가 없다. 5년이나 나와 사귀고 있다는 사실을 온 섬이 다 알고 있으니, 이제 와서 섬의 다른 남자를 사귀기도 어렵다. 나는 아키미의 인생을 책임져야 마땅하다.

"무슨 소리 하는 거야."

아키미가 어이없다는 듯이 말하고는 "이제 그만 돌아가자." 하며 말을 돌렸다. 솔직히, 안도했다. 아키미를 사랑하고 있는데도, 집행 유예 기간이 생긴 것처럼 느낀다. 그 감정이 또 아키미에 대한 죄책감으로 이어진다.

아키미와 손을 잡고 경사진 옹벽을 따라 올라가면서 과거를 돌아본다.

열일곱 살 시절, 충동을 이기지 못하고 콘크리트 옹벽 뒤에서 안고 말았다. 이제 우리는 어른이라서 그런 일은 없다. 또한 아직은 그런 일을 할 수 있을 만큼 젊은 나이다. 우리는 성장한 것일까. 아니면 열정을 잃은 것일까. 답을 모르는 채, 빛을 반사하는 오후의 해안을 따라 둘이 걸었다.

●
이노우에 아키미, 25세, 여름

— 이번 오봉 휴가에는 만날 수 없을지도 몰라.

점심시간에 다 같이 도시락을 먹고 있는데, 카이의 메시지가 들어왔다.

작년에 카이와 나오토의 만화가 애니메이션으로 만들어져 인기 몰이를 한 뒤로 여러 잡지와 텔레비전에서 다루어지고 있다. 바쁘다는 건 잘 안다.

― 일에 방해되지 않게 할게. 그냥 만나기만 하는 것도 안 돼?

그렇게 글자를 치기는 했지만, 글귀의 무거움에 지워 버렸다. 언제부터인가 한쪽으로 기울기 시작한 나와 카이 마음의 저울은, 두 번 다시 수평으로 돌아갈 것 같지 않다.

어제 먹고 남은 조림을 담은 조그만 도시락을 께적거리고 있는데, 사장이 휴게실로 들어왔다. 모두 당황해서 벌떡 일어나려 하자, 사장이 너그럽게도 그대로들 앉아 있으라며 손으로 제지했다. 사장이 내 쪽으로 와서 주춤주춤 딱딱한 도화지를 내밀었다.

"우리 아들이 아오노 선생 팬이라서 말이야. 언제든 괜찮으니, 사인을 좀 부탁할 수 있을까 하는데."

나와 카이가 사귀고 있다는 것은 물론 사내에 알려져 있다. 요즘은 거래처 사람들도 "남자 친구, 대단하네요." 하고 말을 건넨다. 그러면 나는 애매한 웃음으로 답한다. 내가 언제까지 '카이의 그녀'로 존재할지는 알 수 없다. 그런 말은 하지 않지만.
"그리고 이참에, 오래전부터 아키미 씨가 말했던 생리 기간 신고제도 폐지하기로 했어."
도화지를 받아 들면서 네? 하고 고개를 들었다.
"사원의 건강 관리와 후생 복지의 일환인 항목이었는데, 혹시나 만화에 그런 얘기를 쓰면 곤란하잖아. 게다가 지금은 인터넷에서 한번 터졌다 하면 난리가 나는 시대니까 조심해야지."
어떻게 대꾸하면 좋을지 알 수 없었다. 카이가 나의 연인이니 카이가 그리는 만화에 자기 회사 얘기가 등장할 수도 있겠다고 생각하는 천진한 사고가 어이없다. 어느 세대 이상 되는 남자의 자존심을 어떻게 다뤄야 할지 난감해하면서, 카이도 비슷한 말을 했던 기억이 떠올랐다.
나의 지금까지의 인생을 만화로 그려도 좋아, 나는 남다르니까 취재해 보면 재미있을 거야, 그렇게 말하면서 자신은 평범하지 않다고 생각하고 싶어 하는 보통 사람들이 많다며 카이는 넌더리를 냈다. 한편으로 그런 자기 긍정이 부럽기도 하다고 말했다. 나도 지금, 똑같이 느낀다.
"하지만 여자 몸에 관한 일이니까, 우리도 중요하게 생각해야겠지."
사장에게 악의는 없다. 그래서 더욱 불쾌했다. 여자 몸은 그 여자 것이다. '우리'가 중요하게 생각할 필요는 없다. 여자 몸은 공용이 아니다.

'그런 엉뚱한 배려를 하기보다, 직종이나 급료 면에서 남녀 차를 시정해 주시죠.'

그렇게 말할 수 있다면 얼마나 속이 후련할까. 생리 휴가 건은 당연한 요구가 겨우 받아들여졌을 뿐이라 고맙다고 할 필요가 없다. 도화지를 손에 든 채 잠자코 있자 사장이 뚱한 표정을 지었다.

"세상 참 좋아졌지. 여자의 위상도 높아지고 말이야. 음, 좋은 일이야."

웃으면서 사라지는 사장의 뒷모습에 대고 사원으로서 머리를 숙였다.

사장이 나간 후, 여사원 모두가 내게 박수갈채를 보내 주었다. 현황이 개선된 것은 반가운 일이지만, 개인적으로는 씁쓸한 기분이 앞섰다.

우리가 개선해 달라고 몇 년에 걸쳐 호소한 일이 카이 덕에 단번에 해결되었다. 결국 남자가 남자의 생각을 돌려놓았을 뿐이다. 그 상황을 허망하게 느낄 권리가 내게 있을까. 일하는 보람을 느낄 수 있는 회사로 옮기자, 가능하면 한 걸음이라도 앞으로 나아가자고 생각했다. 그로부터 6년, 내 상황은 전혀 변하지 않았다. 조금이라도 카이를 따라잡고 싶었다. 그런데 이제는 도저히 따라잡을 수 없을 만큼 거리가 벌어지고 말았다. 이 박수는 내가 아니라 카이가 받아야 한다.

"활용할 수 있는 건 뭐든 활용하면 되잖아."
도우코 씨가 명쾌하게 단언했다.
"결과가 나왔으니까, 자기를 조금은 칭찬해 줘야지."
"내가 한 일은 아무것도 없어요."
"힘 있는 사람이 옆에 있다, 그것도 힘이야. 무슨 일이든 첫걸음이 중요해. 수단의 정당성 여부는 다음 세대에 맡겨."
부드러운 코튼 원피스 차림으로 비즈를 수놓으며 도우코 씨가 가볍게 말한다. 자신감 있는 여자가 도리어 남자에게 순순히 기댈 수 있는 것일까. 아니면 애당초 힘이 있으니까 기브 앤드 테이크의 자세인 것일까.
"도우코 씨는 좋겠어요."
"응?"
"혼자서도 살아갈 수 있잖아요. 대단하고, 부러워요."
"경제적으로 자립했다는 것과 혼자 살아간다는 건 별개의 얘기야."
그렇게 말하는 도우코 씨 어깨 너머로 부엌에서 생선을 손질하는 아빠가 보인다. 집에서는 아무 일도 안 하던 아빠가……, 하고 이제는 놀라지 않는다.

부모가 아닌 한 남자로서의 아빠 모습에 자식으로서 상처를 입었지만, 지금은 사람은 변하는 법이라고 생각한다. 그래서 쓸쓸하기도 하고 희망적이기도 하다. 반대로 변하지 않는, 아니 변하지 못하는 것이야말로 불행이라는 것도 알았다. 엄마는 아직도 이혼 서류에 도장을 찍지 않았다.

"얼마 전에 작업한 '섬고양이' 귀걸이, 반응이 좋아."

"정말이요?"

"주말 이틀 동안에 열 점 전부 팔렸다네."

와! 정말요! 나도 모르게 학생 같은 목소리가 나왔다. '섬고양이'는 올해 문을 연 카페 겸 잡화점이다. 몇 년 전부터 도시에서 이 섬으로 이주하는 사람이 늘어나, 카페와 레스토랑, 잡화점 등 아기자기하고 세련된 가게를 잇달아 차렸다. 그 가게들이 잡지와 인터넷에 소개되면서 세토 내해를 여행할 때 반드시 들러야 하는 코스가 되어 가고 있다. 도우코 씨는 그런 사람들과 섬 주민을 잇는 가교 역할을 하고 있다. 그 사람들이 하는 가게에서 의뢰를 받아 나도 할 수 있는 자수 공예 일감을 소개해 준다.

"또 일을 부탁하고 싶다던데."

"할래요. 꼭 하게 해 주세요. 이번에도 귀걸이인가요?"

"스카프랑 미니 백."

무릎에 놓인 손을 꼭 쥐었다. 큰 일감이다.

"디자인은 아키미에게 맡기겠대. 이십 대 취향으로 부탁하고 싶다네. 얼마 전에 납품한 귀걸이를 산 사람들이 하나같이 도시에서 여행 온 젊은 여자들이었다나 봐. 우선은 두 점씩. 다음 달 말에 납품할 수 있겠냐고 물어봐 달라고 했어."

"할 수 있어요."

고개를 크게 끄덕이며 대답했다. 흥분해서 심장 박동이 빨라지고 있다.

얼마 전에 모자이크 타일처럼 생긴 틸라 비즈로 만든 모노톤의 귀걸이를 납품했다. 관광객 상대로는 시마나미 지역답게 레몬이나 감귤류를 모티프로 하는 경우가 많은데, 나는 굳이 피해 갔다. 보수는 개당 8백 엔. 열 점에 8천 엔. 재료비와 공임을 생각하면 남는 게 없다. 도저히 일이라고 볼 수 없는데, 과감하게 떨치고 자유롭게 한 것이 오히려 좋은 결과를 부른 듯하다.

"그래, 열심히 해 봐. 그러다 이쪽이 본업이 될 수도 있잖아."

"무슨 말씀을요. 어떻게 그런."

쿵쿵 뛰던 가슴 온도가 쑥 낮아진다. 나 혼자라면 도전하고 싶다. 그러나 엄마와 함께 생활하려면 회사를 그만둘 수 없다.

"아키미는 자수 전문가로서 충분히 돈을 벌 수 있을 텐데."

도우코 씨가 아쉽다는 표정을 지었지만, 그 이상 관여하려 들지는 않았다.

자수는 그냥 취미였는데, 일감을 받을 수 있을 정도로 발전한 것은 몇 년을 일해도 영업 조수에서 벗어나지 못하는 본업과 앞날이 불투명해지고 있는 연애에서 도피하려는 이유가 컸다. 가는 바늘에 초조함이라는 실을 꿰어 불안을 메워 간다. 그렇게 해서 펼쳐지는 빛나는 들풀과 눈의 결정과 밤하늘의 별이 내 생활에서 유일한 '아름다운 것'이다.

"일도 좋지만, 결혼은 어떻게 할 거냐? 아오노 그 사람, 책임질 생각이 있는 거야, 없는 거야."

아빠가 저녁 찬을 테이블에 늘어놓으면서 묻는다.

"우리한테 그런 말을 할 권리는 없죠."

내가 똑같이 말하기 전에 도우코 씨가 말했다. 훈계하면서도 '우리'라고 말하는 당당함. 행복도 불행도 이 사람과 함께 짊어지겠다는 각오. 나와 카이에게는 없는 것이다.

올해 카이는 도쿄에 아파트를 샀다. 5월 연휴에 도쿄에 갔을 때, 그때껏 살던 고엔지의 원룸과는 비교도 안 되게 널찍한 방 세 개짜리 신축 아파트를 보여 주었다. 대출금 상환을 걱정하는 내게 카이는 별문제 아니라는 듯이 대답했다.

"사는 게 절세 대책으로는 득이야."

카이의 연 수입이 대체 얼마나 되는지, 나는 묻지 않았다. 물으면 가르쳐 주겠지만, 최근에는 최대한 카이의 사생활을 간

섭하지 않으려고 한다. 왜일까. 그 이유를 직시하지 못한 채 나는 조금씩 카이에게서 멀어지고 있다.

새집은 어디를 보나 깨끗하고 밝았다. 쾌적하지만, 나는 고엔지의 아파트가 그리웠다. 좁아서 몸을 맞댈 수밖에 없었던 그 싱글 침대가.

연휴 중에 카이와 나오토 씨가 주최한 모임에서 어시스턴트 스태프를 소개받았다. 요즘은 디지털 시대라 평소 얼굴을 마주할 기회가 많지 않은지, 모두들 긴장하면서도, 선망하는 선생님들의 일터를 직접 볼 수 있어 큰 도움이 되었다며 좋아하는 눈치였다. 도쿄에 올라왔을 당시의 카이도 이랬을까.

카이는 모두에게 선생님으로 불렸고, 나는 그의 그녀로 불렸다. 스태프 중에 유난히 낯빛이 어두운 여자가 있어 카이와 그런 사이라는 것을 바로 알 수 있었다. 연 수입도 그렇지만, 나는 아무것도 묻지 않는다. 그 여자 외에도 많을 테니까. 언제였나, 침실을 청소하다가 침대와 벽 사이에 떨어져 있는 곱창 밴드를 발견했다. 내가 그걸로 머리를 묶었는데도 카이는 전혀 알아채지 못해 웃고 말았다.

"왜 그렇게 기분이 좋아?"

내가 눈치챘다는 것을, 카이는 눈치채지 못했다.

카이는 내게 무엇이든 사 줬다. 옷도 가방도 반지도. 편의점에서 주스를 사듯 아주 쉽게. 그 가벼움에 동조할 수 없어,

고급스러운 가게 안에서 나만 긴장하곤 했다. 카이를 따라 클럽이란 곳에도 처음 가 봤다. 모두가 세련된 차림이라, 오늘을 위해 기껏 산 치마가 촌스러워 보였다.

플로어가 내려다보이는 높은 장소에 있는 VIP 룸에서도, 2차로 간 회원제 바에서도 카이가 계산을 전부 치렀다. 비싸 보이는 술병이 줄줄이 비어 가는 것을 보면서, 둘이 마셨던 한 병에 천 엔짜리 위스키의 맛을 떠올리고 있는 내가 비참하게 느껴졌다.

'그때 그 위스키가 더 맛있었는데.'

그렇게 말할 수는 없다. 그 맛은 추억의 맛이고, 추억의 가치는 사람에 따라 다르다. 나와 카이가 수평을 이룬 저울에 올라 있을 때라면 말할 수 있었겠지만, 저울은 이미 한쪽으로 기울어 균형을 잃었고, 조금이라도 그 한쪽에 무게가 더해지면 저울째 뒤집힐 것 같아 겁이 난다. 그러나 한편, 이제 그만 뒤집혀도 괜찮다고, 그러면 편해질 것이라고 생각하기도 한다.

계산을 치른 뒤 점원이 카이에게 영수증을 건넸다. 얼핏 본 15만 엔이라는 숫자에 현기증이 일었다. 한 번 마신 술값이 내 한 달 월급보다 많다.

"왜 그렇게 기분이 안 좋아?"

돌아오는 택시 안에서 카이가 물었다.

"그러지 좀 마. 다들 신경 쓰잖아."

잠시 침묵이 있고, 용기를 내어 말했다.

"돈, 좀 생각하면서 쓰는 게 좋겠어."

카이가 고개를 갸우뚱했다. 승진을 했어도 한 달에 14만 엔밖에 안 되는 월급, 십 엔, 백 엔을 절약하며 사는 내 심정을 지금의 카이는 헤아리지 못할 것이다. 그런 생각이 들자 억눌렸던 감정이 터져 나왔다.

지금 카이는 돈을 이상하게 쓰고 있다. 굳이 같은 나이의 친구 몫까지 지불할 필요가 있을까. 카이는 자기 엄마에게도 아파트를 사 줬다. 카이의 엄마는 그 아파트에서 연인과 살면서 아들이 효자다, 내가 잘못 키우지 않았다고 좋아했다.

"사 달라는 대로 뭐든지 사 주는 거 좋지 않아."

"너한테도 사 줬잖아."

그 말을 듣는 순간, 화가 치밀었다.

"그런 말을 하는 게 아니잖아."

"그럼 뭐야."

"지금 카이는 너무 들떠 있어. 주위가 보이지도 않고. 그래서 꼴사나워."

거기까지 말했을 때, 카이가 택시 운전사에게 세우라고 말했다.

카이는 두말 않고 내리더니 다른 택시로 갈아탔다. 멀어져 가는 차의 꼬리등. 이렇게 늦은 밤에 어디로 가는 걸까. 침실에 떨어져 있던 곱창 밴드가 뇌리를 스친다.

"출발하세요."

운전사에게 말하고 등받이에 몸을 기댔다.

"어머니 얘기를 하면 안 되죠. 남자는 화냅니다."

운전사가 작은 소리로 중얼거리기에, "그러네요." 하고 맥없이 대꾸했다.

하고 싶은 말을 했는데도 후련하지가 않다. 오히려 자기혐오에 빠져 있다. 내가 정말 카이를 생각해서 한 말일까. 어쩌면 카이가 점점 내가 모르는 세계, 따라잡을 수 없는 세계의 사람이 되어 가는 것을 저지하고 싶었던 것 아닐까. 바보 같다. 이미 저지할 수 없는데. 카이는 도쿄에서 완전히 성공한 사람이다.

사귄 지 8년이 되는 지금, 카이에게서 다른 여자의 흔적이 느껴진다.

처음 눈치챈 것은 3년 전 오봉 휴가 때, 웬일로 카이가 섬으로 내려왔을 때였다. 자기 엄마에게 화장품을 선물했다. 누가 골라 줬느냐고 묻자, 카이는 사토루라고 대답했다. 자연스럽게, 너무 자연스러워서 거짓말이란 걸 알았다. 카이는 언제부터 이렇게 자연스럽게 거짓말을 하는 남자가 되었을까. 나는 그때부터 카이의 말을 신뢰할 수 없게 되었다.

카이가 내 얘기를 들으면서 하품을 참았을 때는 그 이상으로 상처를 입었다. 언제나 변함없이 거기에 있고, 가끔 돌아오면 편안하고, 계속 있으면 따분한 시골. 내가 그런 존재가 되어 버렸다는 것을 알았다.

그때 카이는 왜 프러포즈를 했을까. 말을 꺼낸 카이 자신이 당황했다는 것도, 내가 거부해서 안도했다는 것도 알 수 있었다. 그때, 바람피운 실수를 질책했어야 했다. 그런데 모르는 척하면서 애매하게 외면해 버렸다. 카이를 질책하다 헤어지게 될까 봐 두려웠던 것이다.

장거리 연애를 하는 사람들이 싸우면 치명상이 된다. 특히 내게는 카이를 강하게 몰아세울 만한 그 무엇도 없다. 그 결과, 다른 여자의 흔적을 용인하는 최악의 상황을 초래한 장본인이 되고 말았다. 지금은 나 자신이 공범자처럼 느껴진다.

택시가 아파트 앞에 도착했다. 보조 열쇠로 현관문을 열었다. 넓은 거실에 거대한 소파. 나는 조심조심 그 끝에 앉았다. 이곳은 내가 있을 장소가 아니다. 그대로 소파에서 잠이 들었다가, 새벽에 문 여는 소리에 눈을 떴다.

"다녀왔어. 침대로 가자."

카이가 머리를 쓰다듬어, 어서 와, 하면서 카이의 목에 팔을 둘렀다. 카이가 손을 잡고 침실로 데려간다. 둘이 옷을 훌훌 벗어 던지고 침대에 파고들었다. 섹스는 하지 않고 손만 잡았다. 카이의 체온에 싸여, 카이가 아직 나를 사랑하는지도 모르겠다는 희망이 싹튼다. 그러나 나는 그 싹을 꼭 잡기 전에 잠에 빠지고 말았다.

오늘부터 여덟 번째 오봉 휴가가 시작된다. 카이는 만날 수 없을지도 모른다는 연락을 한 뒤로 아무 말이 없다. 나는 내버려 두었다. 최근에는 메시지도 일주일에 한 번, 2주일에 한 번 올 때도 있다. 이대로 자연 소멸하면 편하겠다고 생각한다. 출구는 없는데 자꾸 부풀어만 가는 불안을 어르고 달래며 잠재우기에 지쳤다.
"도쿄에 안 가니?"
마당에서 잡초를 뽑고 있는 내게 엄마가 말을 건넨다.
"바쁜 것 같아."
"작년부터 맹활약이니 바쁘기도 하겠지."
후덥지근한 날씨를 닮은 노곤한 말투가 등과 어깨를 짓누른다.
"결혼 얘기는 제대로 하고 있니? 언제 하는지……."
안 들리는 척하면서 나는 묵묵히 잡초를 뽑는다.
"너, 알고 있지? 지금 와서 카이랑 헤어지면……."
현관 쪽에서 벨이 울려, 이때다 하고 도망쳤다. 마당을 반 바퀴 빙 돌아, 현관 앞에 서 있는 기타하라 선생과 유에게 "어서 오세요." 하고 인사했다.

"아키미 언니."

반들거리는 검은 머리를 하나로 묶은 유 옆에서 기타하라 선생이 고개를 약간 숙였다.

"유, 또 키 컸어?"

"1센티미터 컸어. 그런데도 아직 앞에서 세 번째야."

유는 올해 중학교 2학년이 되었다. 오늘 밤 친구들과 불꽃놀이를 구경하러 이마바리에 간다고 해서 유카타를 빌려주기로 약속했다. 혼자서는 입을 수 없으니 입는 것도 도와준다.

"우리도 아키미가 어렸을 때는 곧잘 갔는데. 부녀가 불꽃놀이 구경 가고, 좋네."

엄마가 시원한 보리차를 기타하라 선생에게 내밀었다.

"저는 집을 지킵니다. 중학생이 되더니 친구를 우선시하는군요."

"남자 혼자 힘으로 키웠는데, 서운하겠네요."

"그런 거죠, 뭐."

"선생님은 새 신부 맞을 마음 없어요?"

"혼자인 쪽이 마음 편해서."

장지문 너머로 얘기 소리가 들려온다. 우울증을 앓고부터 엄마는 친척이며 사이좋았던 동네 사람들과도 거리를 두게 되었는데, 기타하라 선생과는 비교적 얘기를 잘 나눈다. 옛날에 그 난리 법석을 보였으니 새삼스럽게 체면이고 뭐고 없겠지만, 아마도 기타하라 선생이 담담한 사람이기 때문일 것이다. 엄마도 나도 눈물 섞인 동정은 지긋지긋하다.

"아빠, 아빠. 봐 봐, 짜잔!"

유가 효과음까지 넣어 가며 장지문을 열고 유카타 입은 모습을 스스로 보여 주었다. 하얀 바탕에 분홍색 부용꽃이 물들여진 유카타가 너무 어른스럽지 않을까 싶었는데, 단아하게 생긴 유에게 잘 어울렸다.

"어때?"

소맷자락을 쥐고 빙그르 도는 모습이 눈부신 듯, 기타하라 선생이 눈을 찡그렸다.

"아키미 머리 장식이 있었던 것 같은데. 유, 이리 와 봐."

엄마가 유를 데리고 옆방으로 갔다. 나는 기타하라 선생에게 보리차를 더 따라 주었다. 테이블에는 유가 구운 쿠키가 놓여 있다. 이제 덜 익은 쿠키가 아니다.

"모처럼의 휴가인데, 방해해서 미안합니다."

"괜찮아요. 어차피 시간 많아요. 유에게 유카타가 정말 잘 어울리네요."

기타하라 선생은 흐뭇하게 미소 지었다. 눈가에 주름이 잡혀 인상이 부드러워진다.

"엄마가 예쁜 사람이었나 봐요."

그렇게 말하자 기타하라 선생은 아무것도 없는 허공을 올려다보았다.

"그렇습니다. 얼굴은 물론이고, 몸짓도 아름다운 사람이었어요."

그렇다면 정말 미인이었겠다. 이렇게까지 당당하게 팔불출인 사람은 본 적이 없다.

"아오노 군은 잘 있나요?"

"잘 있겠죠. 굉장히 바쁜 것 같아요."

"학교에서도 동경하는 선배라고 평판이 자자합니다. 연인으로서 자랑스럽겠군요."

"글쎄요. 카이와는 이제 틀린 것 같아요."

줄곧 지켜봐 준 선생이어선지 분명하게 말할 수 있었다. 신기하게도 그 말을 하는 순간, 이건 기정사실이라고 수긍이 갔다.

"무슨 일이 있었나요?"

잠깐 생각하고는 고개를 저으며 아무 일도 없었다고 대답했다. 표면적으로는 아무 일 없다. 언제나 핵심은 말이 닿지 않는 깊은 곳에 있다. 장거리 연애 7년에 마음이 몹시 마모되었다. 카이가 상습적으로 바람을 피우는데도 싸움 한 번 하지 않았다. 수확되지 못한 채 서서히 썩어 가는 과일 같은 관계다.

'이제 그만 헤어지자고 하면 좋겠는데.'

하지만 그럴 일은 없을 것이라고 생각한다. 많은 일을 참고 포기해야 했던 어린 시절에 뿌리가 있고, 그 엄마와의 관계성

속에서 자라난 카이의 과도한 정과 착함. 그것은 끊어 내야 할 것을 끊어 내지 못하는 나약함과 아주 비슷하다.

"제가 불쌍한 여자일까요?"

시골에서 허구한 날 자기를 기다리는 불쌍한 그녀. 그래서 카이는 나와 헤어지지 못하는 것일까. 자포자기한 질문에 기타하라 선생이 눈썹을 약간 움찔했다.

"스스로 불쌍하다고 생각지 않는다면 누가 그렇게 생각하든 상관없지 않나요."

평소와 다름없이 담담한 대답. 강한 사람이다. 이렇게 강하면 타인이 필요치 않을 듯하다. 나와 정반대, 그래서 더욱이 기타하라 선생의 말은 정당하게 울린다.

카이에게 대답을 구하려고 하니까 괴로운 것이다.

자신이 어떻게 하고 싶은지, 그 선택권은 언제나 자기 손안에 있다.

카이에게 구하지 말고 나 자신이 어떤 결론이든 내리면 된다.

그러려면 용기가 필요해서, 그래서 줄곧 보지 않으려 애써 왔다.

유가 친구와 불꽃놀이를 구경하러 가서, 기타하라 선생에게 같이 저녁을 먹자고 했다. 엄마와 둘이 먹을 때는 주로 상큼한 반찬이 많아, 오랜만에 닭튀김을 만들었다.

"다 맛있습니다. 아키미 씨, 음식을 잘 만드는군요."

기타하라 선생은 호리호리한 체형에 비해 잘 먹었다. 큼지막한 닭 토막에 전분을 듬뿍 뿌려 튀긴 레몬 소금 맛 닭튀김, 여름 채소와 닭가슴살 조림, 양파와 햄 마리네이드가 잇달아 사라진다.
"아주 보기 좋게 잘 드시네."
이렇게 자연스럽게 얘기하는 엄마는 오랜만에 봐서 나도 기뻤다. 좀처럼 없는 화기애애한 식사를 즐기고 있는데 휴대전화에 메시지가 들어왔다. 카이였다.

— 방금 이마바리에 도착했어. 지금 그쪽으로 가도 될까?

뭐, 하는 소리가 흘러나왔다.
"왜?"
"카이야. 지금 이마바리에 있대. 와도 되느냐고 하네."
"약속했니?"
"아니."
"그럼 애써 왔는데 오라고 해."
"그래도 이렇게 갑자기."
"굉장히 바쁘다면서. 그런 와중에 왔으니 그렇지."
"바쁘다고 해서 이쪽 사정을 무시해도 되는 건 아니지."
얘기하는 동안에도 메시지가 잇달아 들어온다.

―아니면 네가 올래? 국제 호텔에 있는데.

짜증이 일었다. 어떻게 연락도 없이 당연히 만날 거라고 생각할까. 바빠서 만나지 못하는 건 어쩔 수 없다. 하지만 오면 온다고 사전에 연락 정도는 해 줘야 하지 않나. 자기 멋대로고 민폐다. 엄마가 어처구니없다는 표정을 짓는다.
"정말 귀엽지가 않네. 순순히 고맙다고 하면 남자가 좋아할 텐데."
피가 거꾸로 솟구쳤다.
"그래 봐야 얕보일 뿐이라고. 그래서 아빠가······."
"데려다주겠습니다."
기타하라 선생이 끼어들었다.
"오늘쯤 이마바리로 장 보러 갈까 했습니다. 어차피 가는 길이에요."
"선생님, 저는."
사뭇 강압적으로 재촉해서 어쩔 수 없이 일어섰다. 옷을 갈아입고 현관을 나서니 기타하라 선생은 벌써 차에 올라타 있었다. 죄송합니다, 하고 조수석 문을 연다.
"감사합니다."
출발하자마자 인사를 했다.

"선생님이 나서지 않았으면 엄마에게 심한 말을 했을 거예요. 평소에는 잘 참는데, 아픈 곳을 찔려서 그랬을까요. 엄마 말에도 일리는 있다고 생각하니까 화풀이를 한 건지도 모르겠네요."

기타하라 선생이 슬며시 웃었다.

"혼자서 생각하고, 혼자서 반성하고, 혼자서 결론까지 다 내리는군요."

"바보 같다고 생각하세요?"

"반대입니다. 아마 아오노 군도 그런 성격이겠죠."

"그럴까요."

"나이에 비하면 둘 다 너무 이성적이에요. 좀 더 멋대로 굴어도 괜찮습니다."

"그건 아니죠."

딱 잘라 말했다.

"카이는 카이대로 멋대로 구는 면이 있고, 저는 저대로 끝도 없이 자학하는 면이 있어요. 피차 상대를 배려하지 않는다고 생각해요. 자신의 즐거움과 고통이 우선이지."

"그걸 자각하는 점을 두고 이성적이라고 하는 겁니다."

"자각은 하지만, 아무것도 못하니까 바보죠."

"아오노 군과 싸울 건가요?"

"아니요."

"왜죠?"

헤어지게 될까 봐 겁이 나서. 한심해서 말할 수 없었다.

호텔 방으로 찾아가자 카이는 일단 사과부터 했다.

"갑자기 나타나서 미안해. 출발하기 전에 성가신 연락이 와서 허둥대느라고."

"왜, 무슨 일 있었어?"

"여러 가지. 그보다 배고프다. 뭐 좀 먹자."

간단히 대답하고 카이는 룸서비스 메뉴판을 펼쳤다. 처음 바람을 피우고 프러포즈를 한 이후로 카이는 일 얘기는 자세히 하지 않는다. 얘기해 보라고 넌지시 옆구리를 찌르기도 했지만, 귀찮다는 듯이 피곤하다는 말만 할 뿐이었다.

"너랑 있을 때만은 아무 생각 없이 편하고 싶다."

그 말을 들었을 때는 기뻤지만, 시간이 지나면서 '좋은 여자'로 있으라는 저주에 걸린 것처럼 느껴졌다. 그 저주가 풀리지 않은 채로 오늘 엄마의 말에 과하게 반응했다. 순순히 고맙다고 하면 남자가 좋아할 텐데. 그 말이 맞을 것이다. 그렇다면 말하지 못해 삼킨 불만은 어디로 가는 것일까. 삼키고, 또 삼키고, 또 삼키다 언젠가는······.

"물."

카이가 말해 냉장고에서 생수를 꺼냈다. 잔에 따라 테이블에 놓는다. 카이는 룸서비스로 얼토당토않게 비싼 카레라이스를 먹으면서 태블릿으로 영화를 보고 있다. 할 일이 없는 나는 따분하게 마주 앉아 있다.

"너도 먹고 싶은 거 먹어."

"괜찮아. 벌써 먹었어."

연락해 줬으면 먹지 않았을 텐데, 라는 말은 삼켰다.

"영화, 나중에 보면 안 돼?"

모처럼 왔는데, 하는 말도 삼켰다.

지금까지 삼킨 무수한 말에 빠져 나는 허우적거릴 지경이다.

"아, 미안해. 연휴 끝나면 이 각본가와 대담을 해야 하는데, 작품을 전혀 모르면 얘기를 할 수 없잖아."

"여전히 바쁘네."

"그래."

"재미있어?"

"모르겠어. 아직 보는 중이라."

화면에서 눈을 떼지 않은 채, 최소한의 대답밖에 하지 않는다.

여기까지 영화 보러 온 거야? 하는 말이 목구멍에서 튀어나올 뻔했다. 일 때문에 바쁘다는 것도 알고, 영화를 일의 연장선에서 본다는 것도 알겠다. 그런데, 그래서 뭐? 카이는 다른 사람에게는 이렇게 무례하게 굴지 않을 것이다. 어째서 나라면 용납해 줄 거라고 생각할까.

"최근에 일과 무관하게 본 영화 있어?"
"많지."
"제목 가르쳐 줘."
"바로는 기억이 안 나지."
"생각하고 기억해 봐."
조금 강하게 말하고 나서야 카이가 태블릿에서 얼굴을 들었다.
"왜?"
이상하다는 듯이 물어서, 답답해졌다.
"모처럼 만났으니까 얘기를 하고 싶어."
카이가 난감한 표정을 지었다.
"응, 그런데, 사실 원래는 만날 수 없었어."
허세가 아니라 일이 바빠서 올 오봉에는 만날 수 없겠다고 생각했다, 그런데 잠시라도 만나고 싶어서 시간을 쪼개서 내려왔다, 너를 좋아하기 때문이다, 그러니 일하는 거 조금은 허락해 주길 바란다, 정리하자면 그런 식으로 카이는 말했다.
"그럴 수 없으면 이제 못 만나."
협박 같은 말에, 속에서 뭐가 부글부글 끓어올랐다. 쓰디쓴 약을 먹기 쉽게 감싼 캡슐. 얇은 그것을 벗겨 내고 나면 카이 주장의 본질이 보인다.
나를 좋아한다면 참아, 그렇지 않으면 끝낼 거야, 그렇게 말하고 있는 것이다. 나는 언제부터 이렇게까지 얕보이게 된 것일까. 카이가 바쁘다는 것은 안다. 하지만 안다는 것과 전부 받아들인다는 것은 다른 문제다.

나는 오직 너를 치유하기 위해 존재하는 몽글몽글한 인형이 아니야. 나는 살아 있고, 생각하고, 시간의 흐름과 함께 변하고, 상처를 입기도 하고 기뻐하기도 하는 사람이고, 너의 연인이라고. 이 외침을 어떻게 전하면 좋을까. 사랑한다는 말은 언제부터인가 헛헛하게 빈 공동으로 변했고, 그렇다고 몸을 맞대어 봐야 전해질 것 같지 않다.

"최근에 어떤 영화 봤어? 음악이라도 괜찮아."

그런 얘기를 지금 꼭 해야 하는 거야? 하는 듯이 카이가 고개를 갸웃거린다. 나도 모르겠다. 모르니 처음으로 돌아가는 수밖에 없다고 생각한다. 우리가 서로를 쳐다보고, 서로에 대해 수많은 얘기를 나눴던 처음으로.

"좀 옛날 영화지만 '이터널 선샤인'이랑……."

카이가 볼멘소리로 대답한다.

"어떤 스토리인데?"

"기억을 지운 연인들 이야기."

"카이도 연애 영화를 보는구나."

"연애 영화이기는 하지만, 그게 전부는 아니야. SF 느낌도 있고, 수수께끼가 많은 데다 구성이 엄청 복잡하게 얽혀 있어. 아카데미 각본상 받았는데, 몰라?"

"응, 몰라."

"출연진도 모두 유명한 배우들이고."

카이가 배우 이름을 열거한다.

"한 명도 몰라?"

"이름은 들은 적 있지만, 얼굴은 안 떠오르네."

"그렇구나. 아무튼 그런 영화야."

그렇게 중얼거리더니 또 태블릿으로 눈길을 떨어뜨렸다.

자신이 아무것도 모르는 바보만 같아 수치스러움이 스멀스멀 기어오른다. 하지만 회사에 다니고 집안일을 하며 엄마를 돌보고, 휴일에는 수도 놓는다. 하루하루를 보내기에도 벅차 학생 때처럼 영화나 책과 음악에 시간을 할애할 수 없다.

"얼마 전에 큰 주문을 받았어."

호오, 하고 카이가 영화를 보면서 대답한다.

"예전에 납품했던 귀걸이가 반응이 좋아서, 주말 이틀 사이에 열 개가 다 팔렸대."

"그거, 굉장한 일이야?"

대답하려니 머뭇거려졌다. 내게는 굉장한 일인데, 카이에게는.

"그래서 얼마나 되는데?"

"8천 엔."

"열 개면 8만 엔. 꽤 쏠쏠한 부업이네."
"아니야. 열 개에 8천 엔."
"재료비와 수고비를 따지면 이익이 없겠는걸."
"내가 전문가도 아니고, 이익보다 중요한 게 있을 것 같아서."
"돈을 받으면 프로지."
카이가 미간을 찡그렸다가 금세 풀었다.
"그래 뭐, 취미의 연장으로 즐기면 되지."
좋아하는 일로 프로가 되어 성공한 카이 앞에서 자신의 안이함이 부각된 느낌이었다. 아까와는 다른 수치스러움이 밀려와 서 있을 곳이 점점 깎여 나간다.
"도우코 씨가 본업이 될 수도 있겠대."
그런 말로 나는 뭘 증명하려는 것일까.
"도우코 씨가 그렇게 말했다면, 굉장한 거잖아."
굉장한 사람은 내가 아니라 도우코 씨라는 말이다. 수치스러움이 또 배가된다.
"귀걸이는 열 개에 8천 엔이지만, 스카프와 미니 백은 크기도 큰 데다 반응이 좋으면 다른 가게에서 주문이 들어올 수도 있으니까 앞으로는 이익을 내고 싶어."
왜 이렇게 감정적으로 구는 걸까. 자기 입으로 엄마와 생활해야 하니 회사를 그만둘 수 없다고 한 주제에, 알맹이 없는 자존심에 놀아나고 있다.

"그렇게 애쓸 거 없잖아."
카이가 또 태블릿으로 시선을 떨군다.
"하지만 프로가 될 거라면 앞일을 생각하고 움직여야지."
나는 얘기를 오래 끌려고 한다.
"영업을 계속하는 게 좋을까. 카이는 어떻게 생각해?"
"글쎄, 부담이 되지 않을 정도로."
장면을 놓쳤는지 카이가 화면을 30초 앞으로 되돌린다.
"듣고 있는 거야?"
"듣고 있어."
"제대로 들어."
"듣고 있다니까. 아키미, 나, 진짜 이 영화 안 보면……."
"이러지 좀 말라고!"
카이가 깜짝 놀란 눈으로 나를 보았다.
"……이제, 이러지 좀 마."
찰랑찰랑하게 고여 있던 것이 끝내 넘쳐흐른다. 이미 어떻게 할 방법이 없다.
"뭐야, 갑자기."
"갑자기가 아니야. 오래전부터 계속 이랬잖아. 아닌 것 같으면 아니라고 말해. 귀찮다는 듯이 흘려듣지 말고. 싸울 일이 있으면 제대로 싸우자."
"왜 굳이 싸워야 하지?"

"이제 좋아하지 않으면, 그렇다고 말해."

간신히 말했다. 콧속이 시큰거리고, 젖어 간다. 울지 마. 여기서 울면 지는 거야.

카이는 얼빠진 표정이다.

"아니, 잠깐. 미안해."

"사과를 원하는 게 아니야."

"알아. 그래도 진짜 미안해. 뭐라고 해야 할지, 그……."

잠시 말을 찾는 틈이 생겼다.

"결혼할까?"

머릿속이 표백되는 것처럼 느껴졌다.

텅 빈 장소에 화르르 불길이 솟는다.

카이는 어쩌면 이렇게 잔인한 것일까. 이런 때, 어쩔 수 없이 하는 프러포즈를 좋아할 여자가 있을까. 우리 관계는 벌써 오래전에 썩었고, 이제는 나뭇가지에서 떨어져 뭉개지는 길밖에 없다. 그런데도 여전히 결단을 내리지 못하고 결혼이라는 카드를 꺼내며 대답을 내게 떠넘긴다. 예스냐 노냐, 양자택일. 그렇다면 마지막 칼은 내가 휘두르는 수밖에 없다.

"헤어질까."

오랫동안 하고 싶었지만 하지 못했던 말이 입에서 흘러나왔다. 그 말은 스스로도 놀랄 만큼 가볍게 울렸다. 다행이다. 죽는 한이 있어도 무겁게 말하고 싶지 않았다. 카이가 눈을 껌벅거린다.

"뭐라고?"

"헤어질까."

서로를 쳐다보는 와중에, 불쑥 공기가 폭발하는 소리가 울렸다. 불꽃놀이가 시작된 듯하다. 창문으로 시선을 돌렸지만, 드문드문한 거리의 불빛과 세토 내해의 깜깜한 바다가 펼쳐져 있을 뿐이다. 내장까지 울리는 묵직한 소리만 계속해서 실내에 울린다.

"그럼, 갈게."

일어서자 카이가 팔을 잡았다.

"무슨 소리야?"

"가겠다고 했어."

"내일 같이 가자."

"헤어졌는데?"

카이의 표정이 분노로 바뀌었다. 나를 끌면서 침대로 간다. 뒤엉켜 침대로 쓰러진다. 카이의 손가락이 단추를 더듬는다. 그 손을 떨쳐 낸다. 치마 속으로 들어오려는 손을 몸을 비틀어 거부한다. 위로 아래로 서로의 몸이 오락가락 뒤집히고, 짐승처럼 달려들어 위협하고 할퀴는 필사의 공방전 끝에 둘 다 힘이 빠져 침대에 벌러덩 누워 버렸다.

"…… 왜 그래, 너?"

숨을 헐떡거리며, 짜증 섞인 카이의 목소리.
"더는 의미를 모르겠어."
그렇게 말했는데도 내 손을 놓지 않는다.
폭죽이 하늘에서 터지는 소리만 울리는 가운데, 나는 어쩔 줄 몰라 눈을 감았다.
"고등학교 때 섬에서 봤는데."
카이가 툭 말을 뱉는다.
"못 봤어."
그 시절, 우리는 서로에게만 빠져서, 불꽃놀이가 시작되기를 기다리지 못하고 방파제 블록 뒤에서 껴안고 섹스를 했다. 카이의 어깨 너머로 밤하늘에 핀 불꽃을 봤던 것만 기억한다.
"지금 보러 갈까?"
"안 가."
나는 고집스럽게 눈을 꼭 감고 있다. 다시 눈을 뜨면 고등학교 시절로 돌아가 있지 않을까. 그럼 이번에야말로 불꽃놀이를 보고 싶다. 아니면 다시 처음부터 시작해도 결과는 똑같을까.
가만히 있다 보니, 옆에서 희미한 숨소리가 들렸다.
천천히 눈을 뜨고 살금살금 옆을 보았다.
역시 시간은 처음으로 돌아가지 않았고, 내 옆에는 스물다섯 살의 카이가 있었다. 내 손을 꼭 잡은 채 잠들어 있다. 눈

밑이 푸르뎅뎅한 것을 지금 와서 알았다. 정말 바빴던 것이다. 자는 시간을 줄여 가며 만나러 왔나 싶어 새삼스럽게 미안하고, 다시 시작할 수 있지 않을까 하는 미련이 솟는다.

잠든 카이 옆에서 우리에 대해 다시 한 번 생각해 보았다.

언제부터인가 대등하게 얘기할 수 없게 되었다. 적당히 머리를 쓰다듬어 주면 만족한다고 여겨지게 되었다. 하지만 내가 정말 괴로웠던 이유는 얕보일 정도에 불과한 자신의 현실이었을 것이다. 스스로가 지금의 내 가치를 찾지 못하고 있다. 그래서 하고 싶은 말도 하지 못한 채 삼켰고, 그렇게 쌓인 불만으로 자가 중독에 빠졌다.

그렇게 생각하면, 문제의 근본적인 원인이 자신에게 있다는 걸 알 수 있다.

카이를 좋아하고, 계속 함께 있고 싶었다. 그러나 언제부터인지 카이를 향한 마음의 밑바닥에 애정과는 다른 것이 섞이게 되지 않았을까. 섬과 엄마로부터 해방되고 싶어서, 그러기 위한 여권처럼 카이와의 결혼을 바랐던 것은 아닐까.

현실이 다 그렇지, 뭐. 또 다른 내가 귓가에서 속삭인다. 그런 계산까지 다 포함해서 카이를 사랑한다고 생각하면 되잖아. 그리고 나를 데려가 달라고 매달리면 되는 거야.

이제 혼자 사회와 맞서 싸우고 싶지 않다.

일도 하고 싶지 않다.

월말에 돈 걱정을 하고 싶지도 않다.

앞날이 불안해서 잠 못 드는 밤을 보내고 싶지 않다.

벌이가 있는 남자와 결혼하고 싶다.

전업 주부가 되고 싶다.

아이를 낳고 남편의 보호 속에서 평생 안도하며 살고 싶다.

모든 속마음과 욕망을 줄 세워 놓고서야, 제정신을 차렸다.

"⋯⋯엄마랑 똑같네."

스스로를 돌볼 힘이 없는 부자유스러움과, 자기 생활의 기반을 남편이라는 이름의 타인이 쥐고 있는 불안정함, 그 타인이 어느 날 갑자기 사라질지도 모른다는 위기감을 나는 엄마를 통해 몇 년 동안이나 보아 왔다. 엄마를 부모로 소중하게 여기지만, 엄마처럼 되고 싶지 않다, 절대 그렇게 되지 않겠다는 생각으로 나름 열심히 살아왔다. 그런데 지금의 나는⋯⋯.

또다시 눈을 꾹 감고, 시야에서 카이의 모습을 억지로 지웠다.

카이에게 매달린다고 이 불안함과 초조함이 해소되지는 않는다.

나는 나의 자긍심을 지켜야 한다.

나도 모르게 잠이 들었다. 눈을 떠 보니 방 안이 파르스름하게 물들어 있었다. 카이는 여전히 잘 자고 있다. 카이의 손에서 살며시 손을 빼고 침대에서 내려와 흐트러진 옷을 가다듬었다.

방을 나서기 전에 바다가 한눈에 보이는 창가로 다가갔다. 카이와 헤어지면 이 호텔에서 묵을 일도 없다. 어쩌다 보는 오션 뷰를 마지막으로 한 번 더 보자고 생각했다.

어젯밤에는 어둠만이 짙게 깔렸던 세계가 지금은 희붐하게 그 모습을 드러내고 있다. 아직 다 뜨지 않은 태양의 기운이 수평선을 오렌지색으로 물들인다. 잔잔한 바다 저 멀리 섬이 아른아른 보인다. 꿈처럼 아름다운 풍경이다. 이렇게 멀리서 바라볼 때는.

나는 이제 저 섬으로 돌아간다.

저 섬은 꿈이 아니라 나의 현실이다.

다리를 건너고, 늘 내리는 정거장에서 내려 질리도록 보아 온 해변을 걸어 집으로 돌아간다. 아침이면 늘 맨 먼저 세탁기를 돌리고, 아침을 준비한다. 엄마에게 약을 먹이고, 같이 아침을 먹는다. 오늘은 휴일이니까 밀린 일도 처리해야 한다.

빨래를 널고, 청소를 하고, 동네 소식판을 이웃에 건넨다. 그리고 보니 사쿠마 아주머니에게 채소를 얻어먹고는 아무것도 가져다드리지 못했다. 친척에게 받은 수박이라도 괜찮을까. 어제 잡초를 뽑았는데, 일주일 후면 또 잡초가 온 마당을 뒤덮을 것이다. 주방 세제가 떨어졌는데 그것도 잊지 말고.

지겹도록 반복한 현실로 나는 돌아간다.

줄곧 그렇게 살아왔고, 앞으로도 그렇게 살아갈 현실이 재미없는 영화처럼 머릿속에서 재생된다. 볼이 간질간질하다. 어제부터 꾹꾹 참았던 눈물이 넘쳐흘러 창틀을 짚고 있는 손등에 떨어져 튄다. 의지의 힘으로는 멈춰지지 않아 줄줄 흐르는 콧물을 손등으로 휙 닦았다.

카이, 일어나.

지금 당장 일어나.

가지 말라고 해.

그러면 나는 바보가 될 수 있다. 앞으로 아무리 힘든 일이 있어도 방긋방긋 웃으면서 자신을 버릴 수 있다. 그러나 카이는 일어나지 않는다. 나는 저 섬으로 돌아가는 수밖에 없다. 고요하고 잔잔한 아침 바다 같은 체념이 깊이 잠든 카이의 숨소리와 함께 밀려온다.

어디에도 닿지 못한 채, 나의 스물다섯 여름이 끝나 간다.

●

아오노 카이, 25세, 가을

"이러지 좀 말라고!"

놀라서 태블릿에서 얼굴을 들었다. 화가 난 아키미와 눈이 마주쳤다.

조금 전까지 별일 없이 얘기하고 있었기에 당황했다. 아까부터 아키미는, 도우코 씨를 통해서 일을 의뢰받았는데 이번 일감은 크다면서 의욕에 차 있었다. 재료비와 공임으로 보수가 다 날아가는 셈이라 어떨까 싶었지만, 아키미네 집은 아키미가 가계를 책임지고 있다. 함부로 회사를 그만둘 수 없으니 그렇다면 취미로 즐기는 편이 좋겠다고 생각했는데, 아키미는 프로가 되고 싶다고 한다.

'안이하네.'

어린아이가 꽃 가게를 하고 싶다고 말하는 것과 별반 다르지 않게 여겨졌다. 좋아하는 일을 일로서 하고 있는 나는 그 현실적인 어려움을 뼈가 저미도록 아는 만큼, 조금은 화가 나기도 했다. 작정하고 하려 들면 버려야만 하는 것도 생긴다. 그래도 연인인 나는 이키미를 응원하고 싶다.

목구멍까지 차오르는 가혹한 말을 집어삼키려고 영화를 보면서 한 귀로 듣고 한 귀로 흘렸다. 연인과 있을 때 일 얘기는 할 필요가 없다. 그런 얘기는 동료들과 하면 된다. 그러나 최근에는 책이나 음악, 영화 얘기를 해도 아키미의 반응이 시원찮다. 훨씬 재미있는 여자였는데, 하고 생각하면서 그 따분함까지 사랑했다.

"몇 년씩이나 사귀고 있다는 그녀가 어째 고향 집 같은 느낌이네."

예전에 나오토에게 그런 말을 들은 적이 있다. 그때 나는 그러면 안 되느냐고 되물었다. '고향 집' 같은 여자는 싫으나 좋으나 특별하다. 이상한 자극은 필요 없다. 그보다 같은 일을 하는 동료로부터 얻을 수 없는 안심이 필요하고, 바쁜 나날의 피로를 풀어 주었으면 한다.

"그렇다면 마사지 받으러 가면 되잖아."

그 반대라고 되받았다. 그야말로 마사지 예약을 하듯 바람 상대 여자에게 연락해, 아키미와의 사이에서는 희미해진 연애의 설렘을 보충하고 성욕을 발산한다. 간혹 아키미와 헤어지라는 여자도 있지만, 그런 여자와는 거리를 둔다. 연인과 바람 상대의 차이는 '끝까지 내가 책임진다'라는 책임감의 유무라고 생각한다.

"그렇게까지 말하면서 결혼은 왜 미루는 거야? 아키미 씨를 몇 년이나 기다리게 해 놓고는 바람까지 피우고. 카이는 도가 지나쳐. 그러다 된통 당하는 날이 올 거야. 그때는 후회해도 때는 늦으리야."

"나도 여러 가지로 생각하고 있어."

"생각할 게 뭐가 있는데. 남자와 여자인 데다 법률적인 장애도 없잖아."

나오토의 연인인 케이는 올해 대학생이 되었다. 상대를 일

편단심으로 사귀어 왔지만, 현재의 일본은 동성혼을 인정하지 않는다. 나오토는 술만 취했다 하면 비관적이 된다. 심할 때는 죽고 싶다는 말까지 해서, 멍청한 소리를 한다며 머리를 쥐어박는다.

나오토는 순수함과 섬세함이 장점이지만, 반면에 정신력이 약하다. 인터넷에서 혹평을 보면 금세 낙담하고 회복도 더디다. 멘탈이 무너지면 원고도 무너진다.

"어어, 그만들 하라고. 나도 카이는 이제 결혼하는 편이 좋겠다고 생각해."

함께 있던 우에키 씨가 중재에 나서서 나는 대답을 흐렸다.

결혼이 당사자들만의 문제라면 미룰 이유는 없다. 그러나 아키미에게는 엄마가 딸려 있다. 나는 내 엄마를 비롯해 엄마라는 존재 자체가 달갑지 않다. 하지만 달갑지 않다고 해서 싫으냐 하면 그렇지는 않다는 애정의 이중 나선에 엮이고 싶지는 않다.

'그럼 아키미를 마냥 기다리게 할 것인가.'

세토 내해의 섬과 도쿄로 떨어져 지낸 지 7년. 아키미 엄마의 상태는 좋아졌다 나빠졌다를 반복하고 있다. 이렇게까지 오래 끌었으니, 앞으로 상태가 호전될 것이란 기대는 멀어졌다. 이 상황에서 결혼하면 반드시 아키미 엄마도 한집에서 같이 살게 될 것이다. 만화는 어디서든 그릴 수 있다. 특히 원작을 담당하는 나는 굳이 도쿄에 있지 않아도 된다. 그러나 나는 그 섬에서는 숨이 막힌다.

우리 엄마로 말하자면 지금은 다쓰야 씨와 잘 지내고 있다. 하지만 앞일은 알 수 없다. 남녀 사이는 하루아침에도 망가진다. 그렇게 되면 엄마는 또 내게 매달릴 것이다.

나와 아키미, 양쪽 부모를 내가 모두 책임질 수 있을까. 짐만 될 뿐인 부모는 그냥 버리라는 사람도 있다. 하지만 딱 잘라 버릴 수 없으니 핏줄이 골치 아프다는 것이다. 옳고 그름으로 모든 일을 결정할 수 있다면 얼마나 편할까.

아키미와 떨어져 지낸 후로 여덟 번째 여름이 찾아왔다. 오봉 연휴에는 해마다 그랬듯이 아키미와 지낼 생각이었는데, 애니메이션이 호조를 보이는 데다 영화 제작까지 결정되었다. 관심을 집중시키기 위한 전략의 하나로 영화 각본을 원작자인 내가 쓰게 되어 안 그래도 바쁜데 더 바쁘게 되었다.

— 이번 오봉 휴가에는 만날 수 없을지도 몰라.

아키미에게 그렇게 메시지를 보냈다. 만난다 해도 일을 계속해야 할 것이다. 아키미는 언제나 그래도 괜찮다고 하지만, 실제로 만났을 때 내가 일을 하면 못마땅해한다. 아키미만 그런 게 아니라 다른 여자들도 마찬가지다. 같이 있을 때는 나만 봐, 말뿐 아니라 온몸으로 그렇게 애원한다. 참으로 알 수가 없다. 좋아하고 소중히 여기는 감정과, 할 일이 있으니 잠깐 기다려 달라는 현실이 왜 양립할 수 없을까.

아키미에게 다시 연락하려고 했는데 정신없이 바쁘다 보니 계속 뒷전으로 밀리고 말았다. 정신을 차렸을 때는 오봉이 이틀 뒤로 다가와 있었다. 본업인 만화 일, 영화 각본을 위한 미팅, 각종 미디어에 실릴 기사 검토와 수정. 전부 누구도 대신해 줄 수 없는 일이고, 메일 한 통을 보내고 나면 세 통이 들어온다.

'돌아가고 싶다.'

한도 초과로 폭발할 지경이 되었을 때, 잔잔한 바다에 떠 있는 섬이 불쑥 뇌리를 스쳤다. 잠을 부르는 아름다운 풍경. 따분함은 안정이고, 안정은 편안함이고, 그 섬은 내 고향이 아니지만 아키미가 있는 곳이 내가 돌아갈 장소라는 걸 뼈저리게 자각했다.

나는 결국 마음을 정했다. 이틀 내내 입었던 티셔츠 차림으로 백화점에 달려가 눈에 띄는 유명 브랜드 매장으로 들어갔다. 약혼반지라고 말하자 다이아몬드를 권했지만, 나는 에메랄드를 선택했다. 아키미가 자란 섬의 바다색이다. 불안하지 않은 것은 아니지만, 문제를 한 가지 해결하면 새로운 문제가 또 생긴다. 결국 어느 시점에는 결단을 내려야 하고, 그 시점이 지금이다.

노트북과 반지와 갈아입을 옷을 가방에 욱여넣은 다음 아키미에게 내려간다는 전화를 걸려는 참에 우에키 씨에게서 전화가 걸려 왔다. 다음 출간 예정인 만화책에서 일화의 하나로 사용했던 아이템이 해외에서 문제가 될 것 같다고 한다. 종이책이든 전자책이든 해외에서까지 판매되는 시대다. 그 점에 대한 배려가 없었던 게 잘못이었다.

우에키 씨와 아이템 변경을 의논하고, 나오토가 다시 그리고, 마침내 전체 수정안이 완성된 때가 오봉 휴가 첫날 오후. 그사이에 다른 일로도 연락이 와 있어, 하네다로 가는 택시 안에서도 마쓰야마로 향하는 비행기 안에서도 일에 매달렸다. 게다가, 아니나 다를까, 나오토가 또 메시지를 보낸다. 나오토는 이번 수정에 대해 아직 수긍하지 못하고 있다. 지독하게 철저한 녀석이다.

결국 아키미에게 연락하지 못한 채 이마바리의 호텔에 들었다. 나오토는 아직도 화가 나 있고, 우에키 씨는 연휴 다음 날로 예정돼 있는 대담의 상대에 관한 자료를 보낸다. 봐 둘 필요가 있는 영화 제목이 줄줄이 나열되어 있다. 오늘부터 쉬겠다고 했건만, 하고 혀를 찼다.

— 방금 이마바리에 도착했어. 지금 그쪽으로 가도 될까?

일단 아키미에게 연락을 했다.

— 아니면 네가 올래? 국제 호텔에 있는데.

허둥대면서 메시지를 보내다 보니, 갑자기 연락해서 미안하다는 말을 빼먹었다. 그다음 메시지를 입력하기 전에 이번에는 영화화 기념 헌정본을 확인해 달라는 메일이 날아왔다. '시급'이라는 메모가 있어 대응하다 보니 시간이 한참 흘렀다.

— 호텔에 도착했어.

아키미의 메시지를 받고서야 정신이 돌아왔다. 결과적으로 세 번이나 일방적인 행동을 하고 말았는데, 아키미는 이해해 줄 거라고 생각했다. 안도감은 얕보는 것과 아주 비슷하다.

"이러지 좀 말라고!"

눈을 떴을 때, 여기가 어디인지 알 수 없었다. 눈을 휘휘 돌려 사방을 보고서야 이마바리의 호텔이란 것을 깨달았다. 어제 일이 천천히 되살아난다. 옆에 아키미의 모습은 없다.

'잘못했네.'

아키미를 억지로 침대에 쓰러뜨렸다. 그런데 아키미가 거세게 저항했다. 아키미가 거부하기는 처음이었다. 몸을 일으키는데 몹시 무거웠다. 잠을 잤는데도 피로가 풀리지 않았다. 천천히 걸어가 테이블에 있는 휴대 전화를 집어 들고 다시 침대에 푹 고꾸라졌다. 벌써 오후다. 아키미는 집에 간 모양이다. 확인해 봤지만, 들어온 메시지가 없었다.

'정말 잘못했어.'

그런 생각밖에 들지 않는다. 나는 아키미를 만나기만 해도 위로를 얻는데, 아키미 입장에서는 같이 있어도 일만 하는 연인에게 '내가 대체 뭐지?' 하고 화가 났을 것이다. 타이밍도 좋지 않았지만, 중년 부부처럼 마음 씀씀이가 부족했다고 반성한다.

그래도 '헤어질까'는 아니지.

8년을 사귀었는데, 그렇게 가벼운 말로 끝날 리 없다. 가벼운 만큼, 오히려 홧김에 나온 말이라는 걸 안다. 내가 사과해야 한다. 이번에야말로 진지하게.

— 어제는 미안했어. 정말 미안해.

― 만나서 사과하고 싶다. 오늘 그쪽으로 가도 괜찮아?

― 중요한 얘기가 있어.

대답은 없었지만, 아키미의 외골수 같은 성격을 잘 안다. 용서를 한다 쳐도 시간이 걸린다. 지금은 느긋하게 기다릴 때라는 생각에 욕조에 몸을 담그고 태블릿으로 영화를 마저 봤다. 저녁때가 되어도 연락은 없고 배가 고팠다. 그러나 오늘은 꼭 아키미와 저녁을 먹고 싶어서 커피로 허기를 달랬다. 끝까지 연락이 없는 채 사흘이 지났다.

"대체 언제까지 화를 낼 거야."

오봉 휴가가 끝나는 날, 나도 화가 났다. 지난 사흘 동안 사과하는 메시지를 수도 없이 보냈는데, 봤다는 표시조차 뜨지 않는다. 무심했던 건 인정한다. 하지만 내가 바쁜 건 누가 봐도 분명한 사실이다. 아내나 마찬가지니까 그 부분은 이해해 줬으면 좋겠다. 결혼하면 생활은 하루하루의 연속이다. 신경 써 주지 않는다고 해서 '헤어질까'를 연발하면 곤란하다.

'피차 거리를 좀 두는 게 좋다는 뜻일까.'

호텔에서 체크아웃하고 저녁때 도쿄로 돌아왔다. 연휴가 끝나면 사방에서 연락이 온다. 호텔에서도 일은 그럭저럭 했지만, 집의 작업실에서 컴퓨터와 마주하면 스위치가 전환된다. 머리에서 스르륵 아키미가 사라진다. 이쪽이 나의 일상인 것이다.

출판업계에서 일하다 보면 시간 감각이 이상해진다. 아직 10월인데, 주고받는 연락과 대화의 대부분이 내년 일, 심지어 내후년 일일 때도 있어 앞만 보느라 지금이 방치되고 만다.
 아키미와 연락이 닿지 않은 채 가을이 깊어 갈 듯했다. 바쁜 탓에 잊고 있었는데, 오봉 연휴가 지난 지 벌써 두 달. 아키미의 고집도 참 대단하다. 정말 내 쪽에서 제대로 사과하지 않으면 안 될 것 같다. 그런 생각을 하고 있는데 휴대 전화가 울렸다.
 "카이, 너 아키미랑 싸웠다면서?"
 웬일로 엄마가 전화를 걸었다.
 "뭐 들은 말 있어?"
 솔직하게 사과하기 어려우니까 우리 엄마에게 넌지시 언질을 주었나 했는데,
 "역 앞에서 우연히 마주쳐서 카이는 잘 있느냐고 물었더니 헤어졌다고 해서 얼마나 놀랐게. 이유를 물으니까, 여러 가지란 말만 하니 알 수가 있어야지. 무슨 일 있었어?"
 "여러 가지."
 "정말 모르겠네. 어차피 네가 잘못했겠지. 싹싹 빌어."

아, 네, 네, 하고 대꾸하면서, 엄마도 연인 사이에 흔히 있는 싸움이라고 여기는 눈치라 안도했다. 이렇게 오래 간격이 벌어지면 연락하기 껄끄러운 건 서로 마찬가지니 내가 순순히 굽히자고 생각했다.

"알았어. 할 말은 그게 다야?"

"좀 부탁할 일도 있고."

역시나.

"다쓰야 씨랑 여기서 도시락 가게를 하려고 하는데."

도시락 가게라니, 엄마에게는 참으로 견실한 일이다.

"다쓰야 씨가 젊었을 때 전통 음식점에서 일했잖아. 요리사 자격증도 있고. 조리 도구랑 일체를 인수할 수 있는 물건을 찾았는데, 자금이 좀 모자라네."

도중에 삐빅, 하는 소리가 섞였다. 우에키 씨가 전화를 한 것이다.

"얼마?"

"이것저것 합쳐서 3백만 엔 정도만 빌려주면 좋겠는데."

"알았어. 이체해 놓을게."

꺅! 엄마가 환성을 질렀다.

"고마워, 과연 우리 아들이네. 장사 잘해서 꼭 갚을게."

엄마의 얄팍한 약속에 "그럼." 하고 전화를 끊고 우에키 씨 전화로 전환했다.

"카이, 좀 머리 아픈 일이 생겼어."

인사할 새도 없이 우에키 씨가 대뜸 말한다.

"또 해외판?"

"나오토가 미성년자에게 나쁜 짓을 했다고 변호사가 들이닥쳤어."

순간, 말을 잃었다.

"대체 그게 무슨 소립니까?"

"상대는 케이의 부모야."

"네?"

나오토는 케이를 만난 후 3년 가까이 그를 애지중지 아끼며 절대 손을 대지 않았다. 그러다가 올 3월에 카이의 고등학교 졸업 기념으로 3박 4일간 오키나와 여행을 했다. 물론 둘이 가는 첫 여행이었고, 당시 나오토는 이제야 겨우 맺어졌다면서 사랑 타령을 질펀하게 늘어놓았다.

"아니, 미성년자에게 나쁜 짓을 했다는 게 말이나 돼요? 졸업할 때까지 3년을 손만 잡고 데이트하고, 밤에도 8시면 집에 보내고. 나오토가 얼마나 자제했는데요."

"고등학생인지 아닌지는 문제가 아니야. 케이는 3월 말이 생일이라서 여행 당시 18세 미만이었다는 게 문제지."

"그럼 잡혀가요?"

"형법상으로는 문제가 거의 없어. 청소년 대상 성범죄 조례를 봐도 '진지한 교제' 범주 안에 들 테고."

"그럼 별문제 아니잖아요."

예민한 나오토가 상당한 충격을 받았을 테지만, 일단은 안도했다.

"카이 부모도 그 점은 알고 있어. 하지만 이런 건 회색 지대 일이잖아. 그러다 보니 하얗다고 잘라 말할 수 없어서 복잡한 거야."

"그게 무슨 뜻이죠?"

"미성년자를 상대로 옳지 않은 짓을 한 인물의 작품을 대대적으로 잡지에 싣고, 광고하고, 게다가 방송에서까지 다뤄도 되느냐 하는 도덕적 책임을 우리 출판사에 따져 묻고 있는 거야. 형사상 처벌이 곤란하니 대신 사회적 제재를 가하자는 의도겠지."

웃기는 소리 하지 말라고 고함을 지르고 싶은데 겨우 참았다. 우에키 씨에게 분풀이할 일은 아니다.

"그래서 결국 뭐가 어떻게 되는데요?"

"회사 방침이 정해질 때까지 연재를 보류하기로 했어."

이번에야말로 눈앞이 캄캄해졌다. 대체 뭐야. 일이 왜 그렇게 되는 거야.

"나오토가 나쁜 짓을 한 게 아니잖아요. 그렇다면 당당하게……."

"이런 건 회색 지대의 일이라고 했잖아. 백이냐 흑이냐가 확실하지 않으니까 사람에 따라 의견이 다르다고. 그러니 백이라고 단언하지 못하는 이쪽의 약점을 파고드는 거지."

"그래도 연재를 중단하면 흑이라고 인정하는 꼴 아닙니까."

"나는 얘기를 계속 들었기 때문에 나오토를 신뢰해. 편집장도 말이 안 된다고 하고. 회사라고 이렇게 인기 있는 연재물을 포기하고 싶겠어? 우리 출판사에는 법무팀도 있으니까 작가와 작품을 지켜 줄 거라고 나는 믿어. 담당 편집자로서도 대응할 테니까 조금 기다려 줬으면 해. 움직임이 있으면 또 연락할게."

"코앞에 있는 대담이나 인터뷰는 어떻게 하죠?"

"일단 취소할 거니까 걱정 마."

걱정 따위는 하지 않는다. 화가 날 뿐이다. 그러나 우에키 씨에게 화낼 일은 아니다. 그렇다면 이 분노를 어디에다 터뜨려야 하나. 그럴 만한 곳이 어디에도 없다. 나보다 당사자인 나오토와 케이는 한층 더 곤욕스러울 것이다. 이 상황에서 내가 할 수 있는 일은? 한 가지밖에 없다. 통화를 끝내고 나오토에게 전화를 했다. 곧바로 받았다.

"이봐, 우에키 씨에게 들었는데, 어떻게 된 일이야?"

나오토는 아무 대답도 하지 않았다. 몇 번을 부르고서야 코를 훌쩍거리는 소리가 들렸다. 그리고 "미안해." 하는 눈물로 일그러진 목소리가 섞인다.

"네가 사과할 일, 아니잖아."

"……미안."

"사과하지 말라니까. 너희들은 아무 잘못도 하지 않았어."

"……미안."

이래서는 아무 진전이 없다.

"내가 갈게. 뭐 좀 먹었어? 먹을 거, 사 갈까?"

미안하다는 말만 돌아올 뿐이다. 전화를 끊고 전철로 두 정거장 떨어진 나오토의 집으로 향했다. 나오토 역시 절세 대책으로 나와 같은 시기에 아파트를 샀다. 인터폰을 눌렀지만 반응이 없어, 열쇠로 문을 따고 안으로 들어갔다. 마감 때나 급할 때를 위해 열쇠를 교환하길 잘했다.

"나, 들어간다."

현관에서 소리쳤지만 역시 반응이 없다. 거실 문을 열자, 커튼을 꼭꼭 닫아 놓아서 안이 캄캄했다. 나오토는 소파에 담요를 휘감고 앉아 있었다.

"살아 있는 거야?"

대답은 기대하지 않았다. 테이블에 어지럽게 널려 있는 맥주 캔을 치웠다.

"……왜 화를 안 내는 거야."

담요 안에서 잠긴 목소리가 들렸다.

"너는 나쁜 짓을 하지 않았으니까."
"하지만 연재 중단이잖아."
"아직 결정된 거 아니야. 우에키 씨와 편집부에서 어떻게든 해 본다니까."
"……케이가 성년이 될 때까지 기다렸어야 하는데."
"그래서, 강간이라도 했어?"
"누가 강간을 해!"
나오토가 얼굴을 쑥 내밀었다.
"합의하에 한 거면 네 탓만은 아니잖아."
그래도……. 나오토가 고개를 푹 숙였다.
"케이에게 연락은 돼?"
숙인 고개를 까딱한다.
"케이는 뭐래?"
"부모님과 의논하고 있으니까 기다려 달래."
"뭘 의논해. 대학생이 연애하는 건 자유잖아."
잠시 침묵이 떠돌았다.
"……게이니까."
"뭐?"
"우리 둘이 여행 간 거 들켰을 때, 케이가 부모에게 커밍아웃했어. 좋은 집안 외동아들이니 부모도 충격이 컸겠지. 케이 부모는, 아들은 정상인데 내 유혹에 넘어간 거라고 주장하고 있어."

혐오감이 일어 눈썹을 잔뜩 찡그렸다.

"정상의 기준이 뭐야. 누구를 좋아하든 자유잖아. 애초에 이성애자인 남자가 남자의 유혹에 반응했겠느냐고."

"인정하고 싶지 않은 거야. 당신들 아들이 게이라는 걸."

"그 화살을 너한테 돌린단 말이야?"

나오토가 여자였다면 이런 일은 벌어지지 않았을 것이다. 케이의 부모는 아들이 동성애자라는 사실을 받아들일 수 없어서 책임을 나오토에게 전가하고 있다. 말하자면 도피다. 자신들의 나약함을 타인에게 짊어지게 하고 있다. 나나 아키미의 부모도 그런 유형이다. 익히 아는 분노가 속에서 불길처럼 솟는다.

"둘이 외국에 나가서 당당하게 살아."

"나도 그러고 싶어."

"그래, 좋잖아. 결혼식 때는 꼭 불러."

나오토가 뭐라고 설명할 수 없는 표정을 지었다.

"카이는 좋은 사람이야."

"무슨 소리야, 뜬금없이."

"내가 처음 커밍아웃한 사람, 카이였어. 그때 나, 손이 다 떨리더라."

"호오, 그러셨어요."

너스레를 떨었지만, 잘 기억하고 있다. 투고할 작품 때문에 온라인 미팅을 할 때였다. 어느 정도 만족할 만큼 구성이 짜여서 앞으로도 둘이 콤비로 활동하자고 큰소리치는데, 나오토가 갑자기 정색하며 그 말을 한 것이다. 혹시 그렇지 않을까 하고 감은 잡고 있었지만, 당시 아직 고등학생이었던 나는 태연한 척하느라고 힘들었다.

"그때도 카이는 '좋잖아', 라고 말했어. 요란하게 내게 동조해 주지도 않고. 그러면 오히려 거짓말 같아서 내가 상처받을 테니까, 그래서 '좋잖아'라는 한마디만 했다는 거 알 수 있었어. 아, 이 사람과는 일할 수 있겠다고 생각했어."

나오토는 정말 섬세하고 날카롭다. 그때 나는 더 많은 말을 하려면 얼마든지 할 수 있었다. 그러나 그렇게 해서 뭐가 전해지랴 싶었다.

"카이나 우에키 씨나, 만화 동료들은 다 내가 게이라는 사실을 알면서도 편견 없이 대해 주잖아. 특별한 반응을 보이면 폼이 안 나는 업계이기도 하고. 그런 분위기에 완전히 길들어서 내가 오해하고 있다는 걸 알았어. 그런 게 당연하다고 말이야."

"그런 게 당연한 거 맞아."

힘주어 말했다. 그렇기를 바라며.

"그러면 좋겠네."

나오토가 웃었다. 웃고 있는데 체념한 듯 보인다.

한참을 말이 없다가, 음…… 하고 나오토가 중얼거렸다.

"배가 좀 고프네."

"그래, 뭐 좀 먹자."

"냉장고가 텅 비었어."

"소고기덮밥 먹으러 갈까?"

좋다며 나오토가 고개를 끄덕이더니 으, 하고 일어섰다. 아파트에서 나와 근처에 있는 소고기덮밥 집으로 가서 둘이 허겁지겁 싹 해치웠다. 잘나가지 않을 무렵에 자주 드나들던 가게다.

"오랜만에 먹었는데, 맛있네."

"바닥까지 핥으면 안 되지. 나야 뭐, 뭐든 맛있는 체질이니까."

"카이도 부모 때문에 고생이 많네."

"상관없어. 내가 짊어져야 할 짐인걸. 지금 와서 버릴 수는 없지."

"나도 그렇게 되려나."

나오토가 갑자기 젓가락질을 멈췄다.

"케이와 같이 살아간다는 거, 케이의 부모를 평생 떠안는 일이야."

"그럴 각오는 필요하겠지."

빈손으로 태어나는 아이와 양손에 짐을 들고 태어나는 아이가 있다. 자식을 도와주는 부모인가, 아니면 자식의 발목을 잡는 부모인가. 자신은 요행히 피해 갔어도, 나오토처럼 파트너가 짐을 들고 있는 경우도 있다. 모두가 가능하면 홀가분하게 살고 싶어 한다.

"그렇다고 반드시 전부를 짊어져야 하는 건 아니야. 부분적으로 버리는 선택지도 있다고."

케이와 사귄다. 케이의 부모와는 연을 끊는다.

"카이 같으면 그럴 수 있겠어?"

"없지."

"나도야."

"그럼 어쩔 수 없다. 다 짊어지고 가자."

스스로 선택한 시점에 사람은 어떤 식으로든 책임을 짊어지게 된다. 타인이 강요하는 자기 책임론과는 다른, 선택을 관철한다는 결의. 그걸 족쇄로 여길지, 자기를 채찍질하는 원동력으로 여길지. 어느 쪽이든 사람은 아무것도 짊어지지 않고는 살아갈 수 없다.

"그렇게 마음먹으면 편해지려나."

"편해지긴."

오래 짊어지고 있을수록 무거워진다.

'3백만 엔 정도만 빌려주면 좋겠는데.'

엄마가 했던 말이 떠오른다. 정도만이라고? 엄마가 남자와 사는 아파트를 비롯해 모든 돈은 내가 마음과 잠을 깎아 먹어 가며 낳은 이야기에 대한 대가로 지불했다. 나는 하루빨리 자유로워지고 싶다. 가벼워지고 싶다. 하지만 그 소망은 '부모의 죽음'과 직결된다. 언젠가 반드시 찾아올 엄마의 죽음. 그때 나는 후회할 것이다. 그리고 그 후회는 또 다른 짐이 되어 내 어깨를 짓누를 것이다. 내가 바란 것은 기껏 자유였을 뿐인데.

"카이, 아키미 씨랑 화해했어?"

"아직."

"오봉 때부터 계속이잖아. 슬슬 위험한 거 아냐?"

"오늘쯤 연락하려고 했는데, 이번 일이 정리될 때까지 미루려고."

"미안해."

나오토가 또 고개를 숙였다.

"거참, 귀찮게 구네."

테이블 밑에서 나오토의 다리를 걷어찼다.

"이런 때는 좋아하는 사람을 만나고 싶어지잖아."

"아니. 지금 얘기하면 힘든 게 전해질 것 같아서 싫어."

"아키미 씨는 받아 줄 것 같은데."

"내가 싫어. 괜한 걱정 끼치고 싶지 않다고. 안 그래도 어머니 뒷바라지까지 하느라고 힘든데."

"카이는 그런 면에서는 옛날 남자야."

"못 믿을 남자에게 매달리다가 울고불고하는 엄마를 보며 컸으니까."

물을 벌컥 들이켜 기름으로 끈적거리는 입안을 헹궈 냈다.

가게에서 나와 각자의 집으로 돌아갔다. 나오토는 소고기 덮밥 1인분을 싹 먹어 치웠다. 목구멍에 밥이 넘어가니 괜찮다. 남자에게 버림받고 목 놓아 울부짖던 엄마도 그랬다.

집에 돌아왔다. 실내가 유난히 조용하게 느껴졌다. 그동안은 늘 바빠서 집 안의 정적을 알아차릴 여유도 없었던 것이다. 컴퓨터를 켰지만, 일 관련 메일은 전혀 없다.

'아키미.'

바쁠 때는 묻혀 있던 감정이 시간과 여유가 생긴 순간 수면 위로 부상한다. 나도 참 나밖에 모르는 인간이다. 휴대 전화의 벨 소리를 죽여 놓고 소파에 드러누웠다.

지난 한 달간은 친구나 다른 여자로부터 연락이 와도 별로 만나고 싶지 않았다. 가장 힘들 때 만나고 싶은 사람은 아키미뿐인데, 힘든 때라 오히려 만날 수 없다는 딜레마에 빠져 있다.

"우에키 씨, 해가 바뀌면 연재를 다시 시작할 수 있을까요?"

그렇게 원했던 휴식이 지금은 고통에 지나지 않는다. 하루빨리 이 얼토당토않은 사태가 정리되어 아키미에게 연락하고 싶다. 소식을 처음 들었을 때는 황당하고 화가 났는데, 차분하게 생각해 보니 그쪽 부모는 화풀이하듯 나오토에게 책임을 전가하려는 것뿐이다. 그러니 조만간 적당한 선에서 일단락되리라고 여겼지만.

"제대로 대응하고 있는 거 맞나요? 더 가면 멘탈 나갑니다."
참지 못하고 그만 우에키 씨에게 언성을 높이고 말았다.
"정말 미안해. 여러 가지로 좀."
"여러 가지요?"
잠시 틈이 생겼다.
"우리 쪽에서 처리할 수 있을 줄 알았는데, 실은 주간지에서 취재하러 나왔어."
"무슨 취재요?"
"이번 사건과 관련해서, 나오토를 취재하고 싶다는 거야."
인기 만화가가 남고생을 추행해 고소당했다, 그런 기사를 쓰고 싶은 모양이다. 물론 출판사 쪽에서는 취재 철회를 요청했다.
"웃기는 소리 하네. 명예 훼손으로 고소한다고 해요."
나도 모르게 목소리가 거칠어졌다.
"주간지는 그런 일에 이골이 나 있어. 그리고 일단 기사가 나가면 진위 여부와는 상관없이 화젯거리로 걷잡을 수 없이 퍼져 나갈 테고. 요즘 세상에 미성년자를 상대로 한 성적 사건은 용납되지 않아. 아니, 어느 시대든 용납되지 않았지만 SNS가 있으니 더욱더 그렇지. 아직은 내부의 갈등에 불과하지만, 앞으로 기사화되어 세간에 알려지면 시끄러울 거야."

"아니, 잠깐만요. 나도 나오토도, 인터뷰 등으로 얼굴이나 본명이 다 드러나 있어요. 그런데 그런 기사가 나가면 나오토는 재기 못해요. 그 친구 엄청 예민한 거, 우에키 씨도 알잖아요."

"그래서 우리도 필사적으로 주간지 측과 교섭하고 있어. 기사가 나가면 나오토와 카이만 상처를 입는 게 아니라 케이도 다칠 거 아니야. 그래서 케이 부모도 우리랑 같이 싸우는 상태고."

나도 모르는 곳에서 사태가 전혀 엉뚱한 방향으로 확대되고 있다는 사실에 경악했다. 그런 기사가 나가면 연재는 어떻게 되나. 우문이다. 지금까지 그 비슷한 소동을 여러 번 봤다.

"중단이지."

무겁고 답답한 침묵 후에 우에키 씨가 말했다. 나오토에게는 아직 말하지 말라고 덧붙인다.

"어떻게 그런 말을 합니까."

나는 이제 친구와도 연인과도 얘기를 나눌 수 없게 되었다.

주량이 날로 늘고 있다. 연재는 중단되었고, 산더미 같던 관련 기획도 모두 중지되었다. 틈나면 읽으려고 벼렸던 만화와 소설을 읽을 의욕도 없고 영화도 내키지 않는다. 그 어떤 인풋도 불가능할 정도로 여유가 없고 내면에서는 불안만 증식되어 간다.

주간지에 기사가 실리면 SNS에서 몰매를 맞게 될 것이다. 연재가 끊기면 다음에 또 만화를 그릴 지면이 있기나 할까. 한 가지 불안이 또 다른 불안을 불러 줄지어 쓰러지는 도미노처럼 부정적인 상상이 퍼져 간다. 아키미에게 프러포즈하려던 계획도 일단은 취소할 수밖에 없다.

나오토는 전화를 걸어도 받지 않는다. 메시지를 보내도 반응이 없다. 오는 연락이라고는 전부 놀러 나오라는 내용뿐이다. 하나하나 다 삭제해 버렸다.

그런 때 메일이 한 통 왔다. 보낸 사람은 니카이도 에리. 모르는 이름이었지만 일단 열어 보니, 유서 깊은 출판사의 문예 편집자란다. 소설 집필을 의뢰하고 싶다는 내용이 매우 공손한 문장으로 적혀 있다. 어차피 소설은 무리라고 생각했지만, 할 일도 없는 터라 만나기로 약속했다.

약속한 장소에 상대는 먼저 나와 있었다. 내가 카페로 들어서자 곧바로 일어나 고개를 꾸벅 숙인 것이다. 고풍스럽다 싶을 정도로 공손한 글귀에 나이가 제법 있는 여자를 상상했는데, 이십 대 후반의 젊은 여자였다.

"이렇게 나와 주셔서 감사합니다."

인사를 하는데, 턱선에 맞춰 가지런히 자른 단발머리가 사르륵 떨어진다. 몸집은 작지만 눈망울이 인상적인 미인인 데다, 아주 똑 부러지게 일 잘하겠다 싶은 아우라가 풍긴다. 나와는 잘 맞지 않는 타입이라 여겼는데, 막상 얘기를 해 보니 의외로 솔직한 데다 천진함마저 느껴졌다.

"문예 편집을 담당하고 있지만, 어렸을 적부터 만화를 무척 좋아했어요. 아오노 선생님의 작품은 인간의 보편적인 심리를 섬세하게 다루고 있고, 그 점이 작품에 깊이를 더해 주어 굉장히 멋지다고 생각합니다."

"아, 예. 감사합니다."

퉁명스럽게 대답하고는 고개를 약간 숙였다. 옛날부터 칭찬은 어색하다.

"그렇게 깊이 있는 이야기를 쓰신 분이라, 죄송하지만 좀 더 연배가 있을 거라고 생각했는데, 잡지의 특집 기사에서 사진을 보고 놀랐어요."

"아, 예, 그런가요."

"앞으로 커리어를 쌓아 가는 과정에서 선생님의 작품 세계가 미지의 세계로 더욱더 확장될 것이라고 확신했어요. 물론 만화 작품도 기대가 크지만, 아오노 선생님의 재능은 소설 쪽에서도 꽃피울 수 있지 않을까요. 저는 아오노 선생님께 소설을 부탁드리고 싶어요."

대단한 기세다. 말만 그런 것이 아니라 몸까지 점점 기울여 온다. 쿨한 인상과는 다른 열기에 당황했지만 불쾌하지는 않았다.

'뭐야, 우에키 씨와 비슷하잖아.'

우에키 씨도 처음 얘기를 나눴을 때 이렇게 열성적이었다. 그 시절이 그립고, 매체는 다르지만 자신의 작품을 믿어 주는 편집자가 있다는 든든함이 가슴에 깊이 스몄다. 그러나 지금 당장은 뭐라 대답할 수가 없다. 그렇게 말하자 니카이도 씨는 고개를 크게 끄덕거렸다.

"얼마든지 기다릴 수 있어요."

"언제가 될지 알 수 없는데."

"문예 분야에서 2, 3년 기다리는 것은 보통이에요. 작가분께 작품을 의뢰하고 10년을 기다렸다는 편집자도 드물지 않아요. 저도 기다리겠습니다."

"그런가요."

"만화업계와는 좀 다를지도 모르겠네요. 길고 긴 작가 인생, 언제나 순풍에 돛 단 듯이 순조로울 수만은 없잖아요. 저는 긴 호흡으로 작가 선생님을 뒷받침하고 싶습니다."

그때, 이 사람이 이번 소동을 알고 있을지도 모른다는 생각이 들었다. 같은 출판업계이니 어디선가 소문이 새어 나갔을 수도 있다. 소문이 퍼졌다는 말은 즉 기정사실로 받아들여지고 있다는 뜻이다. 써늘한 감촉이 등줄기를 타고 내려온다.

며칠 후, 우에키 씨로부터 연락이 있었다. 기사 게재를 막지 못했다, 다음 주에 발행되는 주간지에 실리게 될 것이다, 라는 보고였다. 놀고 있네, 라는 말이 목구멍까지 올라왔지만, 이제부터 나오토에게도 상황을 전해야 하는 우에키 씨의 기분을 생각하니 내뱉을 수 없었다.

밤이 오기를 기다렸다가 나오토에게 전화를 걸었지만 받지 않았다. 메시지를 보내도 읽지 않는다. 아파트로 찾아가 벨을 눌렀지만 역시 아무 반응이 없어, 열쇠로 문을 따고 안으로 들어갔다. 나오토는 없었다. 다음 주가 되자마자 나는 아침 일찍 편의점에 달려가 선 채로 주간지를 읽었다.

'인기 만화가의 남고생 성추행 의혹?'

매우 선동적인 기사였다. 나오토가 고교생을 상대로 몇 년 동안이나 부적절한 관계를 강요했다는 오해를 불러일으킬 만했다. 게다가 나오토의 본명과 얼굴, 만화 표지 사진까지 크게 실렸다. 피해자의 부모가 변호사를 통해 출판사를 고소하려고 준비하고 있으며, 피해 신고서가 제출되면 체포도 가능하다고 기사는 결론지었다.

'뭐, 체포? 말이 되는 소리를 해라, 개자식아.'

잡지를 제자리에 획 던져 놓고 편의점을 나왔다. 나오토에게 전화를 걸었지만 여전히 받지 않았다. 벌써 며칠째 연락이 닿지 않는다. 이런 때 왜 받지 않는 거야. 우리, 파트너잖아. 나오토에게까지 분통이 터진다.

사태는 악화 일로로 치달았다. 낮에는 인터넷 검색어 1위에 올랐다. 나오토와 내 이름, 만화 제목을 검색하자 '성추행', '체포', '미성년자', '게이'란 말이 연관 검색어로 떴다. 만화를 열심히 읽는 독자층은 SNS 접근성도 높다. 우리가 인터넷상에서 화형에 처해지는 꼴을 속수무책으로 바라보는 수밖에 없었다.

정체 모를 두려움에 쫓겨 커튼을 꽉 닫고 위스키를 벌컥벌컥 마셨다. 처음에는 물을 섞어 마시다가 나중에는 스트레이트로 들이켰다. 빨리 취하고 싶었다. 이런 식으로 마시기는 오랜만이다. 상황이 어떻게 돌아가고 있는지 궁금했지만, 겁이 나서 휴대 전화를 들여다볼 수 없었다. 며칠 전의 나오토처럼 캄캄한 방에서 술에 취해 소파에 널브러져 있는데 메시지가 왔다.

'아키미?'

확인해 보니 니카이도 씨였다.

— 주제넘을 수도 있겠지만, 걱정되어 연락드렸습니다. 괜찮으면 한잔하러 가시겠어요? 언제든지 연락 주세요.

요란한 말은 한마디도 없는 짧은 메시지에 안도했다.

─ 감사합니다. 이미 마시고 있어요.

─ 혹시나 괜찮으시면 같이 마셔요. 맛있는 술이 있습니다.

─ 어떤 술을 마시죠?

─ 가리지 않고 마시지만, 정종을 좋아해요.

드문드문 이어진 대화 덕분에 그날은 정신을 잃지 않을 수 있었다.
불길은 잦아들기는커녕 다음 날에는 더 훨훨 타올랐다. 정론을 무기로 타인을 공격하기를 즐기는 사람들, 나오토를 포함해 남자 전체를 표적 삼은 사람들, 레즈비언이나 게이 등등과 관련해서 뭔가 주장하고 싶어 하는 사람들, 핫한 화제에 어떻게든 한마디 끼어들고 싶어 하는 사람들이 사방팔방에서 장작을 지핀다.
그 정도 선은 예상한 범주였지만, 클럽의 VIP 룸에서 찍힌 사진이 유출된 것에는 경악했다. 처음으로 책이 나오기도 전에 2쇄를 찍게 되어 축하하는 자리였다. 취해서 눈물을 글썽이는 우에키 씨 양옆에서 나와 나오토가 일그러진 얼굴로 샴페인 잔을 들고 있었다. 한마디로, 술에 취해 요란하게 법석을 떠는 한심한 젊은이들 모습이다. 이 자리에 함께 있던 동료 중 누군가가 사진을 팔았다는 사실에 무엇보다 타격이 컸다.

연말에 우리가 연재하던 잡지의 인터넷 사이트에 사죄문이 올라왔다. 무슨 말을 어떻게 쓰든 땔감이 될 뿐이라, 우리 만화의 연재를 종료한다는 보고만 실렸다. 복작복작한 톱 페이지에서 그곳만 휑하고 하얗다. 이제 끝, 그런 느낌이다.

SNS는 최고조로 타올랐다.

'피해자의 심정을 생각하면 연재 종료는 옳은 판단이다.'

'성범죄는 절대 용납되어서는 안 된다.'

등등의 댓글로 시끌시끌했다.

우에키 씨와 함께 나오토의 아파트를 찾아갔다. 여전히 아무 반응이 없어 열쇠로 문을 따고 들어갔는데 나오토가 있었다. 다른 사람처럼 야윈 모습이었다. 실내도 엉망진창이다.

"밥은 먹고 있는 거야?"

"나오토, 죽이라도 만들어 줄까?"

말을 걸어 봤지만 일절 반응이 없었다.

"나오토, 정신 차려. 괜찮아, 너는 아무 잘못도 하지 않았잖아. 편집부에서도 그건 알아. 시간을 두고 새 연재 아이디어를 짜 보자."

"나도 풀어 놓고 싶은 이야기가 있어. 그런데 네가 없으면 만화가 안 되잖아."

나오토는 한마디도 하지 않았다. 우에키 씨는 다른 담당 작가와 미팅이 있어 회사로 돌아가야 한다. 나는 아무 일정이 없었지만, 우에키 씨와 함께 나오토의 집에서 나왔다. 나오토 앞에서는 간신히 버티고 있었지만 나 자신이 이미 한계에 도달했다.

"다음 달 말에 내기로 했던 15권은 어떻게 되는 거죠?"

역으로 걸어가면서 물었다.

"……미안하다. 못 나와."

우에키 씨가 목소리를 쥐어짜듯이 대답했다.

"이미 나온 책들은요?"

"현재 깔려 있는 것은 그대로."

회수는 하지 않지만 다 팔려도 재쇄는 찍지 않는다, 다시 말해서 절판이라는 뜻이다. 전자책도 차례대로 업로드 중지. 나와 나오토의 만화는 세상에서 사라진다.

"이번 사태에서 카이에게는 동정론도 많아."

"그래서요?"

"그럴 마음 있으면 파트너를 새로 찾을게."

'그럴 리 있나.'

"나는 나오토를 기다릴 겁니다."

우에키 씨가 인상을 찌푸리고는 말없이 내 옆을 걷는다.

"사태가 짐작했던 것 이상으로 심각해. 나오토는 한동안 활동할 수 없을 거야. 그동안에 카이는 카이대로 경력을 쌓고, 나오토가 복귀하면 그때 다시……."

"그런 잔재주는 피울 수 없죠."

"그 기분은 이해하는데."

"이해 못 해요."

고등학생 때부터 지금까지 이인삼각으로 해 왔다. 내가 아이디어를 짜내지 못한 적도 있었고, 기껏 짜낸 아이디어가 쓰레기 같을 때도 있었다. 그 반대 경우도 물론 있었다. 10년 가까이 줄곧 함께해 왔다. 나오토라서 여기까지 올 수 있었다. 그렇게 쉽게 대타를 찾을 수 있나.

"그럼 카이는 여기서 끝나도 좋다는 거야?"

우에키 씨가 걸음을 멈추고 빤히 쳐다보았다.

"너는 선한 사람이야. 좋은 일이지. 하지만 정에 휘둘려서는 안 된다고."

'너의 그 생각은 친절함이 아니야. 나약함이지.'

잊혀 가던 말이 되살아났다.

'정말 안 되겠다 싶을 때는 누가 욕을 하든 어쩌든 버리는 거야. 또한 누가 원망을 하든 말든 취할 때는 취하는 거고. 그

런 각오가 없으면 인생이 점점 복잡해져.'

그때로부터 나는 조금도 성장하지 못한 것일까.

"그릴 수 있는 데가 지금은 어디든지 있잖아요."

정체불명의 초조함에 걷어차인 것처럼 말을 내뱉었다.

"아마추어도 얼마든지 작품을 발표할 수 있고 돈도 벌 수 있어요. 요즘 세상에 꼭 출판사를 통해서 장사할 필요는 없죠. 나와 나오토 정도면 어디서든……."

말하는 도중에 고개를 들었다가 화들짝 놀랐다.

"너희들의 억울함을 나는 모른다, 이 말이야?"

분노도 슬픔도 아닌, 이런 표정의 우에키 씨는 처음 본다.

"그래, 엄밀하게 말하면 모르는 게 맞지. 무에서 유를 창조해 내는 사람은 작가고, 우리 편집자는 작가가 작품을 낳아 줄 때까지 기다릴 수밖에 없지. 하지만 나는……."

그다음 말을 하려던 우에키 씨가 입을 다물었다.

"……미안하군. 그래, 나는 몰라. 작가의 진짜 고통은."

"우에키 씨."

"또 연락하지. 고생 많았어요."

머리를 숙이고, 우에키 씨는 발길을 돌렸다. 돌아선 그의 축 늘어진 어깨를 보고서, 그 자리에서 무릎을 꿇고 싶었다. 내가 대체 무슨 말을 한 것인가. 나와 나오토 둘만 있었다면 벌써 중단되었다. 우에키 씨가 그때그때 적절하게 조언해 준

덕분에 여기까지 온 것이다. 신인 시절부터 얼마나 신세를 많이 졌나. 셋이 함께 여기까지 해 온 것이다.

멀거니 서 있다가 뒤에서 온 사람에게 부딪혔다. 휘청거리는 몸을 전신주에 기댄다. 그대로 오가는 사람들을 바라보고 있자니, 눈가에서 뭔가가 반짝 빛났다. 태양이 기우는 서쪽, 전선 때문에 몇 겹으로 봉쇄된 하늘에 딱 하나 빛나는 별이 있다.

'도쿄에서도 보이려나.'

'그야 보이겠지. 그래도 섬에서 보는 편이 예쁠 거야.'

'달무리가 살짝 낀 것도 정취가 있고.'

주머니에서 천천히 휴대 전화를 꺼냈다. 아키미에게 괜한 걱정을 끼치고 싶지 않았다. 하지만 목소리가 듣고 싶다. 아키미밖에 어루만질 수 없는 곳을 아키미가 어루만져 줬으면 좋겠다. 전화를 걸려던 그때, 손안에서 전화기가 울리는 바람에 깜짝 놀라 통화 버튼을 누르고 말았다.

"아, 아오노 씨, 받아서 다행이네요. 괜찮으세요?"

가는 피아노선 같은 목소리.

"폐가 되지 않을까 생각했지만, 걱정돼서요."

"아……."

아무 의미 없는 소리가 흘러나왔다. 그다음 말은 나오지 않는다. 침묵.

"괜찮으면 같이 한잔하시지 않을래요?"

또 의미 없는 말로 대답했다.
"지금 가죠. 어딥니까?"
멍하니 사방을 둘러보았다.
나는 지금 어디 있는 것일까.
누가 좀 가르쳐 주면 좋겠는데.
그날과 똑같은 어둠별이 빛나는 하늘 아래서, 나는 어쩔 줄을 모른다.

3장

해연 海淵

● 이노우에 아키미, 26세, 겨울

카이와 헤어지면 조금은 편해지리라고 기대했다.
그러나 기대는 어그러지고, 고통은 형태가 바뀌었을 뿐 여전히 남아 있었다.
슬픔과 외로움과 불안 등 부정적인 감정의 태풍에 흔들리는 날도 있고, 모든 것이 정지된 태풍의 눈 속에서 꼼짝달싹 못하는 날도 있었다. 내 안에는 통제할 수 없는 바다가 있다. 한시도 평온할 때가 없는데, 표면적으로는 아무 표시도 낼 수 없다.
집안일도 회사 일도 이제 다 싫다며 내던질 수는 없다. 하지만 무엇보다 나를 뒤흔든 것은 헤어진 다음 날부터 들어오기 시작한 카이의 메시지였다. 카이는 이번 일을 일시적인 말다툼이라고 여기고 있다. 내 기분 따위는 눈곱만큼도 전해지지 않았다는 증거다.
그러나 카이로부터 연락이 온 것은 처음 사흘뿐, 그 후로는 오지 않았다. 오봉 연휴가 끝나 도쿄로 돌아가고 나면 그곳이 카이의 현실이고 거기에 나는 없다. 그렇다는 걸 잘 알게 되었다. 헤어지자고 결단을 내린 내가 옳았다. 하지만 옳음은 아무런 힘이 되지 않는다. 느닷없이 쩍 벌어진 틈새 같은 시간이면 카이에게 연락하고 싶은 충동이 일었다.

— 내가 말이 지나쳤어, 미안해.

말이 지나쳤다고는 생각하지 않으니 지워 버렸다.

— 나도 머릿속이 복잡해서. 엄마 일하며 회사 일도 그렇고.

투정에 불과해서 지워 버렸다.

— 뭐 해?

제 입으로 헤어지자고 해 놓고 너무 가벼운 것 같아서 지워 버렸다.

— 잘 지내?

아무것도 전해지지 않을 것 같아 지워 버렸다.

몇 번이나 글자를 썼다가 지우고, 그러다 지쳐서 포기한다. 혼자서 전전긍긍하는 바보 같다. 후회하고 있다는 것을 인정하자니 한심하고, 연락하고 싶은 충동을 억누르자니 그것도 힘들어, 불필요한 생각을 하지 않으려고 최대한 몸을 부지런히 움직였다.

며칠 전 납품한 스카프와 미니 백이 반응이 좋아 또 주문이 들어왔다. 도쿄의 편집 숍에서도 시험용으로 한 점 주문이 들어왔다. 도우코 씨가 도쿄에 간 길에 내 작품을 오너에게 보였더니 반응이 좋았다고 한다.

"취미로 끝내기에는 아까워. 본격적으로 해 보지 않을래?"

도우코 씨가 그렇게 물어, 생각해 보겠노라고 대답했다. 엄마에 대해서도, 일을 그만두지 못하는 것도, 지금 이대로는 안 된다고 예전보다 한층 강하게 느끼고 있다.

새로 주문이 들어온 스카프를 완성하면서, 섬에 남아 있는 여자들끼리 모였을 때 오갔던 대화를 떠올렸다. 며칠 전에 오사카로 떠나간 친구로부터 결혼한다는 소식이 날아왔다. 같은 회사에서 만난 남자와 내년 봄에 결혼하니까 다들 식에 오라는 내용이었다. 부럽다는 둥, 나도 도시로 나가 열심히 일하고 싶었다는 둥, 잡담으로 얘기꽃을 피웠다. 그러나 사실 섬에 남아 있는 여자들은 판에 박은 듯이 일찍 결혼해 아이를 낳고 싶어 한다. 그런 바람은 꿈이 아니라 현실이다. 모두 오래 사귄 남자가 있고, 최종 목표를 향해 기반을 다지고 있다.
"아키미는 좋겠다. 그렇게 유명한 인기 작가의 부인이 되는 거잖아."
"결혼은 언제쯤 하는데? 식은 도쿄에서 하겠네."
식은땀이 배어 나왔다. 나는 얼굴에 힘을 주고 웃었다.
"헤어졌어."
순간 조용해졌다.
"거짓말이지?"
"정말이야. 이제 그쪽에서도 연락이 없고."
모두 쥐 죽은 듯 고요하다. 몇 초 후.
"에이, 괜찮아. 아직 젊은데, 뭐."
"그래, 처음 만난 사람 하나밖에 모른다는 것도 재미없잖아."
열심히들 위로한다. 다들 친절해서 나는 "고마워, 그렇지, 뭐." 하며 미소로 답한다. 하지만 아무도 차마 입에 올리지 못하는 말이 고막이 아닌 가슴을 울렸다.
'그 나이에 애인과 헤어져서 어쩌자는 거야.'
'섬 남자들은 하나같이 임자가 있다고.'
나는 아직 스물다섯 살이다. 해가 바뀌면 바로 스물여섯이 되지만, 일반적으로는 젊은 여자 축에 속하고, 도시라면 결혼은 아직 멀고 먼 일이라고 생각할 것이다. 그러나 지방은 도시보다 훨씬 빨리 여자의 값어치가 떨어진다. 그래서 다들 일찍부터 미래를 약속할 수 있는 연인을 확보하려 든다.

내가 고등학생 때부터 카이와 사귀었다는 사실은 온 섬사람이 다 안다. 섬 남자는 어지간하면 '과거 있는 여자'와 결혼하지 않는다. 그렇다면 섬 밖에서 남자를, 이라고 생각할 수도 있지만 실제로는 그런 만남도 있을 수 없다. 텔레비전이나 인터넷에서는 데이팅 앱을 통한 만남을 당연시하지만, 내 주위에서 앱을 통해 만나고 사귀는 사람은 아무도 없다. 설사 만남이 성사된다 해도, 사람들에게 뭐라고 소개할 것인가. 그런 걱정을 하는 걸 보면 나도 어쩔 수 없는 섬사람이다.

나는 생각이 너무 많아서 옴짝달싹 못하고 있다. 이 섬을 떠날 수는 없는데, 이 섬에서 살아갈 방법을 찾지 못하고 있는 것이다. 불안하고 두려워서, 마음은 평온하고 가볍게 하며 감각을 둔하게 한 채 살아가고 있다. 저 사람, 아무 생각이 없나 보다고 포기해 버릴 만큼 담담한 척하고 있다. 실제로는 마치 영원히 밝지 않는 한밤중을 걷고 있는 기분인데.

엄마가 꼬치꼬치 캐묻지 않는 것이 유일한 구원이었다. 카이에게 불려 나갔다가 다음 날 돌아왔을 때는 왜 카이와 같이 오지 않았느냐고 자꾸만 물었지만, 내가 아무 대답도 하지 않자 엄마도 더는 묻지 않았다. 아마도 눈치를 챈 것이리라. 다행이었다. 지금의 나는 이보다 1그램이라도 짐이 무거워지면 버티지 못한다.

"어머, 헤어졌어? 잘했어."

깃털처럼 가볍게, 하지만 진심으로 그렇게 말해 준 사람은 도우코 씨뿐이다.

"이제 평생 결혼 못 할 것 같아요."

도우코 씨에게만은 거리낌 없이 속내를 말할 수 있었다.

"그렇지 않아. 내가 그이를 만난 것도 마흔이 넘어서인걸."

납품할 스카프를 이리저리 살펴보면서 도우코 씨가 의아하다는 듯이 말한다.

"저는 도우코 씨만큼 강하지 않아요."

자조적으로 말하자 도우코 씨가 고개를 들었다.

"나, 강하지 않아."

"강해요. 제가 아는 여자 중에서 제일 강해요."

"그래? 젊었을 때는 무슨 일 있을 때마다 훌쩍훌쩍 울기만 했는데."

"상상이 안 돼요."

도우코 씨는 고개를 갸우뚱하고는 텅 빈 허공을 올려다봤다.

"강한 게 아니고, 어리석어졌을 뿐이라고 생각해."

"어리석다니요?"

"어디로 가는지도 모르고, 지옥행일지도 모르는 기차에 에라 모르겠다, 하고 올라탈 수 있느냐 없느냐지."

"에라 모르겠다……."

나는 도우코 씨의 말을 되풀이했다.
"필요한 건 머리를 텅 비우는 그 한순간뿐이야."
그다음은 두 다리가 제멋대로 달려가고, 되돌아설 수는 없고, 하며 도우코 씨는 역시 가볍게 웃었다.

집으로 돌아가는 길, 차를 몰고 해안선을 따라 달리는데 갑자기 뭔가가 튀어나와 브레이크를 밟았다. 검고 작은 동물이 재빨리 저녁 어둠 속으로 사라진다. 후, 다행이다, 치지 않았다.
숨을 내쉬고 등받이에 기대어 차창 너머로 해 저무는 바다를 바라보았다. 서쪽 하늘에 반짝이는 별이 있다. 어둠별. 고등학생 때 카이가 가르쳐 주었다.
'도쿄에서도 보이려나.'
'그야 보이겠지. 그래도 섬에서 보는 편이 예쁠 거야.'
'달무리가 살짝 낀 것도 정취가 있고.'
잔잔한 파도 소리를 들으면서 환영의 기차를 상상해 보았다.
나는 카이와의 결혼이라는 기차에 타지 못한 것인가, 카이와의 헤어짐이라는 기차를 탄 것인가. 그것조차 모르는 나는 더 어리석어지려야 어리석어질 수 없다.
그날과 똑같은 어둠별이 빛나는 하늘 아래서, 나는 어쩔 줄을 모른다.

쉬는 날 아침, 집 안에 낯선 유리 장식이 있다는 것을 알았다. 매일 바쁘게 지내느라 그냥 지나쳤는데, 주의 깊게 보니 여기저기 있다. 신발장 위, 엄마 방 서랍장 위. 안에 금박이 든 타원형 문진 같은.

"엄마, 저기 놓여 있는 거, 뭐야?"

점심을 먹으면서 물어보았다.

"아아, 저거. 여러 가지로 행운이 있대."

"행운?"

"전에 세오 할머니한테 책자를 받았거든."

몇 년 전 얘기일까. 같은 동네에 살았던 세오 할머니는 5년 전에 돌아가셨다. 나도 어렸을 적에 귀여움을 많이 받았는데, 돌아가시기 전에 이상한 종교에 빠져서 친척들까지 끌어들이는 바람에 한바탕 소동이 일었다. 살짝 소름이 돋는다.

"저거, 그 종교 거야?"

"좋은 거라니까."

엉뚱한 대답을 해 놓고 엄마는 괜히 찻잔의 테두리를 닦았다.

"엄마, 저거 산 거야? 얼마 줬어?"

못 들은 척해서, 나는 젓가락을 내려놓고 벌떡 일어섰다.

엄마 방으로 가서 불을 켜고 방 안을 둘러보았다. 알고 보니 문진처럼 생긴 소품뿐이 아니다. 문틀에는 부적이 붙어 있고, 병원에 다닐 때 드는 가방의 끈에는 읽지 못할 구불구불한 글자가 새겨진 키홀더가 매달려 있다.

"이거, 얼마야?"

"가격이 중요한 게 아니야. 악운을 쫓아내 주는 거니까."

엄마 말을 다 듣기 전에 거실로 뛰어갔다. 중요한 물건을 보관하는 서랍을 열고 예금 통장을 꺼냈다. 페이지를 넘기자, 0에 가까운 잔액이 눈에 들어왔다. 정기 예금도 전부 해지되었다. 돌아보니, 겁먹은 엄마의 눈이 흔들렸다.

"이거, 어떻게 된 거야?"

거의 울먹이면서 물었다. 별거 9년째로 접어든 작년에 엄마 아빠의 조정 이혼이 성립되었다. 지금까지 보내온 생활비와는 별도로 아빠가 큰 액수의 위자료를 주어 그 돈과 함께 여름, 겨울로 나오는 얼마 안 되는 내 상여금을 저금해 놓았다.

"너, 카이랑 헤어졌잖아."

"지금 그 얘기가 왜 나와?"

"들어 봐. 그 나이에 헤어져서 어떻게 할 거야. 그래서 엄마가 간절히 기도를 올리고 있어. 부디 카이와 다시 인연이 이어지도록 해 달라고."

"시끄러워!"

엄마가 움찔 몸을 떨었다. 화를 내서는 안 된다. 화를 내면 엄마의 기분이 불안정해진다. 그렇게 울분을 삭이며 지금까지 견뎌 왔다. 그러나 이제 한계에 다다랐다.

"나를 생각한다면 쓸데없는 짓 하지 마. 엄마 때문에 내가 얼마나 많은 걸 포기해 왔는지 알아? 카이와 헤어진 것도 그래. 엄마가 병을 앓지만 않았어도 나는 도쿄에 올라가서 지금쯤 카이와 결혼했을 거라고."

그만. 더 말하지 마. 하지만 그 순간 엄마는 후다닥 방에서 뛰어나갔다. 쫓아갈 기력조차 없었던 나는 통장을 다시 한 번 확인했다. 몇 번을 보아도 0에 가까운 숫자는 변하지 않았다. 그 자리에 털퍼덕 주저앉고 싶은 것을 간신히 버티고 있는데 밖에서 차에 시동 거는 소리가 들렸다.

창밖으로 얼굴을 내밀어 보니 엄마가 차를 몰고 나가려고 하고 있었다. 엄마는 수면제를 복용하고 있기 때문에 운전은 절대 금지라는 의사의 지시가 있었다. 허둥지둥 자전거를 타고 쫓아갔다.

큰길로 나서는 참에 세워져 있는 우리 차가 보였다. 바로 옆에 택배 차량도 서 있었다. 거기서 운전자가 내려 우리 차로 뛰어온다. 사고다. 자전거를 내팽개치고 달려갔다.

"엄마!"

양손으로 운전대를 꽉 잡은 채 엄마는 고개를 푹 숙이고 있었다.

구급차로 실려 가던 도중 엄마는 섬의 병원으로 가겠다는 구급대원에게 격렬히 저항했다. 섬의 병원은 싫다, 이마바리로 가 달라, 그렇지 않으면 죽는 편이 낫다, 라면서.

  이마바리의 병원으로 가는 내내 엄마 손을 꼭 잡고 미안하다는 말만 계속했다. 왜 나는 미안하다고 사과하는 걸까. 나는 아무 잘못도 하지 않았는데.

"부탁드려요. 4백만 엔만 빌려주세요."
  사정을 모두 얘기하자 도우코 씨도 아빠도 할 말을 잃고 입을 다물었다.
  일단정지 신호를 무시하고 차를 몰아 택배 차량과 접촉했을 때 차에 실린 물품 몇 가지가 파손되었다. 상대방 차량의 수리비와 물품에 대한 배상은 책임 보험으로는 충당되지 않았다. 엄마는 안전띠를 하지 않은 탓에 흉골에 심한 타박상을 입고 입원하게 되었다. 설상가상으로 엄마는 저금뿐 아니라 신용 카드도 한도액까지 그 괴상한 물건을 사는 데 쏟아부었다는 걸 알게 되었다. 나 혼자 힘으로는 도저히 해결할 수 없었다.
  "얼마라도 해 주고 싶지만, 우리도 은행에서 대출을 받은 지 얼마 안 돼서……."
  "대출을요?"
  "올해 이 섬에 카페 겸 안테나 숍을 오픈하려고 해. 최근에 도시에서 살다가 시골로 내려오는 사람도 많아졌고, 관광객도 늘었잖아. 그래서 여기저기 흩어져 있는 가게들을 연결하는 뭔가가 있으면 좋겠다고, 벌써 오래전부터 생각해 왔어. 내가 말은 안 했지만, 요즘 들어 일하기가 힘들어져서 말이지."

"왜요? 무슨 일, 있으세요?"

"시력이 좀……. 혹사하면 안 된다나 봐."

"네?"

도우코 씨가 씁쓸하게 미소 짓고는 차를 다시 끓여 오겠다며 일어섰다. 망막에 문제가 있는데 섬세한 작업인 자수가 눈에 부담을 주고 있다고 아빠가 작은 소리로 알려 주었다.

"너한테는 고생만 시켜서 미안하구나."

아빠가 내게 머리를 숙인다. 나는 아무 말도 하지 못했다.

며칠 후, 두 사람은 적은 돈이라 미안하다며 1백만 엔을 마련해 주었다.

친척들에게도 부탁했지만, 종교가 얽혀 있다는 것을 알자 이내 거절했다. 다들 세오 할머니가 살아 계실 당시의 소동을 잊지 않고 있는 것이다. 이번 일도 단번에 소문이 퍼질 것이다.

주말에 버스를 타고 엄마가 입원해 있는 이마바리의 병원을 찾았다. 우리 차도 수리 중이라 그 비용도 지불해야 한다. 경제적으로 여유가 없어 자동차 보험을 들어 놓지 않은 것을 뼈저리게 후회했다.

"살고 싶지 않아."

문병을 간 나를 보고 엄마는 침대에 누운 채 울었다.

'죽고 싶은 사람은 나야.'

그렇게 말하고 싶었지만 겨우 참았다. 질식할 것처럼 괴로웠다.

돌아오는 길, 나는 어떤 결심을 하고 이마바리역에서 도쿄행 야간 버스에 올라탔다. 지칠 대로 지친 몸에 열두 시간의 버스 이동은 몹시 힘들겠지만, 조금이라도 절약하고 싶었다. 얼른 잠이나 잤으면 하고 등받이에 몸을 기댔지만 좀처럼 잠이 찾아오지 않았다.

다음 날 아침, 시부야에 도착했다. 시간이 너무 일러서 일단 근처에 있는 인터넷 카페에 들어갔다가 그만 깜빡 졸고 말았다. 눈을 떠 보니 한낮이었다. 전철을 타고 카이의 아파트로 향했다. 두 번 다시 올 일이 없을 거라 여겼던 아파트 입구에 섰다.

헤어질 때 호텔에 보조 열쇠를 두고 나왔기 때문에 호출 버튼을 눌렀다. 응답이 없다. 카이는 올빼미형이라 아직 자고 있을지도 모른다. 사형 집행을 기다리는 사형수 같은 심정이다. 아직은 목숨이 붙어 있다고 할까, 공포가 연장되었다고 할까. 어느 쪽이든 집행된다.

"아키미?"

문득 부르는 소리에 돌아보니 카이가 서 있었다.

"……아."

말문이 막혔다. 카이 옆에 예쁘게 생긴 여자가 서 있다. 눈을 반짝이는 카이를 보고, 끝내 집행 시간이 왔다며 주먹을 꽉 쥐었다.

"부탁이에요. 돈을 좀 빌려주세요."

아무런 설명도 하지 않은 채 고개를 숙였다. 카이의 놀라는 마음이 전해진다.

"아, 음……. 일단 안으로 들어가자."

"여기라도 괜찮아. 부탁할게. 돈을 빌려줘요."

더욱 깊이 고개를 숙였다. 침묵이 떨어진다. 세 사람의 발밖에 보이지 않는다. 카이 옆에 있는 펌프스가 움직였다. 또각또각, 구두 굽이 바닥을 밟는 소리가 멀어진다.

"얼마가 필요하지?"

"3백만 엔."

"알았어."

어? 하며 고개를 들었다.

"은행 계좌 번호와 받는 사람 이름을 메시지로 보내 줘."

너무 금방 처리되어, 부탁한 내가 도리어 당황했다.

눈과 코언저리 전체가 시큰시큰 아파 온다.

우는 얼굴을 보이고 싶지 않아 다시 고개를 숙였다.

"이유를 물어도 될까?"

아래를 향한 채 고개를 저었다. 엄마가 종교에 빠졌다는 말은 할 수 없다.

"알겠어. 괜찮아."

부드러운 목소리에 눈물이 쏟아질 것 같아 입술을 꽉 깨물었다. 만화가 히트해서 화려하게 살아가는 카이에게 나는 너무 들떠 있다고 설교했다. 그런 내가 카이에게 돈을 빌리고 있다. 이보다 한심하고 수치스럽고 비참한 일은 없다.

고맙고, 미안해요. 이 두 마디를 되풀이할 수밖에 없다. 도망치듯 사라지려고 했을 때, 카이와 함께 있던 여자가 눈에 들어왔다. 입구의 벽에 기대어 휴대 전화를 만지작거리고 있다. 이쪽은 쳐다보지도 않는다. 나와는 정반대로 도시의 자립한 여자 같은 분위기다. 카이와도 대등하게 얘기를 나누리라. 집에 같이 온 걸 보면 연인일까. 자기 입으로 헤어지자고 한 주제에 그런 상상이 나를 멍들게 한다.

돌아가는 야간 버스 안에서 카이에게 계좌 번호를 보낸 다음, 봐도 그만 안 봐도 그만인 인터넷 뉴스를 죽 훑었다. 다른 일로 머리를 가득 채우지 않으면 이 순간조차 살아 있기 힘들 것 같다. 정치 투쟁, 국제 정세, 유명인의 스캔들. 내 삶과는 아무 관계도 없는 뉴스로 가득하다. 기사를 주욱 훑어 내리다가 문득 손가락이 멈췄다.

'인기 만화가의 남고생 성추행 의혹?'

만화 관련 기사는 보고 싶지 않다. 다른 기사로 이동하려던 순간, 구즈미 나오토라는 이름이 눈에 들어왔다. 나오토 씨? 조심조심 읽어 내려가다가 엄청난 내용에 숨을 삼켰다.

설마. 이건 거짓말이다. 기가 제목으로 검색하자 출판사 홈페이지가 맨 위에 떴다. 독자에게 사죄하며 연재를 종료한다는 내용이다. 날짜는 몇 주일 전.

'어째서.'

온몸의 피가 역류한다. 한동안 엄마 때문에 정신이 없었다. 아니 그보다, 카이 생각을 하고 싶지 않아 모든 정보를 차단했다.

그래도 왜, 이 타이밍에 알아야 한단 말인가. 카이가 곤욕을 치르고 있는 줄도 모르고 큰돈을 빌린 행위에 따귀를 얻어맞은 심정이다. 만약 알았다면 돈을 빌릴 생각조차 하지 않았을 것이다. 절대로, 절대로, 의지하지 않았을 것이다.

견딜 수가 없어 모포에 얼굴을 묻고 울었다. 매달리지 않겠다고 결심하고, 이것만은 지키겠다고 다짐했던 자긍심을 나 스스로 꺾었다. 그것도 최악의 타이밍에.

절대, 카이를 두 번 다시 만나지 않는다. 빠드득 이를 가는 소리가 새어 나온다.

'빌린 돈은 조금씩이라도 갚겠어.'

'무슨 일이 있어도, 흙탕물을 마시는 한이 있어도, 반드시,

갚을 거야.'

다음 날 아침 이마바리에 도착한 나는 패스트푸드점에서 면회 시간이 되기를 기다렸다.
"잘 잤어?"
얼굴을 들이밀자 엄마는 겁먹은 사람처럼 재빨리 이불 속으로 얼굴을 숨겼다.
"미안해, 아키미. 미안해. 엄마 같은 사람은 차라리 죽는 게 나을 텐데."
웅얼거리는 목소리로 우는소리를 반복하지만, 나의 감정은 조금도 움직이지 않는다.
"그런 말 하지 마. 괜찮아. 돈은 어떻게든 될 거야."
이불 위로 등을 쓰다듬었다. 엄마는 계속 미안하다고 하고, 나는 계속 걱정 안 해도 된다고 대답했다. 그리고 울다 지친 엄마가 잠이 들자, 회진 온 간호사에게 엄마를 부탁하고 병원에서 나왔다.
섬으로 돌아가는 버스를 기다리면서, 앞으로는 절대, 그 누구에게도 의지하지 말자고 스스로에게 말했다. 네 일은 네 스스로 해결해. 엄마도, 그 외에 모든 것도 네 스스로. 우는소리는 두 번 다시 하지 마. 그럴 시간이 있으면 돈을 벌어. 눈물 닦을 시간이 있으면 한 걸음이라도 앞으로 나아가. 강해지라고.

멀리서 다가온 버스를 타고 우리 집이 아니라 도우코 씨 집으로 갔다.

"부탁드려요. 일거리를 주세요."

현관에 나온 도우코 씨에게 머리를 숙였다. 어떤 일이라도 할 것이다. 일만 준다면 무릎이라도 꿇겠다. 회사에 다니면서 자수 일을 한다. 휴일 따위는 필요 없다.

"표정이 달라졌네."

고개를 들자 도우코 씨가 방긋 웃었다.

"들어와. 할 수 있는 일부터 소개할게."

코끝이 시큰해져, 아랫배에 힘을 주고 참았다.

나는 섬을 벗어날 수 없다. 그렇다면 이 섬에서 성공하는 수밖에 없다. 꿈이 어쩌고 하는 따위의 안이한 말이나 할 때가 아니다. 죽을힘을 다해 매달리는 길밖에 없다. 타인의 이목 따위, 이제 아무래도 상관없다.

나는 이 섬에서 살아간다.

●

아오노 카이, 28세, 여름

눈을 뜨니 늦은 오후였다.

연재를 할 때와 마찬가지로 나는 아침에 약하다. 이미 만화의 만 자도 없는 생활을 하고 있는데 나쁜 습관은 여전히 남아 있다. 나른한 몸을 일으키고, 위가 안 좋아 생기는 입 냄새를 없애려고 이를 닦으러 간다. 그런 다음 부엌으로 가서 냉장고를 열고 캔 맥주를 꺼내서 딴다. 탄산으로 억지로 잠을 떨쳐 내는 동시에 알코올로 의식을 흐리게 한다.

그 일로부터 2년이 흘렀다. 소동 자체는 한 달 정도 지나자 잠잠해졌다. 소란을 피우던 사람일수록 그다음 소동에 끼어들기 바빠, 반년쯤 지났을 무렵에는 우리를 거의 잊었다. 세상 사람들이 유통 기한 반년짜리 축제를 즐기는 데 우리의 만화, 아니 우리의 인생이 모조리 소비된 셈이다.

그들이 즐기는 동안 이쪽은 상처를 입었다. 연재는 종료되었고, 이미 나온 책 열네 권은 절판되었다. 주간지에 기사가 실려 세상이 소란스러워지자 나오토의 연인 케이의 출신 학교와 실명, 사진이 SNS에 노출되어 케이는 학교에 다니기도 힘들어졌다. 나오토는 필사적으로 케이에게 연락을 취하려고 했지만 이루어지지 않았다. 두 달쯤 지났을 때에야 케이로부터 메시지가 왔다.

― 지금까지 고마웠어요. 저를 잊어 주세요. 미안합니다.

나오토의 초췌한 모습을 보다 못한 우에키 씨가 상대 변호사를 통해 케이의 상황을 알아보았다. 부모가 대학을 휴학시키고 외국으로 내보냈다는 대답이 돌아왔다. 나쁜 짓을 전혀 하지 않았으니 당당하게 대처하면 된다는 식으로 말했던 사람은 당사자가 되어 보면 알 것이다. 다양성을 외치는 시대지만, 본인의 의지와 무관하게 성 정체성이 밝혀지는 것은 정신적인 고문이다. 그런 고문을 한 자들에게 아무 죄도 묻지 않는 게 이상하다.

나오토는 자살을 시도했다. 가만두면 밥도 먹지 않아서 사흘에 한 번은 찾아갔는데 어느 날 가 보니 욕실에서 연탄을 피우고 있었다. 일찍 발견해서 목숨은 건졌다. 나는 눈을 뜬 나오토에게 돌발적으로 주먹질을 하려고 했다. 우에키 씨가 뒤에서 내 두 팔을 얽어 잡고 병실 밖으로 끌어냈다. 살아나서 다행이라는 안도감과, 누구 때문에 이런 사달이 벌어졌는지 생각해 봤느냐는 분노가 혼재되어 있었다.

'따지고 보면 나오토의 탓도 아니지.'

아무도 나쁘지 않다. 아무도 잘못하지 않았다. 그런데 왜 이 꼴이 된 것인가.

집으로 돌아온 나는 어두운 방에서 무릎을 껴안고 앉아 가슴속에서 끓어오르는 불합리함에 대한 분노와 앞날에 대한 불안으로 시간을 보냈다. 그 감각은 익숙했다. 어린 시절, 돌아오지 않는 엄마를 기다리던 때와 똑같은 감각이다. 나는 이제 어른이고, 이런 감각과는 연이 끊겼다고 여겼건만.

목숨은 건졌지만, 나오토의 마음은 산산조각이 났다. 나는 매일 문병을 갔지만, 하루가 다르게 악화되어 가는 나오토를 도울 방법은 없었다. 모든 것에 의욕을 잃어 스스로 머리도 감지 못하는 나오토를 그의 가족은 정신 병원에 입원시켰다. 그곳에서는 면회마저 거절되었다. 만화를 거론할 계제도 물론 아니었다.

"신게 해 주는 잡지도 더는 없지만."
"그럼 소설을 쓰자고."
약속해서 만난 선술집에서 에리 씨는 몸을 앞으로 쑥쑥 내밀며 말했다.
"소설 같은 거 못 쓴다니까. 나는 만화 원작자야. 몇 번이나 말했잖아."
"나는 몇 년이든 기다릴 거야. 몇 번이나 말했잖아."
에리 씨의 서툰 교토 사투리에 나는 처음 만났을 때가 떠올라 웃었다.

'얼마든지 기다릴 수 있어요. 길고 긴 작가 인생, 언제나 순풍에 돛 단 듯이 순조로울 수만은 없잖아요. 저는 긴 호흡으로 작가 선생님을 뒷받침하고 싶습니다.'
편집자가 언변이 좋다는 것은 익히 안다. 아니, 작가의 의욕을 끌어내는 기술을 숙지하고 있다고나 할까. 하지만 날마다 널브러져서 술이나 마시고 글이라고는 한 글자도 쓰지 않는 나는 이미 작가가 아니다. 안 그래도 바쁜 편집자가 시간을 할애할 가치는 없다고 생각한다.

"가령 쓴다고 해도 만화 때만큼은 팔리지 않을 거야."

그렇게 말하자 에리 씨는 남은 술을 단숨에 들이켠 다음 잔을 테이블에 탁 내려놓았다.

"있잖아, 아오노 씨, 당신은 편집자를 너무 우습게 본다니까."

알고 지낸 지 2년. 이제 우리는 격의 없이 말을 놓는다.

"팔리고 안 팔리는 것만이 우리의 가치 기준이라고 생각해?"

취기로 발그레하게 물든 뺨과, 치켜뜨고 이쪽을 노려보는 눈매가 섹시하다.

"물론 팔리는 건 중요하지. 초판을 왕창 찍고 증쇄를 거듭하는 작가 덕분에 우리가 월급을 받고 신인 작가도 책을 낼 수 있는 거니까. 진심으로 감사하고 있어. 소중히 여겨야지. 그것과 별개로, 돈과는 상관없이 오직 '나는 이 이야기가 좋다, 세상에 소개하고 싶다'라는 가치 또는 욕구도 있다고."

"편집자로서 반한다는 뜻이겠지."

"그래. 근본은 다들 그저 책을 좋아하는 사람이니까."

에리 씨는 팔짱을 끼고 고개를 끄덕이고 나서 그래서 말인데, 하며 또 몸을 앞으로 내밀었다.

"이제 슬슬 소설을 쓰자니까."

"한 바퀴 돌아왔군."

"몇 바퀴든 돌 거야. 그녀 얘기를 쓰면 되잖아."

잔을 들려던 손을 멈췄다. 에리 씨는 조금 전과는 달리 진지한 표정으로 바뀌었다. 방심하게 해 놓고 쳐들어온다. 이래서 편집자는······.

나는 메뉴판으로 손을 내밀고 "정종으로 할까."라며 화제를 돌렸다.

에리 씨는 아키미를 만난 적이 있다. 아니, 본 적이 있다.

2년 전, 아키미가 돈을 빌리러 왔을 때였다. 돈을 헤프게 쓰지 말라고 늘 잔소리하던 아키미였기에, 무슨 일이 있나 보다 싶어 이유도 묻지 않고 3백만 엔을 빌려주었다. 아키미를 돕고 싶었고, 이걸 계기로 관계를 회복할 수 있겠다고까지 생각했다. 그건 나의 큰 오산이었다. 돈을 보낸 후 한번 만나서 얘기를 나누고 싶다고 몇 번이나 메시지를 보냈지만, 돌아오는 대답은 한결같았다.

— 돈은 반드시 갚을게요.

"차인 여자 얘기를 무슨 낯짝으로 쓰겠어."

"그런 걸 써서 온 세상에 뿌리는 인종이 작가야."

"나는 못 써. 뿌리고 싶지도 않고. 그러니까 작가가 아니라는 얘기지."

내던지듯이 말했다.

"시간이 필요할 거야. 하지만 고등학교 시절부터 사귀었으니까 쓸 얘기는 많겠지. 일단 쓰기 시작하면 쓸 게 넘쳐서 멈추지 못할 거라고 봐."

길게 보고 기다려야지, 뭐, 하고 에리 씨는 내게서 메뉴판을 낚아채더니 "구보타 주세요." 하고 정종을 주문했다.

선술집을 나온 우리는 역과는 반대편인 내 아파트를 향해 걷기 시작했다. 지극히 자연스럽게 손을 잡고, 아침에 먹을 빵이 있나 모르겠다는 등의 얘기를 나눈다. 지난 2년, 에리 씨는 한 글자도 쓰지 못하는 나의 담당 편집자를 계속하고 있다. 갖은 핑계로 술에만 빠져 사는 나의 상태를 적당한 거리에서 지켜보고, 선술집에서 같이 술을 마시고, 그러다 어떤 계기로 잠자리를 갖고 지금에 이르렀다.

에리 씨와의 섹스는 기분이 좋다. 애초에 사람 체온은 기분이 좋은데, 좋아하는 스타일의 여자라면 더욱 그렇다. 하지만 오늘 밤은 너무 마셔서 정말 잠만 잤다.

밤중에 눈을 떠 보니 에리 씨가 없었다. 또? 하고 생각하며 다시 선잠에 빠졌다가 두 번째로 눈을 떴을 때도 옆 자리는 비어 있었다. 걱정스러워 거실로 나가 보니, 약간 열린 베란다 유리문 너머에서 간간이 훌쩍거리는 소리가 들렸다.

"부인과 헤어진다고 했잖아요."

에리 씨 목소리가 들린다. 아아, 역시.

"물러나지 않을 거예요. 나만 너덜너덜해지고 선생님은 뭐 하나 잃은 게 없다니, 이게 말이 되나요. 전부 밝힐 거예요. 상처라도 입히지 않으면 못 견뎌요."

훌쩍이는 소리가 섞인 애원은 평소 이지적이었던 에리 씨와는 거리가 멀다. 에리 씨는 몇 년 전부터 모 베스트셀러 작가와 사귀어 왔다. 마흔이 넘은 유부남이다.

"……진짜, 죽고 싶어요."

질척질척 뭉개지는 목소리가 기억 속 엄마의 모습과 겹친다.

예쁘고 유능하고 독립적이어서 멋져 보이는 그녀의 속사정을 알게 된 것은 꽤 오래전으로, 에리 씨가 술에 취한 김에 털어놓았다. 그때도 죽고 싶다며 우는 에리 씨를 혼자 돌려보낼 수 없어서 집으로 데려와 달래다가 그만 잠자리를 갖고 말았다. 흐름이란 무서운 것이다.

아키미와 헤어진 후 줄곧 에리 씨에게 호감을 품어 왔다. 그러니 실망해도 좋을 텐데, 왠지 미스터리 소설의 사건 해결편을 읽고 있는 듯한 기분이다.

'그렇게 완벽한 인간이란 없지.'

에리 씨를 진심으로 좋아하게 되었다면 편했을 것이다. 그러나 아키미 때 같은 절실함이 없었고, 그 절실함이 옳다고 생각되지도 않는다. 영원히 닿을 수 없는 곳을 향해 질주하는 것이 연애라면, 천천히 알게 모르게 흘러 결정적인 장소에 도달하는 것이 사랑이 아닐까 싶다.

'아키미, 너는 잘 자니?'

생각은 이리저리 흐르다 마지막에는 늘 같은 곳으로 흘러든다. 흘러든 마음은 더는 확장되지 않고 고스란히 늪처럼 가라앉을 뿐이다. 이제는 진흙이 되어 버리고 만. 이 또한 사랑일까 생각하면서, 에리 씨가 눈치채지 않게 조용히 침실로 돌아왔다.

"아오노 씨, 나, 회의가 있어서 나가."

이튿날 아침, 에리 씨가 흔들어 깨우는 바람에 잠에서 깼다.

"햄에그는 테이블에 있고, 샐러드는 냉장고에 넣어 두었어."

부스스 눈을 뜨자, 거울 앞에서 귀걸이를 끼우고 있는 에리 씨의 뒷모습이 보였다. 언젠가, 피어스를 하면 편하지 않겠느냐고 묻는 내게 에리 씨는 몸에 상처 내는 게 싫다고 대답했다.

'마음에는 무수히 상처가 났으면서.'

침대에서 뭉그적거리면서, 만신창이가 된 어젯밤 에리 씨의 모습을 떠올렸다.

"그럼 다녀올게."

나갈 채비를 완벽하게 마친 에리 씨가 침대에 손을 짚으며 얼굴을 들이댄다.

"술을 마시는 건 좋지만, 밥도 꼭 챙겨 먹어."

찰랑찰랑 떨어지는 가지런한 머리카락, 싱그럽고 좋은 향기가 나는 목덜미, 가녀린 손목에는 고급 시계. 모든 것이 완벽하게 '멋진 여자'다. 불륜 상대에게 눈물로 매달리는 어젯밤의 에리 씨와 동일 인물이라는 게 도저히 믿기지 않는다.

'이래저래 이 사람도 힘들겠지.'

쪽, 소리 나게 입맞춤을 나누면서 그렇게 생각했다.

에리 씨는 완벽한 자신을 유지하기 위해, 또는 의욕을 북돋우기 위해, 자신을 올바르게 기능하게 하는 장치로서 나를 필요로 한다. 언젠가 아내와 헤어질 거라는 불륜 상대의 상투적인 약속을 믿고 매달리는 어리석은 여자인 자신을, 인생에 좌절한 연하남을 보살피는 유능하고 관대한 편집자라는 연출로 지워 버리려고 몸부림치고 있다. 쿨하지도, 이지적이지도 않다. 오히려 감정적이다.

에리 씨가 원한다면 나는 철저히 형편없는 연하남으로 처신해 줄 수 있다. 사람은 누구나 각자의 사정이 있으니, 그 무대 뒤편에 무엇이 나뒹굴고 있든 무슨 상관이랴. 얇은 껍데기 속에 나약하고 울고 싶은 자신을 숨기고 있다고 한들 무슨 상관이랴.

"에리 씨, 가지 마, 응?"

손을 한껏 뻗어 에리 씨를 침대로 끌어들이려고 했다. 출근 전의 단정한 머리와 옷차림과 화장이 헝클어지지 않도록 신중하게 응석을 부린다. 에리 씨가 쿡쿡 웃는다.

"아이, 착하지. 금방 다시 올 거야."

예절 모르는 강아지를 다루듯 내 머리를 부드럽게 쓰다듬고서 에리 씨는 유능한 여자의 얼굴로 침실을 나갔다. 꼿꼿하게 세운 등을 바라보며 나는 "알았어. 열심히 해."라고 중얼거렸다.

매일 얄궂은 작가를 상대로 의욕을 북돋우느라 신경 쓰고, 회사에서는 실적을 올리려고 애쓰고, 숨 돌리고 싶을 연애에서는 바보짓을 한다. 똑똑한 사람일 텐데, 비효율적으로 살고 있다.

'연료가 떨어지게도 됐지.'

'어딘가에서 연료를 보충하지 않으면 멈춰 버리겠어.'

문득 엄마가 떠올랐다. 연재가 종료되었을 때였다.

"카이가 있어서 아무 걱정 없을 줄 알았는데."

"괜찮아. 나, 없어진 거 아니야."

전화통을 붙들고 우는 엄마에게 그렇게 대답하면서 깨달았다. 엄마에게 안심 요소는 내가 아니라 '내가 버는 돈'이었다는 것을.

그럴 때의 말로 하기 어려운 감각을 뭐라고 설명하면 좋을까. '체념'과 '안쓰러움'이 같은 비율로 섞인 '그 기분'을 에리 씨에게도 느낀다. 대처 방법은 잘 안다. 저항하고 거부하면 풍파가 인다. 그저 허용하고 받아들이면 된다. 받아들인 탓에 자신의 일부가 뭉개지고 비틀리지만, 비틀리지 않고 살기가 더 어렵다. 그런 얘기를 누군가와 나누고 싶다.

'있지, 아키미.'

나란히 앉아 끝없이 얘기를 나누었던 모래사장의 풍경이 되살아났다. 또 나른한 졸음이 몰려온다. 잠으로 떨어질 즈음, 나는 또 늘 가는 그곳으로 흘러든다.

일어나니 또 늦은 오후였다.

어제도 그랬고, 그제도 그랬다. 내일도 그럴 것이다.

밤새워 술을 마셨을 때나 아침 해를 볼 수 있다. 잠에서 깨어 봐야 할 일이 없다. 소파에 기대어 맥주를 마시고 또 꾸벅꾸벅 졸다가, 그다음 눈을 뜨면 해가 기울어 가고 있다. 오늘도 새로운 캔을 딴다. 휴대 전화를 보니 '밥 먹었어?'라는 에리 씨의 메시지가 들어와 있었다. 그 외에는 모두 광고 메시지다.

— 햄에그 먹었어. 맛있었어.

그렇게 거짓말로 메시지를 보내고 휴대 전화를 내던졌다. 해 저무는 하늘을 멍하니 바라보면서 날마다 빈 맥주 캔만 양산하는 내가 과연 살 가치가 있을까. 그러나 목을 매는 일도 쉽지 않다. 가치가 있든 없든, 죽지 않는 이상은 살아가야 한다.

'아, 오늘이 26일이네.'

깨닫는 동시에 벌떡 일어섰다. 서랍에서 통장을 꺼내 어제부터 내내 입고 있던 셔츠 차림으로 집을 나섰다. 걸어서 3분 거리에 있는 은행 ATM에서 통장 정리를 한다. 밀려 나온 통장에 지난달과 똑같은 숫자가 찍혀 있다.

'이노우에 아키미 * 35,000'

ATM 코너 구석에서 통장에 찍힌 숫자를 내려다본다. 확인하면서 쿵쿵 뛰던 가슴이 다음 순간 단숨에 내려간다. 이제부터 또 다음 달 26일을 기다리는 긴 시간이 시작된다.

청바지 뒷주머니에 통장을 쑤셔 넣고 은행을 나왔다. 이제 뭘 하면 좋을까. 밥이라도 사 들고 돌아갈까. 아니면 어디선가 먹고 들어갈까. 먹지 않은 햄에그가 뇌리를 스치지만, 집에 들어가서 먹을 기분은 아니다. 슬렁슬렁 걷는 거리가 1초마다 옅은 푸른색으로 물들어 간다. 낮과 밤이 갈리는 시간. 오가는 사람들이 부옇게 보인다. 그 가운데서도 가장 존재감이 없는 사람이 나일 것이다.

다달이, 월급날 다음 날인 26일에 3만 5천 엔이 입금된다. 지방의 작은 회사에서 받는 한 달 치 월급 14만 엔, 지금은 조금 올랐을까. 올랐든 안 올랐든 3만 5천 엔은 아키미에게 큰돈이다. 갚지 않아도 된다고 몇 번이나 메시지를 보냈지만, 대답이 없는 채 입금은 계속되고 있다.

3백만 엔을 빌려주었으니 매달 3만 5천 엔을 갚는다 치면 다 갚을 때까지 7년 남짓. 그중 2년 반이 지났으니 앞으로 5년. 그동안은 나와 아키미가 이어져 있다는 안심감과 그동안은 잊을 수 없다는 괴로움이 있다.

에리 씨를 진심으로 좋아할 수 있었다면 편했을 것이다. 그러나 상황은 그렇지 않아, 이번 달에도 26일이 되자마자 통장을 들고 은행으로 달려갔다. 그러고는 갈 곳이 없어 길거리를 어슬렁거리며 아키미를 생각하고 있다. 이왕이면 나 편하도록 아름답게 각색된 기억으로 날조하고 싶지만, 이럴 때면 내 머리는 부지런히 작동한다. 3년 전에 끝난 이런저런 일들이 그때보다 더 선명하고 정확하게 떠오르니 여간 피곤하지 않다.

나오토와 협업한 만화가 히트를 쳐서 몇 쇄의 인세인지도 모를 돈이 줄줄이 들어왔을 당시, 나는 긴 휴가가 있을 때마다 도쿄로 올라왔던 아키미를 터무니없이 비싼 브랜드 가게로 데려갔다. 본인은 적은 월급에서 어떻게든 쥐어짜 최대한 멋을 부렸을 테지만, 도저히 봐 줄 수 없는 싸구려 원피스를 입은 아키미가 안쓰러웠다.

 옷이든 핸드백이든 구두든, 그 무엇이건 좋다는 것을 사 주고 싶었다. 기뻐하는 아키미의 얼굴을 보고 싶었다. 지금 생각하면 그 안쓰러움이 자기보다 아랫사람에게 무언가를 베푸는 자비와 비슷했다. 아키미는 대등한 관계여야 할 연인에게서 오히려 모욕감을 절절히 느꼈을 것이다.

 아키미는 전혀 좋아하지도, 신나 하지도 않았다. 비싼 레스토랑과 클럽에서 빛나는 금색 카드를 나비 날개처럼 살랑살랑 흔드는 나를 껄끄럽게 쳐다보았다. 안 그래도 착실했던 아키미는 더욱 착실한 어른이 되었고, 생활을 꾸리기 위해 일을 무엇보다 우선시했다. 꿈속에서 허우적거리고 있었던 나는 음악도 듣지 않고 더는 영화도 보지 않는 아키미가 솔직히 재미없게 느껴졌다.

 '왜 알아차리지 못했을까.'

 아키미가 돈을 빌리러 왔을 때도 그렇다. 그 착실한 아키미가 대등해야 할 내게 돈이 필요하다며 고개를 숙였다. 그것도 제 입으로 이별을 고했던 상황에서.

 그때 아키미는 자존심을 꺾었던 것이다.

 그런 줄도 모르고 돈을 빌려주면 다시 시작할 수 있을지도 모른다고 생각한 나는 정말 멍청하고 비굴한 놈이었다. 다시 시작하고 싶었으면 나는 돈을 빌려주지 말았어야 했다. 그러나 절박한 그 부탁을 거절하지 못했다. 나는 어떻게 했어야 좋았을까.

천천히 고개를 들자 거리는 아까보다 짙은 파란색으로 가라앉아 있었다. 별도 달도 아직은 뜨지 않았다. 어중간한 경치 속에서 모든 것을 잃어버린 것만 같은 기분이 든다.

실제로도 지금의 내게는 아무것도 없다.

작년에 우에키 씨가 웹툰 편집자를 소개해 줘서, 신인 만화가와 함께 웹에 일회성 작품을 올렸지만 반응은 한심할 정도였다. 완성도가 높지 않아 스스로도 예상한 결과였으니 어쩔 수 없다. 왜 그렇게 되었느냐고 우에키 씨에게 귀가 따갑도록 설교를 들었다.

"내게 보여 준 그 플롯은 어쨌어?"

"그건 안 돼요."

"아주 좋았단 말이야. 그걸로 썼으면 틀림없이 좋았을 거야."

"그건 나오토와 할 거예요."

우에키 씨는 어이없어했다.

"나오토는 복귀할 수 있는 상황이 아니야."

"지금은 그렇지만, 언젠가는 돌아올 거예요."

"그러니까 그 플롯을 창고에서 썩히자는 거야?"

"이번에 발표한 것도 그것 못지않게 좋아요."

우에키 씨는 말을 잇지 못했다. 정말 그렇게 생각하느냐는 듯한 무언의 질문이 절절히 전해진다. 나도 안다. 그래, 그건 좋은 작품이 아니었다.

그리고 싶어 하는 사람들이 넘쳐나는 격전지인 만화업계에서, 애써 내게 재기의 기회를 준 우에키 씨에게 보답하고 싶어서 나는 진지하게, 열성을 다해서 새로운 이야기를 썼다. 그러나 결과는 형편없었다. 스토리도 언어도 떠오르는데, 좋은 작품을 쓸 때만 느낄 수 있는, 이 세상 모든 것을 제쳐 놓고 달려 나가는 듯한 질주감과 흥분을 전혀 느낄 수 없었다.

"카이, 잘 들어. 아오노 카이에게는 재능이 있어. 나는 아오노 카이의 재기를 믿어 의심치 않아. 아오노 카이가 창조한 이야기를 다시 한 번 읽고 싶다고. 다시 한 번 설레고 싶단 말이야."

그러니까, 하면서 우에키 씨는 몹시 괴로운 듯 얼굴을 찡그렸다.

"쓰는 데는 그 어떤 눈치도 보지 마."

나와 똑같이 신인 시절부터 나오토를 키워 온 우에키 씨는 애끓는 심정으로 그런 말을 했을 것이다. 그렇다. 살다 보면 언젠가는 반드시 찾아오는 몇 번의 기로. 선택.

'정말 안 되겠다 싶을 때는 누가 욕을 하든 어쨌든 버리는 거야. 또한 누가 원망을 하든 말든 취할 때는 취하는 거고. 그

런 각오가 없으면 인생이 점점 복잡해져.'

기억의 깊은 곳에서 솟아오르는 그 말은 어쩌면 예언이었는지도 모른다.

안다. 알고 있다. 나 스스로 상황을 복잡하게 만들고 있다. 나는 성인군자가 아니다. 그 사건이 벌어졌을 때 미련 없이 나오토를 끊어 냈다면 좋았을 것이라고 후회한 적도 있다. 그러나 결단을 내리지 못한 채 질질 끌어 온 나의 나약함이 지금 내 발목을 잡고 있다.

웹 만화를 위해 새로운 이야기를 쓰기 시작했을 때에야 나는 겨우 깨달았다.

나와 이야기를 잇는 끈이 끊어져 버렸다는 것을.

어렸을 때부터 이야기는 힘겨운 현실에서 도망치기 위한 수단이었다. 그러나 그 이야기로 돈을 벌게 되자 '도망'은 의미를 잃었다. 잊어야 편해지는 기억을 파헤쳐서 언어화하고 이야기로 형태를 빚어 간다. 괴로워서 직시하지 못하고 눈을 돌리면 신기할 정도로 우에키 씨가 빨간 펜으로 잡아냈다.

"여기는 좀 더 집중해서 파고들어야 하지 않겠어."

나의 어린 시절을 자세히 아는 것도 아닌데, 우에키 씨는 스토리 전개의 안이함을 놓치지 않았다.

창작은 창작일 뿐으로, 자신과 분리해서 글을 쓰는 작가도 있다. 하지만 나는 그렇지 않았다. 나는 자 자신을 분해해서 내다 파는 식으로밖에 이야기를 짓지 못했다.

나오토 사건으로 연재가 중단되었을 때, 나는 나를 파헤쳐서 지어낸 이야기가 그저 대체가 가능한 이야기의 하나에 불과하다는 것을 알았다. 일이라는 게 원래 그렇다는 것은 안다. 누군가가 빠지면 다른 누군가로 금세 빈자리가 메워진다. 대체 불가능한 재능 따위는 그리 흔치 않다.

그런데 그 때문에 나는 아파하면서까지 괴로운 기억을 파헤쳐야 할 이유를 잃었다. 아키미가 언젠가 자수 작가가 되고 싶다는 꿈을 얘기했을 때 안이하다고 핀잔을 줬던 나 자신이 사실은 가장 안이했던 것이다. 그런 자신을 똑바로 바라볼 수 없어서 술로 얼버무리고 있다. 일하지 않아도 먹고살 수 있는 돈이 있다는 게 더더욱 게으름을 조장하고 있다.

가끔 이런 생각을 한다. 그때 나오토가 무너지지 않았더라면.

지면이 아니라 웹이든 뭐든 상관없으니 둘이 힘을 합해 만화를 계속해 나갔더라면.

엄마가 평생에 한 번이라도 나를 진심으로 격려해 주었더라면.

그리고 무엇보다 아키미와 헤어지지 않았더라면.

아키미가 옆에 있었다면.

나는 이 꼴이 되지 않았을까.

그 '……더라면'과 '……다면'으로 질질 끌며 3년을 보냈다.

이야기에서 도망치면서 나는 줄곧 가공의 다른 이야기로 또 도망치고 있다. 어이없는 모순이다.

솔직히 말하면, 에리 씨의 권유를 따라 아키미 얘기를 남몰래 소설로 쓴 적이 있다. 완성도는 형편없었다. 미련투성이의 자기 합리화를 눈 뜨고 봐 줄 수 없어서 삭제해 버렸다. 나는 대체 뭘 어떻게 하고 싶은 것일까. 나오토나 우에키 씨와 얘기를 나누고 싶다. 그러나 나오토는 정신 병원에서 나온 후로는 아파트에 틀어박혀서 지낸다. 우에키 씨는 새로 힘을 쏟고 있는 신인이 있는 듯하다.

멀리서 구급차 사이렌 소리가 울린다. 젊은 여자 둘이 주말을 어떻게 보낼지 의논하면서 스쳐 지나갔다. 바로 뒤에서 걸어오던 아저씨가 "그럼 이만 끊겠습니다." 하고 밝은 목소리로 전화를 끊더니 한숨을 푹 쉬었다.

고개를 들고 목을 좌우로 천천히 흔들었다. 잠시 후면 밤이 이슥해질 거리를, 저 앞의 해피아워를 운영하고 있는 바를 향해 걸었다. 술기운이 떨어지면 주위의 잡음이 선명하게 인식되어 기분이 가라앉는다. 바에 들어서자마자 빨리 취하고 싶어서 위스키 록을 주문했다.

"무슨 기분 나쁜 일이라도 있었나?"

친숙한 바텐더가 내 앞에 잔을 놓으며 묻는다.

"아니에요. 매일 똑같은데요, 뭐."

"평범, 평온. 그게 제일이야."

얘기 나누며 한 잔을 비운 후 카운터를 향해 다시 잔을 내밀었다.

뭘 마시겠느냐고 묻지도 않고 바텐더가 잔을 채운다.

"그런데 말이야, 십 대 때 만난 첫 여자는 역시 특별한가 봐."

글쎄 말이지, 하며 바텐더가 양손으로 턱을 괸 채 몸을 이쪽으로 기울였다.

그는 며칠 전 페이스북에서 고등학교 시절 여자 친구를 발견했다고 한다. 딱히 연락하고 싶은 생각은 없었는데, 일이 끝나고 술에 취해 귀가하는 길에 그만 댓글을 달았다는 것이다.

"그런 적 없어?"

나는 고개를 끄덕였다. 술기운에 메시지를 몇 번이나 아키미에게 보냈다. 지금 뭐 해? 잘 지내? 무슨 곤란한 일 없어? 우리 만날까? 만나고 싶은데. 딱 한 번만이라도.

"남자에게만 해당하는 저주일까? 여자는 그런 거 끔찍하게 싫어한다던데."

창피하게 말이야, 하고 한탄하는 바텐더에게 적당히 대꾸하면서, 첫 여자라는 이름의 저주에 관해 생각했다. 의식의 저변에 언제까지고 옅게 남아 있는, 오래된 상처 같은 것.

26일이면 늘 너무 많이 생각하고, 너무 많이 마신다. 가게를 나서는데 다리가 휘청거렸다. 몇 번이나 사람들에게 부딪힌 끝에 가드레일에 걸터앉아 쉬었다. 올록볼록해서 앉기 불편해 뒷주머니에 들어 있던 휴대 전화와 통장을 꺼냈다. 세무사에게 메시지가 와 있다. 제대로 읽지도 않고 닫아 버렸다. 세금과 자산 운용, 취한 머리에는 성가실 뿐인 숫자의 나열. 예금이 일정액을 넘어선 후로는 잔고에 전혀 신경을 쓰지 않는다. 내가 보고 싶은 숫자는 딱 하나.

'이노우에 아키미 * 35,000'

가드레일에 걸터앉은 채 구부정한 자세로 통장을 펼친다.

앞으로 195만 엔, 앞으로 56개월. 4년 8개월 남았다. 그 사이에 우리는 이어져 있다. 그렇다면 그다음은? 나는 어떻게 하지? 어떻게 되는 거지?

헛웃음이 나왔다. 고작 이런 숫자의 나열로 삶을 버텨 내고 있다니, 바보 아닌가. 사무치게 외롭다. 누군가에게 필요한 존재이고 싶다. 사랑이 아니어도 좋다. 그런 생각을 하면서도 떠오르는 것이라고는 아키미의 얼굴뿐이다. 대체 언제까지 이 짓을 반복해야 하나.

메시지를 입력한다. 당장 멈추라고 냉정한 또 하나의 내가 말한다. 술이 깨면 기분이 바닥일 것을 알면서도 멈추지 못한다. 이것이 저주의 힘일까.

─ 4만 엔씩 갚으면 안 돼?

송신 버튼을 누른 순간 손가락을 멈췄다. 그리고 이내 후회라는 이름의 거대한 파도에 휩쓸린다. 아아, 바보 같은 짓을 하고 말았다. 최악이다. 술기운이 싹 달아났다. 서둘러. 서두르란 말이야. 송신 취소를 해야 해. 그러나 동동거리는 사이에 '읽음' 표시가 떴다.

―미안해요. 다음 달부터는 4만 엔씩 갚을게요.

몇 년 만에 돌아온 대답에, 머리끝에서 발끝까지 얼어붙고 말았다. 다시 만남을 이어 가고 싶어 하는 나의 애절하고 한심한 메시지는 언제나 무시하더니, 빚에 관해서는 바로 답장을 보낸 것이다. 여전히 내가 아는 착실한 아키미다. 그 변함없음에 안심하고, 그걸 이용하는 자신의 저열함에 웃음이 나온다. 웃으면서도, 새카만 밤바다에 삼켜지는 듯한 감각을 느꼈다. 어떻게든 수면 위로 떠오르고 싶은데, 어느 쪽으로 헤엄쳐야 떠오를 수 있는지 알지 못한다. 무턱대고 허우적거리며 손가락 끝만 움직인다.

― 농담이야. 잘 지내?

농담으로 넘길 수는 없을까 하고, 그렇게만 써서 보냈다. 그러나 더는 읽지 않는다.

10초, 20초, 30초까지 세고는 코끝이 시큰해지고 말았다. 울음을 참으려고 일부러 침을 뱉었다. 걸어오던 남녀 커플 중 여자 쪽이 꺅, 하면서 다리를 번쩍 든다. 옆에 있는 남자는 나를 보면서 혀를 찬다. 그 얼굴에 노골적으로 번지는 경멸의 기색. 나는 고개를 숙이고, 의미 없이 입꼬리를 치켜올리며 형식적으로 웃었다. 그리고 흔들흔들 몸을 흔든다.

'있지, 아키미,'

나는 이제 정말, 쓰레기 같은 남자가 된 것 같아. 숙인 고개를 천천히 들었지만, 올려다본 하늘에는 별 하나 반짝이지 않는다.

●

이노우에 아키미, 28세, 여름

카이에게서 메시지가 온 것은 저녁을 먹고 설거지를 할 때였다. 당혹감을 억누르며 재빨리 답장을 보내고 설거지를 끝냈다. 빨래를 개고, 욕실을 청소하고, 목욕물을 데운다. 할 일을 모두 마친 다음 엄마에게 잠깐 나갔다 오겠다고 말했다.

"어디 가는데?"

"유한테. 진학 문제로 의논할 게 있대."

"그래, 조심해서 다녀와."

뭔가 하고 싶은 말이 있는 눈치였지만 엄마는 말을 삼키고 욕실로 갔다.

그 난리가 있은 후 나는 엄마가 보는 앞에서 카드를 전부 가위로 잘라 버리고, 도우코 씨 밑에서 자수 일을 받아 하고 있다고 솔직하게 말했다. 엄마도 어렴풋이 알고 있었을 테니 굳이 말할 것도 없었지만, 나로서는 앞으로 당당하게 일하겠다는 선언이었다. 그리고 카이와 헤어졌다는 것도 재삼 말했다.

엄마는 당연히 화를 냈다. 하지만 내가 아무 반응도 보이지 않자 다다미에 엎어져 미안하다며 울었다. 나는 손을 내밀고 싶은 충동을 참았다. 아랫배에 힘을 꽉 주고, 자식에게 고개 숙인 부모를 봐야 하는 괴로움을 견디면서 엄마에게 조용히 말했다.

"나도 힘낼 테니까 엄마도 같이 힘내자."

엄마가 투병 생활에 들어간 후로 처음 '힘내자'라는 말을 사용했다.

내가 틀렸는지도 모른다. 하지만 어떤 일이든 정점에 도달하면 그다음은 내려오는 길뿐이다. 그 소동은 엄마와 내게 위기의 절정이었다. 그러니 가장 힘든 시기는 지났다고 생각하고 사력을 다했는데, 어째 안이한 생각이었던 것 같다.

집에서 나와 동네에서 떨어진 해안가에 차를 세웠다. 오늘 밤도 바다는 고요하다. 달빛에 의지해 해변으로 내려간 나는 모래사장에 앉아, 집에서 가져온 위스키의 병뚜껑을 열었다. 잔을 가져오는 걸 깜박했지만, 병에 입을 대고 그냥 마셨다.

― 4만 엔씩 갚으면 안 돼?

카이에게 메시지를 받았을 때는 발작적으로 뛰쳐나가 바다에 몸을 던지고 싶었다. 수치심과 자기혐오로 몸이 뒤틀릴 것만 같은데, 실제로는 평온한 표정으로 할 일을 마친 다음 이렇게 나왔으니 나도 참 얼굴이 두꺼워졌다.

매달 3만 5천 엔씩 갚아 오고 있지만, 사실 액수가 적다고 생각하고 있었다. 카이로부터 '갚지 않아도 된다, 그보다 다시 만날 수 없을까'라는 연락이 몇 번이나 왔지만, 빚이 있는 한 그럴 수 없다는 회신을 보내지 않았다. 그러면서, 변제액에 대해서는 자신과 카이가 연인 사이였다는 사실에 기대고 있었던 것이다. 그 점을 카이에게 지적당했다. 누구에게도 기대지 않겠다고 맹세한 주제에.

― 미안해요. 다음 달부터는 4만 엔씩 갚을게요.

곧장 회신을 보내고 나서 휴대 전화를 집어넣어 버렸다. 그 다음 메시지는 읽지 않고 있었다.
겁이 났지만, 살며시 메시지를 열어 보았다.

— 농담이야. 잘 지내?

머리가 멍해졌다. 아마도 카이는 술에 취해 있었을 것이다. 카이는 착한 사람이니 술기운을 빌려 돈 얘기를 했을 것이다. 하고 싶지 않은 말을 하게 한 나 자신이 한심하다. 코와 눈에서 대량의 물이 밀려 나온다. 울지 마. 그렇게 마음먹고 힘을 주자, 밀려 들어간 물에 빠질 것 같았다.
카이는 잘 지내고 있을까. 작년에 웹에 작품을 발표했는데, 작화가가 나오토가 아니었다. 그 후에는 만화 원작자로서의 활동이 없는 듯하다. 그렇게 요란한 사건이 있었으니 필명을 바꿨을 수도 있다. 그렇다면 이제 카이의 근황을 알 길이 없다.
헤어졌는데도 끝내 카이 생각을 떨칠 수 없었다. 강해지자고 결심했는데 얇은 꺼풀을 한 겹 벗겨 내면 약한 자신이 드러난다. 나는 언제까지 이렇게 살아야 하나. 언제쯤이면 편해질까. 나는 편해지고 싶은 것일까. 편해지는 것이 카이를 잊는 것이라면······.
"아키미 씨!"

취기가 올라올 즈음, 머리 위에서 이름을 부르는 소리가 들렸다. 고개를 돌려 올려다보자 휴대 전화 백라이트에 눈이 부셔 얼굴을 찡그렸다.

역시 아키미 씨네, 하며 실루엣만 보이는 누군가가 옹벽을 타고 내려왔다. 그 실루엣이 내 옆에 선다.

"차가 아키미 씨 차 같다 했어요. 뭐 해요, 이렇게 어두운 곳에서?"

누구더라. 본 기억은 있는데.

"아, '플랫폼'의 고타예요. 얼마 전에 친구가 아키미 씨가 만든 모티프 목걸이를 하고 있더라고요. 아키미 씨 액세서리가 엄청 인기 있다고 하던데요."

"아아……, 감사합니다."

술기운으로 흐리멍덩한 머릿속에 어렴풋이 기억이 떠올랐다. '플랫폼'은 도시에서 이곳으로 내려온 사람이 작년에 문을 연 카페 겸 잡화점이고, 이 사람은 주인 부부의 남동생일 것이다.

"그런데, 무슨 일이에요, 한밤중에 바닷가에서 여자 혼자 위스키를 병나발을 불고?"

고타 씨는 깊고 고요한 바다에 태연자약하게 침입한 거대한 물고기처럼 양해도 구하지 않고 내 옆에 앉았다.

"혹시 홧술? 무슨 일 있어요?"

"늘 있는 일이에요."

"그래요, 뭐, 살다 보면 속상한 일이 많죠."

불쑥 튀어나온 억양에 움찔했다.

"고타 씨, 간사이 사람이에요?"

"아니, 도쿄 사람인데요."

실망.

"그 반응은…… 혹시 남친이 간사이 사람?"

"전 남친요."

아아, 하며 고타 씨가 손을 뒤로 짚으며 하늘을 올려다봤다.

"나도 여기 오기 얼마 전에 헤어졌어요. 교토 여자랑."

"교토요?"

"아키미 씨 전 남친도?"

순순히 고개를 끄덕였다. 섬사람이 아니라서 오히려 긴장할 필요가 없다.

"교토 사람, 여자든 남자든 상대하기 어렵던데. 은근히 자존심도 세고."

"내 전 남친은 안 그랬는데."

"서글서글한 눈매에 입술이 얇고, 피부는 하얗고 매끈거리고. 언뜻 봐서는 수수한데 잘 보면 예쁜 것 같기도 하고 안 예쁜 것 같기도 하고. 친구는 못생겼다는데, 내 눈에 귀여워 보이면 그만이라고 되받아쳤죠."

점점 교토 억양이 섞이기 시작한다. 그녀를 무척 좋아했던 것이리라. 헤어진 지금도 그 여자 고향 말투가 남아 있을 정도로. 취기까지 합세해 울고 싶어졌다.

"왠지 나도 마시고 싶네요."

마셔요, 하고 위스키 병을 내밀자, 아니라며 거절했다.

"음주 운전은 안 되죠."

아, 하고 나는 눈을 번쩍 떴다. 나도 운전을 하면 안 된다. 아무 생각이 없었다는 걸 깨닫고 얼굴을 찡그리자 고타 씨가 쿡쿡거리며 웃었다.

"우리 집에 가서 마실래요?"

"집?"

"차는 여기 두고 우리 집에 가요. 내일 다시 여기로 데려다 줄게요."

고타 씨가 일어나 자요, 하며 손을 내밀었다.

"자요."

가면 안 되는 줄 알면서도, 카이와 같은 억양이 나를 일으켜 세운다.

해안가에 내 차를 두고 고타 씨 차에 올랐다. 5분 정도 달려 도시에서 내려온 사람들이 많이 사는 동네의 한 집에 도착했다. 섬사람들에게는 처치 곤란인 낡은 단독 주택이 도시에서 내려온 사람들에게는 마음대로 리모델링할 수 있는 좋은 물건이다. 그걸 아는 시에서도 그들에게 조성금을 제공하고 있다. 고타 씨 집은 아기자기하고 멋졌다.

둘이 옛 이야기를 하면서 찔끔찔끔 술을 마시다 날이 밝아올 무렵, 고타 씨가 잠이 온다고 해서 둘이 한 침대에 들어갔다. 결국은 분위기가 그렇게 돌아가 같이 자고 말았다. 거부하기도 귀찮았고, 무엇보다 헤어진 그녀에게 여전히 미련이 있는 고타 씨가 지금의 내 상황과 겹쳐졌기 때문이다.

그러는 사이에 나는 줄곧 카이만 생각했다. 머리칼과 피부에 닿는 손, 따스함, 냄새. 나는 카이 외에는 몰라서, 여기가 아니야, 거기도 아니고, 하고 가르치면서 내 안에 있는 카이의 윤곽을 더욱 뚜렷하게 다지고 말았다.

잠든 고타 씨의 숨소리를 들으면서 지금 와서 카이를 배신한 것만 같은 느낌이 들었다. 하지만 우리는 벌써 오래전에 헤어졌는데 3년이 지나서야 그 사실을 실감하는 것도 너무 바보스러웠다.

이제, 정말, 잊어.

주말 오후, 도우코 씨와 '섬고양이'에 주문품을 전하러 갔다. 짙은 초록색 슬렌더 막대 비즈에 금색 동그란 비즈를 조합한 이국적인 피어스를 주인은 무척 좋아해 주었다. 다음 주문 미팅을 하고 있는데, 아르바이트생인 유리 씨가 가게로 들어왔다. 수고하시네요, 하고 인사했는데 시선을 휙 피해 버린다.
"유리 씨, 고타 씨랑 사귀고 있어."
돌아오는 길, 조수석에 앉은 도우코 씨가 그렇게 말했다. 도우코 씨는 사정을 대략 아는 눈치였다. 그 말은 섬사람들도 모두 알고 있다는 뜻이다.
"그쪽 안테나가 서 있지 않아서 몰랐네요."
섬 남자가 아니라서 안심, 그 정도로 여겼던 자신이 너무 어리석었다.
"이미 엎질러진 물, 어쩔 수 없잖아. 애당초 연애는 옳고 그름으로는 판단할 수 없고, 어떻게든 갖고 싶다면 또 그럴 수밖에 없는 거니까. 후회하지 않도록 열심히 싸우는 도리밖에."
단호한 말투. 도우코 씨는 예나 지금이나 조금도 변하지 않았다. 세상이 손가락질을 해도 자신을 굽히지 않는다. 이기적이고, 친절하고, 강하고. 그 세 가지가 동등하게 작용한다. 그런 점을 나는 동경하지만, 한 발짝도 다가서지 못하고 있다.
"그보다 아키미 씨, 안색이 안 좋네. 아까부터 왼쪽 눈 아래가 푸들푸들 떨리고."
"요즘 회사 일이 좀 바빠서요. 영업 담당이 둘이나 갑자기 그만둬서."
나는 살며시 눈 아래를 눌렀다. 헛된 피로만 쌓여 있다.
"이쪽 일도 주문이 쇄도하고 있고."

"도우코 씨가 일감을 제게 양보해 주는 덕분이죠."
 도시에서 내려온 사람들의 가게는 물론 도쿄의 가게에서도 주문이 늘고 있다. 본격적으로 시작한 지 겨우 2년 반이 지났는데, 경력 이상의 일을 수주하고 있다.
 "슬슬 이쪽 일에 전념하는 게 어때?"
 "네?"
 "나, 이제 눈이 정말 틀린 것 같아."
 도우코 씨 쪽을 돌아보자, "안전 운전." 하면서 앞을 가리켰다.
 "실명하는 건 아니야. 하지만 손으로 하는 일은 한 시간이 한계. 그러니까 일은 무리지."
 "……도우코 씨."
 "그런 표정 짓지 마. 살다 보면 사고는 피할 수 없는 거니까. 기술이 있다고 해서, 얻은 것이 영원하리란 보장도 없고. 그래도 카페 운영이 순조로워서 다행이지, 뭐. 일찍 판단하고 움직이길 잘했어. 그 사람도 지금은 쿠키를 구울 수 있을 만큼 솜씨가 늘었고."
 집에서는 손가락 하나 까딱하지 않던 아빠가 지금은 카페의 메뉴를 전부 당신 손으로 만들 정도다. 사람은 몇 살이 되었든 성장하고 또 변화한다.
 "나는 괜찮아. 그보다는 아키미 씨의 앞날이 문제지. 내 기술은 전부 가르쳐 줬으니까, 이제 가능하면 거래처도 넘기고 싶어. 아키미 씨라면 할 수 있을 거야."

얘기하는 사이에 도우코 씨 집에 도착했다. 레몬 케이크를 구웠으니 들렀다 가라고 했지만 저녁 준비를 해야 해서 거절했다. 도우코 씨는 무슨 말을 하고 싶은 듯 입을 벌렸다가 다시 다물고는 집으로 들어갔다. 도우코 씨가 무슨 말을 하고 싶었는지는 잘 안다.

'아키미 씨는 언제가 되어야 자기 인생을 살려나?'

섬과 섬을 잇는 다리를 건너면서 아무 생각도 하지 않으려 애썼다. 조금이라도 마음이 흔들리면, 가슴에 쌓인 불안이라는 분진이 날아오른다.

기술도 거래처도 전부 내게 넘기겠다는 파격적인 제안. 그것이 내 인생을 비틀어 버린 데 대한 도우코 씨 나름의 사과라는 것은 알고 있다. 굳이 말은 하지 않았지만, 자신이 현역으로 있는 동안에 내가 자수 작가로 홀로 설 수 있도록 길을 닦아 주려는 것이다. 고마운 일이다. 너무 고마워서 그에 보답하지 못하는 내가 답답하다.

집에 돌아가 저녁을 준비해 놓고 엄마를 부르러 갔다. 그런데 아무리 불러도 대답이 없고 이불에서 얼굴을 내밀지도 않는다. 우울증에는 파도가 있다. 때로는 상태가 좋아지고, 때로는 나빠지고. 먹고 싶어지면 말해 줘, 하고는 방에서 나가려고 했다.

"……이사하고 싶어."

돌아보자, 엄마가 슬금슬금 이불을 걷어 냈다.

"엄마, 왜 그러는데?"

돌아와 침대 앞에 무릎을 꿇었다. 고개 숙인 엄마를 들여다본다.

"오늘, 기분이 좀 좋아서 마당에 나가 물을 뿌리고 있었어."

"응."

"사쿠마 씨가 우연히 지나가면서 오랜만에 얼굴 봐서 좋다고 하더라고. 그러더니 아키미, 이제 어떡하느냐고 해서."

나와 고타 씨 일을 들은 것이다. 어쩌면 이리도 소문이 빠른지.

"너, 여기서는 이제 결혼 못 하겠네."

고개 숙인 채, 전해지는 절망감을 견뎌 냈다.

"응, 그럴지도 모르겠네."

안 그래도 섬에는 젊은 독신 남녀가 많지 않은데, 나는 고등학교 시절부터 온 섬이 다 아는 유명 인사와 사귀다 헤어졌다. 그 사건 때문에 헤어졌나, 만화가도 그만뒀으니 시집가서 출세하는 길도 막혔네. 파다하게 나돌았던 그런 소문이 이제 좀 잠잠해졌나 싶었는데, 이번에는 섬 여자의 남자 친구에게 손을 댔다. 이렇게 헤픈 여자와 결혼할 남자가 이 섬에는 없다.

그러나 대체 뭐가 헤프다는 것일까. 남자는 몇 번 헤픈 짓을 해도 선택할 수 있는 입장에 있다. 왜 여자만 가치가 떨어지는 것일까. 그리고 나이를 먹을수록 길이 좁아지다 못해 결국은 막히고 만다. 그때 나는 어떻게 하면 좋을까.
"아키미, 우리 이 섬을 떠나자. 어디든 멀리 가자. 엄마도 일할게."
그렇게 해 주면 더없이 고맙다. 하지만 상태가 오락가락하는 사람의 말을 믿을 수는 없다. 나는 회사를 그만둘 수 없고, 그러다 도우코 씨가 건넨 거미줄을 잡지 못하는 미래까지 보인다.
"미안해. 엄마를 힘들게 해서."
"아니야. 사과를 받고 싶은 게 아니야."
엄마가 눈물을 흘린다. 자식 앞에서 우는 부모를 보기는 정말 괴롭다. 자신의 부족함에 절망하고는 도망치듯 방을 나왔다. 왜 나는 이리도 힘이 없을까.
좀 더 딱 부러지고, 좀 더 돈을 벌고, 남들처럼 결혼해 아이를 낳아서 엄마를 안심하게 하고 싶다. 이를 빠드득 갈면서, 카이가 얼마나 대단했는지를 새삼스럽게 생각한다.
카이는 자기를 방기한 엄마를 위해 중학생 때부터 술집 일을 도왔다. 그런 상황에서도 만화 원작자라는 꿈을 이루려고 십 대에 벌써 도쿄로 올라가 성공해서 엄마에게 집을 사 주었다. 나는 뭐든 사 달라는 대로 사 주는 것은 좋지 않다고 잔소리를 했지만, 그런 말을 잘도 했다 싶다. 카이 같지 않게 뭐 하나 이룬 게 없는 주제에.

식탁에 차린 접시들에 랩을 씌워 놓은 다음 가방에 위스키 병을 넣고 집을 나왔다. 지난번 전철을 밟고 싶지 않아 차는 사용하지 않는다. 가로등 없는 어두운 길을 걸어 근처의 해변으로 향했다.

"이노우에 씨?"

옹벽을 내려가려는데, 뒤에서 누군가가 불렀다. 어두워서 얼굴은 보이지 않지만, 목소리와 밤눈에도 보이는 하얀 가운 차림과 자전거 탄 모습으로 기타하라 선생이란 걸 알 수 있다.

"이미 밤입니다. 해변으로 내려가면 위험해요."

여기 사람에게 무슨 소리를 하는 건지.

"저기압골이 오고 있어서 걱정입니다."

걱정스러운 건 파도뿐일 텐데.

"이상한 소문을 들어서 이노우에 씨도 걱정됩니다."

온 섬사람이 감시를 하고 있는 것 같아 불쾌함이 일었다.

"감시하는 거 아닙니다. 지나가는 길에 우연히 봤을 뿐이에요."

"선생님은 사람의 생각을 읽으세요?"

"아니요, 아쉽게도. 읽을 수 있다면 좋겠다고 생각한 적은 있지만요."

기타하라 선생이 내 쪽으로 다가왔다. 개의치 않고 옹벽을 내려가자 따라온다. 해변에 앉자, 비닐봉지를 내밀었다. 어두워서 잘 보이지 않지만 바지락인 듯하다. 학생 부모에게 받았다고 한다.

"바지락이 숙취에 좋아요."

빈정거리는 건가요? 하는 말을 삼켰다.

"신경 써 주셔서 고맙습니다."

"천만에요."

"그래도 선생님이랑은 안 자요."

어떻게든 되라는 심정으로 그런 말을 뱉었지만, 이내 후회했다.

"죄송해요. 잊어 주세요."

세운 무릎을 껴안고 얼굴을 묻었다. 나는 저질이다. 정말, 정말 저질이다.

"이노우에 씨, 내가 얘기를 좀 하겠습니다."

하지 않겠느냐가 아니라, 하겠습니다. 대답을 하지 않아도 괜찮아 오히려 편했다.

"이대로 가면 이노우에 씨나 어머니나 같이 쓰러집니다."

그런 말은 하지 않아도 당사자인 내가 제일 잘 안다.

"저는 가족을 책임져야 할 의무가 있어요."

"없습니다, 그런 의무."

선생은 한 치의 주저도 없이 대답했다.

"자식이 부모를 부양해야 하는 의무는 없어요."

상투적인 말투에 화가 났다.

"그런 상식적인 말로 해결되지 않잖아요."

"네, 해결되지 않습니다. 우리는 그렇게 고뇌가 깊은 존재이기 때문에, 모든 고뇌를 떨쳐 버릴 수 있는 마지막 보루로 상식이 필요한 겁니다."

무슨 말인지 바로 이해되지 않아 얼굴을 들고 기타하라 선생을 보았다.

"이노우에 씨처럼 착실하고 책임감이 강한 사람은 영 케어러가 됩니다."

"……영?"

"원래는 어른이 책임져야 할 역할을 강요당한 아이 말이죠."

입에서 헛웃음이 흘러나왔다.

"저, 서른 가까운 어른이라고요."

"그렇죠. 고등학교를 졸업한 십 대 때부터 자기 인생을 버리고 사력을 다해 어머니를 돌보느라 그 나이가 되었죠. 영 케어러 대부분이 자신이 그러고 있는 줄도 모르는 채 나이를 먹어 가다, 어느 날 문득 자신을 돌아보게 되죠. 그러나 그때가 돼서 자기 인생을 되찾으려 해 봐야 어떻게 하면 좋을지 모릅니다.

특히 이 섬에는 여자 혼자 살아가기에 일거리가 너무 적어요."

닥쳐요! 그 말이 목구멍까지 올라왔다. 말하지 않아도 다 아니까, 이 이상 궁지로 몰지 말라고. 이 이상 뒤로 물러나면 떨어지고 만다고. 언젠가는 '더는 무리'라고 포기하는 날이 오더라도, 그 순간까지, 바로 뒤에 펼쳐진 위협을 보고 싶지 않다. 어차피 떨어질 거, 조금이라도 두려움을 덜고 싶다. 어느 날, 아, 하고 생각할 틈도 없이 떨어지고 싶다.

"어떻게 하면 좋을지, 같이 생각해 봅시다."

격려하듯 내미는 손을 반사적으로 뿌리치고는, 퍼뜩 놀랐다. 절대 울지 않겠다고 강해질 거라고 다짐했는데, 그 다짐이 알게 모르게 갑옷이 되어 누군가의 호의조차 받아들이지 못하게 되었다. 지금의 내게서 여유라고는 찾아볼 수 없다.

"너는 잘못하지 않았어요. 함부로 여자에게 손을 내민 내가 잘못했습니다. 다만 옛날 일이 떠올라서 그냥 놔둘 수 없었어요. 내 사정입니다."

기타하라 선생은 더는 아무 말도 하지 않았다. 잔잔한 파도 소리만 고막을 쓰다듬는다. 내가 태어나면서 보고 자란 바다는 두려운 존재이면서도 자상하다. 쓰다듬어 주고, 위로해 주어 조금씩 안정을 찾아간다.

"옛날에도 이런 일이 있었나요?"

그렇게 묻자, 밤 속에서 기타하라 선생이 이쪽을 보았다.

"아, 네. 상황은 좀 다르지만 나 역시 궁지로 내몰렸습니다."
"제자?"
"네, 유의 엄마입니다."
에? 하고 되묻고 말았다.
"아, 죄송해요. 잘못 들었나 하고."
"잘못 듣지 않았습니다. 유의 엄마는 내가 근무했던 고등학교의 학생이었어요."
이번에야말로 뭐라 대꾸해야 할지 몰랐다.
"……저, 왜 저한테, 그런 말을?"
아마 섬사람 그 누구도 모를 '사상 최고의 소문거리'. 기타하라 선생은 세운 무릎에 팔을 올려놓고 캄캄한 밤을 향해 "글쎄요, 왜일까요." 하며 고개를 갸웃거렸다.
"그냥 듣고 넘겨줄 것 같아서."
그렇다. 우리 집은 부모 대에서부터 줄곧 섬의 '소문거리'였던 터라, 솔직히 어떤 얘기도 그다지 놀랍지 않다.
"그렇게 좋아했나요?"
묘한 동지 의식이 싹터, 그만 부담 없이 묻고 말았다.
"음, 그녀를 내주는 것은 나를 죽이는 것이나 다를 바 없다고 느꼈어요."
놀랐다. 언제나 담담한 기타하라 선생의 입에서 이렇게 격한 말이 나오다니.

나의 내면에서 선악과 상식이 뒤죽박죽 일그러진다. 미성년인 제자와 연애를 한 것도 모자라 임신까지 시키다니, 정말 터무니없는 사람이다. 한편, 지금까지 나는 기타하라 선생이 있어 몇 번이나 위로받았고, 그래서 더없이 감사하고, 그 점은 지금 '들은 얘기'보다 한층 현실적이고 무겁다.

나오토 씨가 떠올랐다. 그는 미성년인 연인에게 손을 대는 바람에 카이의 미래까지 엉망으로 만들고 말았다. 나는 그때 나오토 씨를 원망했지만, 그에게는 그 나름의 이유와 사정이 있었을 것이다. 하지만 사람은 자기라는 필터를 통해서만 만사를 볼 수 있다. 그러니 최종적으로는 '나는 무엇을 믿는가'의 문제일 것이다.

"그녀와의 일, 후회하나요?"

"전혀 아닙니다."

시원스럽고 단호한 대답이었다.

"나는 과거에 잘못을 저질렀지만, 어쩌다 잘못을 저지른 게 아니었어요. 잘못을 저지르려고 해서 저지른 겁니다. 후회는 하지 않아요. 그러나 그런 잘못은 한 번이면 족하다고 생각합니다."

"그녀가 부럽네요."

"부러워요? 아주 참신한 의견이군요."

의외라는 투의 목소리였다.

"그야 물론 규탄하는 사람도 있겠죠. 하지만 나로서는, 그만큼이나 사랑받은 그녀가 부러워요. 다른 사람은 어떨지 모르겠지만, 나는 그렇게 생각합니다."

나도 카이에게 그렇게 사랑받고 싶었다는 말은 부끄러워할 수 없었다.

사람에게는 저마다 고통과 슬픔과 행복이 있다. 자기 손안에 딱 하나 있는 작은 세계. 모두가 그걸 지키고 싶어서, 누구에게도 침해당하고 싶지 않아서, 그 탓에 다른 사람은 이해하기가 어렵다. 그래서 더욱 외로움은 깊어지고, 다른 사람을 부러워하고, 다른 무언가를 찾는다. 영원한 쳇바퀴 돌기. 한 바퀴 돌 때마다 거리가 좁혀지기를 바라지만, 섞이면 상처받고 지쳐서, 비슷한 사람들끼리만 모여 있고 싶어 한다.

"인간이란 모순 덩어리예요."

"그렇죠. 그래서 나는 화학으로 도피했는지도 모릅니다."

올바른 길을 올바르게 걸어가면 정답에 이를 수 있다. 우리 인간들 세계에는 없는 명료함.

"해답이 딱 하나밖에 없다는 거, 편하네요."

"그러나 그 하나에 도달하기 위해 지겨울 정도로 머뭇거리며 결론을 유보합니다."

"편한 길은 없다, 그런 말씀이네요."

"나는 그렇게 생각합니다."

그렇구나. 그렇다면 내가 지금 이렇게나 고통스러운 것도 당연한 일이다. 언젠가 나도 나름의 해답에 도달할 가능성이 있는 것이다. 그렇구나, 그럼 또 힘을 내 봐야지. 힘내자. 하지만 신이여, 그때가 언제인지요. 옳은 해답을 찾을 때까지 제가 지속적으로 힘을 낼 수 있을까요.

"이노우에 씨."

"네."

"나와 결혼하지 않겠습니까."

3초 정도 틈이 생겼다.

"갑자기요?"

나는 오늘 밤 벌써 몇 번이나 놀랐기 때문에 이제는 놀랍지도 않았다.

"부족한 사람끼리 서로 돕는 상조회 감각으로, 어때요?"

긴장했던 신경이 풀어졌다. 오랜만에 농담을 들었다. 그리고 깨달았다. 내 주변 사람들은 지나치게 진지하다고. 그 과도함이 정신 위생에 그리 좋지는 않다고.

"서로 도우면 조금은 편해지겠네요."

"그렇게 되면 좋죠. 조금이라도 편해지면."

우리는 동시에 밤하늘을 올려다보았다.

기타하라 선생은 남다르다. 하지만 그 남다름이 내게는 편하다. 언제나 단단히 여미고 있는 마음이 풀리는 것처럼 느껴진다. 그리고 조금 난감하다. 얼굴 전체가 화끈해지고, 눈가에서 넘쳐흐른 눈물이 볼을 타고 떨어진다. 딸꾹거리지 않도록 입을 약간 벌리고 숨을 내쉬었다. 벌린 입술을 타고 속마음이 짜디짠 눈물이 되어 혀를 찝찔하게 적신다.
누군가가 나를 도와줬으면 좋겠어.
하지만 아무도 나를 건드리지 않았으면 좋겠어.
내가 나약한 인간이라는 걸 자각하지 않도록 해 줬으면 좋겠어.
나는 이 섬에서 엄마를 짊어지고 살아가기로 결단했다. 지금 와서 그 책임을 회피하려는 것은 아니다. 지금 와서 회피하면, 그때 왜 모든 것을 버리고 카이를 따라가지 않았는지 후회하게 된다. 그리고 엄마와 이 섬을 원망하게 된다.
그러고 싶지 않다. 그러고 싶지 않은데도 언젠가는 그렇게 될까. 나는 이미 물에 완전히 빠지기 직전, 필사적으로 버둥거리지만 어느 쪽으로 헤엄치면 수면 위로 오를 수 있는지 모른다.
캄캄한 밤 속에서 다람쥐 쳇바퀴 돌듯 제자리를 맴도는 생각에 잠겨 있을 때, 기타하라 선생은 말없이 내 옆에 있어 주었다.

- 아오노 카이, 30세, 겨울

책방에 가 보니, 우에키 씨가 발굴해 키운 신인 만화가의 책이 산더미처럼 쌓여 있었다. 작년에 애니메이션으로도 제작된 만화 작품이 지금은 거의 사회 현상이 되었다.

'스트레스가 엄청나겠군.'

나도 옛날에는, 하고 생각하다 그만두었다. 그 사건으로부터 5년이나 지난 지금까지도 나는 웹에 기껏 일회성 신작을 발표했을 뿐이다. 얼마 전에 우에키 씨에게 연락이 왔다. 한잔하자면서 요즘 쓰고 있는 작품이 있느냐고 물었지만, 나는 아무것도 없다고 대답할 수밖에 없었다.

"카이, 안색이 왜 그렇게 안 좋아. 마르기는 또 왜 그렇게 말랐고?"

"밥을 제대로 먹고 지내는 거야? 술만 마시면 안 되잖아."

마지막에는 그렇게 나의 생활상을 걱정해 주었다. 내가 느끼는 것보다 한층 초췌해졌으리라. 주량은 점점 늘어나 지금은 매일 위스키 한 병을 비우고 있다. 늘 머리가 띵하고 흰자도 누렇고 탁해졌다.

주머니에 뚫린 구멍으로 마음이 줄줄 새 나가는 듯한 나날 속에서, 어떻게든 나를 현실에 붙잡아 두는 사람은 에리 씨다.

에리 씨와는 어영부영 자게 되었고, 또 어영부영 자지 않게 되었고, 지금은 편집자와 한물간 작가로 교류가 이어지고 있다.

나는 이제 창작에 대한 열망도 두려움도 없어져, 에리 씨 회사가 출간하는 문예지에 적당히 쓴 에세이 한 편을 겨우 싣고 있다. 그 한 편 쓰기도 이만저만 고역이 아니다. 쓸 거리가 없어 절박할 때는 그 사건을 대충 엮어 써 마감을 맞춘 적도 있다. 정말 저급하다.

그 절망감을 쓰면 다음 달까지는 버틸 수 있다는 말로 나를 격려한 에리 씨에게서 편집자란 인종의 삐딱한 심리를 보았다. 반면, 소설을 위해서라면 가차없이 사람을 잘라 내기도 하는 에리 씨에게 위로받기도 한다. 인간쓰레기도 살 곳이 있다는 것을 가르쳐 주니까. 나는 이제 지켜야 할 자존심도 없다. 지금은 마지막 남은 기력으로 소설 비슷한 것을 써서 에리 씨에게 보이고는 퇴짜를 맞는 일을 반복하고 있다.

"지난번보다 좋아졌더라. 앞으로 몇 번 더 손질하면 꽤 괜찮아질 것 같아."

역 앞 선술집에서, 내가 보낸 원고를 출력한 프린트를 건네받았다. 빨간 펜으로 수정 내용이 표시되어 있다. 보내고, 또 고치는 반복. 솔직히 나는 완성할 마음이 없는 탓에 에리 씨를 만나 술이나 마실 구실로 삼고 있다.

"이런 쓰레기를 용케 버리지 않는군."

"걱정 마. 괜찮아. 이 업계에는 이보다 형편없는 쓰레기도 많으니까."

에리 씨는 메뉴판을 보고는, "히레사케(말린 복어 지느러미를 따끈한 정종에 우린 술-옮긴이) 주세요." 하고 주방을 향해 말했다.

"게다가 나, 카이 씨에게 도움도 받았고."

히레사케를 후후 부는 에리 씨 왼손에서 반지가 반짝이고 있다. 에리 씨는 불륜 상대인 작가와 헤어지고, 작년에 광고 기획사에 근무하는 남자와 결혼했다. 나를 이용만 했지 남편으로 삼지 않은 에리 씨는 영리하다. 그런 죄의식까지 포함해서 지금의 관계가 이어지는 것일까. 업무 면에서는 가차없지만, 사적으로 정이 많은 사람이라고 생각한다.

"그럼 월말에 다시 보여 주고. 그리고 다음 달 에세이도 잘 부탁할게."

"아직도 쓰라는 거야."

"그럼, 당연하지. 카이 씨의 주절주절 읽기, 울적한 중년층에게 그런대로 인기 있어. 나만 형편없는 게 아니다, 이 인간보다는 그래도 내가 낫다고 안심하게 되는 걸까."

"달갑지 않은 소리군."

과거에 몸을 섞었던 사람끼리의 이런 부담 없는 대화가 편했다.

8시가 되기 전에 선술집에서 나와 에리 씨는 회사로 돌아가고, 나는 그길로 역 반대편에 있는 다른 선술집으로 향했다. 손님이 아니라 아르바이트하는 점원으로.

물 쓰듯 써도 없어지지 않으리라 여겼던 돈이 싹 사라졌다. 원인은 엄마였다. 다쓰야 씨와 도시락 가게를 차리고 싶다고 해서 개업 자금을 주었는데, 정작 뚜껑을 열고 보니 요릿집이었다. 엄마는 다쓰야 씨가 젊은 시절에 교토의 전통 음식점에서 일했다고 했지만, 잘 들어 보니 고작 1년 주방 보조를 경험했을 뿐이었다. 경영이 어려워질 때마다 운영 자금을 쏟아붓다 보니 어느 순간 통장이 텅 비어 있었다. 어리둥절해하는 내게 세무사는 한숨을 쉬며 말했다.

"그러니까 몇 번이나 충고를 했잖습니까."

형편없는 엄마를 통해 사회를 배우는 기분이었는데, 실제로는 그저 세상 물정 모르는 젊은이였을 뿐이다. 만화가 잘 팔려서 거금이 들어오자 마음이 둥둥 떠서는 걱정해 주는 아키미를 귀찮게 생각했다. 나의 에세이를 읽고 '이 인간보다는 낫다'고 생각하는 사람들이 옳다.

밤 2시, 뒷정리를 한 다음 가게 문을 닫고 복작복작한 뒷골목을 걸어 집으로 돌아간다. 늦은 시간이라 조용히 현관문을 열었는데, 안에서 여자가 나왔다.

"어서 와. 추웠지."
"안 잤어?"
"응. 시간표 바뀌어서 내일 쉬는 날이야."
"그래. 아, 이거."

좁은 현관에서 신발을 벗으며 가게에서 팔고 남은 반찬을 챙겨 온 비닐봉지를 건넸다.

"와, 고기 감자랑 마카로니 샐러드네. 한잔해야겠다."

여자는 비닐봉지를 손에 들고 기분 좋게 부엌으로 향한다. 샤워를 하고 나오니, 거실 고타쓰에 캔 맥주와 반찬이 차려져 있었다. 서로 수고했다고 하면서 잔을 부딪치고, 심야의 예능 프로그램을 보면서 해도 그만 안 해도 그만인 얘기를 주절주절 나눈다.

저금이 바닥나서, 남은 대출금과 함께 아파트를 팔아넘겼다. 에리 씨에게 받는 에세이 원고료만으로는 먹고살 수 없어 선술집 아르바이트를 시작했고, 그 가게에서 알게 된 여자가 자기 집에 들어와 살라고 한 말을 넙죽 받아들여, 빌붙어 산 지 반년이 지났다.

"카이 씨가 일하는 가게, 값은 싼데 맛있다니까."

여자가 마카로니 샐러드를 작은 접시에 덜어 내민다.

"나는 됐어. 좋아하잖아. 다 먹어."

"카이 씨, 술만 마시고 정말 안 먹네. 몸에 안 좋다고."

여자는 삼십 대 중반이고, 대형 쇼핑몰의 침구점에서 일한다. 그 나이치고는 경박해서, 마치 젊은 여자처럼 "나 좋아해?"하고 묻는 통에 난감해지곤 한다.

"있지 오늘, 주임이 대단하다고 하더라."

여자가 뿌듯한 표정으로 말을 꺼냈다.

"휴게실에서 당신이 쓴 글이 실린 잡지 보고 있었거든. 그랬더니 소설 같은 것도 다 읽는다는 식으로 의외라는 표정을 짓잖아. 그래서 애인이 글을 연재하고 있다고 했더니 얼마나 놀라던지."

"그런 말을 왜 해."

"왜는, 어때서. 굉장하잖아. 나, 작가를 만난 것도 처음이고."

여자는 테이블에 놓인 잡지를 손에 들고는 팔락팔락 페이지를 넘긴다.

"나는 작가가 아니라고."

꿀꺽 맥주를 들이켜자, 위 언저리가 욱신욱신 아파 왔다.

"왜 아니야. 옛날 일은 아무 상관 없다고. 다들 잊어버렸어. 그렇게 유명한 출판사에서 내는 잡지에 글을 연재하고 있는데. 편집자도 소설이 완성되기를 계속 기다리고 있잖아. 소설 쪽 재능을 인정한 셈이니까 만화 같은 건 아무래도 좋잖아."

하기야 뭐, 하고 대충 대꾸하고는 맥주를 다시 따랐다.

과거에 대해 내 입으로 얘기한 적은 없다. 그러나 이름으로 검색하면 옛 기사가 좍 뜬다. 여자는 그런 것조차 유명한 사람의 증거라 여기고 있다. 아무것도 모르면서 천진난만하게 말대꾸를 할 때마다 위가 아파 오면서 자신이 아직도 과거의 꼬리를 잘라 버리지 못했다는 것을 자각하게 된다.

"나는 있지, 아무 재주도 없는 시시한 인간이라서 재능이 있고 꿈을 좇는 사람이 부러워. 생활은 내가 책임질 테니까, 카이 씨는 소설에만 힘써."

그렇게 기특한 말을 하면서 여자가 맥주를 따른다.

"그건 안 되지."

"응?"

"당신의 중심은 당신이야. 아무리 반했어도 자기 성을 넘기는 건 안 돼. 그리고 스스로를 자기 입으로 시시한 인간이라고 하지도 말고. 당신의 가치는 당신이 정하는 거야."

여자는 어리둥절한 표정을 짓고는, 어째서인지 기쁜 듯이 웃는다.

"역시 다른 남자와 다르네. 하는 말이 깊어."

"그런 말이 아니라니까 그러네."

"나는 카이 씨를 가장 소중하게 여길 거야. 또 응원할 거고. 그게 여자의 행복이라고."

그러고는 어리광을 부리듯 몸을 기댄다.

"카이, 나 좋아해?"

그런 말은 하지 않았다, 하고 말하기도 귀찮아, 응 하며 고개를 끄덕였다.

자기 인생을 제쳐 놓고 부모를 보살피는 쪽을 선택한 아키미나 있는 그대로의 자기를 사는 삶을 죄라고 여기고 죽으려 했던 나오토. 오롯이 자신으로 존재하는 것. 그 정도 일마저 얼마나 어려운지를 뼈저리게 느끼는 내가 무슨 큰소리를 치고 있는 것이냐. 마치 엄마의 복사판 같은 여자와 살고 있으면서, 내가 무슨 짓을 하고 있는 건지 알 수 없어진다.

평일 낮, 거실에서 맥주를 마시며 시간을 보내고 있는데 엄마한테서 전화가 걸려 왔다.

"오랜만이네. 잘 지내니?"

"뭐, 그럭저럭. 무슨 일이야?"

"너, 지금 어디 살아?"

"오기쿠보 근처."

"어디라고?"

"지금 말로 모르면 영원히 몰라. 무슨 일이야?"

"응, 그게 말이지."

엄마가 젊은 여자가 응석 부리는 듯한 목소리로 말해, 용건을 바로 짐작했다.

"가게를 접을까 하고. 밤에만 해서는 돈벌이가 시원찮아서 정식 메뉴 내걸고 낮에도 장사를 했지만, 그래도 이익이 안 남아. 일할수록 손해라고 다쓰야 씨가 투덜거려서."

"음식점이 다 그런 거 아닌가."

"그래도 난 다쓰야 씨가 속상해하는 거 보기 싫어."

나잇살이 먹어서도 남자에게 매달리는 여자다.

"있지 카이, 아직도 만화 안 해?"

눈치를 살피는 듯한 목소리에 또 위가 아프기 시작한다.

"언제 다시 할지 몰라. 그래서 미안한데, 돈은 어떻게 해 줄 수 없어."

"그렇구나……."

몹시 낙담한 목소리다. 위가 점점 더 아파 온다. 지금의 내게 어째서 이런 섬세함이 남아 있을까 싶어 미적지근해진 맥주를 또 벌컥 마셨다.

"아 참, 너에게 말하려고 했는데."

"뭘?"

"아키미, 결혼한대."

아직 자세도 취하지 못한 곳에 강펀치를 먹었다.

"누구랑?"

"그게 글쎄, 기타하라 선생이래."

두 번째 펀치도 절묘하게 들어와, 어질어질한 이마에 손을 대었다.

"역시 충격이지, 그치?"
"별로."
억지로 태연한 척했다.
"축하할 일이잖아."
"뭐가. 난, 아키미를 며느리로 맞고 싶었는데."
"언제 적 얘기를 하고 있는 거야."
짧은 침묵이 끼어들었다.
"너, 진짜 그래도 괜찮니?"
"괜찮아. 이제 일해야 돼. 끊어."
"무슨 일을 하는데?"
"아르바이트."
한마디만 하고 전화를 끊었다.

부엌에 가서 위스키를 콸콸 따라 그대로 벌컥 들이켰다. 목구멍과 위가 뜨거워지고, 내장에 찬 고름이 다 타 버릴 것처럼 느껴졌다. 자칫 방심하면 이내 머리가 무언가를 생각하려 든다. 오로지 생각을 저지하기 위해 들이붓자, 겨우 의식이 흐려지기 시작한다.

휘청휘청 침실에 들어가, 가방 속에서 통장을 꺼냈다.

매달 26일에 정확하게 입금되고 있다. 그 숫자를 볼 때마다 우리는 아직 이어져 있다고 안도했다. 아키미와 이어진 길은 이것밖에 없다고 안달하고, 숫자가 한 번 찍힐 때마다 길이

머잖아 끊길 것을 두려워했다.

'벌써 오래전에 끊긴 것을.'

벽에 기댄 채 주르륵 주저앉았다. 기타하라 선생은 맹하게 보여도, 내가 십 대 시절에 알았던 사람 중에 가장 좋은 어른이었다. 나의 속이 타는 감정과 떼어서 생각하면 아키미에게 최선의 상대이다. 그런데 그 두 사람이 어떻게 그런 관계가 된 것일까. 내가 모르는 시간을 어떻게 보내고 어떻게 마음을 주고받아 평생을 함께 살기로 결정한 것일까.

그만두자. 생각해 봐야 아무 의미 없다. 아키미가 행복하면 그것으로 족하지 않은가. 아키미의 행복을 바라는 마음으로 나 자신도 구원되니까, 자학하지 마라.

'오, 잘됐네, 아키미. 축하해.'

비틀거리며 일어나 집을 나섰다. 편의점에 가서 만에 하나를 위해 남겨 둔 10만 엔을 인출했다. 이 정도 넣으면 격식은 갖춘 것이리라. 적당한 봉투를 사서 10만 엔을 밀어 넣고, 섬의 고등학교 주소를 쓴 뒤 받는 사람으로 기타하라 선생의 이름을 썼다. 현금은 보통 우편으로 보낼 수 없으니, 도중에 없어질 우려가 있다. 그래도 상관없다.

'이렇게 해서 완전히 빈털터리가 되었군.'

텅 빈 기분으로 파란 하늘을 올려다보았다. 살랑 부는 바람에도 둥실 떠오를 듯한 부유감. 지금은 빌딩 옥상에서 뛰어내려도 떨어지지 않고 하늘로 날아오를 수 있지 않을까 하고, 야릇하고 태평한 상상을 하고는 혼자 히죽 웃고 말았다. 뭐, 떨어져 박살이 나도 딱히 상관없지만.

지금까지 쓴 돈 가운데 가장 잘 썼다고 생각한다. 어처구니없이 훌훌 날려 버린 끝에 마지막으로 싹 청산했다고 느낀다. 후련한 기분으로 휴대 전화를 꺼내, 줄곧 보내려다 못 보낸 메시지를 우에키 씨에게 보냈다.

― 은퇴합니다. 지금까지 신세 많이 졌습니다.

작가 생명은 벌써 오래전에 끝났는데 굳이 선언을 한다.
자기 과시욕만큼은 남다른 자신이 부끄러워졌다.

아침부터 눈이 내리고 있다. 에세이 원고는 보냈고, 오늘은 선술집 아르바이트도 없다. 여자는 일하러 나갔다. 고타쓰에 발을 들이밀고 널브러져 있자니 기타하라 선생에게서 전화가 왔다.
"봉투를 열었더니 돈이 들어 있어서 깜짝 놀랐습니다. 그거 뭐죠?"
"축의금입니다. 아키미와 결혼한다면서요."
"어떻게 그걸."

"며칠 전에 엄마에게 들었습니다."

"며칠 전? 자네 어머니에게 결혼한다고 전한 때는 여름인데요. 이마바리의 불꽃놀이에서."

"돈 좀 달라고 말하는 김에 나온 말일 뿐입니다."

"아키미 씨의 결혼은 말 하는 김에 할 말이 아닌 것 같은데요."

"그런 여자인데 어쩌라고요."

"이유는 알았습니다. 그러나 축의금으로는 너무 많아요."

"선생님께 신세도 많이 졌고, 제 성의입니다."

말은 그렇게 했지만, 아키미가 빚을 계속해 갚고 있으니 축의금 조로 보낸 돈은 3개월 정도면 다시 내게로 돌아온다. 어이없는 얘기다.

"선생님, 아키미에게 이제 돈 갚지 않아도 된다고 전해 주세요. 그런 뜻까지 포함한 축의금입니다."

"그건 두 사람의 문제이니, 아키미 씨에게 직접 말하세요."

"직접 말하는 건 곤란하잖아요."

"왜 곤란하죠?"

"선생님도 자기 아내가 전 애인과 연락을 주고받는 건 싫을 텐데요."

"아니요. 나와 아키미 씨는 상조회 회원일 뿐입니다."

의미를 알 수 없었지만, 따져 물을 마음도 없었다.

"뭐가 되었든 상관없습니다. 아무튼 아키미를 행복하게 해 주세요."

"자네는 정말 그래도 좋은 건가요?"

대답할 말이 없었다.

"엄마 같은 말 하지 마세요."

농담처럼 말했는데, 기타하라 선생은 웃지 않았다.

"결혼 축하합니다. 아키미에게는 전하지 않아도 됩니다."

그럼, 하고는 전화를 끊은 다음 잠시 그대로 꼼짝 않고 있다가, 건전지가 떨어진 것처럼 고타쓰 테이블로 고개를 푹 처박았다. 다 끝났다고 뼈가 저리도록 느꼈다. 고타쓰 상판을 통해 열기가 볼에 전해진다. 그러나 내 안은 오래전부터 텅 빈 공동, 따끈해질 것조차 없다. 눈을 감고 허망한 열기를 느끼고 있는데, 불쑥 거실 장지문이 열렸다.

"'아키미'가 옛날 애인 이름이었네."

반응할 기력도 없었다.

"왔어? 일하느라 고생했어."

말이 채 끝나기도 전에 가방이 휙 날아갔다. 내 바로 옆을 스치고 벽에 툭 부딪쳐 안에 든 것들이 우르르 떨어진다. 그 안에 내 통장도 있었다. 언제 가져갔던 거지.

"매달 26일에 '아키미'라는 사람이 4만 엔씩 입금하더라."

성가신 전개에 얼굴을 찡그렸다.

"빌려준 돈이 있어서."

"남에게 빌려줄 돈이 다 있었네."

"옛날에는."

"나한테는 아무것도 안 사 주는 주제에 아키미를 위해서라면 통장을 텅텅 비우네."

여자가 침실로 갔다. 벽장을 여는 소리가 들리고, 잠시 후에 종이 쇼핑백과 내 양복을 들고 돌아와 바닥에 툭 내던진다.

"나가."

난감하다. 나가는 것은 좋지만 여자가 눈물을 뚝뚝 흘리고 있다. 나는 우는 여자에게 약하다. 울면서 매달리는 여자의 뭐라 형용할 수 없는 무거움에도.

"나, 지난달에 생일이었어."

분통하다는 듯 말하는 여자와 눈이 마주쳤다.

"말하지 그랬어. 그럼 나도……."

"좋아하면, 보통은 그쪽에서 묻지 않나."

그런가, 지금까지 내가 여자에게 생일을 물은 적은 없다. 아키미에게도 그랬으니, 애정이 있고 없고는 무관할 듯하다. 그저 세심하지 못한 인간일 뿐이다. 미안하다고 생각하는 한편, 생일 따위로 이렇게 화를 낼 거면 애당초 응원하겠다느니 생활을 책임지겠다느니 하는 말을 하지 말았어야지, 하고 생각한다.

"나잇살이나 먹어서 고작 생일 따위로 시끄럽게 군다고, 멍청하다고 생각하는 거지?"

"그렇게 생각하지 않아. 내가 세심하지 못해서 미안해."

그러나 함께할 수 없을 정도로 두드러지는 서로 간의 몰이해, 그걸 노력으로 메울 생각이 없다는 걸 깨달았다. 내던져진 옷을 쇼핑백에 담으려는데 여자가 팔을 잡았다.

"미안해. 거짓말이야. 지금 한 말, 진심 아니야. 그냥 여기 있어."

여자가 눈물 젖은 눈으로 애걸하자, 미안함과 무거움이 두 배로 늘었다.

"이 이상은 안 돼."

"왜? 나는 괜찮아. 당신을 사랑한다고."

꽉 잡은 여자의 손을 슬며시 떼어 내고 쇼핑백에 옷을 담는다. 침실에 아직 옷이 남아 있지만 상관없다. 여자는 지친 얼굴로 바닥에 납죽 앉아 있다. 줄줄 흐르는 눈물을 셔츠 소매로 닦아 주었다.

"당신, 남자에게 너무 헌신하면 안 돼."

여자가 멍한 눈으로 나를 올려다본다.

"그래서 부담스러웠어?"

"그런 건 아니야. 감사하고 있어. 그렇지만 몸 바쳐 마음 바쳐 헌신하면 사랑받을 거라고 생각하지 마. 남자를 잘 부려서 그쪽에서 헌신하게 하는 게 좋아. 다음에는 그렇게 해."

눈물 때문에 볼에 들러붙은 머리카락을 떼어 주었다.

"……당신은, 참 친절하네."

"무슨 말을. 칭찬하는 말은 아니지?"

— 너의 그 생각은 친절함이 아니야. 나약함이지.

"정말이야. 지금까지 그런 말 해 준 남자, 하나도 없었어."

여자가 자기 손으로 눈물을 닦았다.

"마지막으로 한 가지만 말해 줘."

"뭐를?"

"나, 좋아했어?"

그런 걸 물으면 나는 정말 난감하다.

"응, 좋아했어."

여자의 얼굴에서 핏기가 쏙 가셨다.

"당신이 좋아한 건, 내 이름이겠지."

통렬한 가격. 나는 웃으려고 했지만, 한심하게도 볼이 일그러졌을 뿐이다.

"그럼, 잘 있어. 아키미."

많지 않은 짐을 들고 여자의 아파트에서 나왔다.

한겨울의 공원 벤치에서 생각했다.

'이렇게 순식간에 노숙자가 되는구나.'

너무 추워서 할 수 없이 엄마에게 전화를 걸었다. 그러고 싶지 않지만, 집을 빌릴 돈이 마련될 때까지 한동안 신세를 질까. 그러나 받지 않는다. 효자가 곤경에 처했을 때는 그래도 좀 도와줘야지. 하기야 부모가 도움 된 적은 없다.

편의점에서 위스키를 사 들고 일단 인터넷 카페로 피신했다. 어두컴컴하고 좁은 공간에 기름때 같은 냄새가 희미하게 배어 있다. 그래도 따뜻해서, 추위를 피할 수 있는 것만도 고맙다. 자, 내일부터는 어쩐다. 통장은 바닥났고, 남은 현금도 얼마 없다.

'살아 있기만 하는 것도 왜 이렇게 귀찮은 거야.'

처음에는 위스키를 카페에 있는 종이컵에 따라 마시다가 취기가 돌자 귀찮아서 병째 입에 대고 마셨다. 아무것도 먹지 않아 위가 찌릿찌릿하다. 밥이나 먹으러 나갈까 생각하는데 휴대 전화가 진동했다. 화면에 우에키 씨라고 떠 있다.

"카이, 연락이 늦어서 미안해."

"연락?"

"그제, 메시지. 은퇴한다는."

아…… 하고, 맥 빠진 대답을 하고 말았다. 설마, 그렇게 미련과 자기 과시욕의 덩어리 같은 농담에 반응할 줄은 몰랐다. 나는 이미 작가가 아니고, 우에키 씨도 이미 내 담당 편집자가 아니다. 그런데도 굳이 '연락이 늦어서 미안'하다니. 이 사람이 담당 편집자여서 나는 정말 운이 좋았다.

"신세를 너무 많이 졌는데, 아무 보답을 못해서 미안합니다."

"멋대로 끝내면 안 되지."

강하게 말을 막는다.

"너는 아직 한 작품도 쓰지 않았잖아."

"하게 되면 나는 아무래도 나오토와 하고 싶습니다."

말하면서 천장을 올려다보았지만, 겨우 내 한 몸이 담긴 상자가 보일 뿐이었다.

"……그건."

"나오토, 지금 어떻게 지내는지 알아요?"

메시지를 보내도 이제는 읽지도 않는다.

"마음의 병은 어렵잖아. 좋아졌다가 나빠졌다가, 그 반복이라. 올여름에 부모님께 근황을 물어봤는데, 여전히 아파트에 틀어박혀 지낸다는군."

나와 달리 나오토는 돈을 허투루 쓰지 않았다. 돈만 있으면 언제까지나 틀어박혀 지낼 수 있다. 나오토에게 그런 생활이 좋은지 나쁜지는 차치하고.

"나오토와 같이하든 안 하든 그 문제는 둘째 치고, 너는 쓰는 사람이야. 나는 만화 원작이 아니더라도 괜찮다고 생각해. 에세이, 매달 읽고 있어. 나는 만화판에 있는 사람이라 잘 모르겠지만, 글맛이 있는 좋은 문장이야. 그 잡지에서 소설을 의뢰했을 텐데."

"5년이 지났지만, 결국은 아직도 쓰지 못하고 있습니다."

위스키를 들이붓자, 위 전체가 뒤틀리는 것처럼 아팠다.

"누구에게나 쓰지 못하는 시기는 있어. 지금 당장이 아니라도 좋아. 나는 기다릴 거야."

위가 욱신거리는 불쾌함에 그만 짜증이 일었다.

"왜 그렇게 집착하는 겁니까. 나는 어디로 보나 낙오자인데."

"카이가 쓰는 이야기를 좋아하니까."

"그게 전부입니까?"

"어, 그래. 궁극적으로 우리 편집자들은 그게 다야."

우에키 씨는 진정을 담을 때 '우리'라는 말을 사용한다. 이 말에 답하고 싶다. 겨우 그런 생각만 떠올랐다. 하지만 그러기 위해 쓸 수 있는 말이 없다. 위가 점점 더 아파 온다.

"우에키 씨, 정말 미안한데요."

무의식적으로 배에 손을 댄 순간, 몸 안에서 뜨거운 덩어리가 생겨났다. 술기운으로 멍한 의식이 순간적으로 명료해질 만큼의 격통이었다. 그 덩어리가 목구멍을 향해 치닫는다. 손으로 입을 눌렀지만 이미 늦어, 쿨컥쿨컥 묘한 소리를 내며 토했다.

"카이?"

큰일이다, 방을 더럽히고 말았다. 손가락 사이로 흐르는 오물을 보다 손가락이 벌겋게 물든 것을 알았다. 위 안에서는 격통이 여전히 요동치고 있다. 아프다. 아프다. 이거 뭐야. 사고가 미처 따라잡지 못한다. 또 토했다. 기침이 멈추지 않는다. 토한 피가 사방으로 튄다.

"카이, 괜찮아? 무슨 일이야?"

대답할 여유도 없이 기어서 방을 나왔다. 마침 옆 부스에서 나온 젊은 여자가 피투성이 나를 보고 비명을 질렀다. 부스 여기저기에서 사람들이 나온다.

"괜찮아요?"

달려온 점원이 묻는다. 피를 토하고 있는데 괜찮을 리가 있나, 하고 고함을 지르는 대신 휴대 전화를 건넸다. 점원이 우에키 씨에게 상황을 설명한다.

"손님, 통화하신 분이 지금 바로 온다고 합니다."

안도감은 없었다. 나오토도 그렇고, 나도 그렇고, 담당 편집자에게 폐만 끼치는 인간들이다. 이제 그만 죽어 버려라. 자신에 대한 분노와 죽으면 아키미와 엄마가 슬퍼할까 하는 자학, 정말 이렇게 죽는 걸까 하는 공포가 뒤죽박죽 엇갈리다가,

'한심하군.'

마지막에는 그 한 점으로 집약되었다.

• 이노우에 아키미, 30세, 여름

서점에 갈 때마다 혹시나 카이의 새 만화가 출간되지 않았나 하고 찾게 된다.

만화 코너에서 제일 눈에 잘 띄는 장소에는 최근에 사회 현상이 된 인기 만화가 산더미처럼 쌓여 있다. 몇 년 전에는 이곳에 카이와 나오토 씨의 만화가 쌓여 있었다.

잇달아 화제작이 제공되어 세상 사람들은 모두 카이와 나오토의 만화를 잊고 말았다. 마찬가지로 그 사건도. 당시에 그토록 화를 냈던 사람들은 모두 어디로 갔을까. 말로 하기 어려운 울분을 터뜨리는 쓰레기통으로 삼았던 게 아닐까 싶기까지 하다.

"기타하라 선생님, 오래 기다리셨죠."

엄마가 부탁한 책을 산 다음, 참고서 매장에 서서 책을 읽고 있는 기타하라 선생에게 말을 건넸다. 둘이 차를 타고 마쓰야마로 향한다.

"갖다 드릴 건 그게 전부인가요? 과자 같은 건?"

"괜찮습니다. 섬에서 잡은 생선으로 요리를 해 모두에게 대접하고 싶다셨으니까요."

뒷자리에 놓인 아이스박스에는 갓 잡은 생선이 그득하게

들어 있다.

"양이 꽤 많아 보이네요."

"8일 치니까요. 어머니, 잘하고 계신지 모르겠습니다."

보름 만에 엄마를 만나러 간다. 그동안 어떻게 지냈을지 불안한 심정으로 마쓰야마 도심에서 30분 정도 되는 거리에 있는 '양지바른 홈'으로 향했다.

"어머나, 예쁜 분홍색이네."

아이스박스 뚜껑을 열고 말하는 엄마의 눈이 반짝거렸다.

"역시 도미는 섬에서 잡은 게 최고라니까. 탄력이 완전 다르잖아. 회를 떠서 저녁때 다 같이 먹어야지. 벤자리는 조리거나 소금구이로 하고. 아, 잘게 두드려서 된장에 버무려 먹어도 좋으려나."

"다녀왔어요!"

엄마가 얼음에 잠긴 생선을 하나하나 들여다보는 중에, 엄마와 동년배의 여자 둘이 거실로 들어왔다. 산책을 하고 왔는지, 운동복 차림에 모자 쓴 모습이 건강하고 젊어 보인다.

"아, 안녕하세요. 시호 씨 따님?"

"어머나, 생선이 펄펄 뛸 것 같네."

둘이 아이스박스를 들여다보며 함박 웃는다.

"저희 어머니가 신세를 많이 지고 있는데, 감사합니다."

"신세는 무슨 신세."

여전히 웃는 얼굴로 답한다.

"사토에 씨, 가즈미 씨. 이 생선들, 오늘 저녁 찬으로 다 같이 먹자고."

"우리도 같이 먹는 거예요?"

"다 같이 먹으려고 가져오라고 했어."

동년배의 여자들과 즐겁게 얘기하는 엄마 모습을 몇 년 만에 보는 것일까.

엄마는 7월 초에 마쓰야마에 있는 셰어 하우스에 들어가 체험 생활을 하고 있다. 정신적으로 불안정한 엄마가 낯선 곳에서 다른 사람들과 잘 어우러질 수 있을지 걱정했는데, 자기를 아는 사람이 아무도 없는 장소에서 오히려 본래의 명랑함을 되찾아 가고 있다. 사람은 숨기고 싶은 것을 숨길 수 없는 장소에서 재출발하기 어렵다는 것을 나는 겨우 깨달았다.

'양지바른 홈'은 아직 체력은 있지만 혼자 살기는 외로워 누군가와 더불어 살며 충실한 하루하루를 보내고자 하는 장년층을 위한 민간 시설이다. 단독 주택을 개조한 건물에서 현재 오십 대에서 육십 대 여자 여덟 명이 생활하고 있다. 희망자는 근처에 있는 농원에서 일하면 용돈도 벌 수 있다. 엄마가 여기 들어가고 싶다고 말했을 때는 솔직히 놀랐다.

"셰어 하우스? 진심이야?"

몇 년 전부터 이사하고 싶다고, 섬을 떠나고 싶다고 몇 번이나 말했다. 작은 커뮤니티 안에서 '남편에게 버림받은 가엾은 여자'라는 눈총이 끝도 없이 쏟아지는 생활에 엄마는 지쳐 있었다. 그러나 돈과 정신 상태 문제로 실현은 불가능하다고 생각해 왔다.

"기타하라 선생님이 여기저기 조사해서 가르쳐 줬어."

기타하라 선생은 밤의 해변에서 나와 얘기를 나눈 후로 간간이 우리 집을 찾아왔다. 엄마는 사람을 완전히 기피하고 있었는데, 기타하라 선생의 방문은 받아들였다.

유와 내가 친해서, 주말이면 둘이 밥을 먹으러 오는 일도 있었다. 밥을 먹고 나면 보답으로 잘 여닫히지 않는 덧문이나 빗물받이 수리 등 남자 손이 필요한 일을 해 주었다. 그러다 보니 어느 순간, 기타하라 선생이 우리 생활에 아주 자연스럽게 녹아 있었다.

"선생님, 저녁 뭐가 좋아요?"

"맛있으면 뭐든 좋아요."

"그거, 제일 어려운 청이라고요."

정글처럼 무성해진 마당에서 가지치기를 하는 기타하라 선생과 바닥에 떨어진 이파리를 봉지에 끌어 담는 나를, 엄마가 툇마루에 걸터앉아 멍하니 바라보는 일도 있었다.

"너, 요즘 들어 얼굴이 달라졌다."

어느 밤, 빨래를 개고 있는 내게 엄마가 말했다.

"지켜 주는 사람이 있으니, 역시 마음이 편안해지나 보네."

딱히 지켜 주는 사람 없는데…… 하고 말하려다, 당연한 일이듯 기타하라 선생을 떠올리는 나 자신에 당황했다. 기타하라 선생이 우리 집을 드나들기 시작하면서부터 밤의 해변에서 술을 마시는 일은 없어졌다. 선생이 해변에 갈 때는 자기를 부르라고 했기 때문이다. 아직 부른 적이 없지만, 부르면 와 줄 사람이 있다는 안도감 덕분이라고 생각한다.

"기타하라 선생님이랑 사귀고 있지?"

"아니, 사귀기는."

이번에는 주저 없이 대답했다. 나는 아직 카이를 잊지 못하고 있고, 무엇보다 일과 돈 문제가 산적해서 연애에 시간과 마음을 쓸 여유가 없다.

"아키미, 엄마 걱정은 안 해도 돼."

"아니라니까 그러네. 나와 기타하라 선생님은……."

"엄마는, 기쁘다."

나는 빨래를 개던 손을 멈췄다.

"기쁘다는 생각, 몇 년 만에 해 보는지 모르겠네."

엄마는 이상하게 후련한 표정이었다.

"전부 내 잘못이었는데, 엄마는 네가 무서웠어. 그렇게 큰 빚을 지게 한 것도, 아오노 군이랑 헤어지게 한 것도, 이것저

것 전부, 겁나고 두렵고, 너무 미안하고. 계속 그런 생각만 들어서."

엄마는 엉킨 실을 한 올 한 올 풀어내듯이 천천히 말했다. 자기 하나로도 벅차서 주위가 보이지 않았는데, 그러다 정신을 차리고 보니 딸이 늘 긴장한 무서운 표정의 여자가 되어 있었고, 이대로 가면 딸의 인생을 망치게 될 게 뻔한데, 도무지 출구가 보이지 않았다고.

"그런데 네가 요즘 들어 점점 얼굴이 부드러워져서, 그게 얼마나 기쁘던지. 내가 이 아이 엄마라는 사실을 다시금 떠올렸어."

나는 얼빠진 얼굴로 엄마 말을 듣고 있었다.

"그리고 겨우, 이대로는 안 된다는 걸 알았어."

엄마가 일어나 이쪽으로 와서 나와 마주했다.

"아키미, 혼자 무거운 짐을 지게 해서 미안하다."

엄마가 바닥에 손을 대고 머리를 깊이 숙였다. 나는 당황해서 엄마 어깨를 잡고 몸을 일으켜 세웠다.

"뭐야, 왜 이래 뜬금없이."

그렇게 말하는데 눈물이 뚝뚝 흘렀다. 절대 울지 않겠다고 맹세했는데, 참을 수 없었다. 미안하다고 서로에게 사과했다. 길고 캄캄한 터널 끝에 점 같은 밝은 빛 하나가 보였다. 아직은 갈 길이 멀다. 하지만 이제야 겨우 되찾은 기쁨을 느꼈다.

"그거 잘됐군요."

그 얘기를 하자 기타하라 선생은 여느 때와 다름없는 담담한 표정으로 기뻐해 주었다. 엄마가 '양지바른 홈'에 들어가고 싶다는 말을 꺼낸 것은 그로부터 며칠 후였다.

저녁때가 되어 홈의 부엌에서 식사 준비를 시작했다. 몇 년이나 일하지 않는 돌 같은 엄마에게 길들어 있었는데, 생선을 척척 손질하는 모습을 보고 있으려니 눈물이 쏟아질 것 같았다.

"엄마, 그럼 여기 입주하겠다는 마음, 변하지 않은 거야?"

"다 좋은 사람들이고, 쓸데없는 걸 캐고 드는 사람도 없어서. 마음 편한 게 최고 아니겠니."

엄마는 시원스럽게 단언했다.

"그런데 너는? 사귀는 거 맞지?"

엄마가 카운터 안쪽에서 다른 사람들과 얘기하고 있는 기타하라 선생을 바라본다. 좀 별난 사람인데 어째서인지 나이가 좀 있는 여자들에게 인기가 좋다.

"응, 뭐, 그렇게…… 되려나."

애매하게 말했지만, 인정한 셈이 되었다.

"결혼할 거니?"

"그건 뭐, 여러 가지, 아, 음."

말을 얼버무리자, 엄마가 일하던 손을 멈추고 이쪽을 보았다.

"그래, 여러 가지가 있지."

여러 가지. 여러 가지. 살아가는 데는 수많은 여러 가지가 있다.

둘이 나란히 서서 한동안 말없이 칼질을 했다.

"고생만 잔뜩 시켜 놓고 이제 와서 이런 말 하기 뭐하지만, 엄마는 아키미가 행복해지면 좋겠어."

"……응, 고마워."

행복. 오래도록 외면하고 있어서, 행복이 어떤 꼴인지 잊고 말았다. 다른 누가 아니라 내게 행복이 어떤 꼴인지 기억해 내야 한다.

밤늦게 집으로 돌아갔다. 붉은색과 짙은 파란색이 섞인 황혼 빛 아래 '양지바른 홈'의 여러 분과 나란히 서서 손을 흔드는 엄마가 백미러 속에서 점점 작아진다.

"이것저것 하다 보니 이렇게 늦었네요."

후, 숨을 길게 내쉬고 등받이에 기댔다.

"우리 엄마, 입주할 의사는 변함이 없대요. 예전 같지 않게 느긋하고, 그렇게 건강해질 줄은 몰랐어요. 기타하라 선생님 덕분이에요. 감사합니다."

새삼스레 공손하게 인사했다.

"그렇게 예를 차릴 필요 없어요. 장모가 될 사람인데."

어떻게 대답할지 생각하고 있는데, 기타하라 선생이 넌지시 덧붙였다.

"아키미 씨 마음이 달라지지 않는다면 그렇다는 말입니다."

얼마 전부터 기타하라 선생은 나를 '이노우에 씨'라 부르지 않고 '아키미 씨'라고 부른다. 엄마에게는 말하지 못했지만, 우리는 교제를 넘어 결혼 얘기를 하고 있다. 그런데도 나는 기타하라 선생이 나의 연인인지 아닌지, 실은 잘 모른다.

"달라지지 않아요. 다만, 정말로 그래도 괜찮은 건가 해서."

"정말로?"

횡단보도 바로 앞에서 차가 섰다. 할머니가 천천히 보도를 가로지른다. 걸어가다가 걸음을 멈추고 이쪽을 돌아보며 머리를 숙인다. 기타하라 선생도 정중하게 머리 숙여 답한다.

"저와 결혼하면, 앞으로도 싫은 소리를 많이 듣게 될 텐데."

"타인이 뭐라고 하든, 별 상관 없잖아요."

할머니가 횡단보도를 다 건너간 것을 확인하자, 기타하라 선생이 천천히 액셀을 밟았다. 기타하라 선생은 예의 바르고 친절하다. 하지만 그런 온화함과는 별개로 타인이 뭐라 말하고 어떻게 생각하든 관계없다고 여긴다.

자기 제자와 연애를 한 날부터, 그 사람이 낳은 유를 혼자 키우기로 결정한 날부터 그 외의 모든 일은 아무래도 상관없다고 내던져 버린, 어떤 의미에서는 살벌한 사람이다. 둘이서 많은 얘기를 나누게 된 후에야 조금씩 그의 성격을 알게 되었다.

―나와 결혼하지 않겠습니까.

그래서 그날 밤에 했던 말이 진심이라는 걸 알았을 때는 놀랐다.

혼란스러워하는 내게 기타하라 선생은 그날 밤과 똑같은 말을 했다.

"부족한 사람끼리 서로 도우며 사는 거죠. 결혼이라는 형태를 취하면 나는 아키미 씨를 경제적으로 지원할 수 있습니다."

아닌 게 아니라 나의 불안과 불만의 대부분은 돈에서 비롯된다. 그렇다면 나는 기타하라 선생에게 어떤 도움을 줄 수 있나. 나와의 결혼에서 그는 어떤 득을 얻을 수 있나.

"앞으로 남은 긴 인생, 나는 계속 혼자 사는 게 무섭습니다."

"선생님에게는 유가 있잖아요."

"자식은 자식, 부모는 부모입니다. 소유물처럼 생각하면 비극이 싹트죠."

맞는 말이었다. 나 또한 그 비극에 휘말린 한 사람이다.

"아키미 씨는 혼자 사는 게 무섭지 않은가요?"

"무서워요."

그 대답은 분명하게 했다. 회사와 자수에 양다리를 걸치고 근근이 엄마와의 생활을 지탱하고 있다. 하지만 부모는 어차피 먼저 세상을 뜬다. 그때 나는 몇 살일까. 여자로서는 매력을 잃었고, 인간으로서는 일도 저금도 없다. 아무런 보장 없이 혼자 중년에서 노년으로 늙어 가는 긴 시간을 지내야 하는 인생이 기다리고 있을지도 모른다. 건강할 때는 그나마 괜찮겠지만, 큰 병이라도 앓게 되면 어떻게 하나. 그런 고독감을 나는 견뎌 낼 수 있을까.

남들은 생각이 지나치다고 할까. 하지만 그것이 바로 나의 현실이었다. 산다는 것은 이 얼마나 두려운 일인가. 앞이 보이지 않는 깊은 어둠 속에 온갖 귀신이 도사리고 있다. 일, 결혼, 출산, 늙음, 돈. 싸울 기술이 없는 나는 눈을 감고 몸을 웅크리는 수밖에 없다.

— 그렇다면 나와 함께 살지 않겠습니까?

사랑이나 연애와는 다르지만, 무엇보다 나를 구원해 준 말이었다.

한편으로 누구와든, 무엇과든 결혼할 수 있다면 좋겠다는 생각도 한다. 남자끼리든, 여자끼리든, 반려동물과든, 이야기의 등장인물과든, 이유가 사랑이나 애정이 아니더라도 본인들이 좋다면 셋이든 넷이든 결혼할 수 있으면 좋겠다고 생각한다. 결혼은 하지 않아도 결혼에 버금가는 보장이 있으면 좋겠다. 혼인 신고를 하지 않았어도 수술 동의서를 쓸 수 있다면 좋겠다. 위독할 때는 병실에 들어갈 수 있으면 좋겠고, 유산은 남기고 싶은 사람에게 매끄럽게 상속되면 좋겠다. 결혼했어도 남편의 성을 따르고 싶은 사람은 성을 바꾸지만 그렇지 않은 사람은 바꾸지 않아도 무방하길 바란다. 그 외에도 무수한 불편함과 불합리함이 없어져야 한다.

"아무튼 상조회에 입회하는 정도의 감각으로 시작해도 좋지 않을까요?"

그 표현에 그날 밤처럼 힘이 쭉 빠졌다. 낭만이라고는 털끝만큼도 없지만 목적이 분명하고, 어딘지 모르게 따스하게 들리는 그 말이 나는 마음에 들었다. 회원 두 명인 상조회에 나와 기타하라 선생이 입회해 서로 도우며 인생을 살아가기로 약속했다.

기타하라 선생은 카이와 다르다. 카이와는 연애를 했지만, 서로가 젊었고 양보하지 못했고 돕지도 못했다. 서른 살이 된 지금의 나라면 어땠을까. 양보하고 서로 도울 수 있을까. 영원히 알 수 없다. 기타하라 선생과 카이는 전혀 다른 장소에 있다. 겹치지 않으니 부딪치지도 않아, 카이는 손이 닿지 않는 별처럼 언제까지나 거기에 존재한다.

기타하라 선생과의 혼담은 일사천리로 진행되었다. 기타하라 선생이 학교에서 돌아오는 길에 우리 집에 들르면 둘이 저녁을 먹으면서 여러 가지 의논을 하는 날이 많아졌다.

"알겠어요. 그럼 혼인 신고는 연내에 하고, 일할 때는 옛 성을 그대로 유지하겠어요."

"식은 어떻게 하렵니까?"

"나는 굳이 안 해도 된다는 주의인데요."

"사양하지 않아도 됩니다. 여자 중에는 식은 몰라도 웨딩드레스는 꼭 입어 보고 싶다는 분이 많다고 들었는데요. 드레스와 식은 별개라고."

"저는 그런 소망은 그다지 없는 것 같아요."

식탁 너머에서 기타하라 선생이 나를 물끄러미 쳐다본다. 티셔츠와 청바지를 입은 적당한 차림을 확인하고는 납득이 간다는 듯 고개를 끄덕인다. 카이와 사귈 때는 도쿄 여자와 경쟁하듯 멋을 부리려 애썼지만 지금은 깨끗하고 활동하기 편한 옷이면 족하다. 애당초 나는 멋을 부리는 스타일이 아니다. 기타하라 선생도 적당히 촌스러워서 편하다.

"자, 이제 집이군요. 우리 집에서 산다 치고, 아키미 씨 작업실은 마련해야겠죠."

"아니, 괜찮아요. 그런 걸, 굳이."

"그럴 수는 없습니다. 결혼하면 회사를 그만두고 자수 일만 하게 될 텐데, 집중할 수 있는 장소가 필요하죠. 아키미 씨를 위해서도 그렇지만, 거실에서 일하면 나도 유도 편히 쉴 수가 없어요. 그러니 작업실이 따로 있는 편이 좋겠습니다."

사양할 국면이 아니었다. 기타하라 선생은 배려와 합리성의 균형이 잘 맞는 사람이고, 그 점은 생활을 함께하기에 더없이 큰 장점이었다.

"빈방을 개조하는 것과 마당에 별채를 짓는 것 중에 어느 쪽이 좋은가요?"

"유와도 의논해서 정하면 좋겠어요."

"그렇군요. 정해지면 건축 인테리어 업자를 부르죠."

모든 일이 놀라우리만큼 매끄럽게 진행되고 있다. 너무 매끄러워서 지금까지 꽉 막혀 있던 정체는 뭐였나 싶어 오히려 불안이 스친다. 아무 불만도 없어서 불안하다니 멍청하기 짝이 없다.

8월, 기타하라 선생과 유와 셋이서 이마바리로 불꽃놀이를 구경하러 갔다. 유는 마쓰야마에 있는 대학으로 진학했고, 졸업하면 공무원이 되겠노라고 한다. 이유는 여차하면 혼자서도 살아갈 수 있는 길이기 때문인 듯하다.

"유는 혼자 살려는 거야?"

"아니요. 혼자서도 살 수 있게 하고 싶을 뿐이지 혼자는 싫어요."

태연하게 그런 대답을 해서, 그건 그렇지 하며 나는 씁쓸히 웃었다.

"그래서 아키미 씨도 아빠와 결혼하는 거잖아요."

정식으로 얘기하기 전에, 유에게 축하한다는 말을 듣고 말았다.

"오래전부터 아키미 씨가 언니라면 얼마나 좋을까 했는데, 엄마가 될 줄이야. 정말 의외였어요. 아키미 씨, 이런 아빠지만 잘 부탁합니다."

유가 머리를 숙여서, 나야말로 하며 나도 머리를 숙였다.

"이런 아빠라니, 어떤 아빠라고 생각하는 거야."

기타하라 선생이 낮게 중얼거려 유가 웃었을 때, 머리 위에서 폭죽이 치솟는 커다란 소리가 울렸다. 모두가 하나같이 밤하늘을 올려다보며 환성을 지른다.

"……예쁘다."

짙은 남색 밤하늘로 솟아오른 거대하고 동그란 불꽃을 올려다보며 중얼거렸다. 옆을 돌아보다, 동감이라는 듯 온화하게 미소 짓는 기타하라 선생과 눈이 마주친다. 불꽃놀이 중반부터 하늘에서 형태를 만드는 폭죽이 터졌다.

"물고기일까요."

"리본 아닐까요."

귓가에 얼굴을 대고 소곤소곤 얘기한다. 가끔 유가 돌아보며 놀리듯 부채를 팔랑팔랑 부친다.

왠지 기분이 묘했다. 카이와는 아무리 해도 이뤄지지 않았다. 그렇게 오래 사귀었는데 불꽃놀이를 한 번도 구경하지 못했다. 고작해야 불꽃놀이, 그래도 불꽃놀이. 아무리 좋아해도 이뤄지지 않는 상대가 있는 법이다. 운명이라는 단어가 떠올라, 소녀 같은 자신이 우스워졌다.

"아, 아빠. 귤 모찌 사 줘."

불꽃놀이가 끝나 노점을 돌아보고 있는데 유가 걸음을 멈추고 말했다.

"자립을 지향하는 대학생으로서, 스스로 사거라."

"치사하다, 아빠."

유가 뚱한 표정을 짓는다. 나는 멍하니 노점을 바라보면서, 카이와 오노미치에서 데이트했던 고등학생 시절을 떠올렸다.

귤 모찌가 그 지역 명물로 유명한 것에 비해 그리 맛있지 않아 웃었던 일. 레모네이드가 맛있었던 일. 과일이 통째로 들어가 있어 입에 씨가 잔뜩 남았던 일. 오노미치 라면이 맛있어서 또 오자고 약속했던 일. 하지만 결국은 그때가 끝이 되고 말았다.

"괜찮습니까?"

"네?"

"피곤하면 차로 돌아가죠."

"아, 아니, 괜찮아요."

이제 곧 남편과 딸이 될 사람과 나란히 걸어가면서 옛 연인을 떠올리고 있었다는 말은 차마 할 수 없다. 눈을 내리깔자, 기타하라 선생이 등을 톡톡 쳤다.

"잊지 못할 일을 억지로 잊으려 하지 않아도 됩니다."

눈치챘다는 걸 알고 당황했다. 뭐라 둘러대면 좋을까. 하지만 기타하라 선생은 나의 변명 따위 바로 간파할 것이다. 그렇다면.

"선생님은 유의 엄마가 생각나지 않나요?"

"갑자기 왜 그런 말을?"

"나만 속내를 들키는 건 불공평하지 않나 해서요."

"아하, 재미있는 이유군요."

기타하라 선생이 웃었다.

"며칠 전에 이마바리의 슈퍼마켓에서 그녀를 봤습니다."

엣, 하면서 옆을 돌아보았다.

"아니, 본 것 같은 느낌이 들었어요."

그가 말을 정정했다.

"계속 찾고 있습니다, 나는. 그녀를."

생각나고 자시고가 아니라 그녀가 기타하라 선생의 내면에 살아 있다는 말이다.

캔디 애플, 빙수, 다코야키, 북적거리는 노점과 인파 속에서, 나는 외톨이가 된 기분으로 걸었다. 신기하게도 외롭지는 않다. 옆에 똑같은 외톨이가 있다.

"그런 일까지 포함해서 우리, 서로 도우며 살아갑시다."

가슴이 뭉클해져, 기타하라 선생을 올려다보았다.

"뭐죠?"

"아니요, 나, 정말 기타하라 선생님과 결혼하는구나 하는 생각에."

갑자기 실감했다. 나는 카이를, 기타하라 선생은 유의 엄마를, 서로가 마음에 품은 사람이 따로 있다. 사랑은 존귀하고, 사랑이 지구를 구한다는 이 세상에서, 우리의 사랑은 뭐 하나 구하지 못한다. 오히려 저주에 가까운 이 사랑의 힘겨움을 잘 아는 우리는 같은 뿌리에서 피어난 다른 꽃처럼 서로에게 친밀감을 느끼고 있다. 그런 우리가 서로에게 기대어 도우며 산다는 게 아주 자연스럽게 느껴졌다.

"아키미!"

갑자기 이름을 부르는 소리가 들렸다. 주위를 둘러보았다. 인파 속에서 엷은 보라색 유카타를 입은 카이의 엄마가 이쪽으로 뛰어왔다.

"오랜만이네!"

놀라고 있는데, 카이의 엄마가 반가운 듯 손을 잡았다.

"잘 지내? 이게 몇 년 만이야, 대체. 아이고, 예뻐졌네."

잡은 손을 위아래로 흔들어, 고개를 끄덕이는 수밖에 없었다.

"카이와 헤어진 지 몇 년 됐더라? 아유, 우리 아들이 멍청해서 정말 미안해. 그 아이, 그 후로……."

듣고 싶지 않다고 생각한 순간, 입이 열렸다.

"저, 결혼해요."

약간 뒤에 서 있는 기타하라 선생의 팔을 잡고, 앞으로 이끌었다.

"이 사람이에요."

"에? 카이 고등학교 다닐 때, 엣, 기타하라 선생님? 아키미랑 결혼해요?"

"오랜만에 뵙습니다. 네. 그렇게 되었습니다."

기타하라 선생이 대답하자, 카이의 엄마는 에에, 하고 이상한 목소리를 냈다.

"그래요? 에, 아이고, 놀랐네."

한참이나 요란을 떨고 나서 카이의 엄마가 머리를 숙였다.

"축하합니다. 아키미 씨를 며느리 삼고 싶었는데, 뭐 이것도 인연이겠지. 그 아이가 한때는 잘나갔지만…… 아키미가 똑똑하네. 행복해."

아주 가느다란 바늘에 찔린 기분이었다. 카이의 엄마에게 악의는 없다. 하지만 '똑똑하다'는 말이 '냉정하다'는 말을 무의식적으로 대신하고 있다는 것을 나는 안다. 상황으로만 판단하면, 나에게 씀씀이가 좋았던 카이를 버렸다고 여겨져도 어쩔 수 없다.

"역시 공무원이 안정적이라 좋지. 여자는 앞날을 내다볼 줄 알아야 해."

뭐라 대꾸하면 좋을지 몰라 애매한 미소로 답했다.

"거 쓸데없는 말이 왜 이리 많아. 축하한다는 말만 하면 되는데."

옆에 있던 다쓰야 씨가 끼어들었다. 오랜만에 뵙는다고 말하면서 머리를 숙이자, 미안하다며 꾸벅거렸다. 카이의 엄마는 어리둥절한 표정이었다.

"뭐, 아무튼 축하해. 카이에게도 전할게."

미소를 머금고 있던 입가가 파르르 떨렸다. 결혼한다는 말은 내가 먼저 꺼냈다. 그런데 카이에게는 전하지 않았으면 싶었다. 카이로부터 다시 만나자는 연락이 몇 번이나 왔는데, 언제부터인가 그런 연락마저 끊겼다. 지금은 다달이 갚고 있는 빚만이 카이와의 연결 고리다. 하지만 이번에야말로 완전히 안녕이다.

그런 생각을 하면서 내가 대체 몇 번이나 카이에게 안녕을 고한 건가 싶어 우스워졌다. 나는 이제 끝이라고 마음을 다지고 몇 번이나 안녕을 고해야 할 만큼 지금도 카이를 좋아하고 있다는 것을, 기타하라 선생과 결혼한다는 보고를 한 후에야 새삼스럽게 깨달았다.

내게 사랑은 온건한 형태가 아니다. 아무쪼록 잘 지내고, 행복하고, 내가 아닌 사람은 사랑하지 말고, 나를 잊지 말고. 사랑과 저주와 염원은 서로 비슷하다.

● 아오노 카이, 31세, 여름

 실려 간 병원에서 정밀 검사를 받았다. 위암이라는 결과가 나왔다.
 검사 결과를 듣는 순간 머리가 텅 비었다. 3기이니 우선 위 절제 수술을 한 다음 항암제로 치료하면서 경과를 보자고 했다. 바로 죽는 것은 아니어서 안도했지만, 그런 상황에서 안도하는 꼴이 우스워 이내 혼란스러워졌다.

"인간의 행불행에는 총량이 있어서 누구든 죽을 때는 더하기 빼기 제로라는데, 그 말이 맞을까."
"거짓말이야. 불행한 사람에게 일말의 희망을 주기 위한 방편일 뿐이지."
 낮은 테이블 앞에 정좌하고 컵 누들을 후룩후룩 먹으면서 나오토가 대답했다.
"세상에는 친절한 격언이 참 많기도 하단 말이지. 믿는 사람이야 얼마나 든든하겠어. 전화위복이라고, 또 알아. 암을 이겨 내면 엄청난 행복이 카이를 기다리고 있을지."
"그런 행복한 미래는 전혀 상상할 수 없군. 만화 원작자가 만화 말고 뭘 할 수 있겠어. 학력도 경력도 없는 서른 넘은 아저씨가 행복해질 수 있을 만큼 일본이란 나라가 만만치는 않지."

"한 번 실패한 인간이 그 실패를 만회하기 어려운 나라이기는 하지."

"남 일처럼 말하는군. 나오토도 마찬가지인데."

"나는 이미 인생을 포기했으니까."

나오토는 컵 누들을 국물까지 싹 비우고, 전자레인지에 데운 레토르트 카레를 플라스틱 스푼으로 퍼먹었다. 콜라 옆에는 스낵 과자가 대기하고 있다.

그 사건으로부터 6년이 흘렀다. 호리호리하고 세련되었던 나오토는 이제 없다. 정말 이렇게나 많이 필요할까 의심스러울 정도로 많은 항우울제의 부작용과 폭식으로 20킬로그램이나 살이 쪘고, 그 묵직한 몸을 감싸고 있는 옷은 해진 운동복이다. 소맷부리에는 보푸라기가 그득하다.

'병이라는 게 사람을 이렇게 바꿔 놓는구나.'

그렇게 느끼는 나 자신도 환자다. 자신의 앞날을 보는 듯해서 암담해진다.

"카이도 뭐 좀 먹어야지. 아침부터 아무것도 안 먹었잖아."

"필요 없어. 위도 없는데."

"삼분의 일은 남아 있는 거 아냐?"

반년 전에 위의 삼분의 일을 절제하는 수술을 받았다. 수술도 힘들었지만, 그 후의 항암 치료는 더욱 죽을 지경이었다.

암으로 죽기 전에 부작용으로 죽을 듯했다.

"죽은? 있어. 레토르트지만."

"됐어. 귀찮아."

위 절제에 따른 덤핑 증후군도 힘겹다. 먹으면 구역질이 나고 권태감이 느껴지고, 심할 때는 현기증이 나서 서 있을 수 없다. 그게 싫어서 더욱이 먹고 싶지 않다.

"먹는 게 귀찮다니, 죽은 목숨이네."

죽어도 개의치 않는다고 말하려다 말았다. 수술비와 입원비를 빌렸고, 지금은 더부살이까지 하는 주제에 할 말이 아니다. 나오토에게는 감사해하고 있다.

그 사건 후로 나오토는 줄곧 집에만 틀어박혀 지냈다. 주위에서 아무리 재기를 권해도 소용없었는데, 우에키 씨로부터 내가 죽어 가고 있다는 연락을 받자마자 노숙자 신세인 내게 자기 집에 오라고 말해 주었다.

"내 일에 카이까지 끌어들였으니까."

옛일을 사과하는 뜻인 듯하다. 하지만 그건 아니다. 몇 번이나 복귀의 기회가 있었는데, 그 기회를 잡지 못한 것은 나 자신이다. 그렇게 말하자, 나오토는 쓸쓸히 웃었다.

"우에키 씨에게 다 들었어. 나와 작업하려고 비장의 소재를 썩히고 있다고 말이야."

나도 모르게 혀를 차고 말았다. 그건 나의 문제이니 나오토에게 굳이 말하지 않아도 되는 일이다.

"그렇지 않아. 그때는 그 소재를 쓰고 싶은 마음이 없었어."

"그래서 카이는 친절하다는 거라니까."

나오토의 얼굴이 묘하게 일그러졌다.

"하지만 누구에게도 도움 되지 않는 친절함이지."

그렇겠지, 하면서 어깨를 움츠렸다. 그런 말은 귀에 못이 박히도록 들었다. 그러나 내가 이렇게 밑바닥으로 전락한 것은 오로지 내 탓이지, 나오토가 미안해할 일이 아니다.

병에 대해서는 이마바리에 있는 엄마에게도 일단 전했다.

"뭐라고? 거짓말이지? 왜? 안 돼, 그만 말해."

"그런 말 하지 마. 싫어, 무서워."

"이 엄마는 앞으로 어떻게 하면 좋니."

"다쓰야 씨가 있잖아. 검은 머리 파뿌리 되도록 잘 살아."

엄마가 하도 울어서, 오히려 이쪽이 위로하는 꼴이 되었다. 나는 여자가, 특히 엄마가 우는 건 정말 싫다.

그 후로는 엄마에게 연락하지 않고 있다. 엄마한테서도 별다른 연락이 없다. 싫은 일은 마주하고 싶어 하지 않는 태도는 여전하다. 부모라기보다 거대한 짐에 불과하지만, 그런 사람이라도 부모니 어쩔 수 없다고 생각하는 나 또한 여전하다.

태어날 때부터 사람에게는 주어지는 것이 있다. 그것은 빛나는 보석일 때도 있고 발목을 죄는 족쇄일 때도 있다. 뭐가 되었든 내던질 수 없으니, 그것은 애당초 혼에 새겨진 것이리라. 태어나서 죽을 때까지 모두가 몸부림치면서 자신의 혼을 부여잡고 산다.

잠 못 드는 밤에 그런 내용의 에세이를 썼다가 문장이 과장스러우니 수정해 달라고 부탁했는데, 에리 씨는 수정할 필요 없다고 거부했다. 부끄럽다고 재차 부탁했는데도, 부끄러운 일을 드러내는 게 뭐 어떠냐며 화를 냈다. 정말이지 편집자라는 족속은.

소파에 누워 있는데 휴대 전화가 짧게 울렸다. 메시지를 열어 보니 원고 재촉이었다. 오늘 오전이 마감입니다, 라고 쓰여 있다.

"아차차, 일이 있는데 깜박했어."

무거운 몸을 일으켜 방으로 돌아가려 했다.

"카이, 쇼핑할 건데 필요한 거 있어?"

"없어."

"응, 알았어."

나오토는 다 먹은 컵 누들 용기를 치우지도 않고 일어나 거실 구석에 놓인 컴퓨터로 걸어간다. 몸을 완전히 감싸는 게임용 의자에 앉아 헤드폰을 끼고 나면 나오토는 가상공간에서 한참을 나오지 않는다.

낮인데도 이 집은 언제나 커튼이 닫혀 있다. 실내 여기저기에 인터넷으로 사들이 것들이 상자째 쌓여 있다. 먼지가 굴러다니는 어두컴컴한 실내에서 오로지 컴퓨터와 마주한 채 게임을 하는 나오토의 거대한 등짝을 쳐다보았다.

나오토는 나와 달리 돈을 헤프게 쓰지 않았기 때문에 지금도 돈이 있다. 그 돈이 나오토를 이 집 안에 묶어 놓고 있다. 처음에는 사건의 충격 때문에 세상을 기피했지만 우울증으로 그 증상이 더욱 심해졌다. 지금은 왜 밖으로 나가지 못하는지 본인조차 모르지 않을까.

필요한 것은 인터넷으로 사고, 매일 조용히 게임을 하고, 조용히 밥을 먹고, 조용히 잠자리에 들어 하루를 끝낸다. 나는 나오토의 심리를 이해한다. 감정이 흔들리면 고함치고 싶어지기 때문에, 잔에 찰랑거리도록 담긴 물이 쏟아지지 않도록 조용히 살아간다. 나오토와 나는 역시나 호흡이 잘 맞는 콤비라고 생각한다. 어느 쪽에도 희망이 없다.

방으로 돌아와 노트북을 열었다. 제대로 먹지 않아 몸에 영양이 돌지 않으니 뭘 하려고 해도 버겁다. 쓰다 만 원고 파일을 연다.

제목은 '여자를 꾀는 확실한 방법 열 가지'.

한결같은 접근으로 돌아보게 하라. 여행이나 식사에 돈을 아끼지 마라. 꾀지 못하는 사람이나 이런 글을 읽지, 하고 생각하면서 글자 수를 늘려 가 30분 정도에 끝내고는 파일을 전송했다. 글의 내용은 몰라도 돈을 번다는 의미에서 나는 암에 걸리기 전보다 성실하게 일하고 있다.

나오토 덕분에 비바람은 피할 수 있지만, 빌린 돈은 갚기로 했고, 치료비도 벌어야 한다. 의료 보험이 있어도 항암제 치료에는 나름의 비용이 든다. 몸을 사용하는 일을 할 수 없어 적당히 필명을 지어 웹 기사 필자로 일하고 있다. 에리 씨가 소개해 준 일이라 보수가 꽤 쏠쏠해 도움이 된다. 문장은 못 쓴다고, 나는 작가가 아니라고 스스로를 비하하며 요리조리 피했던 나는 이제 없다. 살기 위해, 돈을 벌기 위해 쓴다.

그러나 오래 살고 싶은 생각은 없다. 속내는 죽지 못하니 살아 있는 것에 가까울지도 모른다. 덤핑 증후군으로 꼼짝 못하고 널브러져 있을 때는 이대로 천천히 쇠약해져 죽을 수 있다면 편하겠다고 생각한다.

마음이 꺾일 듯하면 지금도 통장을 꺼내 바라본다. 아키미는 변함없이 4만 엔을 다달이 입금하고 있다. 굳이 갚지 않아도 되는데 하면서도 우리를 잇는 마지막 남은 끈이라는 생각도 있고, 지금은 실제로 나를 도와주는 돈이 되고 있다. 아키미에게 빌려준 돈은 그때그때 모습을 바꿔 가며 나를 지탱해 주고 있다. 마치 아키미 자체 같다.

'하지만, 그것도 이제 곧 끝나는군.'

남은 빚은 50만 정도, 앞으로 1년이면 우리의 연은 끊긴다.

그런 생각을 해서였는지 무심코 휴대 전화로 '이노우에 아키미'를 검색했는데, 기사가 몇 건이나 떠서 깜짝 놀라 누워 있다가 벌떡 몸을 일으켰다. 동명이인인가 했는데 사진도 있다. 아키미다.

이름 있는 패션 잡지에 실렸던 기사다. 이런 기사에 어울리는 환하게 웃는 얼굴이 아니라, 조신하게 입을 꾹 다물고 카메라를 응시하는 모습이 아키미답다. 작품 사진도 첨부되어 있다. 웨딩베일 자락 전체를 덮은 펄과 스와로브스키. 너무도 치밀하고 섬세해서, 나는 말 그대로 넋이 나가고 말았다. 사진 옆에는 '주목의 자수 작가'라는 소개글이 달려 있다.

"……와, 대단하네."

나도 모르게 그런 말이 나왔다. 이십 대 중반의 젊었던 내가 깔보듯 무시했던 꿈을, 아키미는 이루어 냈다. 회사에 다니면서, 엄마를 돌보면서, 빚을 갚아 나가면서, 짊어지지 않아도 될 짐을 짊어지고서, 한 걸음씩 한 걸음씩 기듯이 여기까지 왔으리라. 그게 얼마나 힘든 일인지, 아이러니컬하게도 꿈이 꺾인 나는 안다.

"……진짜, 대단한 여자네."

진심으로 기뻤다. 천천히 시야가 부예진다.

아키미는 착실하고, 융통성이 없고, 자기 탓이 아닌데 뒤틀려 버린 미래에 약삭빠르게 대처하지 못해 나와의 연애에만 매달렸던 시기도 있었다. 내게는 더없이 사랑스러운 여자였지만, 도쿄 여자와 경쟁하느라 어울리지 않는 옷을 입는가 하면 내가 바람피우는 것을 눈치챘을 텐데도 지적하지 않는 등, 객관적으로 보면 그리 좋은 여자가 아닌지도 모른다.

그러나 사진으로 보는 아키미는 멋졌다. 나는 아키미를 괴롭히기만 했는데, 기타하라 선생과의 생활이 행복한 것이리라. 내가 아는 아키미는 이제 어디에도 없는 것이리라. 이제 어디에도. 진심으로 기뻐하고, 슬퍼하고, 죽고 싶다고 생각했다. 최고이며 최악인 기분으로 끝날 수 있다면 행복하다. 그러나, 그래도, 하지만 죽는 것은 간단하지 않다. 내일도 모레도, 나는 온몸 여기저기가 아픈데도 구질구질하게 살아 있으리라.

"시간이 흐르고 나이가 들어도 내 마음 같지가 않군."

크게 숨을 내쉬고 방에서 나왔다. 거실 문을 열자, 어수선한 실내와 세상의 모든 것을 거부하는 널찍한 등짝이 보인다.

"나오토."

불렀지만 반응이 없다. 성큼성큼 다가가 헤드폰을 억지로 벗겼다. 놀란 나오토가 돌아본다. 살에 묻혀 가늘어진 눈이 겁에 질린 것처럼 나를 쳐다보고 있다.

"마시자."

씩 웃자, 나오토가 눈을 깜박거렸다.

"나오토, 이거 봐. 대단하지? 아키미야."

나오토의 눈앞에 휴대 전화를 들이댔다.

"아키미?"

"내 전 연인. 같이 잘 놀았잖아."

"기억하지. 그런데 너무 가까워서 안 보여."

나오토는 내게서 휴대 전화를 휙 빼앗아 가더니 화면의 기사를 읽었다.

"정말이네, 아키미 씨야."

"그치, 그치, 대단하지. 자수 작가가 되었어."

"호, 그 촌스러웠던 여자가."

나오토가 감탄스러운 듯이 고개를 끄덕인다.

"누가 촌스러웠다는 거야."

나오토의 머리를 툭 때렸다.

"축배를 들자고."

"아키미 씨에게 연락돼?"

"안 되지. 지금은, 우리 둘이서."

"카이, 마셔도 괜찮겠어?"

"안 괜찮지. 그래도 마시고 싶어."

"죽도 토하면서?"

"그래서 죽으면, 그래도 괜찮아. 나는 지금, 기분 최고라고."

나오토가 가는 눈을 약간 크게 떴다.

"……최고구나. 음, 그러네."

나오토가 일어나 부엌 옆의 수납장을 연다. 인스턴트식품과 음료가 쌓여 있고, 알코올도 넉넉하게 보관되어 있다. 항우울제와 술의 조합은 최악이지만, 나오토는 이미 그런 걸 신경 쓰지 않는다. 나도 마찬가지다.

바닥에 국물이 남아 있는 라면 용기와 봉지를 뜯고는 그냥 내버려 두어 눅눅해진 과자와 빈 음료 캔을 테이블 끝으로 밀어내고, 나와 나오토는 샴페인을 터뜨렸다. 펑! 경쾌한 소리가 났다.

"건배!"

부산을 떨며 잔을 들어 올리는 나를 향해 나오토는 예의를 차리듯 고개를 끄덕여 보였다.

복잡한 슬픔이 단순한 기쁨을 앞지르기 전에 빨리 취하고 싶었다. 오랜만에 마시는 알코올이 순식간에 몸 안에서 날뛰어, 의식이 부유하기 시작한다.

"나오토, 마시자."

"마시고 있어."

"더 마셔."

나오토 잔에 콸콸 샴페인을 따른다. 샴페인이 떨어지자 레드 와인과 화이트 와인을 가져와 잔도 바꾸지 않고 그대로 마시고 있으려니 배가 아파 왔다. 아니나 다를까, 덤핑 증후군이다. 상관치 않고 마셨다. 오늘 밤은 죽는 한이 있어도 마실 것이다.

"카이, 부탁이 좀 있는데."

테이블에 턱을 괸 나오토가 말했다. 술기운에 풀린 눈이 졸려 보인다.

"그 아이 이름, 검색해 줄 수 있어?"

누군지는 되묻지 않아도 안다.

"못하겠어. 내 손으로는, 도저히."

나오토가 눈을 내리깔았다. 나는 내 휴대 전화에 안도 케이를 입력했다. 왜 그런지 나까지 긴장되어, 배가 점점 더 아파온다. 화면이 바뀌고 인스타그램이 떴다. 클릭하자, 꽃 가게 앞에서 장미를 한 아름 안고 웃고 있는 케이가 떴다. 프로필에 영국의 꽃 가게에서 일한다고 쓰여 있다.

"이쪽도 다부지게 잘 살고 있군."

케이는 스물네 살이 되었을 텐데, 수줍게 미소 띤 표정은 예전과 다르지 않다.

"그렇구나. 케이, 꿈을 향해 나아가고 있구나."

"꿈?"

"케이, 꽃을 좋아해서 플라워 디자이너가 되고 싶다고 했거든."

나오토의 볼이 조금 불그레해진다. 술 탓이 아니다.

"엄청 예쁜데."

꽃을 말하는 건지, 과거의 연인을 말하는 건지. 그 양쪽 모두인지. 나오토가 희미하게 웃고 있어 나는 깜짝 놀랐다. 나오토의 웃는 얼굴을 몇 년 만에 보는지 모른다.

"카이, 건배하자."

"좋지, 몇 번이든 하자고."

서로의 잔에 와인을 가득가득 따랐다. 요란하게 부딪는 바람에 와인이 찰랑거리다 넘치고 말았다.

"넘쳤잖아."

"뭐, 어때."

"그렇지."

둘이 단숨에 잔을 비우고, 또 따르고, 마셨다. 나오토는 계속 웃고 나도 텐션이 점점 높아졌다.

"나오토, 우리 다시 한 번 만화 해 보자."

복부의 통증과 함께 급속도로 온몸에 침투하는 알코올의 힘을 빌려 말했다.

"만화라."

나오토는 아무것도 없는 허공을 쳐다보았다.

"할 거면, 나는 파트너가 네가 아니면 싫어."

"못 그려. 벌써 6년이나 펜을 안 잡았는걸."

"관계없잖아."

"그렇지 않아. 전하고 싶은 걸 정확하게 전하기 위한 기술은 필요하다고."

날고뛰던 현역 시절, 나오토의 작화는 거의 신기에 가까웠다.

'기교가 거슬린다. 중요한 것은 등장인물에 대한 애착.'

인터넷에 뜬 독자의 그런 댓글을 보고 나오토는 동인지나 읽으시라고 독설을 내뱉기도 했다.

"기술은 물론 중요하지. 하지만, 역시 그게 아닌 것 같아."

"의미를 모르겠는데."

"잘 그리고 못 그리고의 문제가 아니라, 만화는, 이야기를 짓는 것은……."

일단 말을 끊고 생각한다. 아픈 뱃속의 또 깊은 속. 나라는 존재의 핵을 생각한다.

"혼이야."

몇 초 동안 서로를 마주 본 후에 나오토가 웃음을 터뜨렸다.

나오토는 살이 쪄서 셔츠가 빵빵하게 낀 어깨를 흔들며 웃고 있다. 나는 여전히 진지한데.

"웃을 일이 아니라고. 혼이 없으면 쓸 수가 없어. 썼다 치자, 그런 건 얇디얇은 종잇장에 불과해. 그래도 돈은 벌 수 있지. 하지만 우리가 하고 싶은 건 그런 게 아니잖아."

나오토 표정이 갑자기 진지해졌다.

"잊어버렸어. 어떤 걸 하고 싶었는지."

"기억해 봐."

"어떻게? 어딜 찾아도 없는데."

"찾아질 때까지 찾아보자. 둘이서 하면 무섭지 않잖아."

"집도 절도 없이 죽어 가는 몸이 큰소리는."

옳은 말이다. 얼마 전까지 나 역시 엉망진창이었다. 그러나, 그럼에도.

"스물네 시간 틀어박혀 지내는 너는 어떻고."

"하긴 그렇군."

"절반은 죽은 거나 다름없는 우리지만, 아직은 할 수 있다는 걸 보여 주자고."

"안 돼. 난, 못해."

"나와 같이하면 할 수 있어."

"그려도 발표할 곳이 없어."

"그건 우에키 씨에게 어떻게든 해 달라고 부탁하고. 그 사람, 지금 편집장이야. 편집장 권한으로 지면을 만들어 달라고 하자. 잘해서 쇄를 거듭하게 되면 케이도 아키미도 볼 거야. 그럼 다 같이 동창회 하자. 그동안 우여곡절이 많았지만 다들 열심히 했다고, 잘했다고 말이야."

취기를 빌미로 말도 안 되는 말을 침까지 튀겨 가며 열변했다.

"꿈같네."

나오토가 천장을 올려다본다. 낭만이고 뭐고 없는 희멀건

형광등. 먼지가 쌓여 있어 빛도 탁하다. 지금 우리를 비추기에 걸맞은 빛.

"나오토, 어떤 이야기로 할까. 밑바닥을 기던 아저씨가 기를 쓰고 기어오르는 이야기로 해 볼까."

"너저분한 아저씨는 그리고 싶지 않아."

나오토가 입을 비죽거린다. 이 사람은 처음부터 예쁜 것을 그리기 좋아했다. 오탁汚濁을 모르는 인간이 청량淸涼을 어찌 그릴 수 있겠느냐고 우에키 씨가 깨우쳤을 때 나 역시 맞는 말이라고 동조했는데, 우에키 씨는 그래도 카이의 경우는 좀 더 청량하게 쓰는 편이 좋다고 못을 박았다.

"그럼 예쁜 아저씨 이야기로 할까."

"징그러워."

"그럼 너저분한 아저씨가 미녀나 고양이로 환생하는 이야기로 할까."

"요즘 유행하는 아이템을 모아 놓았습니다, 하는 느낌이 너무 강해."

나오토가 생각하기 시작했다. 이제야 생각해 준다 싶어 눈물이 날 지경이었다. 나는 꼭 나오토 너와 함께 작품을 만들어 내고 싶다. 다른 누구도 싫다. 기쁘다. 정말 기쁘다.

"나오토, 다시 한 번 해 보자."

"할 수 있을까."

"할 수 있어, 우리라면."

나오토는 가는 눈을 더욱 가늘게 찡그리고는 내 잔에 와인을 따랐다. 나는 단숨에 들이켰다. 아까부터 계속 배가 아프다. 점점 심해지고 있다. 하지만 지금만큼은 배가 아프든 말든 상관없다. 마시고 또 마시고, 피차 혀가 꼬부라지고 말았다.

"와, 굉장하네. 지금, 꿈처럼 즐거워. 카이, 고마워."

나오토의 웃는 얼굴과 말이 자장가만 같아, 나는 오랜만에 희망에 찬 잠에 빠져들었다.

눈을 떴을 때, 거실 바닥에 드러누워 있었다. 천장이 빙빙 돌았다. 아, 현기증이다. 구역질이 나고 복통이 심해 신음이 절로 새어 나왔다.

"……나오토."

사방을 둘러보았지만, 나오토 모습은 보이지 않는다. 침실로 들어간 것일까.

기어서 부엌으로 가, 식탁에 놓인 진통제를 먹었다. 약 기운이 돌기를 기다리는 수밖에 없어 태아처럼 몸을 웅크렸다. 어제는 흥분해서 마셔 댔다. 샴페인에 레드 와인, 화이트 와인, 위스키. 위암 치료 중에는 자살 행위다.

한없이 길게 느껴지는 1분, 1분을 참아 내다 조금씩 통증이 가라앉을 즈음, 어디선가 샤워 같은 물소리가 들린다는 것을 알았다. 나오토가 욕실에 있는 것일까.

'언제부터 들렸지?'

아까부터 줄곧 들렸던 것 같기도 하다.

목덜미를 쓱 훑는 것처럼 소름이 돋았다.

팔에 힘을 주고 일어섰다. 현기증이 심해서 손으로 벽을 짚으면서 걸어가 거실 문을 열자, 복도에 물이 차 있었다. 욕실에서 넘쳐 나오고 있다.

조심조심 안을 들여다보았다. 샤워기 꼭지에서 쏟아져 나오는 뜨거운 물과 김, 부연 시야 너머에 욕조에 가라앉은 나오토가 있었다. 나오토, 이름을 불렀다. 아니, 안 불렀는지도 모른다. 내 입에서 목소리가 나왔는지 어땠는지 모른다. 머릿속에서 뚝, 하는 소리가 났다. 뚝, 뚝, 잇달아 끊어진다. 나를 붙잡고 있던 것들이, 모두 끊어져 나간다.

문을 잡고 주르륵 주저앉았다. 움직일 수 없고, 생각도 할 수 없어 쓸모없는 토우만 같은데 오감은 살아 있어서, 쾅쾅 현관문을 두드리는 소리가 고막을 뒤흔들었다.

"계세요! 아래층 사는 사람인데, 물 새고 있지 않나요!"

새고 있지. 한껏 새고 있지. 시끄럽군.

그렇게 외친 것 같은데, 외치지 않았는지도 모른다. 모르겠다.

나오토는 자살로 판정되었다. 장례는 가족과 나와 우에키 씨와 만화가 동료 몇 명이서 조촐하게 치렀다. 세상은 가장 아름다운 시기인 초여름을 맞아, 장례식장 주위가 생명력 넘치는 녹음에 둘러싸여 있었다. 삶과 죽음의 아우성에 숨이 막힐 듯하다. 나는 눈물 한 방울 흘리지 않았다.

"여전히 나오토와 교류가 있었네."

사토루가 그렇게 말을 걸었지만, 적당히 얼버무리고 말았다. 로비에 멀거니 서 있는 내 어깨에 누군가의 손이 닿았다. 우에키 씨인가 했는데, 에리 씨였다.

"어떻게 여기 있지?"

"우에키 씨에게 연락 받았어."

에리 씨 뒤에 우에키 씨가 망령처럼 서 있었다.

"그만 돌아가자. 다음 장례가 시작돼."

나는 난감했다. 돌아가? 어디로?

두 사람의 부축을 받으며 나오토의 아파트로 돌아갔다. 사형대로 오르는 열세 계단 같은 엘리베이터를 타고, 부유감에 앞이 어질어질해서 우에키 씨에게 업히다시피 집 안으로 들어갔다. 그날 먹다 남은 음식물의 잔해에서 썩은 내가 난다.

"일단 좀 치울게요. 우에키 씨, 카이 씨 부탁해요."

"반대로 하는 게 좋지 않을까."

"아, 그러네요. 그럼 부탁할게요."

에리 씨가 가방에서 꺼낸 앞치마를 획 던지자 우에키 씨가 받았다. 에리 씨가 내 옆에 앉았다. 깔끔하게 손질한 예쁜 손이 나를 끌어안고, 머리를 빗겨 준다.

"괜찮아. 카이 씨 탓이 아니야."

거즈처럼 부드러운 목소리가 나를 돌본다.

고마워. 하지만, 그래도.

나오토의 등을 떠민 사람은 나였다.

"······메모가 있어."

목소리를 쥐어 짜내듯 읊조리자, 에리 씨와 우에키 씨가 나를 보았다. 주머니에 손을 넣어 메모지를 꺼냈다. 섬세한 성격이 드러나는 글자가 또박또박 쓰여 있다.

"나오토가 쓴 거지?"

물어서, 힘없이 고개를 끄덕였다.

그때 아래층에서 올라온 사람에게 대응하지 못하고 탈의실 바닥에 마냥 주저앉아 있었다. 열쇠를 돌리는 소리가 들리고 관리실 사람이 들어왔다. 이 집 주인이냐고 묻는데 대답을 못하고 있는 사이에, 그들이 욕조에서 나오토를 발견하고 신고했다. 구급대원과 경찰이 출동했고, 그다음은 기억이 선명하지 않다.

많은 사람들이 분주하게 드나드는 동안, 나는 거실 소파에 앉아 있었다. 젊은 경찰이 나를 감시하는 중에, 감자칩 봉지로 눌러 놓은 메모지가 눈에 들어왔다. 어제는 없던 것이었다. 읽지 않는 편이 좋다. 읽고 싶지 않다. 그러나 읽지 않는 선택지는 없었다. 나는 최대한 천천히 메모지를 봉지 밑에서 빼냈다.

카이, 함께 또 해 보자고 말해 줘서 기뻤어.
즐거웠어. 만족했고. 이제 됐어.
계좌에 남아 있는 돈의 절반을 줄게. 나머지는 가족에게.
카이가 지은 이야기를 다시 한 번 읽고 싶군.

짧은 문장을 겉만 핥듯이 읽었다. 타격을 받고 싶지 않았다. 받으면 죽는다는 것을 알고 있었다. 한편으로, 지금 죽을 수 있기를 바랐다. 지금 죽으면 편해질 수 있다. 그러나 인생은 편한 쪽으로 움직이지 않는다는 걸 지겹도록 알고 있다. 참지 못하고, 일그러진 웃음이 새어 나왔다. 멈출 수 없어 계속 웃는다. 젊은 경찰이 이상하다는 듯 나를 보고 있었다.
'이 인간이 죽인 거 아니야.'
경찰의 마음속 목소리가 들리는 듯했다. 맞다. 넘치도록 가득 찬 잔에서 아슬아슬하게 버티고 있던 것이 내가 괜히 더 부어 담은 탓에 넘쳐 버린 것이다. 붕괴하기 직전의 마음에는 꿈이나 희망 같은 아름다운 것도 무거운 짐이다.
— 와, 굉장하네. 지금, 꿈처럼 즐거워. 카이, 고마워.
나오토, 내 말이 무거웠어?

그래서, 절망한 거야?

"아니야."

불쑥 무언가가 꼭 껴안았다.

"아니야, 카이 씨. 그렇지 않아."

피아노선처럼 가늘고 고운 목소리가 지금은 귀에 거슬렸다.

"카이와 만화 얘기를 다시 할 수 있어서 나오토, 행복했을 거야."

우에키 씨의 목소리가 섞인다. 이쪽은 너무 차분해서 오히려 무리하고 있다는 게 훤히 느껴져 거슬렸다. 둘 다 고마워. 하지만 시끄럽군. 지금은 날 건드리지 않았으면 좋겠어.

아까부터, 누군가가 줄곧 고함을 질러 대는 통에 시끄러워 견딜 수가 없다.

그런데 참 이상하다. 여기에는 나와 에리 씨와 우에키 씨밖에 없는데.

시끄러워. 시끄럽다고 외치는 사람은 나일까. 네 탓이 아니라는 에리 씨와 우에키 씨의 목소리도 들린다. 두 사람이 하는 말이 제대로 들리기는 하는데, 마치 물속에 있는 것처럼 소리가 굴절되어 나의 핵에 닿기 전에 꾸물꾸물 사라져 버린다. 배가 아프다. 아파서 죽을 것 같다. 대부분 잘라 냈는데, 이미 없는 것이 나를 온 힘으로 패대기치고 있다.

'아아, 아키미.'

정신을 차리고 보니 내가 병원 침대에 있었다. 그 후에 나는 또 피를 토했고, 간호사로부터 한동안 입원하게 될 것이라는 설명을 들었다.

"돈 없는데."

입에서 처음 그런 말이 나왔다.

"친구도 없고."

난처해하는 간호사의 얼굴을 보면서, 먼저 고맙다는 말을 했어야 한다고 생각했다. 하지만 기력이 없어서 빙그르르 시선만 돌렸다. 약 냄새로 가득한 4인실에 텔레비전 소리가 왕왕 울린다. 예능 프로그램 출연자가 연예인이 불륜을 저질렀다는 얘기를 하고 있다.

평화롭다. 웰까. 이대로 잠들어 깨어나지 않으면 좋겠다고 생각한다. 바짝 마른 걸레처럼 굳어 있는데, 병실에 우에키 씨와 에리 씨가 나타났다.

"아오노 씨, 나중에 체온 재러 다시 올게요."

두 사람은 들어오고 간호사는 나갔다.

"이렇게 민폐를 끼쳐서 미안하군. 고마워."

침대에 누운 채 두 사람을 향해 머리를 숙였다. 겨우 고맙다는 말이 나왔다.

"이것저것 좀 사 왔어. 부족한 거 있으면 또 말하고."

에리 씨가 입원 생활에 필요한 일용품과 갈아입을 옷 등을 사이드 테이블에 늘어놓는다.

"고마워. 또 수고하게 해서."

"내 판단으로 결정해서 미안한데, 나오토 유산은 전부 가족에게 전달했어. 남아 있는 돈이 그리 많지도 않았고, 나중에 혹시라도 가족과 불미한 일이 생길 부담을 고려하면 생활 보호 대상자가 되는 편이 간단하고 혜택도 많아. 기관의 담당자와 상담하면 신청 절차는 금방 끝나니까 안심해."

애당초 나오토의 돈을 받을 마음은 없었다. 우에키 씨는 마음만 상할 수도 있는 그런 과정을 생략해 준 것이다. 고맙다는 말을 해야 할 상황만 자꾸 생겨, 누운 채 또 머리를 숙였다.

"······정말, 면목이 없군."

"뭐가?"

에리 씨가 몸을 확 틀어 나를 보았다.

"세금 꼬박꼬박 다 냈잖아. 카이 씨도 나도 모두. 매일 힘들게, 자칫 잘못하면 병에 걸릴 수도 있게 몸을 혹사하면서 일해서 받은 월급, 뚝 떼서 나라에 바치고 있다고. 뭐가 면목이 없어. 아플 때는 당당하게 돌봄을 받으면 되잖아."

에리 씨가 말을 쏟아 내자, 우에키 씨가 타이르듯 가녀린 어깨에 손을 얹는다. 고마워, 하고 나는 대꾸한다.

"그렇게까지 하면서 내가 살 의미가……."
"쓰기 위해서지."

강하게 말을 막는다. 진지한 표정의 우에키 씨와 눈이 마주친다.

"써 줘. 이번에야말로. 죽을 마음으로. 다시 한 번 우리 작품을 만들어 보자."

죽어 가는 사람에게 할 말인가. 하지만 나는 알고 있다. 우에키 씨가 '우리'라고 말할 때는 진심이라는 걸. 참 편집자라는 족속은.

나는 씩 웃을 수 있었다. 고맙다.

●
이노우에 아키미, 32세, 봄

기타하라 선생과 순조롭게 결혼 생활을 하고 있다.

경제적인 부담이 분산된 덕분이다. 나와 기타하라 선생은 각자 스스로를 먹여 살릴 수 있는 일을 갖고 있다. 나는 회사를 그만두고 자수에 전념하게 되었고, 집안일은 유까지 포함해 셋이 나눠 하고 있다.

정신적인 부담도 줄었다. 결혼이라는 이름의 상조회 회원인 나와 기타하라 선생은 물론, 자신이 결혼해서 집을 나가면 혼자 남을 아빠가 사실은 걱정이었다고 토로한 유에게도 상조회가 필요했다는 것을 알았기 때문이다.

기타하라 선생은 유가 그렇게 말했을 때는 침착했지만, 단둘이 남자 결혼을 정말 잘했다며 맥을 놓아, 의외의 섬세함에 나는 웃고 말았다.

섬사람들과의 인간관계도 한결 매끄러워졌다. 무슨 행사에서 여자들끼리 잠시 서서 잡담을 나눌 때도 그녀들이 부담 없이 내게 말을 걸어 주었다. 혼기를 놓친 불쌍한 여자로 보는 껄끄러움이 없어진 것이다. 부부라는 알기 쉬운 패키지에 담겼을 뿐인데 '부인'들 무리의 한 명으로 인정받은 셈이었다.

"역시 평범한 게 제일 행복하다니까."

"이제 아이를 가져야지. 서른두 살이니까 꾸물댈 틈 없어."

"그래도 아키미 씨는 하는 일이 있잖아."

"무슨 소리. 일과 다르잖아. 출산은 기한이 있는데."

모두 한마디씩들 하는데, 오노 씨 부인이 새초롬하게 다른 말을 했다.

"하지만, 나는, 혼자 살 수 있는 일이 있으면, 아이 데리고 섬을 떠날지도 모르겠어."

오노 씨가 갓 태어난 아기를 어르면서 그렇게 말하자, 모두가 잠깐 침묵했다.

"아키미 씨는 좋겠네. 사람들이 인정하는 일이 있어서."

그런 말을 듣자 나는 심정이 복잡해졌다.

혼자서 부모 몫까지 생활을 지탱하고, 두 가지 일을 하느라 수면 부족을 겪으면서도 꿈을 좇았고, 화장품을 사기보다 빚을 갚고 그날 먹을 것을 우선했고, 평생을 함께하자고 맹세했던 연인과도 헤어졌다. 무언가를 원한다면 잃을 각오도 필요하다.

하지만 또 다른 무언가를 얻게 되는 일도 있다. 처음에는 도우코 씨에게 인계받은 고객이 전부였는데, 소박한 전원풍이 개성이었던 도우코 씨와 반대로 나의 자수는 섬세함이 주무기였는지, 고객층이 서서히 바뀌어 갔다. 그러는 과정에서 받은 웨딩베일 의뢰가 결정적인 전기가 되었다.

인생에서 중요한 한 장면을 장식한다고 생각하자 의욕이 솟았고, 내가 보기에도 회심의 역작으로 완성되었다. 게다가 예상했던 것보다 평가가 좋아 신부의 지인을 통해 잡지 기자가 도쿄에서 섬까지 취재하러 내려왔다. 얼굴 사진까지 들어간 인터뷰 기사가 잡지에 실리자 주문이 쇄도했다.

기존의 고객도 유지해 나가야 하니, 웨딩베일은 몇 년 앞까지 예약이 꽉 차 있다. 유명한 잡지에 내 기사가 실리자, 온 섬이 잠시 들끓었다.

여파는 아빠에게 버림받은 딸, 혼기를 놓친 여자라는 연민과는 정반대 방향으로 굴러갔다. 젊은 사람들은 선망의 눈으로 바라보고, 동년배는 슬며시 견제하고, 나이 드신 분들은 나를 어떻게 대해야 좋을지 당혹스러워하고 있다. 그러나 정작 나는. 내가 정말 변한 것일까.

"아이를 원한다면, 협력하죠."
어느 밤, 옆 침대에서 책을 읽으면서 기타하라 선생이 말했다.
"딱히 원하지 않아요."
"그렇다면 한 귀로 듣고 한 귀로 흘려버리면 되지 않을까요. 모두 각자의 생활이 있으니, 자기 입장에서 그렇게 말할 뿐이에요. 그러니까 아키미 씨도, 아키미 씨 하고 싶은 대로 하면 됩니다."
"지금은 일에만 집중하고 싶어요."
나는 자수 일을 좋아한다. 하지만 좋아하고 좋아하지 않고를 떠나, 어느 날 갑자기 상대가 이혼 말을 꺼낼 때 당황하지 않기 위해, 반대로 내가 집을 나가고 싶을 때 실행할 수 있기 위해 어느 정도의 경제력을 갖고 싶다. 내 인생의 지휘봉은 내가 잡고 싶다.
"좋은 생각입니다."
기타하라 선생은 책에 눈길을 떨군 채 말을 계속했다.
"자기를 스스로 부양하는 것은 사람이 살아가는 데 최소한의 무기입니다. 결혼이나 출산 등의 환경 변화에 따라서는 일시적으로 보관해 둘 수도 있죠. 그러나 언제든 다시 꺼내 쓸 수 있도록 늘 손질을 해야 합니다. 여차하면 싸울 수 있게 말이죠. 어디든 날아갈 수 있어요. 독신이든 결혼을 했든, 그 준비가 있는지 없는지에 따라 인생이 달라집니다."

"예전에 도우코 씨도 비슷한 말을 했어요."

기타하라 선생의 말은 내가 그럴 수 있기를 바라며 몸부림쳐 왔던 상황과 일치한다. 정말 옳은 말이다. 그런데 나는 의외로 불안해졌다.

"지금도 혼자 살아갈 수 있을 만큼은 벌어요. 그럴 수 있기를 바란 저 자신이 되었어요. 그런데 어디든 날아갈 수 있다고 하니 불안해지네요."

"그야 그렇겠지요."

"네?"

"인간은 무리 지어 사는 동물입니다. 그래서 어딘가에 속하지 않고는 살 수가 없죠. 나는 자신이 어디에 속할지를 결정하는 자유를 말하는 겁니다. 자기를 구속할 족쇄는 스스로 선택한다."

"모순되지 않나요? 자유롭지 못함을 선택하기 위한 자유라니."

"실제로도 우리는 모순투성이 존재 아닐까요."

"그건 그렇지만, 가능하면 모순이 적은 편이 좋잖아요. 어떻게 하면 좋죠?"

기타하라 선생은 잠시 생각하고서 이쪽으로 몸을 돌렸다.

"아키미 씨."

"네."

"내가 모든 걸 잘 안다고 생각지 마세요."

눈썹이 팔자로 축 처져 있다. 그런 기타하라 선생의 표정은 처음 본다.

"선생님도 모르는 게 있나요?"

그렇게 묻자, 더욱 난감한 표정을 짓는다.

"이제 '선생'이란 역할은 면하게 해 주시죠. 아키미 씨는 이미 어른입니다."

"스스로 생각해야 하는 거군요."

"대답할 수 있는 건 하겠지만, 그렇게 해 주면 좋겠습니다."

기타하라 선생은 책을 덮고 머리맡의 불을 껐다.

"잘 자요, 아키미 씨."

"네, 안녕히 주무세요, 선생님."

서로 그날 있었던 일을 얘기하고, 하루를 끝내는 인사를 하고, 잠을 자고, 다음 날 아침을 맞는다. 우리 침실에서 벌어지는 일은 그게 전부다.

우리 부부 사이에는 섹스가 없다. 결혼 첫날밤 일단 시도해 보았지만, 친구와 잘못을 저지르고 있는 듯한 어색한 분위기여서 둘이 의논해 상조회 내역에서 섹스를 삭제했다. 아이를 갖기로 하면 생각을 바꿔야 한다.

이런 일은 누구에게도 말할 수 없다. 평범한 부부가 아니다. 모두가 당연하고도 바람직하게 여기는 형태에서 벗어나 있지만, 우리는 그 형태 안에서 비로소 건강하게 숨을 쉬기 시작했다.

모두가 이 상황을 알게 된다면, 우리는 또 무리에서 추방될까. 예전에는 추방될까 봐 무서웠다. 하지만 지금은 다르다. 무리에서 쫓겨나더라도, 이곳이 아닌 다른 세계도 있다.

― 자기를 구속할 족쇄는 스스로 선택한다.

결혼을 하든 안 하든, 하는 일이 있든 없든, 자식을 낳든 안 낳든, 자유롭게 존재하는 것. 자유를 획득했더라도 사람은 어딘가에 속해 있다는 것.

나와 기타하라 선생과 유라는 가족의 형태.

이 가족은 내가 원해서 속한 무리다.

나는 자유롭고, 만족하고 있다. 그런데 무언가가 빠져 있는 듯한 이 결핍감은 무엇일까. 나는 언제까지 이 결핍감을 껴안고 살아야 하나. 어린아이가 누군가에게 질문하면 대답이 돌아온다. 하지만 나는 이제 그런 어린아이가 아니다. 어른이 된 나는 스스로 생각해야 한다. 나는 뭘 어쩌고 싶은 것일까.

'아, 내일이 26일이네.'

아무런 맥락 없이 불쑥 떠오른 그 생각이 나를 더욱 혼란스럽게 한다.

다음 날 차를 몰고 이마바리에 가서, 스카프 다섯 점을 도쿄에 있는 편집숍에 택배로 보냈다. 지난달에 납품한 스카프는 매장에 전시할 새도 없이 사전 예약으로 모두 팔렸다고 한다. 숫자를 좀 늘려 달라는 부탁을 받았지만, 지금도 빠듯한 일정으로 소화하고 있어 거절하지 않을 수 없었다.

택배를 보낸 다음 은행에 들러 카이의 계좌로 4만 엔을 송금했다. 회사를 그만두었으니 월급날도 없는데, 26일에 송금하는 습관은 여전히 남아 있다.

헤어진 지 7년, 카이의 근황은 전혀 모른다. 알기가 겁이 나서 인터넷 검색도 하지 않는다. 만화 원작을 쓰고 있을까. 연인은 생겼을까. 결혼했을까. 혹시 아이도 있을까. 행복하기를 바란다. 하지만 불행하기를 바란다. 26일에는 기분이 오락가락한다.

"아, 미안해요."

멍하니 주차장으로 걸어가다가 젊은 여자와 부딪쳤다. 서로 미안하다는 말을 주고받을 때, 달짝지근한 향기가 흘렀다.

'Miss Dior'

고등학생 때 카이 엄마에게 받았던 향수다.

화사한 향에 기가 죽은 내 목덜미에 카이가 살짝 묻혀 주었다.

— 네가 훨씬 잘 어울려.

열일곱 살 때의 카이 목소리가 완벽하게 되살아나, 깜짝 놀랐다. 여름이었고, 더웠고, 땀범벅인데도 둘이 딱 들러붙어 떨어지지 않았다. 지금까지 잊고 지냈는데, 머리 위에서 울렸던 풍경 소리까지 선명하게 떠올라, 주차장에서 그만 우뚝 서 버리고 말았다.

나는 이제, 그렇게 남자 품에 안기는 일은 없으리라. 그래도 좋다고 생각했었다. 그러나 나는 아직 서른 살, 자신이 잃어버린 것의 눈부심과 싱그러움에 경악한다. 앞날의 길고 긴 메마른 시간을 생각하자 갑자기 두려워졌다.

"괜찮으세요?"

고개를 들자 'Miss Dior'가 말했다.

"안색이 안 좋으세요. 혹시 빈혈일 수도……."

"고마워요. 괜찮습니다."

걱정스럽게 고개를 갸웃거리는 여자에게서 또 그 향기가 풍긴다. 달콤하고 화사한 향이 내 목덜미를 옭아매려 한다. 이대로 그 시절로 돌아가 버릴 것 같아, 도망치듯이 차로 돌아갔다. 빨리 돌아가자. 내가 선택한 나의 장소로.

차를 몰고 가는 중에 휴대 전화가 울렸다. 화면에 '카이 엄마'라고 떠 있어 움찔했다. 운전 중이라 받을 수 없다. 집에 돌아가서 전화를 걸어도 된다. 아니, 용건이 있어서 걸었다면 그쪽에서 다시 걸 것이다. 그렇게 생각하면서도 도로 옆에 차를 세우고 말았다. 걸까, 걸지 마. 스스로를 배신하고 조금 전에 뜬 번호를 누른다.

"아키미예요. 전화 주셔서……."

말을 채 끝내기 전에 "아키미!" 하는 목소리가 귀에 울렸다.

"미안해, 그리운 생각에 그만 걸었어. 지금 어디야?"

"이마바리에 있는데요."

"가까운 데 있네. 잠깐 들렀다 가."

"아, 하지만."

"괜찮아. 잠깐인데, 뭐. 차라도 같이 마시자. 기다릴게."

그럼, 하고는 전화를 끊는다. 너무 갑작스럽고, 너무 일방적이어서, 어안이 벙벙한 채 차를 돌렸다가, 생각을 바꿨다. 오랜만인데 빈손으로 갈 수 없다. 뭐라도 사 가자. 꿈지럭거리고 있자니 뒤에서 경적이 울렸다.

"야, 아키미. 오랜만이네."

카이 엄마가 현관에서 얼굴을 마주하자마자 껴안아, 케이크 상자가 찌그러질 뻔했다.

"오랜만이네요. 건강해 보이세요."

"응. 그냥 전화했는데, 마침 여기 있었네. 들어와, 들어와."

걸음걸이가 이상하게 휘청거린다.

"실례합니다."

들어간 거실 테이블에 위스키 병과 잔이 놓여 있어 취했다는 걸 알았다. 여전하다.

"저, 이거 드세요. 케이크예요. 안주를 사 올 걸 그랬나 봐요."

농담처럼 말하고 웃었다.

"아니야, 아니야. 고마워. 앉아. 뭐, 마실래?"

내 대답을 기다리지도 않고 카이 엄마가 냉장고에서 맥주를 꺼내 온다.

"죄송하지만, 차가 있어서 못 마셔요."

"에이, 걱정 마. 나중에 다쓰야 씨에게 데려다주라고 하면 되지."

"다쓰야 씨는, 일하러 나가셨나요?"

"파친코."

테이블에 캔 맥주를 탁 내려놓아 놀랐다. 어째 좀 이상하다. 옛날부터도 제멋대로였지만, 이렇게까지 억지스럽지는 않았다. 내가 맥주 캔에 손을 대지 않는데도 상관치 않고 카이의 엄마는 상자를 열고 케이크를 손으로 집었다. 그 거친 행동에 어리둥절했다.

"저, 아주머니, 무슨 일 있었······."

"가게 접었어. 다쓰야 씨가 열심히 했지만, 이런 시골에 비싼 돈 내고 요리 먹으러 올 손님도 없고. 아, 그건 괜찮아. 장소를 내가 고스란히 살려서 술집 하고 있으니까."

얘기하면서 손으로 집은 쇼트케이크를 그대로 먹는다. 입술에 묻은 생크림을 손등으로 쓱 닦고는 잔에 남은 위스키를 단숨에 들이켰다.

"나는 정말, 어쩌면 이렇게 운이 없나 몰라."

잔에 위스키를 따른 다음 물을 섞으면서 카이의 엄마가 투덜거린다.

"좋은 남자를 만났다 했는데 이 꼴이잖아. 카이도 그렇고."

불쑥 등장한 이름에 움찔 놀랐다.

"고생고생 키워서, 이제 좀 편하게 사나 했더니."

"카이는…… 열심히 했잖아요."

"그런데 같이 일한 사람이 나빴어. 그 아이도 나처럼 참 운이 없지."

"아무도 나쁘지 않아요. 여러 가지 오해가 겹쳤을 뿐이지."

"아무도 나쁘지 않다고?"

"네."

"거 보라니까. 역시 카이는 운이 나빠. 그런 거잖아?"

물으면서 나를 들여다본다. 입은 웃고 있는데 필사적으로 매달리는 것처럼 보인다. 무겁다. 이런 눈으로 매달리면 아닌 게 아니라 남자는 도망치고 싶어질 듯하다. 잠자코 쳐다보고 있자니, 카이 엄마가 테이블 끝에 놓인 봉투로 손을 내밀었다.
"도쿄에서 왔어."
이쪽으로 봉투를 민다. 나도 아는 출판사 이름이 인쇄되어 있다. 보지 않는 편이 좋다. 보나 마나 좋은 일이 아닐 것이다. 그렇게 생각하면서, 조심스럽게 안에 있는 서류를 꺼냈다. 입원 신고서라고 쓰여 있어, 갑자기 가슴이 쿵쿵 뛰었다.
"입원하는 데 보증인이 필요하다네."
"카이가요?"
달리 없다. 카이의 엄마는 한숨으로 답했다.
"위암, 이래."
머릿속이 새하얘졌다.
"1년 전에 수술했는데, 또 입원하는 것 같아."
"……나을 수 있는 거죠?"
카이 엄마가 위스키를 잔에 따른다. 손을 떨고 있다.
"아주머니, 나을 수 있는 거죠?"
다시 한 번 강하게 묻자, 카이 엄마가 몸을 훅 앞으로 내밀었다.
"아키미, 가서 어떤 상황인지 좀 봐 줘."
"네?"
"카이가 어떤지, 보고 와. 교통비는 내가 줄게. 부탁이야."
혼란스러웠다. 아무리 생각해도 도리에 맞지 않다. 하지만 카이 엄마는 심각했다. 테이블 저쪽에서 몸을 내밀고 내 손을 꼭 잡는다.

"기타하라 선생에게는 내가 부탁할게. 응, 응, 부탁할게."

"제가 가는 건, 폐만 될 뿐이에요."

"그렇지 않아. 그 아이, 지금 혼자야. 서류를 보낸 사람, 출판사 담당자라고. 애인도 아내도 없으니 그 사람이 보냈겠지. 그러니까, 그 아이 혼자야."

"그렇다면 더욱이 아주머니가 가 보셔야죠."

"싫어, 무서워."

나는 할 말을 잃었다.

"1년 전에 수술했는데 또 입원하는 건, 재발해서 그런 거잖아? 카이, 외아들이야. 애지중지 키웠다고. 내가 그 아이가 죽는 걸 어떻게 봐?"

필사적인 표정. 떼를 부리는 아이 같은 말투. 이 사람이 카이를 사랑한다는 건 안다. 하지만 무슨 말을 하는 건지는 모르겠다. 알고 싶지 않다.

"······아주머니. 혹시, 한 번도 면회 안 가셨나요?"

하고 묻자, 카이 엄마는 잡았던 내 손을 획 뿌리쳤다. 물도 섞지 않고 위스키를 스트레이트로 단숨에 들이켜고는 중얼거렸다.

"무섭잖아. 무서워서 어떻게······."

나도 모르게 벌떡 일어나 야윈 어깨를 움켜잡았다. 왜. 왜. 왜. 화가 나고, 하고 싶은 말이 너무 많아 말이 엉킨다. 눈 속에서 불꽃이 튀는 느낌이었다.

"카이에게 피붙이는 아주머니밖에 없는데, 카이는 기를 쓰고 아주머니를 돌봤는데, 왜 그렇게 자기 생각만 해요? 왜 그렇게 나약한 거예요? 왜?"

카이의 엄마는 겁에 잔뜩 질려 굳어 있다. 카이가 많이 닮은 길쭉한 눈에서 눈물이 넘쳐흐른다.

"어쩔 수 없잖아. 남편이 없으니, 내가 혼자 무슨 힘으로 버텨."

"옛날 고릿적에 잃은 걸 변명 삼지 말아요. 카이의 부모는 아주머니 하나라고요."

"부모도 인간이야. 세상에는 그렇게 강한 사람만 있는 것도 아니고. 사랑하니까, 소중하니까, 견딜 수 없는 일도 있는 거라고. 자식이 없는 아키미는 이 심정 몰라."

아니야, 그게 아니야. 그렇지 않다고. 머릿속에서 부정의 말이 소용돌이친다.

나는 물론 자식이 없다.

하지만 자식이 있고 없고의 문제가 아니다.

그럼 대체 무슨 문제인가.

— 나는 일을 하고 있고, 나름 모아 놓은 돈도 있어. 물론 돈

으로 살 수 없는 것도 있지. 하지만 돈이 있어서 자유로운 경우도 있는 거야. 타인에게 의존하지 않아도 되고, 누군가를 억지로 따르지 않아도 되고. 그건 아주 중요한 일이야.

내가 열일곱 살 때, 도우코 씨는 그렇게 말했다.

— 자기를 스스로 부양하는 것은 사람이 살아가는 데 최소한의 무기입니다. 결혼이나 출산 등의 환경 변화에 따라서는 일시적으로 보관해 둘 수도 있죠. 그러나 언제든 다시 꺼내 쓸 수 있도록 늘 손질을 해야 합니다. 여차하면 싸울 수 있게 말이죠. 어디든 날아갈 수 있어요. 독신이든 결혼을 했든, 그 준비가 있는지 없는지에 따라 인생이 달라집니다.

그리고 서른두 살 된 내게 기타하라 선생은 그렇게 말했다.

반려가 있든 없든, 자식이 있든 없든, 자기 두 다리로 서 있는 것. 그것은 자신을 지키기 위해서이며, 자신의 나약함을 타인에게 전가하지 않기 위해서다. 인간은 무리 지어 사는 동물이지만, 서로 돕는 것과 의존은 다르니까.

"아주머니. 그래요, 저는 자식이 없어요. 하지만 부모는 있습니다. 그래서 자식으로 부탁드려요. 강해지지 않아도 좋으니까, 최소한 자식에게 불필요한 짐을 지우지 마세요. 조금이라도 좋으니 짐을 나눠 질 수 있는, 그런 어른이 되세요."

카이 엄마가 눈을 번쩍 떴다. 붕어처럼 입을 뻐끔거린다. 말은 나오지 않는다. 눈가에 눈물이 찰랑찰랑 고였다가 또르르 바닥으로 떨어지면서, 카이 엄마가 흐느껴 울기 시작했다.

옛날에 비슷한 광경을 보았다. 애인이 떠나간 그때도 이 사람은 울었다. 상대가 유부남이라는 사실을 숨겼던 것이다. 카이는 화가 나서 남자가 남기고 간 술병을 밖으로 내던졌다. 이 사람은 거의 미친 사람처럼 밖으로 뛰쳐나가 아스팔트에 몸을 숙이고 자기를 배신한 남자의 술병 조각을 끌어모았다. 카이는 완전히 포기한 눈빛으로 그 광경을 쳐다보았다. 그런데도 엄마를 생각해 손을 내밀었다.

― 그만해. 손 다친다고.

지칠 대로 지친 옆얼굴과, 그럼에도 부드러웠던 목소리를 기억하고 있다. 그때 카이는 겨우 열일곱 살이었다.

왼쪽 가슴께가 심하게 아프다. 그러나 카이는 더 심한 고통을 견뎌 왔으리라. 어린 카이가 이 사람과 살기 위해 체념하면서 썩여 왔던 마음을 생각하면 참을 수가 없다.

"아주머니, 미안해요. 제가 말이 지나쳤어요."

카이 엄마의 머리를 살며시 쓰다듬었다.

"입원 신고서, 제가 가져갈게요. 도장, 어디 있어요?"

카이의 엄마는 훌쩍거리면서 텔레비전 받침장 서랍을 가리켰다. 신고서에 도장을 찍고, 서류를 가방에 넣어 돌아가려고 할 때였다.

"……아키미, 미안해. 우리 카이, 잘 부탁할게."

방바닥에 주저앉은 채 천천히 고개를 든다. 퉁퉁 부은 빨간 눈. 혼자 일어서지 못하고 타인에게 짐을 지우는 모습. 무겁다. 괴롭다. 외면하고 싶다. 왜냐하면, 그 모습은 바로 얼마 전의 내 엄마 모습이었고, 젊은 시절의 내 모습이기도 하기 때문이다.

네, 하고 짧게 대답하고 아파트에서 나왔다.

집에 돌아가자, 기타하라 선생이 놀랐다.
"왜 그래요. 안색이 몹시 안 좋은데."
"좀 여러 가지 일이 있어서."
"여러 가지란?"
"기다려 주세요. 우선 저녁 준비부터 하고."
오늘 저녁은 내가 당번이다.
"내가 하겠어요. 아키미 씨는 쉬어요."
기타하라 선생이 부엌 바닥에 놓인 바구니에서 감자와 당근을 꺼냈다. 카레를 만들려나 보다고 생각하면서, 멍하니 서 있다. 기타하라 선생이 돌아보았다.
"고마워요."
대답하고는 움직이지 않자, 기타하라 선생이 손에 들었던 채소를 내려놓았다. 그리고 내 손을 잡고 천천히 이끌어 식탁 의자에 앉힌다.

"저녁 준비보다 얘기가 먼저 같군요."

기타하라 선생이 식탁 너머에 마주 앉는다.

"무슨 일이 있었죠?"

하고 싶은 말은 딱 한 가지. 지금 당장 카이에게 가고 싶다. 하지만 말할 수 없다. 애써 부여잡은 평온하고 자유로운 지금 생활을 잃는다. 섬이라는 무리로부터 추방당한다. 나 혼자면 어떻게 되든 상관없지만, 기타하라 선생까지 끌어들이게 된다. 말하지 못하는 답답함에 목이 막힌다.

"카이 씨에게 무슨 일이 있나요?"

반사적으로 고개를 들었다.

"그것밖에 없겠죠."

꽉 깨물었던 입술을 열고 나는 목소리를 쥐어짰다.

"카이가 병에 걸렸어요."

기타하라 선생이 눈을 약간 크게 떴다.

"목숨이 걸린 병인가요?"

"네."

"그럼 빨리 준비를. 지금 바로 가면 마지막 비행기를 탈 수 있습니다. 당장 필요한 일용품과 며칠 갈아입을 옷만 챙기세요. 나머지는 필요에 따라 내가 보내겠어요."

"저, 그런데, 그 전에 얘기를."

"얘기는 손을 놀리면서도 할 수 있어요."

기타하라 선생은 휴대 전화를 꺼내 비행기 티켓을 검색하고 예약했다. 멀거니 보고 있자니, "빨리." 하고 다시 한 번 강하게 말해서 나는 겨우 움직이기 시작했다.

혼란스러워하며 짐을 싸고 있는데, 기타하라 선생이 무언가가 떠오른 듯 가방을 집어 들었다. 주섬주섬 안을 뒤지더니 바닥에서 누런 봉투를 꺼낸다.

"자, 이거. 계속 갖고 다녔어요. 언제 어디서 돌려줄 기회가 있을지 몰라서."

내미는 봉투를, 의미를 모르는 채 받아 들었다. 꽤 오래전 봉투인지, 흐물흐물 낡았다. 고등학교 주소 밑에 받는 사람 이름으로 기타하라 선생이 적혀 있다. 심장이 뛴다. 오른쪽 위로 약간 올라간 흐트러진 글자체를 본 기억이 있다. 천천히 안을 들여다보았다. 만 엔짜리 지폐 열 장이 들어 있다.

"카이 씨 돈입니다. 돌려주겠다고 전해 주세요."

"무슨 돈이죠?"

손에 든 누런 봉투와 기타하라 선생을 번갈아 보았다.

"전해 주면 카이 씨는 압니다. 하기야, 받지 않을지도 모르지만. 그럴 경우에는 아키미 씨가 도쿄에서 생활비로 쓰세요."

어리둥절한 채, 나는 고개를 갸웃거렸다.

"…… 왜죠? 왜 이렇게까지."

나는 환자를 면회하러 가는 것이 아니다. 카이를 만나고 나면, 다시는 이곳으로 돌아오지 않을지도 모른다. 그렇다는 걸 알면서, 기타하라 선생은 나를 보내려 하고 있다.

"우리, 서로 도우며 살기로 약속했잖아요."

"저만 일방적으로 도움을 받고 있어요."

기타하라 선생은 앞으로 남은 긴 인생을 혼자 살기가 무섭다고 했다. 그런 사람을 나는 또 혼자 남겨 두려 하고 있다. 그것은 서로 돕는다는 약속을 어기는 일이다.

"아키미 씨도 나를 도와주었어요."

"제가 뭘."

기타하라 선생의 입가가 벌어졌다. 정말 기뻐하는 미소였다.

"내가 과거에 한 일은 보통 사람들 입장에서는 돌 맞을 짓입니다. 그러나 나는 후회하지 않아요. 나는 그때 모든 것을 버리는 한이 있어도 그녀의 소망을 들어주고 싶었습니다. 아키미 씨는 그런 나를 받아들였고 같이 살겠다고 했어요."

그래서, 하고 기타하라 선생은 내 여행 가방을 들었다.

"아키미 씨가 진심으로 뭘 원할 때는, 반드시 내가 돕겠노라 마음먹고 있었어요."

"하지만 선생님……."

"몇 번이든 말하죠. 누가 뭐라고 하든, 우리는 스스로의 인생을 살 권리가 있어요. 내 말이 이상한가요? 이기적인가요? 만약 그렇다면, 누군가와 비교해서 이상한 것이겠죠. 하지만 그 누군가가 옳다는 증명은 누가 해 줄 수 있을까요."
"……모르겠어요."
"에, 나도 모릅니다."
기타하라 선생이 나를 똑바로 마주 보았다.
"뭐가 옳은지는 누구도 모릅니다. 그러니까 아키미 씨도 이제 버려요."
"……버리라고요."
기타하라 선생은 예전에도 그렇게 말했다.
— 우리는 그렇게 고뇌가 깊은 존재이기 때문에, 모든 고뇌를 떨쳐 버릴 수 있는 마지막 보루로 상식이 필요한 겁니다.
하지만 지금 하는 말은 그와는 정반대다. 마지막 보루마저 버리라는 뜻이다. 하지만 나는 무섭다. 상식적 옳음에서도 해방되고 나면, 나는 정말 알몸이다.
"아니면, 선택하세요."
버린다, 선택한다.
의미는 다른데 한없이 가까운 두 단어.
나는 무엇을 버리고, 무엇을 선택해야 하나.
부모, 자식, 배우자, 연인, 친구, 반려동물, 일, 또는 형태가 없는 존엄, 가치관, 누군가의 정의. 그 모든 것을 버려도 좋고, 다 껴안아도 좋은 자유.
정작 눈앞에 놓이자, 내가 생각하고 그렸던 것보다 훨씬 넓고 깊고 한이 없다. 바다 같은 그것을, 나는 앞으로 혼자 건너간다. 너무 겁이 나서 내딛는 발이 덜덜 떨릴 듯하다. 하지만 그렇게 말하는 기타하라 선생도 무언가를 버리고 무언가를 선택한 사람이다. 나보다 훨씬 오래전에, 각오를 다진 사람이다.

기타하라 선생이 과거에 한 일은 옳음에서 아주 멀고, 그녀 부모 입장에서는 용서할 수 없는 저급한 행위였을 것이다. 하지만 그녀에게 기타하라 선생은 사랑하는 연인이었을 것이다. 그리고 내게는 용서 그 자체로 보인다. 나는 기타하라 선생의 그런 외골수적인 사고에 큰 위로를 받아 왔다.

"저는 가겠어요."

기타하라 선생이 고개를 끄덕였다. 카이와는 하나에서 열까지 전부 다르다. 기타하라 선생과는 연애를 한 적이 없다. 그러나 이 사람과 나는 이어져 있다. 폭풍우가 몰아치는 바다 저 멀리에 자신처럼 날고 있는 새 한 마리가 보인 듯한 든든함. 혼자라도, 절대 고독하지 않다.

여행 가방을 차 트렁크에 싣고 있는데 유가 돌아왔다.

"아키미 씨, 어디 가요?"

뭐라 대답해야 할지 생각하고 있는데,

"아키미 씨는 섬을 떠납니다."

기타하라 선생이 그렇게 대답하자, 유가 눈을 깜박거렸다.

"소중한 사람을 만나러 갑니다."

유는 얼이 빠진 것처럼 입을 벌리고, "아." 하고 중얼거렸다.

"카이 씨?"

"미안해."

"좋지 않나요."

이번에는 내가 눈을 깜박거렸다.

"아빠가 결혼해서 한숨 놓기는 해지만, 아키미 씨랑 우리 아빠, 눈곱만큼도 부부 같지 않았는걸요, 뭐. 좋은 콤비라고는 생각하지만, 카이 씨랑 사귈 때의 아키미 씨가 훨씬 예뻤어요. 이왕 사귀는 거, 자기를 예쁘게 해 주는 남자가 좋죠."

아무렇지 않게 그렇게 말해, 나는 힘이 쭉 빠졌다. 기타하라 선생은 조금 상처받은 표정이라, 나와 유는 슬며시 웃었다. 안녕이라는 말은 하지 않았다.

"자, 그럼 갈까요."

안전 운전이 신조인 사람이 마지막 비행기 시간에 늦지 않도록 차를 몬다. 수시로 차선을 바꾸고 추월까지 한다. 거칠게 운전하는데 하나도 안 무섭다. 오히려 나의 내면이 거칠게 날뛴다. 잇달아 문이 열리고, 갇혀 있던 것들이 뛰쳐나간다.

— 어디든 날아갈 수 있다고 하니 불안해지네요.

바로 어젯밤에 그렇게 말했는데.

구루시마 해협 대교에 접어들었을 때, 나는 차창을 열었다. 몸을 내밀어 바람을 맞고, 다시는 볼 수 없을지도 모르는 세토 내해를 눈에 새겼다. 오렌지색으로 물든 황혼녘의 바다.

아, 정말 아름다운 풍경이다.

갇혀 있을 때는 몰랐다.

떠날 때가 되어서야 비로소 내가 자란 고향의 아름다움에 가슴이 떨려 온다.

열여덟 살 때, 카이와 함께 떠나기로 했던 풍경.

그 무렵의 나는 이 아름다움을 미처 인식하지도 못했을 것이다.

눈에 익은 풍경인데 마치 처음 보는 듯한 느낌으로 바라보고 있으려니, 내가 이 섬을 떠나는 때는 애당초부터 '지금'이라고 정해져 있었는지도 모른다는 생각마저 들었다. 열여덟 살 나이에 사랑하는 남자와 떠났다면, 눈부신 미래에만 눈이 팔린 나머지, 카이와의 관계가 빠르게, 얕게 끝나 버렸을 수도 있다.

그로부터 14년이 지났다. 나는 서른두 살이 되었고, 그사이에 수많은 사람을 만났고, 상처를 주고, 상처를 받고, 돕고, 도움을 받고, 그렇게 겨우 준비를 마쳤다. 자신이 버린 것의 가치를 알면서도 자유롭게, 스스로의 의지로 마음 닿는 대로 카이 곁에 간다.

섬사람들은 이해하지 못할 것이다.

엄마는 또 울지도 모른다.

그럼에도 나는, 내일 죽을지도 모르는 남자를 만나러 가고 싶다.

행복해지지 않아도 좋다.

아, 아니다. 이것이 내가 선택한 행복이다.

나는 어리석은 것이리라.

하지만 이 후련함은 무엇일까.

처음부터 이렇게 되도록 정해져 있었던 것처럼, 이 한 치의 주저도 없음은.

4장

저녁뜸

거의 손도 대지 않은 식판을 반납하러 갔다가 담당 간호사에게 걸리고 말았다.
"제대로 먹지 않으면 체력이 떨어져요."
"잠만 잘 뿐인데 체력은 필요 없죠."
"기운이 없으면 잠도 잘 수 없어요. 자, 조금 더 먹어요."
도로 내미는 점심 식판을 들고 어정어정 병실로 돌아갔다. 4인실 안쪽에 있는 침대에서 간이 약한 생선 조림을 께적께적 먹는다. 비린내가 난다. 맛없다. 환자식이라서 그런 게 아니다. 나는 생선에 관한 한 입맛이 까다롭다.
'섬의 생선은 맛있었는데.'
분홍색으로 빛나는 도미를 떠올리면서, 나는 대체 뭐 때문에 먹고 있는지를 생각했다. 누구에게도 아무런 도움이 되지 않는 자신에게 어떤 가치가 있다고는 생각되지 않는다. 이 마음고생도 죽기까지의 한 과정, 뜬세상의 쓴맛이라는 걸까. 그런 생각을 노트에 주절주절 쓰고 있는데, 커튼이 열리고 에리 씨가 얼굴을 들이밀었다.
"안녕. 아니, 또 안 먹었네."

"그 말 듣기도 이제 지쳤어."
"나는 하기도 지쳤는데. 밥 먹으면서 미팅합시다."
 이리 줘 보라며 내미는 손에, 나는 글 쓰던 노트를 건넸다. 올봄에 에리 씨는 편집장이 되었다. 역사 있는 출판사의 유서 깊은 문예 잡지. 바쁠 텐데 종종 면회를 와서, 다달이 실리는 에세이 외에도 빨리 소설을 쓰라고 나를 채근한다.
 에리 씨는 침대 옆에 놓인 의자에 걸터앉아, 아무 가치도 없는 내 졸문을 읽는다. 그리고 여기는 다시 쓰고, 여기는 군더더기, 하면서 빨간 펜으로 쓱쓱 긋는다.
"군더더기 없앤다고 좋은 글이 되는 것도 아닐 텐데."
"정말 그렇다면, 내가 시간을 할애할 리 없지."
"옛 남자라고 봐주는 거 아냐."
"대체 언제 적 얘기를 하는 거야. 이미 시효가 다 끝났어. 일은 별개라고."
 페이지를 넘기는 손가락 끝에 훅 숨을 분다. 립글로스에 젖은 붉은 입술. 여전히 멋진 여자라고 생각한다. 그런데도 전혀 흥분감은 없고, 그저 멀고 그리운 기분이 들 뿐이다.
"아, 참."
 노트에서 고개를 들지 않고 에리 씨가 말을 꺼냈다. 너무 자연스러워서, 오히려 타이밍을 재고 있었다는 게 훤히 보인다. 일에서 떠나는 순간, 어수룩해진다는 걸 나는 알고 있다.

"항암 치료 거부하고 있다고, 우에키 씨가 그러던데."

그 얘기로군. 위의 절반 이상을 잘라 냈지만, 미세한 암이 여기저기 많이 남아 있다. 그게 더 퍼지지 않도록 항암제로 억제하는데, 부작용이 심해서 죽는 편이 차라리 낫겠다 싶을 지경이다.

"젊어서 전이가 시작되면 순식간이라고."

"그렇겠지."

"그런데도?"

"굳이 힘내야 할 이유가 없어."

페이지를 넘기려던 에리 씨 손이 순간적으로 멈춘다. 잘해 주는 사람 앞에서 나는 무슨 말을 하고 있는 것인가. 이기적이라서 미안하다. 하지만 지켜야 할 가족이 있는 것도 아니다. 남기고 싶은 무언가가 있는 것도 아니다. 도무지 기력이 생기지 않는다.

"괜찮다니까. 그렇게 금방 죽지 않아."

아무런 보장이 없으면서 그저 듣기 좋은 말을 했다. 에리 씨는 노트를 응시하며 빨간 표시를 계속해 간다. 내가 살고 싶어 할 이유를 만들어 주려 하고 있다. 하지만 내 안에서 이야기를 향한 열정이 지펴지는 일은 이제 없다. 그 정도는 간파하고 있을 텐데.

"아무튼 고마워."

에리 씨는 들리지 않는 척, 진지한 표정으로 페이지에 빨간 표시만 한다.

밤이 몹시 길다. 옆 침대에서 할아버지가 이를 빠드득거리는 소리가 시끄러워 잠을 잘 수 없다. 하지만 너무 조용해도 잠이 오지 않는다. 몇 시간 후면 반드시 찾아올 아침이 멀기만 하다.

아까부터 위 언저리가 무지근하게 아프다. 요즘 들어 계속 상태가 안 좋다. 자기 몸에 병의 흑점이 번져 가는 상상을 하면 밤이 한층 깊어진다. 스스로 치료를 거부한 주제에 죽는 건 두려워하다니, 모순이다. 왜 죽음은 아픔과 고통을 동반하는 것일까. 고생스럽게 살아왔으니, 갈 때는 편히 가게 해 주면 좋을 텐데.

몸만 계속 뒤척이고 있자니, 병실 문이 열리는 소리가 났다. 회진인가 했다가, 커튼이 열리면서 작은 스탠드의 희미한 불빛에 드러난 여자를 보고 숨이 멈춰졌다. 나는 꿈을 꾸고 있는 것일까. 아키미가 한 걸음 들어선다. 손을 내민다. 나는 아무 반응도 하지 못한다.

"카, 이."

천천히 내민 손이 내 앞머리를 가른다. 촉촉하고, 이제 떨어져 있고 싶지 않다고 간청하듯 이마에 닿는 손의 부드러운 감촉. 나도 모르게 눈을 감았다.

나는 벌써 몇 년 동안이나 만사가 순조롭지 않았고, 그래서 지쳤고, 여기저기가 아파서, 마음을 뒤흔드는 일에는 진저리가 난다. 잔잔한 바다처럼, 나는 움직임을 멈춘 채 조용히 있고 싶다.

아키미가 말없이 내 이마를 어루만진다. 그때 작은 소리가 울렸다. 반사적으로 눈을 뜨자, 회진 간호사가 펜라이트를 비추고 있었다.

"누구세요."

따지듯 묻는다.

"아, 미안해요. 아는 사람입니다."

"이런 시간에, 몰상식하네요. 다른 환자도 계시는데."

"죄송합니다."

"아무튼, 나가세요."

간호사가 아키미를 데리고 나가, 혼자 남겨진 나는 한숨도 못 자고 밤을 밝혔다.

새벽이 되어서야 슬금슬금 잠이 와, 아침 식사는 그냥 넘겼다.

대낮에 겨우 눈을 떴다. 배식 담당이 침대 테이블에 식판을 놓아 준다. 죽, 된장국, 전분 소스를 끼얹은 닭고기. 식욕은 전혀 없지만, 숟가락을 든다. 음식과 약과 희미한 암모니아 냄새. 옆에서 들려오는 텔레비전 소리.

활력과는 도무지 거리가 먼 광경에 둘러싸여 있으려니, 어젯밤 일이 꿈처럼 느껴졌다. 마지막 만난 때로부터 6년이 지났다. 그런 생각을 하고 있는 스스로를 한심해하고 있는데, 병실 문이 스르륵 열리고 어젯밤의 꿈이 들어왔다. 나는 죽그릇을 손에 든 채 얼어붙고 말았다.

"아, 카이."

아키미가 내게 살랑살랑 손을 흔든다. 어깨에는 커다란 가방을 메고 손에는 회사명이 찍힌 서류 봉투와 편의점 봉지를 들고 있다. 확실한 현실감을 지닌 걸음걸이로 걸어온다.

"밥 먹는 중인데, 미안하네."

그건 사과할 일이 아닌데. 아연해서 올려다보자, 아키미는 침대 옆 의자에 멋대로 앉았다.

"아침에 오려고 했는데, 부동산에 들렀다 오느라."

서류 봉투에서 임대 물건인 듯한 아파트의 평면도를 꺼내 내게 보여 준다.

"고엔지에 있는 방 세 개짜리야. 준조 상점가 근처. 어때?"

"편리한 곳이니까, 좋지 않나?"

"다행이다. 그럼 여기로 할게."

"누가 사는데?"

"나."

"응?"

"그리고, 카이."

아키미는 당연하다는 듯이 대답했다.

"처음에는 방 두 개짜리로 할까 했는데, 카이가 느긋하게 쉴 수 있는 방과 내가 일할 방이 필요하겠다 싶어서 세 개짜리로 했어. 아, 퇴원하는 날짜 정해지면 알려 줘."

아키미가 태연하게 말을 잇는다. 마치 아내나 오래 사귄 연인 같은 말투다. 무슨 말을 하는지는 안다. 그러나 이해가 뒤따르지 않는다. 멍청하게 죽 그릇을 그대로 들고 있다는 것을 알고는, 일단 식판에 내려놓았다. 그리고 등을 쫙 펴고 아키미와 마주했다.

"너, 무슨 말을 하는 거지."

"기다리게 해서 미안해."

"아니, 너, 무슨······."

"같이 살 거야."

부드럽게, 그러나 단호하게 잘라 말했다.

"나, 결정했어."

어떻게 여기 왔는지. 누구에게 들었는지. 무슨 생각인지. 기타하라 선생은 어떻게 하고 왔는지. 앞으로 어쩔 요량인지. 그 모든 것이 아무래도 상관없다는 듯이, 또는 중요한 것은 이것뿐이라는 듯이 아키미는 웃고 있다.

내가 아는 아키미인데, 눈앞에 있는 사람은 내가 모르는 아키미다. 하지만 나는 이 아키미 역시 어디선가 본 적이 있는 듯한 기분이다. 조용하고, 온화하고, 밝고, 안에서 꿈틀거리는 강인함이 전해지고, 저항할 수 없어 몸을 내맡기게 되는 이 느낌을.

"……뭐였더라."

허공을 올려다보자, 아키미가 고개를 갸웃했다.

"여기까지 와 있는데, 기억이 안 나."

여기, 하면서 손을 목에 수평으로 갖다 댔다.

"억지로 기억해 내지 않아도 되잖아."

"답답해."

"그러다 기억날 거야."

'그러다가 언제?'

'그때 너는 내 옆에 있을까.'

묻고 싶은 말이 거품처럼 떠오르는데,

"그래."

하면서 고개를 끄덕이고 나는 다시 한 번 아키미 얼굴을 멀뚱멀뚱 쳐다보았다. 처음 만난 후로 지금까지, 아키미를 그 섬에 묶어 놓았던 갖가지. 아키미가 그 섬에서 빚어 온 갖가지. 그것들을 고스란히 껴안은 아키미가 지금 내 앞에 앉아 있다. 그렇다면 이제는 체념하는 수밖에 없다.

뭐가 어찌 되었든 내게는 아키미밖에 없었고, 아키미에게는 나밖에 없었다.

긴 시간을 두고 무수한 실패를 겪으면서 깨달은 딱 한 가지다. 이렇게 단순한 것을.

정말 어처구니없을 정도로.

"아, 그리고 기타하라 선생님이 이거 돌려주라고 했어."

아키미가 가방에서 구겨진 누런 봉투를 꺼냈다. 기억에 있는 봉투다.

"무슨 돈이야?"

"축의금."

"누구?"

"너랑 기타하라 선생 결혼."

아키미가 입술을 새침하게 오므렸다. 뜻밖이라는 표정이 귀엽다.

"뭐야 그게. 난 모르겠네."

"남자들끼리 얘기야."

아키미가 미간을 찡그렸다.

"이상한 두 남자."

"이상한 부부."

우리는 서로를 슬쩍 노려보았다. 그리고 따끈한 물에 녹는 각설탕처럼 화르르 표정을 풀고 마주 웃었다. 짓눌려 딱딱하게 굳었던 마음이 어이없게도 부슬부슬 녹아 간다.
"다들 이상해."
그렇다. 정상적인 인간이라는 건 환상이다. 누군가가 만들어 낸 수수께끼 같은 그런 개념보다 우리는 스스로를 살아가는 수밖에 없다.
아키미의 손이 깡말라 혈관이 돋은 내 손을 잡았다.
살며시 힘을 주고 꼭 잡는다.
"기억났어."
"응?"
"너, 세토 내해 같아."
"그 말은 또 뭐야."
창문으로 비치는 빛을 등지고 아키미가 웃었다.

●
이노우에 아키미, 32세, 여름

나는 섬을 떠나 도쿄의 고엔지에 있는 방 세 개짜리 아파트에서 생활하기 시작했다. 고엔지는 카이가 도쿄에 올라와 처음 살았던 동네이며 내게는 도쿄에서 유일하게 친근한 동네다.
두 번째 항암 치료가 끝나 오늘 퇴원하는 카이를 데리러 간다. 얼마 전까지 카이는 치료에 미온적이었던 것 같은데, 지금은 싸워 보겠노라고 한다.

4주간의 항암 치료 중 카이는 아침부터 밤까지 계속 구역질하고 토했다. 옆을 지키는 것밖에 할 수 없는 나는 손끝까지 얼어붙었다. 이런 상태가 앞으로도 계속된다. 걱정도 불안도 없어지지 않는다. 평온과는 거리가 멀지만, 우리가 선택한 생활을 나는 사랑한다.

"어째 옛 생각이 나는 방이네."

카이는 새집에 처음 왔다. 집 안을 한 차례 돌아본 다음, 베란다에 나가 복작복작한 고엔지 거리를 바라본다.

"내가 처음 본 도쿄야."

"십 대로 돌아간 기분?"

카이는 아주 잠깐 생각했다.

"같은 곳으로 어떻게 돌아갈 수 있겠어. 그런데 터벅터벅 걷다가 가까운 곳으로 돌아온 기분이야."

카이는 난간에 팔꿈치를 대고 해맑은 표정으로 하늘을 올려다본다.

"참 바보였지."

나도 똑같은 기분이다.

"아, 그렇지."

카이가 그제야 생각난 것처럼 치노 바지 주머니에 손을 넣었다.

"이거, 줄게."

내민 것은 조그만 상자였다. 반지 케이스 같아 보이는데, 몹시 낡았다.

"별거 아니지만."

카이가 쑥스러운 듯이 눈길을 피한다.

혹시나 싶어 쿵쿵 뛰는 가슴을 억누르고 열어 보니, 역시 반지였다. 알이 큰 초록색 돌. 에메랄드일까. 지금 막 받았는데, 낯익은 기분이 드는 것은 어째서일까.

"겨우 줬네."

"이거, 언제 샀어?"

"잊었어."

카이는 창 너머로 펼쳐지는 얇게 구름 낀 하늘을 보고 있다. 혹시 내가 최악이라고 느꼈던 그때의 프러포즈가 진심이었던 걸까. 묻고 싶지만, 의미가 없다.

'같은 곳으로 어떻게 돌아갈 수 있겠어.' 맞는 말이다. 아무리 돌아가고 싶어도 돌아갈 수 없다.

"고마워. 소중하게 간직할게."

그렇게 말하자, 카이가 상자로 손을 내밀었다. 반지를 끼워 주나 했더니, 상자째 내 치마 주머니에 쏙 집어넣는다.

"왜?"

"오래됐고, 부끄럽잖아."

"나는 기쁜데."

고개를 약간 숙이고 얼굴을 가까이하고 웃는데, 시원한 바람이 귀 밑을 쓱 스치고 지나갔다. 지난주까지도 시끄러울 만큼 매미가 울었는데, 도쿄는 순식간에 계절이 바뀐다. 이 바람은 그 바람이 아니다. 이 계절도 그 계절이 아니다. 그러니 지금 이 순간을 소중히 보내야 한다.

이 바람도 이 계절도 지금 한 번뿐.

늦은 오후, 카이는 달걀우동 삼분의 일 정도와 요구르트를 반 컵 먹었다. 우동은 부드럽게 삶아 잘 넘어가게 했다. 위의 대부분을 잘라 냈기 때문에 조금씩, 자주, 천천히, 잘 씹어 먹어야 한다. 나는 카이를 위해 하루에 여섯 번 식사를 준비한다.

"5시 식사는 미네스트로네 우동으로 할거나."

"이탈리아 사람들이 화낼 메뉴로군."

별것도 아닌 일로 같이 웃는다. 우리는 매일 조그만 식탁에 마주 앉아 밥을 먹고, 조그만 욕조에 같이 들어가고, 같은 방에서 잔다. 불필요한 것은 하나도 없고 필요한 것은 모두 있다. 생활은 내가 자수 일로 꾸리고 있다. 카이의 생활 보호 대상자 지원금은 같이 사는 내게 경제력이 있다는 이유로 끊겼다. 참 이상하다. 나는 아직 기타하라 선생의 아내이니 법률적으로는 자유에 제한이 있는데, 경제력만은 그 제한을 허물고 분배하라고 한다. 법률조차 나라에 좋은 방향으로 해석되어 운영되고 있다. 그렇다면 개인도 마음대로 해도 좋지 않은가.

자유로운 것은 유쾌한 일이지만, 지속적으로 자유로우려면 힘이 필요하다.

카이의 몸에 부담을 주지 않는 식사를 준비하고 환경을 갖추고, 항암 치료 중에는 옆을 지킨다. 시간이 모자라서 일할 때는 절로 집중력이 높아졌다. 빠르게, 그러나 질은 유지하고. 잠이 부족하고 피곤하지만, 예상했던 것 이상으로 잘해 내고 있다.

회사와 자수 일에다 엄마까지 돌봐야 했던 시절에 비하면 가볍다고 생각한다. 그러니 당시의 내 절망감도 쓸모가 없지는 않았던 셈이다. 과거는 바꿀 수 없다고 하지만, 미래로 덧입힐 수는 있을 것 같다. 물론 내가 어떻게든 이겨 내려는 가장 큰 이유는 '여기는 내가 선택한 장소'라는 단순한 사실 때문이다.

"너, 내가 떠나 버리고 나면 어떻게 할 거야."

몇 번째 항암 치료가 일단락된 후에 카이가 물었다. 치료가 시작되면 물까지 토해서 아무것도 먹지 못하는 탓에 인상이 달라질 정도로 야윈다. 광대뼈가 튀어나온 초췌한 얼굴로, 이번에는 정말 죽는 줄 알았네, 하며 웃는다. 농담처럼 말하지만, 사실일 것이다.

"어디서든 적당히 살게."

침대 옆에 걸터앉아 수를 놓으면서 대답한다.
"그래도 괜찮겠어?"
"먹고살 정도는 벌고 있어."
아아, 하며 카이는 아련한 눈빛을 보였다.
"그렇구나, 그렇지. 이제 옛날의 아키미와 다르지."
카이가 후 길게 숨을 내쉰다. 정말 안심된다는 표정이다.
"내가 어떻게 하지 않아도 된다는 거, 참 편하네."
"칭찬이라고 여길게."
그리고 머리를 숙이자, 카이가 웃었다.
"뭐랄까, 끈 떨어진 연 같은 기분이야."
그 순간, 마음이 오그라들었다.
'아무 데도 날아가지 마.'
'계속 내 옆에서 살아 줘.'
목구멍까지 기어 올라온 말을 삼켰다.
"가고 싶은 곳으로 날아가도 괜찮아."
"정말?"
"놓치지 않고 쫓아갈 수 있고, 또 반드시 따라잡을 거니까."
카이는 흐뭇하게 미소 짓고는 잠이 온다면서 안심한 어린 아이처럼 눈을 감았다.

요즘 카이의 얼굴이 달라졌다. 처음에는 내게 부담을 떠넘겨서 미안하다고 툭하면 사과했는데, 요즘은 자수를 하는 나를 느긋하게 바라보며 꾸벅꾸벅 졸다가 잠이 든다.

잠이 온다고 피곤하다고 솔직하게 어리광을 부리는 모습을 보면, 이게 카이의 참모습이었는지도 모르겠다는 생각이 든다. 부모라기에는 난처한 엄마와 생활하느라 이를 악물었을 때나 숫자에 쫓기는 일을 하며 신경을 마모하던 때와는 전혀 다르다. 이렇게 평온한 카이를 계속 보고 싶다. 그래서 나는 불안한 표정을 보이지 않는다. 내가 흔들리면 카이가 자기 상태를 솔직하게 말할 수 없다. 카이는 그런 남자다. 나는 카이에게 그 어떤 짐도 지우지 않겠노라고 결심했다. 자신이 어디에 속할지를 결정할 자유. 떨어져 있어도 기타하라 선생의 말은 발밑을 비추는 어스름한 등불처럼 나를 인도해 주고 있다.

블라우스 다섯 점을 납품해야 해서 오늘은 밤을 새우고 아침을 맞았다. 양 소매에서 똑똑 떨어지는 빗방울처럼 빛나는 길쭉한 비즈를 수놓는다. 아슬아슬하게나마 시간을 맞출 수 있을 것 같아 다행이다.

일어난 카이와 늦은 아침을 먹고, 빨래를 한 다음 나는 다시 일을 시작한다. 카이는 식탁에서 노트에 뭔가를 쓰고 있다.

"뭐 쓰는 거야?"

차를 끓이려고 나온 길에 들여다보자, 슬그머니 팔로 가려서 그다음에는 신경을 껐다. 만화 원작을 쓰는 것일까. 자잘한 글자가 빼곡하게 줄지어 있다.

나는 거실에서 한마음으로 수를 놓고, 카이는 부엌에서 글자를 쓴다. 거실과 부엌이 이어져 있어 서로의 모습이 보인다. 가끔 숨을 돌리고 고개를 들면 그곳에 서로가 있다.

'아, 이거.'

그리움에 뭉클해졌다. 고등학생 때 카이 방에서 잠들었다가 눈을 뜨면, 카이는 언제나 컴퓨터 앞에 앉아 만화 원작을 쓰고 있었다. 그로부터 몇 년이 지났을까.

"응?"

카이가 얼굴을 들어 눈이 마주쳤다.

"아니야, 아무것도."

고개를 가로젓고, 우리는 서로의 일로 돌아간다. 이미 어른인데, 갖가지 일도 많았는데, 다시 한 번 청춘을 되짚고 있는 기분마저 든다.

카이는 가끔 역 앞에 있는 카페에서 여자를 만난다. 내가 돈을 빌리러 왔을 때 카이 옆에 있었던 예쁜 여자다. 아직 계속되고 있나 보네, 하면서 나는 카페 앞을 스쳐 지나간다.

"낮에 만난 사람, 누구야?"

"아는 사람."

간단한 대답에, 더는 묻지 않았다.

"바람피우는 거 아니야."

카이 스스로 그렇게 말해, 나도 의심하는 거 아니라고 말하고는 저녁 준비를 시작했다. 남자와 여자 사이로는 보이지 않았고, 무엇보다 카이가 즐거워 보였다. 그래서, 그것으로 충분했다. 카이는 살고 싶은 대로 살면 된다. 만나고 싶은 사람이 있으면 만나면 되고. 나 역시 살고 싶은 대로 살고, 이렇게 만나고 싶은 사람을 만나러 왔으니까.

꼭 필요한 것만으로 족한 생활은 단순하고 평온하지만, 엄마에게는 걱정을 끼치고 말았다. 섬을 떠나 카이와 함께 있다고 전하자 엄마는 한숨을 쉬었다.

"네 인생인데 네가 그렇게 결정했으면 됐지."

그래도 마지막에는 그렇게 말했다. 생각이 많았을 텐데, 예전과 달리 당신 스스로 삭여 주었다. 부모 자식이라도 역시 거리는 필요하다고 생각한다. 아니, 부모 자식이라서 더욱이 그런가. 엄마와 나는 병행하는 레일 위를 달리는 다른 열차, 각자의 행선지를 향할 뿐이다.

도우코 씨와 아빠에게도 말했다. 도우코 씨는 일과 관련해서 보고를 하는 김에 섬을 떠났다고 전했다.

"어머나, 큰일이네."

"네, 큰일이에요."

나도 장난스럽게 대꾸했다. 심각하지 않게 말할 수 있어서 자랑스러웠다. 열일곱 살 소녀였을 때는 절대 닿을 수 없어 선망했던 도우코 씨에게 조금은 다가간 듯한 기분이 들었던 것이다.

의외로 아빠가 화를 냈다. 정작 자신이 한 짓은 뒷전으로 한 훈계를 들은 후, 일 때문에 아직 도우코 씨에게 할 얘기가 남아 있으니 전화를 바꿔 달라고 하자 아빠는 잠시 말이 없더니 포기한 듯이 도우코 씨에게 전화기를 넘겼다. 부모에게 휘둘려 살았던 고등학생 시절 후로 아빠를 상대하면서 처음 기분이 좋아졌는데, 주제를 알아야죠, 하고 되받는 어린아이는 아니라서 안도하기도 했다.

연말연시는 느긋하게 지냈는데 사건도 있었다. 기타하라 선생이 섬의 생선을 보내 줘서 오랜만에 회도 뜨고 탕도 끓였더니, 카이가 신이 나서 평소보다 잘 먹었다. 거기까지는 좋았는데, 과식을 해서 배탈이 나고 말았다.

"먹보."

병원 대합실에서 기막혀하는 내게,

"옛날 생각이 나서 그랬지."

카이는 풀은 죽었어도 기쁜 표정이었다.

기타하라 선생과는 이혼하지 않았을뿐더러 연락도 주고받는다.

신혼 2년도 안 되어 섬을 떠난 나는 섬에서 말도 안 되는 악녀로 이름이 자자해진 듯하다. 그런 여자와 결혼한 기타하라 선생은 동정을 사고 있다.

"덕분에 채소와 생선을 잔뜩 얻어먹고 있습니다."

그렇게 말하면서 피식 웃는 기타하라 선생 뒤에서, 유도 한마디 거든다.

"하도 많이 줘서 처치 곤란이니, 자주 보낼게요."

그 후로 우리는 채소와 생선 걱정은 안 하게 되었다.

이번 주에는 생선 외에도 콜리플라워와 싹양배추와 루콜라가 택배로 날아왔다. 섬에서 수확한 튼실한 채소와 어째 좀 다르다 했더니, 함께 온 메모지를 읽고 의문이 풀렸다.

''양지바른 홈'의 농원에서 장모님이 키운 채소입니다. 내년에는 좀 더 잘 키우고 싶다고 하시더군요. 장모님은 건강하게 잘 계십니다.'

초보가 키웠다는 걸 바로 알 수 있는 알이 작은 채소를 하나하나 꼼꼼히 씻으면서, 왠지 눈물이 흘렀다. 엄마가 하루하루를 즐기고 있어 기쁘다. 기타하라 선생에게 전화를 걸어 고맙다고 말하자,

"그거 잘됐군요."

하고 여전히 담담하게 대답했다.

봄이 다가왔을 무렵, 그제야 카이의 엄마가 아들을 보러 와주었다. 이마바리에서 눈물 콧물 다 짰던 날이 언제였더냐는

듯이 명랑하게, 선물이라면서 귤을 잔뜩 들고서.
"역시 카이랑 아키미는 이렇게 될 운명이었어."
여러 가지 의미에서 굉장한 사람이라고 감탄했다.
"아키미를 빼앗은 꼴이니, 기타하라 선생이야 딱하게 되었지만."
한편 그런 말을 했을 때는, 저 말을 되받아야 하나 생각했다. 나는 누구에게도 빼앗기지 않았고, 기타하라 선생은 딱한 사람이 아니다. 하지만 그만두었다. 옆에서 카이는 줄곧 불편한 표정이었다.
"이제 나는 아무 걱정이 없네. 겨우 아들을 떼어 놓을 수 있게 되었으니."
길을 걸어가면서 카이의 엄마가 되풀이하는 말을 적당히 고개를 끄덕이며 듣고 있는데, 은행 앞에서 갑자기 걸음을 멈췄다.
"저 있지, 아키미."
그렇게 운을 떼어 금방 알아챘다.
"조금이라도 괜찮아. 좀 해 줄 수 있을까."
부탁한다며 두 손을 맞잡는다. 잠시 기다리라고 하고서 은행에서 돈을 뽑아 와 건넸다. 고맙다며 천진하게 웃는 얼굴에, 이쪽의 독기가 다 빠지고 말았다.
'일이 있어서 정말 다행이네.'

카이의 엄마를 배웅하려고 가는 길, 벌써 몇 번째인지 모를 안도감을 곱씹었다. 딱히 돈을 더 벌고 싶은 것은 아니다. 나와 카이의 조촐한 생활이 유지될 정도면 충분하다. 나는 나 자신과 소중한 사람을 지키고 싶다. 카이의 엄마는 내가 소중히 여기는 사람은 아니지만, 카이가 소중히 여기니까 나도 그러고 싶다. 다만 내가 할 수 있는 범위를 넘어설 때는 문제다.
'그때 나는 어떻게 할까.'
모든 것을 뒷받침할 수 있도록 더 부지런히 일한다? 애써 무리하지 않고 잘라 낸다? 인생은 장애물 경주와 비슷하다. 한 가지를 넘으면 또 다른 장애물이 나타난다. 장애물을 모두 넘지 못한 채 죽게 되리라. 하늘을 올려다보니 해 저문 서쪽 하늘에 별이 떠 있었다.
'아, 어둠별이네.'
낮과 밤이 갈리며 바람이 잔잔해지는 저녁뜸에 빛나는 별을 보며 하루의 끝을 아쉬워할 것인가, 이제 곧 시작될 밤을 고대할 것인가. 빛나는 별 하나조차 시각에 따라 달리 해석된다. 나는 앞으로 어떤 선택을 계속해 갈까. 아무쪼록 그 선택을 완수할 수 있기를 별을 우러러 기도했다.
아파트로 돌아와 보니 카이는 곤히 잠들어 있었다. 부엌에 들어가, 카이가 깨지 않게 살금살금 귤 껍질을 깐다. 자글자글 조려서 달지 않은 잼으로 만들자. 감귤류는 그냥 먹으면 너무 자극이 세서 카이의 위에 부담된다. 보글보글 끓는 냄비를 보고 있는데, 카이가 일어나 나왔다.

"엄마 귤?"

뒤에서 내 어깨에 턱을 올려놓고 들여다본다.

"응. 아깝지만 잼을 만들려고."

"미안. 뭐부터 사과하면 좋을지 모르겠어."

카이는 둔감하지 않다. 틀림없이 많은 것을 눈치챘으리라. 무슨 말을 해 주고 싶은데, 그러나 아무 말도 할 수 없어 대신 주황색 껍질을 집어 코에 갖다 댔다.

"섬 냄새가 나지."

"돌아가고 싶어?"

카이는 가끔 바보 같은 질문을 한다.

"안 돌아가."

망설임 없이 대답했다. 나는 내가 있을 곳에 이제 막 도착했다.

벚꽃은 멋이 없다고 하면, 대부분 놀란다. 꽃이 떨어지고 나면 바로 초록 잎이 나와 나무 전체를 뒤덮고 만다. 네, 끝났어요, 이제 그다음, 하는 식으로. 카이는 알 것 같다고 말했다. 전철을 타고 치도리가후치에 가서 벚꽃놀이를 했을 때다.

"조금만 천천히 피고 져도 좋은데 말이야."

"응, 맞아."

"그래도 우물쭈물하면, 이렇게 예쁘지 않을 것 같기도 하고."
"응, 그것도 그러네."
그리고 며칠 후 강한 바람이 불어 연분홍색 꽃잎이 모두 떨어지고 말았다. 그사이에 카이는 거의 아무것도 먹지 못했다. 요구르트도 냄새를 못 맡겠다고 해서 귤잼을 따뜻한 물에 풀어 조금씩 조금씩 떠먹였다. 겨우 그걸 먹고도 배가 더부룩하다고 힘들어한다.

병원에 가서 검사를 받은 후, 둘이 진찰실로 불려 갔다. 의사가 전이가 되었다고 말했다. 복막 전체에 암세포가 흩어져 있다고 한다. 젊어서 진행이 빠르다고, 앞으로 몇 달 남지 않았다는 말을 들었을 때는 몸속에 썰물이 생긴 것처럼 열이 빠져나갔다. 잡은 손이 얼어붙을 것처럼 차갑다.

진찰실에서 나와 로비에서 병원비 정산을 기다렸다.
"미안해."
정산 번호를 부르는 방송 소리 사이로 카이가 중얼거렸다.
"왜 사과하는데?"
"좀 더 오래 같이 있을 거라고 생각했거든."
뭐라고 대답하면 좋을까. 열심히 말을 찾았지만, 지금 내 안에는 아무것도 없다. 기를 쓰고 찾은 끝에, 원래 있었던 단 한 가지 소망을 말했다.
"같이 있자."

할 수 있을 때까지 같이 있자, 같이 있게 해 줘.

장마가 중반에 접어들 무렵부터 카이는 점점 더 야위어 갔다. 약으로 암의 전이를 지연시키려 아무리 기를 써도 젊은 몸은 그 노력을 앞질러 간다.

7월에는 항암 치료를 일단 중단하고 완화 치료로 전환하게 되었다. 카이의 체력이 이 이상은 항암 치료를 견디지 못한다. '일단'이라고는 하지만 중단하면 단숨에 전이가 진행된다는 것을 알고 있었다. 호스피스 병동에 입원하는 얘기도 나왔지만, 카이는 집에 가고 싶다고 했다. 나도 찬성했다. 남은 시간을 둘이서 평온하게 보내고 싶었다. 그것만이 이룰 수 있는 바람이었다.

우에키 씨가 집주인에게 재택 치료에 대한 양해를 구하고, 환자용 침대를 들여놓은 다음 방문 간호 등의 절차를 밟아 주었다. 카이와 사귀던 시절에 한 번 소개받은 적이 있다. 몇 년 만일까. 카이와 나오토 씨가 만화를 그만둔 후에도 계속 교류하며 신경을 써 주었다고 한다. 카이에게 나오토 씨가 세상을 떠났다는 말만 들었는데, 우에키 씨가 그 경위를 자세히 얘기해 주었을 때는 몹시 고통스러웠다. 헤어져 지내는 동안 카이가 입었던 상처를 생각하면 가슴이 아렸다.

"야, 이거 옛날에 카이가 지내던 집과 비슷한데."

우에키 씨가 그 시절이 그리운 듯 집 안을 돌아보고는, 뼈밖에 남지 않은 카이를 번쩍 안아 밝은 창가에 놓인 침대로 옮겼다.

"아, 에리 씨가 보여 주었어."

우에키 씨가 침대 옆에 앉아 카이에게 말을 건넸다.

"정말요. 아니 그 사람, 내게는 아무 말도 않고."

"아주 좋던데."

"말하지 말아요. 부끄럽습니다."

"다음에는 나랑 같이하자고. 그림을 잘 그리는 신인이 있어."

카이는 건네받은 태블릿 화면을 진지한 표정으로 쳐다보았다.

"흠, 좋은데."

옛날에는 내가 잘 모르는 만화 얘기에 몰두하는 카이 때문에 속상하기도 했다. 지금은 그런 일도 없다, 하고 생각했는데 막상 너무 즐거워 보이니까 조금 삐치고 말았다.

"기분이 좋아 보이네."

우에키 씨가 돌아간 후에 카이가 말했다.

"좋지 않아. 반대야."

어른이 되었다고 생각했지만, 내 안에는 아직도 유치하고 상식이 통하지 않는 어린아이가 있다. 그래서 마음이 불편하면서도 조금은 즐겁다. 뭐라 표현을 잘 못하겠다.

"귀엽네."

"남자가 하는 '귀엽다'는 말은 바보 같다는 뜻이라서 싫어."

"그런 뜻으로 한 말 아니야."

아키미, 하면서 내미는 팔이 너무 가늘어서, 하지 마 하고 웃으면서도 일부러 잡혀 주었다. 어디에나 있는 흔하디흔한 연인 사이이고 싶었다.

"불꽃놀이, 보고 싶다."

8월의 어느 오후, 점심으로 채소를 갈아 만든 수프를 먹고 나서 카이가 말했다.

"좋지. 보러 가자."

휴대 전화로 가까운 불꽃놀이 장소를 검색했다.

"이마바리의 불꽃놀이를 보고 싶어."

에, 하며 화면에서 얼굴을 들었다.

"우리, 제대로 본 적 없잖아."

고등학생이었을 때나 사회인이었을 때나, 각자 이유가 있어 볼 수 없었다.

"새삼스러운가."

나는 고개를 가로저었다.

"나도 보고 싶어. 의사 선생님과 의논하러 다녀올게."

말은 간단했지만, 준비 과정은 굉장히 힘들었다.

주치의, 담당 간호사, 케어 매니저, 관리 영양사, 사회 복지사의 의견을 듣고, 만에 하나의 사태에 대비해 이마바리 병원과 연계하기 위한 절차를 밟는 데 시간이 걸렸다. 게다가 숙박 시설을 찾는 것도 쉽지 않았다. 긴급 상황이 생겼을 때 책임질 수 없다는 이유로 호텔은 거부당했다. 기타하라 선생에게 의논하자, 집에 오면 되지 않느냐고 말했다.
"집 나간 여자와 불륜 상대를 집에 들이다니, 제정신이야."
통화하고 있는 내 뒤에서 카이가 당황스러워한다.
"카이가 사양하네요."
"아무튼 준비해 놓을 게 있으면 알려 주세요."
기타하라 선생은 카이 생각은 싹 무시하고 필요한 사항을 정해 나갔다. 카이 엄마에게도 연락했지만 울기만 할 뿐이어서 얘기할 수 없었다.

오랜만에 돌아가는 고향, 기타하라 선생이 차를 가지고 마쓰야마 공항에 나와 주었다. 유는 깡마른 카이를 보고 표정이 굳더니,
"카이 씨, 아저씨가 다 됐네요."
하고 이내 농담을 했다.
"유로구나. 누군가 했어. 이제 어른이 다 되었군."
"벌써 대학생인데요, 뭐."

"그러니 나도 아저씨라 불리는 거겠지."

하, 하고 숨을 토한 다음, 카이는 기타하라 선생에게 머리를 숙였다.

"선생님, 정말 죄송합니다."

어색하게 인사하는 카이에게,

"생각보다 기운 있어 보여서 다행입니다."

하고, 차의 뒷문을 열었다.

이동의 피로감 때문인지, 카이는 저녁으로 준비한 수프에 입만 살짝 대고는 식탁에 둘러앉은 우리 모습을 리클라이닝 체어에 기대어 바라보았다.

"주말에 날씨 맑대. 카이 씨, 불꽃이 예쁘게 보일 거예요."

유가 텔레비전의 일기 예보를 보면서 말한다.

"유카타, 입을래요? 아빠 것이라도 괜찮으면 꺼내 놓을게요."

그런 얘기까지 했는데, 다음 날부터 카이의 상태가 점점 악화되었다. 복수가 찬 몸을 일으키기도 힘들어한다. 이마바리의 병원으로 데려가는 편이 좋겠다. 하지만 지금 데려가면 불꽃놀이는 볼 수 없을지도 모른다. 불꽃놀이는 물론 과연 도쿄에 돌아갈 수 있을지도 의문이다.

"의사를 부르고, 그냥 집에서 지냅시다."

"그렇게까지 신세를 질 수는 없습니다. 차라리 이마바리의 병원으로 가겠어요."

"각자 하고 싶은 것을 한다, 그게 우리 방침이에요."

기타하라 선생은 평소와 다름없는 담담한 투로 말했다.

"우리 집은 모두 그렇습니다. 나도 유도 아키미 씨도. 알고 있을 텐데요?"

"네, 물론, 그건."

카이가 얼굴을 찡그린다.

"그럼, 다시 한 번 묻겠습니다. 카이 씨는 어떻게 하고 싶은 가요?"

카이가 살며시 눈을 감았다.

"저는, 아키미와, 불꽃놀이를, 보고 싶어요."

"그렇게 합시다."

카이는 집에 있기로 하고, 이마바리의 병원에서 의사와 간호사가 왕진을 오도록 조처했다. 진통제 효과로 편안히 잠든 카이의 볼을 살며시 어루만져 보았다. 도쿄를 떠나기 전, 만일에 대비해 각오를 하라는 의사의 언질이 있었다.

불꽃놀이는 주말인 일요일, 나는 기도하는 심정으로 시간과 마주하고 있다.

일요일 저녁, 걷지 못하는 카이를 차에 태우고 이동했다. 기타하라 선생이 불꽃이 잘 보이는 해변까지 카이를 업고 내려갔다. 카이는 창피하다며 웃었다. 목소리마저 가늘다. 기타하라 선생과 나와 유와 유의 남친. 그 뒤에 모르는 여자가 따라오고 있다.

"전에 근무했던 고등학교의 제자입니다."

해변에 도착하자 기타하라 선생이 소개해 주었다. 제자라면, 혹시. 그런 뜻으로 눈길을 보내자, 기타하라 선생이 고개를 살짝 끄덕였다. 뭐가 어떻게 돌아가고 있는 건지.

"처음 뵈어요. 아스미 나나입니다."

그녀는 내게 인사하고는, 해변에 앉아 있는 카이에게로 다가갔다. 쪼그려 앉아 눈높이를 맞추고 머리를 숙이며 말한다.

"처음 뵈어요."

아주 자연스러운 인사였다. 유와는 이미 안면이 있는지 시선만 주고받는다.

"예전에 이마바리의 슈퍼마켓에서 그녀를 봤다고 했는데, 기억하나요?"

환영이 아니었던 것 같다. 올해 들어 역시 같은 슈퍼마켓에서 그녀를 봤고, 이번에야말로 재회를 이뤘다고 한다.

"다시 시작하는 건가요?"

"그렇지는 않습니다."

기타하라 선생은 해가 저무는 바다 저 멀리로 시선을 돌렸다. 그 이상은 말하고 싶지 않은 듯해서 나도 묻지 않았다. 타인은 알 수 없다. 두 사람에게는 그들만의 이야기가 있다. 각자 적당히 앉았다. 나도 카이 옆에 앉았다.

"야, 이거 면면이 다채롭군."

그러네, 하며 살며시 웃었다. 해 저무는 해변 군데군데에 앉아 있는 사람들. 기타하라 선생과 나나 씨, 유와 유의 남친, 나와 카이. 부부, 부모 자식, 새엄마와 자식, 옛 연인, 지금 연인. 여섯 명밖에 없는데 관계성을 나타내는 화살표는 복잡하게 엇갈린다.

각자 따로이면서 다양하게 얽혀 있다. 그래서 더욱이 이어질 수 있는 자유. 그렇지 않고는 이어질 수 없는 부자유. 우리는 에어 포켓 같은, 그 틈새에 있다.

각자가 조금씩 거리를 두고 있어서 말소리는 희미하게 들린다. 하지만 모두가 서로의 기척을 느끼고 있다. 무슨 일이 생겨도 바로 손 내밀 수 있는 거리감.

"아, 금성이다."

유의 목소리가 들렸다. 서쪽 하늘 낮은 위치에 조그맣게 빛나는 별이 보인다.

"고등학생 때, 해변에서 같이 봤는데."

"도쿄에서도 봤어. 보이지 않는 날이 많았지만."

"나도."

간간이 얘기하는 사이에도 맑은 파란색이 태양의 붉은색을 밀어내고 점점 짙어진다. 수평선에 점점이 걸린 섬도, 하늘도, 바다도, 짙은 군청색에 잠겨 간다.

"좀 추워지는데."

카이가 말했다. 가방에서 두툼한 담요를 꺼내 같이 둘렀다. 8월의 후덥지근한 밤, 내 이마에는 땀이 송골송골 맺힌다. 그런데 맞잡은 카이의 손은 조금씩 온기를 잃어 간다.

아직이야, 하고 마음속으로 중얼거렸다.

아직, 아직, 아직 불꽃이 오르지 않았어.

이제 누구의 목소리도 들리지 않는다. 모두 아무 말이 없다. 왼쪽에 있는 카이의 숨소리가 파도 소리에 떠내려가듯 희미해져 간다. 나는 고함이라도 지를 것 같다.

빨리, 빨리, 빨리.

아직, 아직, 가지 마.

너무도 간절하게 염원해서 눈 속이 아파 왔을 때, 멀리서 희미하게 소리가 터졌다.

반사적으로 올려다본 건너편 밤하늘에서 빛이 올랐다.

나도 모르게 카이의 손을 꼭 잡았다.

그에 답하듯, 카이도 내 손을 맥없이 잡는다.

지상에서 흔들리면서 날아올라, 홀연 모습을 감췄다가 저 높은 하늘에서 꽃잎이 벌어진다. 잇달아 올라, 겹겹이 겹치고 반짝이는 빛. 눈을 깜박이는 아주 잠깐 사이, 어마어마한 열량으로 어둠을 밀쳐내고, 힘이 다하면 꼬리를 늘어뜨리고 바다로 떨어지는 수천의 별들.
　예쁘다.
　카이의 손을 꼭 잡는다.
　카이는 이제 내 손을 잡지 않는다.
　반짝이면서 흩어지는 저 별들 속으로 떠나간 것이리라.

에필로그

기타하라 선생은 한 달에 한 번 나나 씨를 만나러 간다.
 차에 오르기 전 우편함을 들여다보더니, "뭐가 왔는데." 하며 우편물을 건네준다.
 여름날의 해 질 녘, 마당에 물을 뿌리다 말고 받아 들었다. 청구서와 광고 우편에 섞여 책 크기의 두툼한 봉투가 있다. 도쿄에서 온 것이다. 보낸 사람이 누구인지는 잘 모르겠다.
 "뭐 사 올 거 있어요?"
 남편이 물어, 나는 "별로." 하고 대답한다.
 남편은 고개를 끄덕인 다음 내일 돌아오겠다고 하고서 차에 올랐다.
 다녀오라고 말하고 나는 다시 물을 뿌리기 시작했다. 호스 끝을 손가락으로 눌러 물이 분수처럼 나오게 한다. 며칠 전에 분사기가 고장 났다. 아, 그러네. 호스 분사기를 사 오라고 할 걸. 전화를 걸까 하다가 말았다.

'내일까지 그 사람은 내 남편이 아니다.'

기타하라 선생과 나나 씨가 지금 어떤 사이인지는 모른다. 나는 언제든 결혼을 파기해도 된다고 전했고, 기타하라 선생이 뭐라고 답하든 그대로 받아들일 마음이다. 기타하라 선생이 나를 받아들이고, 내 등을 떠밀어 주었듯이.

호스의 각도를 조절해 물줄기를 뿜어 올린다.

물방울이 반짝이며 후덥지근한 오렌지색 공기 속으로 흩어진다. 아름다운 그 광경을 바라보면서 나는 잠시 후면 서쪽 하늘에 뜰 어둠별을 기다린다.

― 어둠별이네.

눈을 감고, 고막에 남아 있는 목소리에 귀를 기울인다.

카이를 떠나보낸 후의 첫 여름 속에, 나는 있다.

둘이서 생활하던 도쿄의 아파트에서 퇴거해, 그전처럼 집안일은 기타하라 선생과 유와 나 셋이서 분담하면서 각자 자기 일을 하는 생활로 돌아왔다. 섬에서의 하루하루는 평온하고 고요하게 흘러간다.

물을 다 뿌리고 저녁때까지는 시간이 있어 다시 일을 시작했다. 창가 의자에 앉아 수틀에 놓아둔 크로셰를 집는다. 짙은 남색의 비치는 오건디 천에 반짝이는 비즈를 수놓으며 밤하늘로 오르는 불꽃의 형상을 만들어 간다. 담수 진주, 메탈 비즈, 핑크 비즈, 스와로브스키 크리스털, 블랙 다이아. 내년으로 예정되어 있는 첫 개인전의 메인 작품이다. 제목은 'Homme fatal'.

작업실 책꽂이에는 젊었을 때 카이와 함께 찾은 헌책방에서 산 파리의 메종 작품집이 세워져 있다. 너무 젊어서 어디에도 손이 닿지 않았던 내가 동경했던 아름다운 세계가 지금, 서른네 살 된 내 손안에 있다. 추구했던 몇 가지는 얻었고, 몇 가지는 영원히 잃었다. 후회는 하지 않는다. 모든 게 필요한 우회였다.

섬세하고 빠르게, 정확하게 바늘을 움직이는 사이에 자신이라는 존재가 점점 엷어져 간다. 조금씩 모습을 드러내는 아름다운 무늬와 하나 되는 감각으로 몰두하다 보면 몇 시간이 그냥 흐른다.

그런데 오늘은 좀처럼 집중이 되지 않아 테이블에 놓아둔 우편물을 가지고 방을 나섰다.

부엌에서 저녁을 준비하고 있는 유의 목소리가 들린다.

"오늘은 아빠가 없어서. 응, 이마바리 쪽."

"너희 집, 진짜 대단하다. 아내의 묵인하에 외도라니, 정상이 아니지."

스피커폰으로 얘기하는 듯 유의 친구 목소리도 들린다.

"나는 익숙한데."

"그러니까 이상하다는 거지."

"뭘 기준으로 이상하다는 건데?"

경쾌한 유의 웃음소리에 나도 덩달아 웃고는 샌들을 신고 집을 나섰다.

해가 천천히 기우는 8월의 저녁나절, 공기를 뒤흔드는 매미 울음소리의 세례를 받으면서 걸어간다. 조금 걸어가면 조그만 잡화점이 있다. 휴게용 벤치에서 부인네들이 담소하고 있다. 그 앞을 가벼운 인사만 나누고 생태계가 다른 물고기처럼 스쳐 지나간다.

"기타하라 선생도 바람을 피운다네."

"그러기 전에 아키미 씨가 요란하게 피웠잖아."

"기타하라 선생, 용케도 용서했지."

"용서한 게 아니지. 그러니 밖에다 여자를 만든 거 아니겠어."

섬 여기저기에서 수군덕거리는 소문. 우리 가정이 엉망이 된 사정은 오락거리가 많지 않은 이 섬사람들 전체가 공유하는 현재 진행형 리얼 엔터테인먼트다. 젊은 시절에는 참을 수 없었지만, 지금은 남의 일처럼 흘려들을 수 있다. 그런 것들에 나는 이미 흔들리지 않는다.

나와 카이의 이야기는 둘만 알면 된다. 아, 아니다. 기타하라 선생도 알고, 유도 알고 있다. 내 소중한 사람들이 알고 있다. 그 이상은 아무것도 바라지 않는다. 시야 끝에 저녁 햇살을 반사하는 은색 바다가 보인다. 해안을 따라 걸어가는데, 저 앞에서 이인용 자전거가 달려왔다. 나와 카이가 다녔던 고등학교 교복 차림이다. 바닷바람에 머리칼과 웃음소리를 휘날리며 내 옆을 지나간다. 섬 곳곳에 그 시절의 나와 카이가 있다.

해변으로 내려가 옹벽에 기대어 봉투를 다시 들여다보았다.
도쿄의 한 출판사 이름이 인쇄되어 있다. 뒷면을 보니 손으로 쓴 글씨로 보낸 사람 이름이 적혀 있었다. 니카이도 에리. 모르는 이름이다. 봉투를 열어 안에서 책을 꺼냈다. 소설이다.
처음 눈에 들어온 것은 눈앞에 펼쳐지는 풍경과 아주 비슷한 표지 장정이었다. 점점 짙어지는 남색과 황혼의 장밋빛이 섞인 하늘과 바다, 그 사이로 애처롭게 빛나는 별 하나.

'그대, 별처럼' 아오노 카이

하얗게 오목새김 된 제목과 작가 이름.
겨우 열 글자에 숨이 멈췄다.
어딘지 모를 한없이 먼 곳에서 꿈틀거리며 큰 파도가 밀려

온다. 소리도 없이 삼켜져 떠밀려 간다. 이 바다 저 멀리 저편에 있는 작은 섬으로. 거기에는 사랑하는 사람의 혼이 있다. 나는 손을 뻗는다. 그러나 닿기 전에 파도가 밀려와 다시 이쪽으로 돌아온다.

눈을 뜨니, 나는 낯익은 해변에 홀로 앉아 있었다.

조용히 내리는 비처럼 눈물이 볼을 적시고 있다.

슬프지는 않았다.

나는 그럴 마음만 있으면, 언제든, 어디든, 가볍게, 그쪽으로 갈 수 있다는 걸 알았다. 그러니 서두르지 않아도 된다. 우리는 결코 흔들림 없는 큰 섭리 안에 존재하고, 각자의 그리운 사람과 확고한 약속을 나누고 있다.

군청색과 장밋빛으로 물든 하늘에 빛나는 별이 하나 돋아 있다.

같은 별이 내 손안에도 있다.

세운 무릎에 책을 올려놓고, 나는 천천히 첫 페이지를 펼쳤다.